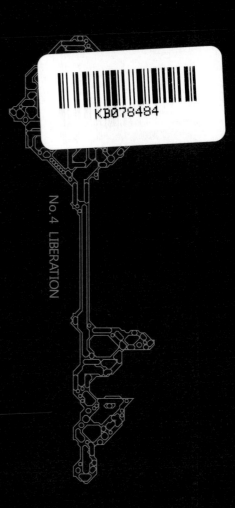

No.4 LIBERATION

KB078484

당신의 머리 위에

✶
✶ ✶

# 당신의 머리 위에 ★ 2

박건 장편소설

초판 1쇄 찍은 날 2017년 2월 28일
초판 1쇄 펴낸 날 2017년 3월 28일

지은이 박건
펴낸이 서경석

편집책임 이지연 | 편집 김현미 이창진 조현우 | 디자인 신현아

펴낸곳 도서출판 청어람
등록번호 제387-1999-000006호
등록일자 1999. 5. 31
어람번호 제8-0090호

주소 경기도 부천시 부일로 483번길 40 서경B/D 3F (우) 14640
전화 032-656-4452 | 팩스 032-656-4453
http://www.chungeoram.com | E-mail chungeorambook@daum.net

ISBN 979-11-04-91210-8 04810
ISBN 979-11-04-91208-5 (SET)

# 당신의 머리 위에 2

소 년, 우 주 로 가 다

박건 장편소설

도서출판
청람

알
바
트
로
스
의
유
령

세퍼드 대전(大戰) ✳ ✳ ✳

세퍼드는 레온하르트 제국과 테케아 연방 사이에 위치한 항성계(恒星系)로, 두 나라 중 어디에도 속하지 않는 미개발 지대이다.

지구인의 관점에서 보면 하나의 항성계가 통째로 비어 있다는 건 이해하기 어려운 개념이겠지만 사실 우주에 존재하는 대부분의 은하와 항성계는 흔히 이런 식이다.

오히려 지성체들이 영역을 선포하고 살아가는 항성계가 전 우주의 1%도 되지 않을 정도인 것이다.

너무나 넓은 우주.

만약 초월자급 마법사들이 만들어낸 스타 게이트나 4문명의 끝에 도달한 캔딜러 성인들의 아스트랄 드라이브가 없었다면 대우주 시대는 열리지도 못했을 거라는 것이 학자들의 중론일 정도로 우주는 광대한 규모를 자랑한다.

이 넓은 우주에는 수천억 개의 은하가 존재하는데, 그중 하나의 은하에서 하나의 은하로 이동할 때 광속으로 비행한다 해도 최소 10만 년, 심하면 100만 년, 1,000만 년이 걸려 버리니 어찌 우주 전체를 지배하고 운영할 수 있겠는가?

[연합법]은 일정 시간―규모에 따라 10년~1만 년―동안 지속적인 관리와 일정 수 이상의 거주민을 유지하지 못하는 행성이나 항성을 해당 세력의 영지로 인정하지 않는다. 그렇기에 새로운 항성을 발견해 깃발을 꽂는다 해도 지속적으로 관리를 하지 못한다면 그저 미개발 지대로 남는 것이다.

만약 그런 연합법이 없었다면 대부분의 세력이 관리도 못 할 우주의 영역을 탐사선으로 확인한 뒤 자신의 영역으로 만들어 쓸데없이 덩치만 키웠을 것이다.

"녀석들의 위치는 파악됐나?"

"엘라-3행성에 널린 전기 구름에 숨어들어 정확히 파악할 수 없습니다. 다만 방어선을 뚫고 가는 와중에 상당 부분이 파괴되었으니 최소한의 전투만 하려 해도 두 달 이상의 정비 기간이 필요할 겁니다."

"빠져나가려고 한다면?"

"이미 엘라-3행성의 전체를 감지하에 두었으니 대기권에서 벗어나는 그 순간 파악할 수 있습니다."

비인들의 중심 세력이라고 할 수 있는 공룡족의 강대한 대주술사 모르네는 부관의 보고에 인상을 찡그렸다.

모든 준비를 마쳤다고 생각했음에도 정말 뼈아픈 실패다.

이번 실패로 신경 써야 할 사항들을 생각해 보니 천현일 소장과의 충돌로 인한 내상이 다시 도지는 기분이었다.

'하지만 이해할 수 없군. 도대체 어떻게 리전의 주박을 푼 거지?'

설마 거기서 알바트로스함이 원상 복구될 거라고는 상상조차 못 했다.

이미 그들이 포획한 리전의 능력은 수없이 많은 실험과 실전을 통해 완벽히 잘 사용하고 있었는데 난데없이 시스템이 정상화된 것이다.

그야말로 함락 직전이었던 만큼, 그리고 비인들이 입은 피해도 절대 가볍다 말할 수 없는 상황이었던 만큼 미련이 남았지만 그는 당장 빠져나왔다.

망설이다가 망할 관제 인격이 자폭 코드라도 발동시키면 문자 그대로 개죽음이었기 때문이다.

"그 기계년은 어떤 상태지?"

"모든 신호가 평소대로고 변화 역시 없는 상태입니다. 어쩌면 이 상황은… 저 기계년의 문제가 아니라 알바트로스함의 대처 때문일 수도 있지요."

"드래고니안의 함선들조차 버티지 못했던 리전의 침입을 저까짓 놈들이 막는다고?"

"물론 가정일 뿐이니 확률은 높지 않습니다."

"큭큭, 쉬울 거라 생각했던 일이 이렇게 꼬일 줄이야."

모르네는 우두득하는 소리가 날 정도로 주먹을 꽉 쥐며 화면을 바라보았다.

화면에는 세퍼드 항성계의 7번째 행성, 엘라-3행성이 비치고 있다.

"하필 저기로… 아니, 하필이 아니라 노리고 간 걸 수도 있 겠군. 세퍼드 항성계에 대해서는 레온하르트 제국도 조사하고 있었을 테니."

반지름이 5만 킬로미터에 달하는 엘라-3행성은 세퍼드 항 성계에서 가장 무거운 행성으로 대기층에는 어마어마한 규모 의 번개 구름이 깔려 있어 그 어떤 감지 장치로도 그 안의 상황 을 완벽하게 파악하기 어렵다.

심지어 대기 중에는 항상 초속 수백 미터의 폭풍이 불고 있 기 때문에 자체적으로 강력한 실드를 가지고 있지 못한 소형 전투기나 정찰기들은 감히 대기권 안으로 들어갈 엄두조차 못 내는 곳이다.

"어쩌면 녀석들이 채광을 시도할 수도 있겠군요."

"함선의 파손이 심각하니 충분히 가능한 일이지."

본래 세퍼드 항성계는 레온하르트 제국령도 아니고 테케아 연방령도 아닌 미개발 항성계였다.

두 세력의 사이 즈음에 위치한다고는 하나 그 위치가 어정쩡 한 데다 주변에 스타 게이트가 없어 발전 가능성이 없던 지역.

그러나 세퍼드 항성계의 엘라-1행성, 엘라-3행성의 지질 정보가 알려지며 상황은 급변했다. 두 행성이 어마어마한 게 럴트 매장량을 가지고 있었던 것이다.

대우주의 공용 화폐라고 불러도 과언이 아닐 정도로 그 가 치를 인정받고 있는 게럴트는 [합당한 사념만 있다면 어떤 현 상이라도 일으킬 수 있는] 희귀 금속이다.

물론 가공이 매우 어렵다는 단점이 있었지만 일단 가공하는 게 가능하다면 온갖 방식으로 활용이 가능하다.

그리고 무엇보다… 게럴트는 기가스나 거대 함선을 초월병기로 탈바꿈할 수 있는 핵심 부품의 재료.

때문에 미개발 지역이었던 세퍼드 항성계는 가장 가까운 두 거대 세력, 레온하르트 제국과 테케아 연방의 분쟁 지역이 되었다.

서로가 세퍼드 항성계에 대한 소유권을 주장하고 나섰기 때문이다.

비록 그 어떤 스타 게이트도 없는 외진 항성계라고는 하나 게럴트가 대량으로 묻혀 있다면 상황이 전혀 달라진다.

스타 게이트를 새로 설치하는 한이 있더라도 차지해야 할 지역이 되는 것이다.

"제길, 길어지겠군. 일단 채굴 포인트를 전부 파악해서 감시 하에 집어넣어. 함선에서 나온 녀석들이 발견되면 모조리 파괴하고."

"네, 함장님."

꾸벅 예를 표한 부관이 함장실에서 사라진다. 그리고 혼자 남은 모르네는 화면을 쏘아보며 중얼거렸다.

"연합에 정보가 흘러가선 안 돼. 확실하고 철저하게, 그리고 누구도 모르게 손에 넣어야 한다. 하지만 도저히 손에 넣을 수 없다면……."

모르네의 녹색 눈동자가 서늘하게 빛난다.

"행성을 통째로 날리는 한이 있더라도 파괴해 버리겠다."

＊　＊　＊

"끄응……."

"왜 그래요, 선배. 어디 아파요?"

"아니, 별로 아프지는 않은데… 몸에서 열이 나네."

천현일 소장과의 협의를 마치고 숙소로 돌아가던 난 점점 뜨거워지는 몸 상태에 당황했다.

두통이 느껴진다거나 오한이 온다거나 하는 건 아닌데 마치 사우나에 들어가 있기라도 한 것처럼 온몸이 후끈거린다.

"열이 나다니, 의무실에라도 가봐야 하는 거 아니에요?"

"지금 팔이 날아가고, 온몸의 뼈가 박살 나고, 머리가 날아간 환자들이 즐비한 의무실에 몸에 열 좀 난다며 찾아가라고?"

온몸의 뼈가 박살이 나서 제대로 일어나지도 못하는 중상을 입고서도 침대도 달라고 못 했던 게 얼마나 오래전이라고 이런 말을 하는지.

내심 헛웃음을 짓다가 슬쩍 고개를 돌린다.

"그러고 보니 동민이 녀석 좀 들고 와줄래? 의무실에서 애매하게 얼어 있는 것보다 차라리 숙소에 있는 게 나을 테니."

"으으, 뭔가 심부름하는 기분이지만 불쌍한 동민 선배를 버리기도 그렇죠. 금방 갔다 올 테니 들어가 쉬고 있어요. 지금 어수선하니까 괜히 돌아다니지 말고."

알바트로스함의 치안이야 당연히 최상이지만 지금처럼 혼란스러운 상황에서는 장담할 수 없다.

피해자가 워낙 많아 승무원들이 분노에 휩싸인 상태고 절망이 모두를 지배하고 있으니 괜히 나대다가 죽으면 나만 손해인 것이다.

[관대하 정비관님… 신원 확인되었습니다. 어서 오십시오.]

때문에 보람의 말대로 굳이 나돌아 다니지 않고 숙소 안으로 들어간다.

거주 구역에서도 일부는 공격에 휩쓸리는 바람에 숙소가 없어졌다는데 다행히 우리가 머물던 곳은 멀쩡한 상태다.

두근.

그러나 그러다 멈칫한다.

다시 한 번 몸에서 열기가 몰아친다. 뜨거운, 그러나 고통을 동반하지 않는 열기가 몸에 나른하게 퍼지고 있다.

"이게 뭐야. 감기는 당연히 아닌 것 같은데."

아닌 게 아니라 실제로도 체온이 올라가고 있는 느낌이다.

일반적인 38도, 40도 이 수준이 아니다.

세면대에서 물을 받아 몸에 살짝 발라보니 수증기가 일어날 정도다.

"뭐야, 이거 왜 이래. 심각한 거 아냐?"

순간 위기감이 들었지만 어디까지나 이성적인 위기감이었을 뿐 감각적으로는 아무런 문제가 없었다.

아니, 문제가 없는 것을 넘어 뭔가 알 수 없는 힘이 온몸을 휘도는 것 같은 기분 좋은 고양감이 전신을 지배하고 있다.

두근두근.

심장이 미친 듯이 뛰고 감각이 폭주한다.

인체도를 보기라도 하는 것처럼 내 몸 내부가 느껴지는가 싶더니 잠시 후에는 삽시간에 인지가 육체를 초월해 방을 벗어나 주변을 오가는 사람들을 인식하기 시작한다.

"이게… 이게 뭐야……?"

생소한 감각이다.

전혀 알 수 없는, 지금까지 느껴보지 못한 감각.

나는 혼란에 빠져 주변을 둘러보았다.

주변 배경이 점점 변해간다.

금속으로 만들어진 벽이, 주변 가구들이, 건물 밖에서 걸어다니는 사람들이 하나둘 빛으로 변하기 시작한다.

'아냐.'

순간 깨닫는다.

세상이, 다른 배경이 변하는 것이 아니다. 세상을 보는 [시점]이 바뀐 것이다.

"…문자?"

그리고 이내 나는 그 빛이 그냥 단순한 빛이 아니라 문자의 나열이라는 것을 알았다.

사람도, 물건도, 세상 모든 것이 문자로 이루어져 있다.

내가 지금까지 단 한 번도 본 적이 없는, 심지어 [기억]에서도 본 적이 없어 읽을 수 없는 문자.

'아냐, 아냐. 이건 문자가 아니다.'

그렇다. 그것은 문자가 아니다. 다만 내가 문자의 형태로 이해했을 뿐이다.

그것은 말이었고, 세상을 이루는 모든 것이었으며, 신의 계시를 인간에게 전하는 최후의 수단이다.

투홧!

순식간에 세상이 원래대로 돌아온다.

나는 본능적으로 방금 보았던 것들을 다시 보려 노력했지만, 그 고귀한 문장은 더 이상 내 눈에 보이지 않았다.

"이게 대체 무슨 일이지?"

그리고 그 순간 나는 내가 변했다는 것을 깨달았다.

시각, 청각, 후각, 미각, 촉각의 다섯 감각, 오감(五感)을 벗어난 새로운 감각이 추가된 것이다.

나는 천현일 소장이 주었던 차를 떠올렸다.

"마시면서 이야기하게. 귀한 영초로 달인 만령차(萬靈茶)야."

당연한 말이지만 초월자인 천현일 소장이 [귀하다]고 평가하는 차가 흔한 물건일 리 없다.

그리고 이능을 자연스럽게 사용하는 그들이 마시는 차가 영약이어도 이상할 일은 전혀 없을 것이다.

"혈, 설마… 이렇게 허무하게 마나를 깨우친다고? 차 한 잔 마셔서? 아니, 보람이 녀석 것까지 내가 마셨으니 두 잔인가?"

물론 마나라는 걸 느껴본 적은 전혀 없었지만 온 피부로 느껴지는 묘한 감각과 잠시 집중하는 것만으로도 보이는 세계의 흐름은 아무리 생각해도 마나가 틀림없다.

만약 내가 그냥 평범하게 살았다면 이렇게까지 확신할 수 없었겠지만, 나는 알바트로스함에서 MMORPG류 게임이나 AOS 게임을 몇십 번이나 플레이하면서 이 감각을 가상으로 체험해 왔다. 아마 틀림없을 것이다.

'원래 이렇게 쉬운 게 정상인가? 단지 내가 알아보지 않았던 거야?'

마나가 없어서 불편하다는 생각은 종종했지만 그걸 새삼스레 배워볼까 하는 생각은 없었다. 무공이든 마법이든 어쨌든 그런 초능 계열의 힘을 그리 쉽게 배울 수 있을 리 없다고 생각했기 때문이다.

굳이 나에게 그런 걸 가르쳐 준다는 사람도 없었기 때문이기도 한데 막상 이렇게 허무하게 얻어버리니 너무 황당하다.

"게다가 아까 그건 뭐지? 왜 순간 온 세상이 글자로 보인 거야?"

그것은 전혀 본 적 없는 광경이었지만, 동시에 매우 익숙한 느낌이기도 했다.

마치 내가 사람들 머리 위에서 보는 칭호와 비슷한······.

삑삑!

갑자기 왼쪽 팔목에 찬 통신기에서 알람이 울린다.

몸을 후끈하게 달구던 기운은 어느새 가라앉아 있었기에 좀 진정한 후 통신기의 내용을 확인했다.

통신기에는 이런 텍스트가 떠올라 있었다.


500만 게럴트가 입금되었습니다.


통신기를 보며 순간 숨을 들이켠다.

마나에 대한 생각이 확 날아가고 떠오른 숫자를 계산하게 되는 것은 어쩔 수 없는 일이다.

'1게럴트가 1만 7,000원이니… 850억 원.'

이것만으로도 눈이 뒤집어지는 액수다.

농담이 아니라 1억, 2억으로도 살인이 나는 판국이니 이 850억이면 상상을 초월하는 금액인 것이다. 어지간히 사치하지 않는 이상 평생 돈 걱정을 할 필요가 없을 정도.

"뭐, 그렇다고 지나친 돈지랄도 아니겠지만."

엄청난 돈이지만 내가 알바트로스함 전체를 구했다는 걸 생각해 보면 오히려 적은 감도 없지 않아 있다.

어지간한 도시보다도 훨씬 거대한 우주선 한 대를 구한 셈이니 수십 조 단위의 돈을 받아도 이상할 게 없는 상황.

그러나 나는 별로 억울하지 않았다.

'아마 내 요청 때문이겠지.'

제대로 된 보상을 받으려면 내 공로를 정확하게 밝히고 표창을 받든 뭐를 하든 해야 한다. 레온하르트 제국에 정확한 정보를 전하면 제국 자체에서 합당한 보답을 할 테니까.

그러나 언젠가 지구로 돌아가길 원하는 나는 내 존재가 널리 퍼지는 것을 원치 않으니 결국 나에게 들어온 돈은 알바트로스함 자체에서 운용하는 자금뿐이다. 어쩌면 천현일 소장의 개인 주머니에서 나온 돈일 수도 있다.

기잉!

그때 숙소 문이 열리고 어깨 위에 커다란 얼음 관을 얹고 있는 보람이 들어온다. 여자 중에서도 작은 체구의 그녀가 2m가 넘는 얼음 관을 들고 있으니 무슨 개미가 나뭇잎 조각을 들고 있는 것 같다.

"천하장사가 요기 있네."

"시끄러워요. 생각 이상으로 차가워서 던져 버리고 싶으니까."

투덜거리며 숙소로 들어와 침대 위에 얼음 관을 올려놓는 그녀를 보며 묻는다.

"그나저나 변신은 그만 풀어도 되지 않아?"

"아직 뼈가 완전히 안 붙어서 그대로 두려고요. 뭐, 어차피 유지하는 데 힘이 들어가는 것도 아니고."

"유지하는 데 힘이 안 들어간다고?"

순간 의문이 떠오른다. 왜냐하면 그녀는 치열한 전투 중에도 변신을 하지 않았었기 때문이다.

저 이상한 갑옷? 슈츠? 하여튼 저걸 입으면 확연히 강해지는 게 비전문가인 내 눈에도 보일 정도인데 유지에 별다른 힘이 안 들어간다면 왜 여태 안 입었단 말인가?

"뭘 생각 하는지 대충 알겠지만 별수 없었어요. 마탑주님이 무조건 선배 옆에서만 변신하라고 했거든요. 대체 이유가 뭔지."

보람은 투덜거리며 소파에 털썩 앉는다.

그리고 그와 동시에 그녀의 머리를 덮고 있던 투구가 사라지고 물결치는 파마머리가 어깨 위로 떨어져 내린다.

최근 들어 머리를 안 자르는 건지 어깨까지만 내려오던 머리카락이 어깨 아래로 내려오는 상태였다.

이어 양팔과 한쪽 다리의 파츠도 사라져 나머지 부분에 녹아든다.

아무래도 부상 부분만 덮어놔도 치료에는 충분한 효과를 발휘하는 모양이었다.

"거참, 신기한 갑옷이군. 아니, 이걸 갑옷이라고 하는 게 맞나?"

재질 때문에 갑옷이라고 하는 거지 이미지 자체는 전대물에 나 나올 종류다. 실제로 변신 느낌도 '변신~♡'이 아니라 '변신!!'이기도 했고.

'확실히 마법소녀 느낌은 아냐.'

굳이 말하자면 차라리 히어로에 가깝지만 그렇기에 더 이상하다.

내가 지금까지 봐온 칭호의 [관점]은 어디까지나 내 입장과 인지를 기준으로 했으니 마법소녀라고 했으면 틀림없이 마법 소녀여야 할 텐데? 이건 마법소녀가 아니라 마법전사가 아닌가?

"……."

"보람아?"

갑자기 조용해져 살펴보니 어느새 잠들어 있는 그녀의 모습이 보인다.

내색은 안 했지만 그녀 역시 보통 지친 게 아닌 모양이었다.

"이거 참, 하다못해 침대에 가서 자지. 이봐?"

가볍게 흔들어보았으나 일어날 기미가 전혀 없다. 그렇다면 침실로 옮겨줘야 할까?

삑!

그러나 문에 다가가자 가벼운 경고음이 울린다. 동민의 방과 다르게 보람의 방은 잠겨 있었던 것. 아무래도 여자인지라 동민처럼 문을 열고 다니지는 않는 모양이다.

'물론 나는 열 수 있겠지만.'

그러나 도둑도 아닌데 굳이 잠근 문을 열어서 경각심을 살이유가 없는 만큼 내 방에서 이불을 챙겨 와 그녀를 덮어준다.

동민이 녀석도 덮어줘야 하나, 하는 생각이 순간 들었지만 얼음으로 만들어진 관 안에 있는 녀석을 이불로 덮어봐야 뭐하겠는가?

"아아, 골치 아프군."

나는 방으로 돌아와 침대에 누웠다. 머리가 복잡하다.

'결국 전쟁에 참여하는 건가. 아니, 상황이 이렇게 되면 어쩔 수 없기는 하지만.'

여전히 이 전쟁이 [내] 전쟁이라는 느낌은 들지 않는다.

전투에 참가해서 활약했지만 알바트로스함이 패배하면 도매금으로 내 목숨까지 넘어가니 어쩔 수 없는 행위였을 뿐이다.

'대체 뭘 본 건가요, 어머니.'

날 이리로 보낸 것은 아버지이지만 그 원인은 어머니의 예언 때문이다.

내가 적에게 습격당하는 날 찾아온 손님을 따라가지 않으면 하늘 아래 살아날 방도가 없을 것이라는 예언.

하지만 그런 예언을 따라 도착한 곳은 전쟁터였다.

"대체⋯⋯."

한숨을 쉬며 내 목에 걸려 있는 금줄을 당기자 그 아래에 달려 있는 열쇠가 옷깃을 헤치며 딸려 올라온다.

마치 수십 개는 되는 쇳조각을 조립하고 짜 맞춰 만든 것 같은 디자인의 이 열쇠는 내 친아버지가 남긴 유품이라고 했다.

'그런데 결국 누구인 거야? 이 열쇠를 단서로 찾기라도 해야 하나?'

궁금한 마음이 전혀 없다면 거짓말일 것이다. 나를 지금껏 괴롭혀 왔던 [기억]은 여전히 존재하니까.

나는 지금껏 이걸 전생의 기억, 뭐 그런 거라고 생각해 왔지만 어쩌면 이건 내 친부가 가진 힘에 딸려 있는 것일 수도 있다.

무엇보다 기억 속에도 있는 [단 한 줄의 명령].

실제로 현실에서 활용한 순간부터 그 힘은 일종의 단서가 되었다.

내가 예전부터 가지고 있던 이능과 나 스스로에 대한 정체를 가늠하는 게 가능할지도 모른다는 생각이 들기 시작한 것이다.

활용하고는 있지만 어째서 인공지능들이 내 명령을 거부하지 못하는지에 대해 정확히 알 수 없었다.

어쩌면 친부에 대해 조사하면서 그 정체를 알게 될지도 모르지.

[관대하 정비관님, 손님이 찾아오셨습니다.]

"이런 상황에 손님?"

들려오는 전자음에 의아해하면서 화면을 바라본다. 화면에는 눈에 익은 얼굴이 떠 있었다.

"꼬맹이잖아."

[누가 꼬맹이야!]

날 찾아온 것은 초면부터 나를 스파이로 몰았던 권혜란이라는 소녀.

검은색의 머리칼을 양 갈래로 땋은 이 주근깨 소녀는 누가 봐도 초등학교 고학년으로밖에 보이지 않는 외양을 하고 있다.

키는 특히나 작아서 내 골반을 간신히 넘길 정도.

하지만 나도 눈치가 없는 건 아니어서 그녀가 실제 외양만큼 어리지 않다는 정도는 알고 있다.

'그러고 보니 대우주의 인간들은 평균수명이 어떻게 되지?'

지구만 해도 의학이 발전하면서 인류의 평균수명은 계속 늘어났고 지금에 와서는 100살이 넘는 것도 꽤나 흔한 일이 되었다. 지구인들이 그럴진대 전 우주를 누비고 다닐 정도의 과학력을 가진 이 외계인 녀석들의 수명이 짧을 일은 절대 없겠지.

'천현일 소장처럼 500살 이상 뭐, 이 정도는 아니겠지만 그래도 몇십 살은 먹었을지도.'

이런저런 잡생각을 하면서도 일단 묻는다.

"왜 온 거야? 스파이 잡으러 왔나?"

[이익! 실수였다고, 실수! 남자가 쪼잔하게!]

"적반하장도 유분수지, 뭘 거기서 화를 내고 있어."

[그건……!]

말문이 막혀 버벅이는 그녀의 모습에 피식 웃으며 문을 열었다.

어린애의 외양을 하고 있기 때문일까? 실제 나이는 어떨지 몰라도 하는 짓은 완전 애나 다름없다.

기잉—

문을 열고 밖으로 나오자 그 앞에 서 있는 혜란이 보인다. 주변을 둘러보았지만 다른 사람은 없다.

"자, 당연히 개인적인 용무 때문에 오지는 않았겠지?"

"…그래. 네 전용으로 할 기가스를 소개하러 왔어."

"뭐? 내 전용 기가스?"

그건 또 전혀 뜻밖의 용무였다.

물론 나는 전쟁에 참여하기로 했지만 당연히 아레스의 만병지왕을 통해 참가할 생각이었기 때문이다.

'하지만.'

순간 됐다고 말하려다가 멈칫한다.

'전용 기가스가 있어서 나쁠 건 없지?'

상황이 어찌 될지 모른다.

어쩌면 아레스에게 갈 수 없는 상황이 나올 수도 있고, 설사 아레스에게 가는 데 별다른 어려움이 없다 해도 전투가 벌어졌는데 느긋하게 조종병이 없는 기가스가 나오길 기다리느니 전용 기가스가 있는 쪽이 더 안정적인 것이다.

"그래. 진짜 도저히 이해가 불가능하지만 함장님의 명령이니 별수 없지. 정말 힘들게 정비했는데 검증되지 않은 녀석한테 넘겨야 한다니……. 어쨌든 따라와."

그렇게 말하고 휙 몸을 돌려 성큼성큼 걸어가기 시작한다.

목적지는 거주 구역이 아니었기에 이내 한쪽에 있는 승강기를 타고 한참 내려간다.

'아, 그러고 보니 이 녀석 기술부 소속이던가? 학위 어쩌고 한 거 보면 꽤 수준 높은 기술자일지도 모르겠군.'

그렇게 생각하며 녀석의 머리 위를 올려다본다.


[레온하르트 제국 2군단 사령부]

[벽을 눈앞에 둔 권혜란]

'벽?'

의외의 칭호에 눈을 가늘게 뜬다.

벽이라니. 이 녀석도 뭔가 수련하는 녀석인가? 그래서 벽을 깨면 한 계단 위로 올라서고?

확인차 물어본다.

"요새 뭔가 잘 안 풀려?"

"전쟁 중인데 잘 풀릴 일이 있겠어? 진짜 중요한 타이밍인데 일이 터져서는… 지니!"

[네, 권혜란 소위님……. 신원 확인되었습니다. 너무 무리하지는 마시길.]

지니의 목소리와 함께 한쪽 문이 열린다.

온갖 장치와 설비, 그리고 정비 기계들이 잔뜩 자리하고 있는 작업실이었다.

"어?"

그리고 그 한가운데에는 그것이 있었다.

[드문 일이군, 혜란. 네가 네 공방에 다른 사람을 들이다니.]

가장 먼저 보인 것은 하얀 색상이다. 순백의 갑옷을 입은 성기사처럼 고결한 느낌을 주는 새하얀 외장.

다음으로 보인 것은 붉은 망토였다. 바람 한 점 없는 작업실 안이었지만 마치 살아 있는 것처럼 조금씩 펄럭이고 있는 붉은 망토.

그러나 무엇보다 강렬하게 눈에 들어온 것은, 아니, [인식]된 것은 전혀 다른 쪽이었다.

"아니, 스킬 구성 상태가??"

기가 막혀서 신음한다.

어빌리티들이 하나하나 떼놓고 보면 죄다 개사기 유니크인데 모아놓고 보니 똥이었다.

아무리 어빌리티가 랜덤이라지만 뭐 이런 황당 구성이 다 있단 말인가?

"뭔 구성?"

"아, 아냐."

그러나 그걸 입 밖으로 꺼낼 수는 없는 일이었기에 얼버무리자 혜란이 한심하다는 표정을 짓는다.

"아아, 이런 놈한테 알바트로스 유일의 인(人)급 기가스를 줘야 하다니."

"유일의 인급 기가스? 그럼 이게 설마."

사실은 칭호를 봐서 이미 알고 있었지만 놀라는 척을 해준다. 그리고 과연 그 서비스(?)에 혜란의 얼굴에 미소가 피어오른다.

"그래! 이게 바로 무수한 전장을 헤치고 온 인급 기가스, 나폴레옹이지!"

왠지 모르게 자랑스러워하는 걸 보니 아무래도 이 녀석이 이 나폴레옹이라는 인급 기가스의 제작이나 정비에 많은 수고를 한 모양.

뭔가 찔러보면 줄줄 이런저런 설명을 늘어놓을 것 같은 모양새였기에 나는 그녀를 단숨에 현실로 불러들였다.

"그러니까 이게 이제 내 전용기라 이거지?"

"하하하! 하하, 하… 맞아. 그래… 나폴레옹이… 내 나폴레옹이……."

"누가 보면 네 거 내가 뺏는 줄 알겠다."

"으으… 함장님, 대체 왜 이런 녀석한테……."

원래 이 나폴레옹은 알바트로스함의 기가스들이 속해 있는 하늘거인 기갑여단의 여단장 터크 대령의 기체였다고 한다.

그러나 그는 요번 전투 중에 패배하고 목이 잘리는 수모를 당하고 말았다. 리젠에 의해 관제 인격이 동결된 상황이었기에 제 실력을 내지 못했던 것이다.

'그러고 보니 나한테 죽은 그 두 녀석이 범인이라고 했었지.'

어쨌든 그가 그렇게 사망함으로써 나폴레옹이 잠시 주인이 없는 상태가 되었는데 천현일 소장이 그걸 나에게 넘기라고 명령한 것이다.

그것도 이렇게 구석진 곳에서 넘겨주는 걸 보니 어느 정도 정보 통제를 할 생각인가 보다.

"그나저나 나폴레옹이라."

너무나 익숙한 이름에 헛웃음이 나온다.

사실 이 이질감은 여태까지 계속 느끼고 있었다.

우주에서 생활하고 있음에도 24시간이 하루, 12달이 1년, 쓰는 숫자는 아라비아 숫자와 비슷하고 신의 이름을 딴 기가스는 '라'에 '아레스'다.

심지어 이제는 '나폴레옹'이라니.

"어? 왜 그래?"

"아니, 별건 아니고. 나폴레옹은 인급이니 당연히 사람의 이름을 딴 거지?"

"당연하지. 그게 왜?"

그게 뭔 질문이냐는 혜란의 표정에 잠시 망설이다가 물었다.

"네가 아는 나폴레옹이란… 누구지?"

조심스러운 질문이었지만 혜란은 당연하다는 표정으로 답한다.

"그야 난쟁이족의 대영웅이자 거대한 제국을 세운 황제지. 왜 그런 걸 묻는 거야?"

예상치 못한 답변에 황당해한다.

나폴레옹의 키가 작다는 이런저런 속설이 있는 건 사실이지만 프랑스와 영국의 도량형 차이로 인한 오해에서 비롯된 왜곡일 뿐 그가 난쟁이'족'이라는 카테고리로 묶일 이유는 어디에도 없었기 때문이다.

하물며 그녀의 목소리에 담긴 것은 명백한 자부심이 아닌가?

'아, 설마?'

그 순간 혜란의 모습을 보고 계속해서 느껴오던 이질감을 깨닫는다. 그녀가 실제 나이에 비해 지나치게 어려 보이는 것은 그녀의 오목조목한 이목구비 때문이기도 하지만 무엇보다 초중고생으로밖에 안 보이는 그녀의 키 때문이기도 하다.

하지만 만약 그게 그녀만의 특성이 아니라 그녀의 [종족]으로서의 특성이라면?

때문에 나는 확인했다.

"난쟁이족이라는 건 하나의 종족인가?"

"아, 그러고 보니 너희 34지구에는 순수 인간만 살고 있다고 했지……."

그렇게 중얼거리며 작업실 한쪽에 있는 매직 핸드를 장비한다.

매직 핸드는 기가스 조종에 흔히 쓰이지만 그 외에도 사용처는 무궁무진하다. 키보드나 마우스 대용으로 인터넷 서핑이나 게임을 하는 데에도 사용되고 지금처럼 정비 기계를 정밀 제어하는 데에도 쓰인다.

"나폴레옹, 정비 시작할게."

[부탁하지.]

기이잉—

10.5m의 나폴레옹이 한쪽 무릎을 꿇고 주저앉으며 모든 장갑을 해제해 내부를 드러낸다.

10.5m라는, 인급 기가스치고는 비교적 작은 체구의 나폴레옹이었지만 녀석이 무릎 꿇는 모습을 정면에서 올려다보니 산이 무너지는 느낌이다.

기이잉, 철컥! 끼릭!

그렇게 장갑을 해제한 나폴레옹의 정비를 시작하며 혜란이 말을 이었다.

"400년 전 한 사건이 있었어."

"무슨 사건인데?"

"별건 아니고 대우주를 관리하던 창조신의 이면, 아수라가 온 우주를 멸망시키려고 했었다나?"

"……."

나름 표정 관리를 잘하는 편인데도 순간 '그게 어떻게 별거 아니냐?' 라는 표정을 감출 수가 없었다.

그리고 그 표정을 본 것일까? 혜란이 웃었다.

"그런 표정 지을 거 없어. 물론 대단한 위기였겠지만 그때 살던 녀석들의 일이었을 뿐 오히려 우리한테는 대단한 '은혜'니까."

"우리?"

뜻밖의 단어에 의문을 표하자 그녀가 한심하다는 표정을 지었다.

실제 나이는 얼마일지 몰라도 꼬마의 모습을 하고 있는 그녀가 저런 표정을 지으니 굉장한 모멸감이 느껴진다.

"너 오리엔테이션 끝나고 공부 하나도 안 한 거야?"

"아, 좀 바빠서."

는 헛소리고 이것저것 알아보긴 했는데 막상 핵심적인 내용은 거의 몰랐다.

나는 교과서 위주로 역사를 배우는, 그런 개념으로 정보를 알아본 게 아니라 넷상에서 검색하는 방식을 사용했던 것이다. 때문에 이런저런 잡다한 지식을 쌓을 수는 있었지만 역사를 기본부터 차분히 배우지는 못했다.

무, 물론 개인적인 시간의 대부분을 게임에 쏟아서 그렇기도 하다.

"쯧, 그 우리에는 너희 별도 포함이야. 만약 그 일이 없었다면 우리는 태어나지도 못했겠지."

위이잉! 철컥!

나사를 풀고 전기 접합을 해제해 왼팔과 오른팔을 분리하고 몇 개의 부품을 교체하며 그녀가 설명했다.

"정확한 사정은 알 수 없어. 초월적인 신들 사이의 일이니까. 다만 중요한 건 대우주의 관리자이자 창조신의 이면이었던 아수라가 우주를 리셋시키고자 했고, 그걸 육계(六界)의 지배자들이 막았다는 거지."

육계, 라는 단어라면 나도 잘 알고 있다.

대우주를 구성한다는 여섯 개의 세계로, 초월적인 신들이 거주한다는 신계(神界).

신선들이나 정령들을 비롯해 세계를 구성하거나 관리하는 많은 영적인 존재들이 살고 있는 영계(靈界).

모든 죽은 자가 반드시 가게 된다는 명계(冥界).

천사의 모습을 하고 있는 천족들이 거주한다는 천계(天界).

그리고 그런 천족과 앙숙이며 악마에 가까운 성향을 가진 마족들이 산다는 마계(魔界).

그리고 우리가 살고 있는, 그리고 존재하는 모든 차원 중 가장 거대한 규모를 자랑한다는 물질계(物質界).

하지만 문득 이해되지 않는 이야기가 있었다.

"물질계의 지배자가 따로 있던가?"

"없지. 대신 인중신(人中神) 밀레이온이 그 역할을 맡는 데 성공해 온 우주를 구한 영웅이 되었어. 그리고 그 과정에서 변두리의 깡촌 행성 중 하나였던 400년 전의 [지구]가 100개로 분화하며 전 우주의 관심을 끌어 모으게 되었고."

그녀의 설명을 들으며 생각을 정리했다.

인중신이라는 존재에 대한 이야기를 넷상에서 몇 번 봤던 것 같지만 지금 중요한 건 그게 아니다.

그녀는 내가 지금까지 살아왔던 지구의 진정한 [정체]에 대해 이야기하고 있었으니까.

"지구가… 분화되었다고? 설마 34지구라는 건."

"그래. 너희 34지구는 그 100개의 지구 중에서 34번째라는 뜻이야. 원전이라고 할 수 있는 첫 번째 지구와 '거의 흡사' 하게 만들어진 99개의 지구 중 하나지. 이건 기밀이라고까지 할 정보는 아니어서 알 놈들은 다 알긴 하는데 그래도 대외비는 되니까 너무 떠들고 다니지는 마."

철컥!

입으로는 떠들면서도 능숙하게 부품들을 교체하고 성능을 테스트한다. 마냥 어려 보이는 외모와 다르게 그녀가 제법 숙련된 엔지니어라는 뜻.

나는 이쪽으로 고개를 돌리지도 않는 혜란을 잠시 바라보다가 생각을 정리했다.


1. 대우주에 가장 흔한 종족은 인간이라고 한다.

이건 확실한 명제다. 숫자로만 치면 전 우주의 모든 지성체 중 70%는 인간, 혹은 인간과 매우 흡사한 종족일 정도라고 하니 두말할 필요도 없겠지.

생물학적으로는 있을 수 없는 일이지만, 과거 세레스티아가 했던 말대로 [신학적인] 관점이라면 가능한 일이다.

세상을 창조한 초월적인 존재가 인간을 설계했다면 정상적인 절차로 진화해 인간이 되는 것도 이상한 일은 아닐 테니까.

2. 설사 같은 인간이라도 다른 행성의 존재라면 전혀 다른 문화를 발전시킬 것이다.

그건 당연한 일이다. 지구에만 해도 수없이 많은 언어와 문자가 존재하고 산 하나만 넘어가도 전혀 다른 문화를 가진 것이 인간이다. 같은 인간이라고 비슷한 문화를 가질 거라는 건 있을 수 없는 일.

"그렇군."

"뭐가?"

"레온하르트 제국은 분화된 100개의 지구가 모여 만들어진 세력이야. 아니, 적어도 그들이 주축을 이루고 있는 세력이겠지. 맞지?"

내 말에 작업을 대충 마친 혜란이 피식 웃으며 매직 핸드를 끼고 있는 손을 내젓는다. 그리고 그러자 바쁘게 움직이던 정비 기계들이 좌우로 흩어져 제자리로 돌아갔다.

"제법 똑똑하네. 맞아, 레온하르트 제국은 분화된 100개의 지구 중 47개가 모여 만들어진 국가야. 초대 황제인 레온하르트 황제가 외적과 싸우고 지구의 인류를 통합해 만든 단체지. 100개의 지구는 마치 평행 우주처럼 조금씩 다른 점들이 존재하지만 공통점도 매우 많았기 때문에 제국 클래스의 나라치고는 굉장히 빨리 만들어질 수 있었어."

"그리고 그렇다면."

"아~ 답하다 보니 끝이 없네. 그만!"

몇 가지 질문을 더 하려는 나를 향해 혜란이 앙증맞은 손바닥을 내민다.

느닷없는 행동에 멈칫하는 나를 보며 그녀가 눈을 가늘게 뜬다.

"나는 역사학자가 아니라 공학자야. 작작하고 나폴레옹에 타기나 하시지?"

"하지만."

"하지만이고 저지만이고 나머지는 넷에서 검색해! 감히 나폴레옹을 눈앞에 두고 이런 태도라니!"

버럭 소리를 지르며 엉덩이를 걷어차는 바람에 어느새 정비를 끝낸 나폴레옹의 가슴팍으로 떠밀린다.

열려 있는 가슴팍, 그리고 그 안으로 보이는 조종석.

다행히 방식은 매직 핸드였다.

기이잉— 철컹!

조종석 안으로 들어가자 전면부의 장갑이 닫히고 아이언 하트에서 발생한 영자 파동이 조종실 내부에 가득히 차오르기 시작한다.

'웃! 이게 아발론(Avalon) 시스템. 직접 경험해 보는 건 처음이군.'

아발론 시스템은 기가스의 심장이라고 할 수 있는 아이언 하트에 내장된 시스템이다.

기가스 조종에 가장 핵심적인, 아이언 하트와 조종사의 동조를 이끌어내기 위한 시스템.

그리고 동시에 아발론 시스템은 전투의 충격에서 조종사를 보호하는 역할을 한다.

마치 수조(水槽)에 가득 찬 물처럼 조종실을 가득히 채우고 있는 아이언 하트의 영력이 조종실 외부와 내부를 완벽하게 격리해 조종실이 파괴되기 전까지 물리적인 충격이나 흔들림을 비롯한 모든 피해를 막아내는 것이다.

만약 아발론 시스템이 없었다면 기가스들이 포탄 한 방만 맞아도 조종사들은 죄다 죽어 나갈 것이다.

기가스의 장갑이 아무리 튼튼해도 충격파가 조종사를 후려 칠 테니까.

[만나서 반갑군, 파트너. 나폴레옹이다.]

"나는 관대하. 나도……."

나폴레옹의 거대한 영력을 느낀다. 그의 아이언 하트에서 뿜어진 영력이 조종실을 남김없이 채운 후 본격적으로 나와 동조(同調)하기 시작한다.

중요한 과정이다.

어느 한쪽의 역량이 월등하다면야 어떻게든 맞춰가는 게 가능하겠지만, 기본적으로 기가스와 조종사에게는 궁합이라는 게 있다.

만약 내가 나폴레옹과 제대로 동조할 수 없다면 내 조종술이 아무리 뛰어나다 해도 그는 나를 받아들이지 않을 것이다.

실제로 많은 조종사가 동조의 과정조차 넘지 못해 좌절하며 자신과 궁합이 잘 맞는 기가스를 찾아 긴 시간 동안 헤매기도 하니까.

"…나도 만나서 반가워, 파트너."

물론, 아직까지 어떤 기가스에게도 거부당해 본 적이 없는 나로서는 전혀 모를 일이지만 말이다.

기잉—!!

아이언 하트가 기동한다. 자동차로 치면 시동이 걸린 것과 같다.

방금 전의 대기 모드에서는 일상적인 움직임밖에 취할 수 없었다면, 지금의 나폴레옹이야말로 전력으로 자신의 힘을 발휘할 수 있는 것이다.

"엑?! 무슨 동조가 이렇게 빨라?! 너 나폴레옹 탄 적이 있었어?"

혜란의 목소리를 들으며 몸을 일으킨다.

아레스를 이용한 원격조종 때와는 차원이 다른 일체감이 전신을 뒤덮는다.

생각해 보니 실제로 기가스를 타보는 건 이것이 처음이었다.

"좋은데?"

웃는다.

물론 머리는 여전히 복잡하다.

신이 실존해 인류를 만들어냈다는 사실은 여전히 받아들이기 어렵고, 우리가 살던 지구가 다른 지구의 복제품에 불과하다는 현실 또한 나를 혼란시킨다.

내가 보고 만난 외계인들이 '다른 지구인'이라는 것 역시 황당하기 짝이 없다.

'하지만 뭐 어때.'

그러나 그런 잡스러운 생각들을 모조리 떨쳐 버린다.

맞다. 그러면 뭐 어떻단 말인가?

나는 이미 십 년 전에도 세상의 존재 자체를 두고 고민하던 애늙은이였다.

세상이 누군가 만들어낸 게임인 것보다, 만들어진 지 몇 초 지나지도 않은 프로그램인 것보다는 내가 살고 있는 지구가 다른 지구의 복제인 편이 훨씬 깔끔하지 않은가?

탕!

땅을 박찬다.

10.5m의 거대한 덩치를 가진 나폴레옹이 제자리에서 20m나 뛰어올라 허공에서 물구나무선다. 거대한 덩치에도 불구하고 손바닥으로 바닥을 가볍게 친 정도의 소리밖에 나지 않았고 아발론 시스템 덕분인지 내 몸에 가해지는 부담 역시 전혀 없다.

팟!

그리고 허공에서 물구나무선 상태 그대로 다리를 걷어차 그 반동으로 공중제비를 돈다. 마치 내 몸을 직접 움직이기라도 하는 것처럼 가볍고 유연한 몸놀림이다.

'물론 진짜 내 몸으로 공중제비 같은 건 못하지만.'

헛웃음 지으며 사뿐 바닥에 내려선다.

전방의 화면으로 입을 다물지 못하는 혜란의 모습이 보인다.

삐삑!

[파트너, 함교에서 통신이야. 연결하지.]

아직 나를 완벽하게 주인으로 인식하지 않은 건지 아니면 기본 원칙이 그렇게 잡혀 있는 건지 허락을 받지 않고 통신을 연결한다.

[나폴레옹에는 잘 탔나? 동조는 잘 마쳤고?]

통신이 연결되자마자 대뜸 들려오는 목소리에 당황한다.

천현일 소장의 목소리 너머로 시끌시끌한 소음이 들려온다. 뭔가 급박해 보이는 분위기였다.

"네, 무슨 일이십니까?"

[당장 출격해!]

"네?"

황당해서 되묻는다. 지금 막 탔구만, 이 곰탱이가 뭐라는 거야?

하지만 내 상황을 배려해 줄 상황이 아닌지 다른 목소리가 끼어든다. 부함장인 나탈리였다.

[알바트로스함의 수리를 위해 나섰던 채광조가 공격을 당했습니다. 현재 후퇴 중이지만 위험합니다! 퇴로를 마련해야 해요!]

"다른 병력은요?"

[이미 전투 중입니다!]

급박한 목소리를 들으며 주변을 둘러본다.

승강기를 타고 한참이나 내려온 장소였지만 이 정비실에는 단독으로 함선 외부로 뛰쳐나갈 수 있는 사출구가 존재했다.

"응? 아니, 잠깐! 어디 가는 거야?"

내가 사출구 쪽으로 향하자 당황해 소리치는 혜란의 목소리가 들려왔지만 이내 그녀 역시 멈칫한다. 그녀의 통신기가 반짝이는 걸 보니 함교에서 연락을 받은 모양이다.

"사출구를 열어줘."

"아니… 아니, 대체 함교는 뭔 생각이야? 이거 함장님 명령 맞아? 이제 막 탑승한 기가스로 싸우러 간다고?"

"됐으니 문이나 열어줘."

"아, 아니, 잠깐! 가는 거야 어쩔 수 없지만 보조 무장을 갖춰야 해! 나폴레옹은 포격 전문 기가스란 말이야! 네 녀석도 고유 어빌리티로 저격을 가지고 있으니 그에 걸맞은 화기는 있어야 할 거 아냐!"

소리치는 그녀의 모습에 황당해한다.

"내가 저격 어빌리티를 가지고 있다고 누가 그래?"

"엑? 나는 그렇게 전달받았는데. 그럼 저격 어빌리티가 아니라 다른 원거리 어빌리티야?"

"원거리 어빌리티 없는데?"

"뭐?! 원거리 어빌리티도 없이 나폴레옹을 타겠다고?!"

끔찍한 소리를 들었다는 듯 비명을 지르는 혜란을 무시하며 찬찬히 나폴레옹의 어빌리티를 살핀다.

'그렇군. 장갑이 지나칠 정도로 가볍다 했더니 포격 전문 기가스였어. 하지만 이 스킬 구성으로 왜 굳이 포격으로 가지?'

아이언 하트에 깃든 기본 어빌리티는 아이언 하트를 제작함과 동시에 정해진다고 한다.

대략적인 방향성은 몰라도 구체적인 내용에는 제작자들조차 전혀 간섭할 수가 없어 엔지니어들은 아이언 하트를 만드는 과정을 제작이라 하지 않고 출산(出産)이라고 부를 정도라고 한다.

'자식 낳는 거야 어렵지 않지만 그 녀석의 천성이 어떨지, 어떤 재능을 가지고 태어날지는 하늘에 맡겨야 하는 것과 비슷

하다고 여긴 건가.'

어쨌든 그렇기에 기가스의 형태나 외양, 성능 등은 철저히 아이언 하트의 성능이나 거기에 깃든 어빌리티에 의해 결정된다.

근거리 전투에 유용한 성능이나 어빌리티를 가지고 있다면 두터운 장갑이나 빠른 기동력에 어울리는 몸체를 만들고, 원거리 전투에 유용한 성능이나 어빌리티를 가지고 있다면 장갑을 얇게 만들고 성능 좋은 포신을 달아주는 것이다.

"야, 그만 떠들고 광선검 내놔, 광선검."

"무슨 미친 소리야! 나폴레옹이 왜 광선검을 들어?! 나가자마자 죽고 싶어?!"

"아, 거참 시끄럽네. 나폴레옹, 장비들은 어디 있지?"

[좌측에 무기고가 있다. 지금 열지.]

다행히 명령을 내릴 것도 없이 나폴레옹은 나에게 순순히 협조했기에, 나는 별다른 어려움 없이 부드럽게 열린 한쪽 벽 안에서 광자포와 빔소드를 꺼내 들었다.

근접전에도 사용하지만 기본적으로 출력이 높아 중장거리에서도 많이 사용하는 소총 형태의 광자포 사티나-55와 대량 생산품이지만 신뢰도가 높기로 유명한 전통의 광선검 레이지 샤벨(Rage saber)이다.

혜란은 태연하게 무기를 고르는 내 모습에 황당해했지만 대전쟁을 하루 이틀 한 것도 아니니 선호하는 무기가 있는 게 당연하다.

"좋아, 이 두 개면 충분하지. 이제 격벽을… 오, 열리는군."

아래에서 혜란이 꽥꽥 소리를 지르고 있으니 격벽을 연 것은 그녀가 아닐 테지만 중요한 건 바깥으로 나갈 길이 열렸다는 것.

열려진 격벽 너머로 사출구가 보이고 그 너머로 셀 수 없이 번개가 몰아치는 [밖]의 모습이 보인다.

"두근거리는데."

수없이 많은 기가스를 조종했지만 직접 조종하는 건 이번이 처음이다. 수없이 많은 전장을 누볐지만 그 역시 실제는 아니었다.

사실상 이것이 내 첫 출격인 것이다.

기이잉——

나폴레옹은 사출기 위로 올라서 둥실 떠오르자마자 능숙하게 움직여 자세를 잡았다.

펼쳐진 두 팔과 다리에 뭉쳐진 영기가 자세를 제어하고 등 뒤의 망토는 우아하게 펄럭인다.

조종석의 시야는 단순 1인칭이 아니었기 때문에 나폴레옹의 모습이 화면에 선명히 비치고 있었다.

[나폴레옹, 발진.]

묵직한 목소리와 함께 주변 공간이 일그러진다.

유령의 출격이었다.

*　✱　*

내 경험을 기반으로 생각해 보면 기본적으로 기(器)급 기가스들은 1개의 어빌리티를 가지고 있었고 등급이 한 단계 올라갈 때마다 그 숫자가 하나씩 늘어났다.

즉, 수(獸)급은 2개, 인급은 3개, 성(星)급은 4개의 기본 어빌리티를 가지고 있던 것이다.

물론 그게 절대적인 법칙은 아니었다.

같은 급이라 해도 모든 기가스의 수준은 천차만별이어서 문제가 있는 기가스는 동급의 기가스들보다 어빌리티의 숫자가 적기도 했고, 같은 급에서도 탁월한 기체는 한 단계 위 등급의 기가스와 같은 숫자의 어빌리티를 가지기도 했다.

비인들이 쳐들어왔을 때 내가 조종했던 천둥룡이 바로 그 예로, 수급 주제에 어빌리티가 무려 3개였다.

어디 그뿐인가?

그 3개의 어빌리티가 관통, 은신, 저격의 3대 어빌리티로 채워진 사기 기체라서 상당히 수월하게 전투를 벌일 수 있었던 것.

말이 조금 새버린 것 같지만 어쨌든 결론은 상위 기가스일수록 더 많은 어빌리티를 가지고 있다는 것이다.

그리고 그걸 당연하게 생각하고 있던 나에게, 나폴레옹의 말은 전혀 뜻밖이었다.

[내 사전에 불가능은 없다.]

"…그리고?"

['그리고'라니. 유니크 어빌리티 '내 사전에 불가능은 없다'는 아주 강력한 기술이다.]

당당하게 답하는 나폴레옹을 보며 벙찐다.

아니, 그냥 태연히 쓰면 이상할 것 같아서 물어봤을 뿐인데 이놈이 뭐라는 거야?

"어빌리티가 그거 하나라고?"

[이상한 말을 하는군. 인급에서 두 개 이상의 어빌리티를 가진 녀석이 얼마나 된다고.]

"……."

어이가 없어 말을 잇지 못한다.

지금 이 순간에도 나폴레옹의 어빌리티를 빤히 보고 있는 나였기에 황당함은 더하다.

[왜 그러는가?]

"아니… 너 몇 살이냐?"

[제작된 기간을 묻는 거라면 21년. 활동 기간을 묻는 거라면 18년이다.]

"으엑, 구형이네."

[뭐, 뭐라고?! 나 정도면 완전 신형이다! 최신예기라고!]

발끈하는 나폴레옹을 두고 생각에 잠긴다.

그러니까 만들어진 지 21년이나 되었는데 여태 자신의 어빌리티도 제대로 모른단 말인가?

나는 나폴레옹의 어빌리티를 살펴보았다.

〈내 사전에 불가능은 없다〉
〈마렝고의 질주〉
〈죽지 않는 황제〉

어빌리티는 세 개였고, 놀랍게도 그 전부가 [나폴레옹]이라는 이름을 가진 기가스만이 소유할 수 있는 유니크급이었다.

먼저 〈내 사전에 불가능은 없다〉는 아이언 하트의 영력을

300%나 증폭시키는 힘을 가지고 있었는데 황당하게도 쿨타임이 전혀 없는 희대의 사기 스킬이다.

다만 문제는…….

'에너지 소모율이 500%로군. 이래서 나폴레옹이 포격 전문 기가스가 된 거야.'

한 번에 남들보다 세 배나 강한 힘을 발휘할 수 있는 대신 다섯 배의 기운을 소모한다.

만약 어빌리티가 이거 하나라고 생각한다면 포격 전문으로 만드는 게 당연하겠지.

물론 〈내 사전에 불가능은 없다〉는 근접에서도 잘만 쓰면 일격 필살을 노릴 수 있지만 그걸 노리고 적들 한가운데 들어갔다가 적을 잘 죽이고 아이언 하트의 영력이 바닥나면?

장갑이 아무리 두껍고 이동 속도가 아무리 빨라도 기다리는 건 죽음뿐이리라.

'하지만 나머지 어빌리티가 문제란 말이지.'

〈마렝고의 질주〉

나는 이 어빌리티에서 전해지는 [정보]에 머리를 짚었다.

'일정 거리 안에 있는 아이언 하트를 향해 초고속 이동' 이라는 설명에 짜증이 밀려온다.

"돌진기라니, 이런 미친… 종잇장 법사에 돌진기가 웬 말이냐……."

내가 원래 방어를 거의 안 하는 성향이기는 하지만 방어력이 이렇게까지 낮으면 공격이 아니라 죽인 적의 파편 때문에 피해가 누적되는 불상사가 생긴다.

물론 기가스에게는 배리어가 존재하지만 나는 그 배리어를 평소에 거의 꺼놓고 싸운다는 문제가 있었으니까.

〈죽지 않는 황제〉

세 번째 스킬도 가관이다.

설명은 심플하다. '방어막이 생기며 긴급 수리' 라는 게 전부인 것이다.

물론 유니크급 어빌리티인 만큼 전투 중에 써도 될 정도로 강력한 방어력과 회복력을 가지겠지만, 문제는 〈내 사전에 불가능은 없다〉 때문에 영력이 모자랄 게 뻔한 상태에서 수리 스킬이라니?

차라리 한 대도 안 맞아서 안 다치는 상황을 노리는 게 낫다.

'아, 이게 무슨… 인급 주제에 천둥룡만도 못하네. 전체적인 스펙이랑 출력이 더 높으면 뭐해?'

암담한 스킬 구성 상태에 좌절하면서도 나폴레옹을 조종한다.

빠르게 하강하고 있는 나폴레옹의 주변에 벼락이 몰아치고 있다.

콰르릉! 콰릉!

어마어마한 벼락이었으나 고작 자연계에 존재하는 하위 에너지인 전기는 영력으로 만들어진 배리어에 피해를 입힐 수 없다.

이런 하위 에너지로 배리어에 타격을 줄 수 있었다면 누가 거대 전함이나 기가스에 아이언 하트를 쓰겠는가? 차라리 핵융합 엔진을 사용했겠지.

"거리는 아직 멀었어?"

[근접했다. 5분 내에 전장에 돌입할 테니 준비하라.]

구형이라는 단어에 삐진 것인지 딱딱하게 답하는 나폴레옹이었지만 그리 개의치 않는다.

개성과 감정을 가진 게 관제 인격이라는 존재이지만 그들은 철저한 원칙 위에서 움직이기 때문이다.

나한테 삐져서 전투에 방해가 되는 행동을 한다거나 하는 일은 절대 있을 수 없다.

때문에 나는 잠시 그에게서 신경을 끄고 나머지 어빌리티를 살폈다.

당연하지만 나폴레옹의 어빌리티는 아니다. 녀석의 어빌리티는 세 개가 전부니까.

내가 확인하는 건 고유 어빌리티, 즉 [내] 어빌리티였다.

'아, 제발… 제발 공격 기술 하나만 주세요.'

내 고유 스킬은 매일 바뀐다.

다른 사람들이 들으면 그게 무슨 미친 소리냐고 하겠지만, 그게 사실이니 어쩔 수 없다.

사실 나는 예전 대전쟁을 할 때 그게 주인공으로서의 특성인 줄 알고 있었지만 알바트로스함에 탑승하고, 넷을 돌아다니면서 그게 아니라는 사실을 알았다.

극한의 단련과 수련으로 간신히 하나의 고유 어빌리티를 각성해 평생 그걸로 먹고사는 게 일반적인 경우였던 것. 만약 내 상황을 안다면 수많은 조종사가 분노하겠지.

'하지만 이것도 마냥 좋은 건 아니란 말이지.'

매일 어빌리티가 바뀌니 그야말로 복불복이다. 아주 좋은 어빌리티들이 나오는 날도 있지만 완전 꽝인 날도 있고 희귀한 어빌리티들이 모였는데 구성이 망하는 경우도 수두룩하다.

게다가 더 큰 문제는 그날의 어빌리티를 미리 알 수가 없다는 점이다.

그날의 어빌리티를 알려면 일단 어떤 기가스라도 한번 타봐야만 한다. 하다못해 대전쟁 같은 시뮬레이션이라도 켜봐야 하는 것이다.

〈전투 예지〉

"으, 미묘."

첫 번째 고유 스킬에 신음한다.

전투예지는 적의 기습이나 저격 등을 방비할 수 있어 나쁘지 않은 어빌리티이지만 공격 계열이 아니었기 때문이다.

〈증폭〉

"또 증폭이라고?"

이것 역시 나쁘지 않지만 이미 〈내 사전에 불가능은 없다〉가 있는 상태에선 미묘한 어빌리티. 나는 불안해하며 세 번째 어빌리티를 확인했다.

〈메마른 심장〉

"오… 가 아니잖아!"

전설(Legend)급 어빌리티에 반색하다가 신음한다.

적의 아이언 하트를 파괴해 일순간 모든 기운을 흡수함으로써 모든 스킬의 쿨타임을 초기화하고 에너지까지 만전의 상태로 되돌리는 이 어빌리티는 매우 강력해 이걸로 깽판을 친 적이 한두 번이 아니었지만, 이렇게까지 공격용 어빌리티가 안 나오면 상황이 심각하다.

"으, 하다못해 네 번째는."

그렇게 중얼거리며 네 번째 어빌리티를 확인한다.

그런데 없었다.

끝이었다.

"뭐, 뭐라고?"

신음이 절로 나왔다. 보통 내 고유 어빌리티는 4개나 5개였기 때문이다. 그런데 3개라니.

생각해 보니 레전드급 고유 스킬이 끼면 어빌리티 숫자가 확 줄어드는 게 일반적인 경우이기는 했다.

"아니, 이게 뭐야… 관통도 안 나와?"

3대 어빌리티라고 했지만 그건 실용성 때문이지 희귀한 어빌리티는 절대 아니었다. 재수 없는 날은 기본 어빌리티는 물론이고 고유 어빌리티에도 나타나서 2개씩 끼고 그랬던 어빌리티였으니까.

그런데 그런 관통조차 없다는 건.

"공격 어빌리티가 하나도 없다고……?"

[…저기 파트너, 뭘 혼자 그렇게 중얼거리나? 곧 전장에 돌입한다.]

이놈 괜찮은 건가, 하는 기색이 명백하게 느껴지는 나폴레옹의 말이 들렸지만 대꾸조차 못한다.

"망했어……."

머리를 부여잡고 신음한다.

"패망이야……."

그러나 그런 나의 심정을 아는지 모르는지 나폴레옹은 거의 추락한다 싶을 정도의 속도로 하강해 전장에 돌입했다.

녀석은 전장에 돌입했음에도 별다른 조종을 하지 않는 내 모습에 당황한 듯 버럭 소리쳤다.

[이 멍청아, 잡생각 하지 말고 집중해! 적이다!]

"그래도 파트너, 파트너 해주더니 그새 멍청이로 격하냐."

투덜거리며 매직 핸드를 조작해 나폴레옹의 오른쪽 다리에 장착되어 있던 레이지 샤벨의 손잡이를 꺼내 들었다. 그리고 스위치 온. 광자로 이루어진 검신을 뽑아내 어빌리티를 적용한다.

웅—!

〈내 사전에 불가능은 없다〉로 300% 강화된 영력은 〈증폭〉의 +50% 효과로 350%까지 강화되었다.

당연한 말이지만 증폭이 곱셈으로 중첩되어 기하급수적으로 강화되는 일 따위는 없다. 그런 복리 이자 같은 일이 가능했다면 증폭 어빌리티 5개로 수급 기가스가 테라급 전함을 날려버리는 일조차 가능했을 것이다.

아, 증폭 어빌리티가 5개나 중첩될 일이 있겠냐고 생각할 수도 있겠지만 안 좋은 어빌리티 구성을 가진 기가스에 운수 나쁜 날이 겹치면 어빌리티가 그따위인 경우도 있다.

마치 공격 어빌리티가 하나도 없는 지금처럼 말이다.

"어휴, 아쉬워하면 뭐하나."

〈마렝고의 질주〉가 발동한다. 그리고 빠르게 하강하던 나폴레옹의 속도가 한층 더 가속한다. 그냥 가속도 아니고 지금까지 떨어지던 속도조차 우습게 느껴질 정도의 급가속이었기에 아군을 향해 사격하던 거미 형태의 기가스는 제대로 된 반응조차 못 했다.

콰득!

세로로 베고 지나간다. 너무 일순간의 일이어서인지 적은 반응조차 하지 못했다.

[뭐, 뭐야. 이 말도 안 되는 가속은?! 내가 어떻게?]

당황하는 나폴레옹과 다르게 적은 침착했다.

내가 기습적으로 모습을 드러내 동료 중 한 명을 해치워 버리자 벼락같은 기세로 몸을 돌려 광자포를 쏘아낸 것이다.

파앙!

그러나 다시 나폴레옹의 몸이 순간 물리법칙을 의심할 정도로 급작스레 솟구친다. 위쪽에 있던 다른 기가스를 향해 〈마렌고의 질주〉가 발동한 것으로 타깃을 변경해 공격과 회피를 동시에 수행한다.

콰광!!

그러나 맨 처음처럼 되지 않는다. 십자가 모양의 기가스, 아니, 전투기인가? 하여튼 녀석의 몸에서 실드가 뿜어져 나와 광선검을 가로막았기 때문이다.

350%로 강화되어 일반 공격치고는 강렬한 일격이었지만 그래봤자 한 방에 실드 전부를 날려 버릴 정도는 아니었다.

"광파참이나 헤븐즈 소드 같은 건 바라지도 않아. 하다못해 관통만 있었어도……."

종잇장이나 다름없는 방어력에 돌진기, 자신의 스킬을 강력하게 증폭하는 보조 기술을 가진 기체는 과연 무엇인가?

그것은 암살형 기체다.

내가 순삭(순간 삭제)형 기체라고 부르는 방식의 이 기체들은 빠른 기동력과 공격력이 중요하지 방어력은 별 상관이 없다.

애초에 누구든 한 방에 제거할 수 있다면 방어력 따위는 필요 없기 때문이다.

공방 자체가 이뤄지지 않고 적을 즉시 파괴할 수 있다면 전장을 종횡무진하는 게 가능하니까.

"그런데 공격 어빌리티가 없으니 돌아버리겠군. Q 없는 AP 마이도 아니고……."

[뭐가 없는 뭐? 무슨 말을 하고 있는 거냐?]

"그냥… 게임 이야기!"

대답과 동시에 기체를 조종해 벼락처럼 떨어져 내린다. 기본적으로 1분 정도의 쿨타임을 가지고 있는 〈마렌고의 질주〉지만 시스템으로 딱딱 정해져 있는 게임이 아니니 무리하면 연속해서 사용하는 게 가능하다.

물론 그만큼 많은 영력을 소모하며 기체에 부담을 주는 행위이지만 〈죽지 않는 황제〉에 〈메마른 심장〉을 가진 나에게는 상관없는 이야기다.

쾅! 쾅! 쾅!

돌진기로 접근해 실드를 후려치자 반투명한 실드가 크게 흔들렸지만 부서지지는 않는다.

쾅쾅! 쾅!

다시 접근 후, 평타, 평타, 평타. 그러나 그럼에도 녀석은 실드만 단단하게 두른 채 무작정 버텨낸다. 반격조차 못 하는 걸 보니 주변 아군을 믿고 방어 태세에 들어간 것 같았다.

"미치겠군……!!"

〈내 사전에 불가능은 없다〉와 〈증폭〉이 있다지만 의미가 없다. 공격 어빌리티가 있어야 증폭이 제대로 된 위력을 발휘할 수 있기 때문이다.

애초에 약한 공격을 증폭해 봐야 무슨 소용이 있겠는가? 심지어 약한 어빌리티조차도 아니고 그냥 평타라면? 평타를 350% 증폭해 봐야 평타 4대 때리는 효과밖에 없다.

"쓸데없이 에너지 효율만 안 좋잖아!"

500% 에너지 소모를 감수해 고작 그 정도의 딜 증가를 기대하느니 차라리 평타를 4번 치고 만다. 칼질 한 방 하는 데 1초도 안 걸리니까. 물론 모든 평타에 증폭을 걸면 DPS(Damage per second: 초당 대미지)야 4배 가까이 늘어나겠지만 일대일도 아니고 이 급박한 상황에 그 무슨 뻘 짓이란 말인가?

사기 어빌리티로 언제나 강렬한 위엄을 뿜내던 〈메마른 심장〉도 제 효과를 발휘하지 못한다. 어차피 에너지 출력 자체가 높은 나폴레옹은 일반적인 검격이나 광자포 사격을 수백 번 이상 수행할 수 있기 때문이다.

사실 당연하다.

나야 〈메마른 심장〉이 있으니 상관없지만 나폴레옹은 〈내 사전에 불가능은 없다〉라는 강력한 증폭 스킬 하나만을 가지고 있던 인급 기가스다. 기가스는 아이언 하트의 성능과 어빌리티를 보고 제작 방향이 결정되는 만큼, 나폴레옹을 방어 능력이나 기동력을 비롯한 대부분의 성능을 희생하고 배터리 용량을 무지막지하게 늘려 에너지 총량만큼은 어지간한 성급 기가스에 맞먹게 만들어 버린 것이다.

그런데 그 엄청난 영력으로 고작 평타만 치는 상황이니 영력은 여유가 넘친다. 그리 심각한 빈틈을 보이는 건 아니지만 구태여 적의 영력을 빨아들이려고 시간을 낼 메리트가 없는 것이다.

쾅!

그러나 그런 악조건 속에서도 한 놈을 추가로 잡아낸다. 애초에 다 발컨들이라 근접전으로 가면 질 수가 없었다.

[좋아, 파트너! 대단한데!]

"대단하긴 뭐가 대단해! 이제 겨우 둘 잡았네!"

이를 갈며 쏟아지는 사격들을 피해낸다. 긴장을 풀면 끝장이다.

실드 에너지까지 모두 무기에 쏟아부어 공방력을 100% 대 0%로 유지하는 내가, 종잇장이나 다름없는 장갑을 가진 나폴레옹에 타고 있기 때문이다. 적의 일반적인 공격에 노출되기만 해도 치명적인 타격을 입을 것이다.

'공격 어빌리티 하나만 있었다면!'

그리 대단한 걸 바라는 게 아니다.

하다못해 관통이라도 있었으면 벌써 다섯 이상을 잡았을 것이다. 관통이 있다면 녀석들의 어정쩡한 실드 따위 장난처럼 찢어낼 수 있으니까.

그리고 만약 그 이상의 공격 계열 어빌리티가 있었다면? 그리고 그게 영력 소모가 강력한 공격 기술이라면?

〈내 사전에 불가능은 없다〉와 〈메마른 심장〉의 시너지는 최강이다. 강력한 공격 스킬을 난사하고 영력을 회복하는 과정을 반복하며 작두를 타면, 농담이 아니라 아군도 필요 없다. 30대도 안 되는 적 따위는 나 혼자서 다 밀어버릴 수 있는 것이다.

"나폴레옹, 전력은?"

[현재 남은 아군 작업선 2대, 전투기가 15대에 기가스가 3대다. 적은 19대의 전투기, 8대의 기가스가 있다.]

녀석의 말을 들으며 전황을 살핀다.

현재 레온하르트 제국군은 비인들에게 포위 공격을 당하는 상태였다. 다만 완벽한 포위는 아니고 여기저기 우뚝 솟아 있는 바위산들을 복잡하게 날아다니며 치열하게 싸우고 있다.

"아, 천둥룡."

그리고 그 와중 우리 편에 속해 있는 천둥룡을 보며 한숨 쉰다.

"저거 타면 다 쓸어버릴 텐데 하필 이런 걸 타서."

[뭐, 뭐라고? 이런 거? 아니, 그보다 지금 나를 짐승 기체 녀석하고 비교하는 거냐?]

발끈하는 나폴레옹을 무시하며 냉철하게 머리를 굴린다.

전황은 불리하다. 전투기 포함 18 대 27.

그리 절망적인 차이는 아니었지만 가뜩이나 적은 아군이 흩어지고 포위되었으며 여기저기에서 휩쓸리고 있다는 게 문제다.

'어떻게 할까.'

만약 지금 별 쓸모도 없는 〈증폭〉이나 〈전투 예지〉 따위가 공격 스킬이었다면 외각에서부터 다 잘라먹으며 들어가 아군을 구하겠지만 지금 내 전력으로는 어림도 없다. 고작 4~5명에게만 포위당해도 제대로 반격도 못 하고 밀려 다녀야 하는 상황인 것이다.

'그렇다면……'

생각을 정리한다.

어빌리티 구성이 개망이라지만 짜증 나는 상황일 뿐 절망할 정도는 아니다.

어차피 내 어빌리티는 매일 랜덤이고 대전쟁을 플레이할 때도 기체는 이것저것 돌려 탔었으니 더더욱 심한 조합도 종종 존재했던 것.

그렇다면 나는 어떻게 해야 하는가?

"나폴레옹! 1시 방향 아군에게 합류한다!"

나를 잡으려고 덤벼드는 근접 기가스에게는 오히려 돌진해 광선검과 광자포 맛을 보여주며 아군 기체를 향해 접근한다. 주변에는 강력한 방해 전파가 펼쳐져 있었지만 근접 기체와의 대화를 막을 정도는 아니었다.

[여기는 강철 십자 비행여단장 단마 대령이다! 나폴레옹에 탄 그쪽은 누구지?]

"군인은 아닙니다. 당신이 이해하기 쉽게 설명하려면 유령이라고 해야겠군요."

쾅! 쾅! 콰득!

평타, 평타, 평타. 이 망할 놈의 평타로 적의 실드를 깎고 깎아 적의 전투기 중 하나의 날개에 광선검을 꽂아 넣는 데 성공한다.

순간 탈출 계열 어빌리티가 발동한 듯 전투기가 흐릿해지며 사라졌지만 그대로 왼팔로 광자포를 들어 허공에 발사해 이동한 전투기를 명중시킨다. 〈전투 예지〉의 힘을 공격적으로 사용한 것이다.

[유령! 그런가. 네가 바로…….]

"아, 그런데 부탁 하나만 해도 될까요?"

[부탁?]

"네, 지휘권 좀 주세요."

터무니없는 소리인 걸 안다. 군인이 아닌 내가 평생을 전장에서 살아온 군인들의 지휘권을 달라고 하는 건 그들의 전투 능력을 의심한다는 소리나 다를 바 없으니까.

과연 우리 사이로 다른 목소리가 끼어든다.

[무슨 말도 안 되는 소리를!! 네 녀석이 제법 대단한 조종사라는 건 알겠지만 전쟁은 장난이 아니야!]

"그것 정도는 당연히 저도 압니다만 승산 없는 전투이기도 하니 속는 셈치고 맡겨도 손해는 아닐 텐데요."

[뭐, 뭐라고?]

약간 도발한다는 느낌으로 말하자 버럭 소리를 지르며 끼어들었던 사내가 떠듬떠듬거린다.

아군과의 감정적인 문제가 될 수 있는 상황이었지만, 별로 신경 쓰지 않는다.

'안 된다고 하면 탈출하면 그만이지.'

아군을 지키며 적을 쓰러뜨리려고 하니까 힘든 거지 탈출이라면 당장에라도 가능하다. 어떻게 아군을 버리고 도망칠 수가 있느냐, 라고 물을 수도 있겠지만 그렇다고 얼굴도 모르는 녀석들을 위해 목숨을 걸 정도의 의리는 없다.

'아니, 그걸 떠나서 왜 이렇게까지 일방적으로 밀리는 거야? 이쪽에는 참모진이 없나? 동선을 훤히 읽힌 거야?'

아닌 게 아니라 불가능해 보일 정도로 불리한 전장이니 이건 내 목숨도 달린 일이었다.

어빌리티가 좀 잘 뽑혔으면 별 부담 없이 구할 수 있으니 걱정 않겠지만 상황이 이렇게 되었으니 지휘권은 반드시 필요한 상황이다.

[좋다. 지금 즉시 지휘 코드를 넘기지.]

"…호오?"

일단 던져보기는 했으나 안 될 거라고 생각했던 만큼 약간 당황한다. 평생을 전장에서 구른 군인이 누군지도 모를 존재에게 이렇게 쉽게 지휘권을 넘긴다고?

당황한 건 나뿐이 아닌지 여기저기서 목소리가 들린다.

[여, 여단장님?]

[잠깐만 기다리십시오! 위험할 수 있습니다!]

[누군지도 모를 저런 녀석에게……!]

아무래도 전체 통신이었던 모양인 듯 시끌시끌했지만 강철 십자 비행여단장이라는 단마 대령은 가볍게 말을 잘랐다.

이 심각한 상황과 어울리지 않게 목소리에는 웃음기가 섞여 있다.

[위험할 수 있다니, 그럼 지금은 안 위험하다는 소리인가?]

[하, 하지만.]

[헛소리 말고 지휘를 따라라! 거부하는 자는 항명죄로 다스리겠다!]

외침과 함께 전장 정보가 갱신된다. 아까 말한 대로 단마 대령이 지휘 코드를 넘긴 모양이었다.

"흠."

가볍게 고민한다. 어찌할 것인가?

그러나 지휘권을 받았다면 그리 어려울 것 없다. 혼자 다 쓸어버리는 재미는 없겠지만, 이렇게 되면 승산은 충분한 것.

나는 두 개의 증폭을 검에 걸고 앞으로 뛰쳐나갔다. 그리고 그러며 소리쳤다.

"전장을 좁힌다! 즉시 모이며 좌측의 바위산으로 이동하라!"

[……]

"대답은!"

[네, 네!!]

떨떠름한 외침과 함께 모두 움직이기 시작한다.

2차전의 시작이었다.

＊　✳　＊

나는 기본적으로 단독 전투를 즐기는 편이지만 언제나 그런 전투만 할 수는 없다.

지금의 경우처럼 재수 없게 어빌리티 구성이 꼬이는 경우도 그렇지만, 기급 기가스를 타고 전장에 들어갈 때에도 마찬가지다.

아무리 혼자 신컨이어봐야, 타고 있는 기가스 자체의 성능과 발휘할 수 있는 전력 자체에 한계가 있다면 결국 전장에서 활약할 수 있는 데는 한계가 있으니까.

때문에 대전쟁 때에도 나는 아군 NPC를 이용하거나 지휘한 경험이 많다. 원래 전쟁(戰爭)이라는 건 혼자 하는 게 아니지 않은가?

그러나… 아군이 있다고 꼭 좋은 것만은 아니다.

쾅! 쾅! 쾅!

마구 사격해 은신해서 파고들던 적의 기가스를 명중시킨다. 집중 못 하고 사방을 경계하던 아군들이 화들짝 놀라며 자세를 고치는 모습을 보니 짜증이 밀려온다.

"대체 왜 좌측 사격이라는 명령을 듣지 않았지?"

[하, 하지만 보이지 않는 적의 위치를 어떻게 특정한다는 말입니까?! 우측 바위산으로 돌아올 수도 있…….]

"바위산은 무슨 바위산! 꼭 보여야 아냐?! 움직임만 보지 말고 적의 심리를 파악하라고! 저놈도 죽고 싶지는 않을 텐데 기습에 성공해도 후퇴할 길 없는 바위산으로 왜 돌아?"

타격에 비틀거리다 재차 은신을 발동해 후퇴하는 적을 보며 눈살을 찌푸린다.

그냥 잡을 수 있는 기회였는데 이놈들이 뻘 짓을 하는 바람에 놓치고 말았다.

'제발 못하면 말 좀 들어라……!'

네, 네 하면서도 정작 필요한 순간에는 자기들 판단—잘못된—대로 하는 녀석들의 모습에 이를 간다.

그나마 다행히 적들도 발컨이라 치명적인 타격까지는 입지 않을 수 있었다.

콰릉!!

그때 하늘을 향해 천둥룡이 벼락을 쏟아낸다. 폭격을 가하려고 날아다니던 전투기를 견제한 것이었다.

솔직한 마음으로는 천둥룡을 포함한 세 기의 기가스 전부가 마음에 들지 않는 움직임을 보이고 있었지만 나름대로 차분하게 전열을 갖추고 공격과 방어를 수행하고 있다는 점만은 인정할 만하다.

아마 처음부터 작업선을 지키러 왔던 만큼 호위에 능한 녀석들을 데려왔기 때문일 것이다.

슈우웅!

쿠아아!

머리 위로는 전투기들이 날아다니고 있다.

비록 전투력 자체는 떨어지지만 기본적인 형태와 구조 덕분에 기가스와 비교할 수 없을 정도의 비행 능력을 가진 전투기들이 번개 폭풍이 몰아치는 하늘을 날아다니며 제공권을 잡기 위해 필사적인 도그 파이트를 벌이고 있는 것이다.

다행인 것은 아군의 전투기가 14대, 적의 전투기가 18대로 숫자에서 그리 크게 밀리지 않는 상태인 데다 무엇보다 강철 십자 비행여단장이라는 단마 대령의 붉은색 전투기가 놀라운 실력을 보여주고 있다는 점이다.

'전투기도 언제 한번 타봐야 하는데.'

당연한 말이지만 전투기 역시 대부분 아이언 하트로 기동한다.

인간이 다룰 수 있는 에너지 중 가장 상위의—신성력 제외—에너지라고 할 수 있는 영자력을 적용하지 않으면 적의 기본 공격에도 뚫리는 실드와 적의 기본 실드도 뚫지 못하는 미사일만 쏟아내야 하는 절망적인 전투를 수행해야 하기 때문이다.

수급 이상의 기가스에 탑재된 아이언 하트의 실드만 해도 상대가 하위 에너지라면 설령 그 공격이 에너지 총량에서 그보다 수천수만 배 이상 강력한 핵폭발이라도 문제없이 견뎌낼 정도였으니 기가스는 물론이고 전투기, 전함, 심지어는 부유 혹성이나 우주 도시들조차 아이언 하트를 사용해야 했다.

때문에 일단 아이언 하트에 익숙해진 조종사라면 전함도, 부유 도시의 제어도 할 수 있으며 어빌리티 또한 각자의 방식으로 활용할 수 있다.

다만 조종법만큼은 전혀 다를 수밖에 없기 때문에 적응하는 데에 시간이 필요할 것이다.

'뭐, 어쨌든 나중 일이고.'

피식 웃으며 레이더를 살핀다.

전투기가 14대 대 18대로 크게 차이나지 않는다면 기가스는 4대와 8대로 2배나 차이가 난다.

적들 역시 인급 기가스 하나에 수급 기가스들이니 등급에서도 유리할 게 없는 상황.

내가 제대로 된 전력을 발휘할 수 없는 이상 수를 마련해야 한다.

"천둥룡! 포격 모드 해제하고 중거리 모드로 변환해! 검은 삵하고 큰 범도 마찬가지. 한곳에 모여서 싸운다!"

[뭐라고? 그러다 적의 광범위 폭격에 노출되기라도 하면……!]

"그러니까 안 노출되게 같이 움직여!"

소리치며 쏘아지듯 달려 나가자 어쩔 수 없는 듯 뒤따라온다.

나는 광자포를 쏘며 적들을 연신 타격했다.

콰과강! 쾅! 두두두!

사격 각도를 제한하기 위해 최대한 낮게 비행해 바위산들에 붙어 다닌다. 적 기가스들이 우리를 추격하며 광자포를 쏘아냈지만 나는 가볍게 실드로 막거나 피하면서 적들을 견제했다.

"좌측을 공격해!"

[큭… 간다!]

천둥룡이 벼락을 쏟아낸다.

제대로 명령을 안 듣는다고는 하지만 녀석들이 나한테 불만을 가지고 일부러 항명을 하는 건 아니다. 녀석들 역시 살고 싶은 마음은 마찬가지일 테니까.

즉, 녀석들이 이해할 만한 명령을 해주면, 어떻게든 거기에 따르기 때문에 나는 계속해서 떠들어야만 했다.

무지 짜증 나지만 '설득'의 과정이 필요했다.

"보호막을 전개하면서 함께 돌격해! 내가 진영을 흔들고 있고, 또 이동 중이기도 하니 고작 두 배 정도의 숫자로 완벽한 포위진을 짜는 건 불가능하다! 숫자가 적어도 우리는 하나의 점으로 움직이고 적은 선으로 움직이니 순간적인 숫자 우위는 계속해서 우리 쪽이야!"

나는 설명하며 점사로 사격한다.

좌측으로 파고든 녀석이 날렵하게 접근하려 했지만, U 자로 급격하게 방향을 틀어봐야 내 사격 수십 발이 죄다 명중하니 버티지 못하고 뒤로 빠진다.

[큭! 유령! 녀석들이 앞뒤로 우리를 포위하고 있어! 따라잡혔다!]

"샌드위치 대형이야! 완전히 뒤를 잡히는 걸 주의하면서 방향을 틀어! 지금 즉시 오른쪽 빵을 몰아낸다!"

[빠, 빵?!]

"언제까지 그 사이에 껴 있을 수는 없잖아! 명심해! 적을 쓰러뜨리는 게 아니라 몰아내는 거야!"

적에게 샌드위치를 당할 경우 소수인 쪽을 먼저 몰아내고 다수랑 싸우는 게 좋다.

소수인 쪽을 먼저 몰살시키면 되지 않느냐고?

웃기는 소리다. 적들이 병신도 아니고 자기보다 다수인 상대와 굳이 싸우려 들 이유가 없지 않은가? 아무리 열심히 몰아쳐봤자 녀석들이 물러서면서 어정쩡하게 시간을 끌면 다수의 적이 뒤통수를 후려치는 상황이 반드시 오게 되어 있다. 괜히 샌드위치가 아니라는 것이지.

결국 이 상황을 타개하기 위해서는 한순간 한쪽에 공격을 집중해 샌드위치 구조를 풀어버리고, 그 즉시 다수와 충돌해 승기를 잡아야 하는 것이다.

"전원 우측 돌격!"

소리치며 나폴레옹에게 명령을 내린다.

"나폴레옹, 중력 제어 장치를 해제해."

[뭐라고? 이곳 엘라-3행성의 중력은…….]

"아니까 해제해."

엘라-3행성은 지구보다 15배 이상 높은 중력을 가진 고중력 지대다. 대부분의 기가스나 전투기에 내장된 중력 제어장치가 없다면 제대로 된 비행조차 힘들 정도로 높은 중력을 가진 공간.

하지만 아무리 중력이 강하다 해도 초과학의 산물인 기가스를 뭉갤 정도는 아니다.

쿵!

묵직하게 떨어져 내리기가 무섭게 땅을 박차며 〈내 사전에 불가능은 없다〉와 〈증폭〉을 발동한다. 증폭 스킬은 〈마렌고의 질주〉였다.

콰앙——!

폭발하듯 쏘아지자 우측의 적들이 깜짝 놀라는 게 느껴졌지만 이미 늦었다.

안 그래도 강력한 이 돌진기가 거듭된 증폭을 받아 더 긴 사거리와 더 빠른 속도를 선보였기 때문이다.

'지금을 위해 여태까지 평타만 강화했지!'

나는 한 번에 가용 가능한 모든 에너지를 실드로 집중시키며 몸을 둥글게 말았다.

검을 휘두르는 건 아무런 의미가 없다. 어차피 실드를 뚫지 못하니까.

하지만 중력 제어장치를 해제한 내가 초고속으로 덮치듯 떨어지면 거기에 실리는 파괴력은 전혀 다르다. 수십 톤의 금속 포탄이 지구의 15배나 되는 중력을 등에 업은 채 떨어지는 것이나 다름없기 때문이다.

끼이익———!!

순간 앞쪽에 있던 인급 기가스가 두 팔을 펼치자 거대한 결계가 모습을 드러낸다. 마치 반투명한 유리 장벽을 한순간 만들어내는 것 같은 모습이었지만 초고속으로 날아든, 더해서 중력의 힘까지 더해진 나폴레옹의 육체를 완전히 막아내지는 못한다.

그뿐이 아니다.

[부숴 버려!!]

콰르릉! 번쩍!

결계는 물론 한순간에 뭉쳐진 실드가 통째로 박살 나기 무섭게 천둥룡과 큰 범이 포격을, 검은 삵이 반달 형태의 영자빔을 쏘아내 무방비로 밀려나던 적들에게 어마어마한 타격을 입힌다. 이번만큼은 나름대로 잘 버티던 적들조차 버틸 수 없었던 듯 4기의 적 중 가장 강력한 인급 기가스가 파괴된다.

다만 녀석의 희생으로 나머지 3기의 적은 다소의 피해만 입은 채 황급히 뒤로 빠졌다.

[추격한다!]

"안 돼! 뭐 들었어? 쓰러뜨리는 게 아니라 몰아내는 거라고 했잖아! 당장 뒤돌아서 뒤쪽 넷을 상대해!"

그렇게 외치며 〈죽지 않는 황제〉를 가동한다.

너무나 당연한 말이지만 나폴레옹의 몸 자체를 포탄으로 써서 적의 실드와 결계를 박살 냈으니 몸 상태가 말이 아니었기 때문이다.

좌아아앙————!

[이게 뭐야? 이게 무슨 말도 안 되는 회복 속도… 으악! 영자력이 죄다 소모되고 있어!]

나폴레옹의 몸을 보호막이 뒤덮자마자 동시에 떨어져 나갔던 팔이, 부서졌던 갑주가, 엉망으로 일그러졌던 부품들이 마치 시간을 되돌리기라도 하듯 순식간에 원래의 모습으로 회복되기 시작한다.

이것 역시 〈내 사전에 불가능은 없다〉로 증폭한 상태라서 잠시 호흡을 고르는 사이에 만전의 상태로 회복되어 버린다.

물론 그 탓에 영력이 바닥으로까지 떨어졌지만.

콰득!

내 공격을 받고 쓰러졌던 기가스의 가슴팍에 광선검을 꽂아 넣는다. 〈메마른 심장〉이 발동하고 적의 아이언 하트에 있던 모든 기운이 빨려 들어와 나폴레옹의 에너지를 60%까지 회복시킨다. 원래 스킬 목표는 100%까지 채우는 것이지만 나폴레옹이 기형적일 정도로 에너지 총량이 높아 다 채우지 못했다.

[잠깐! 뒤돌아서라니 무슨 소리야! 저기 다 박살 난 녀석들을 놓아주고 멀쩡한 녀석들을 상대하라고?]

흥분해서 반말을 지껄이는 검은 삵을 보며 몸을 일으켰다.

그 뒤쪽에서는 멀쩡한 4대의 기가스가 날아오고 있다.

"박살이고 뭐고 지금 후퇴하는 속도를 봐! 단번에 따라잡을 정도는 아닌데 그걸 쫓아갔다가는 저 녀석들한테 뒤를 잡힌다! 오히려 지금이라면 4 : 4 구도에 뒤를 걱정할 필요 없으니까 쉽게 처리할 수 있어!"

적과 싸워서 이길 수 있는 조합이라면 도망 중이라도 싸워야 한다.

적이 싸움을 피하려고 해도 강제로 전투를 걸어야 할 판국인데 덤벼주면 오히려 고마운 일.

그러나 검은 삵 녀석은 잠시 망설이다가 벼락처럼 뒤쪽으로 빠졌다.

[큭! 금방 해치우고 오겠어! 잠깐만 버텨!]

"뭐라고?!"

기겁하며 비명을 질렀지만 녀석은 가버렸다.

그리고 그렇게 타깃팅이 흩어지면서 우리에게 달려들던 4명을 단숨에 쓸어버리는 것 역시 불가능해졌다.

뿐만 아니다. 적을 쫓아내기만 했어야 하는데 녀석은 물론 천둥룡과 큰 범까지 어정쩡하게 뒤로 물러나서 기껏 무너뜨린 샌드위치가 구조가 유지되어 버렸다.

도망치던 녀석들이 어느 정도 상태를 수습해 돌아서는 순간, 우리는 완벽히 포위된 상태가 되어버린 것이다.

"맙소사, 이 트롤 새끼들이."

대전쟁 NPC들은 비록 봇(bot: 멀티 플레이 게임, 혹은 멀티 플레이 모드에서 등장하는 인공지능 플레이어) 특유의 답답함과 제한적인 사고 회로로 내 속을 터지게 할지언정 이따위로 움직인 적은 없다. 무엇보다 기여도를 어느 정도 높이게 되면 무슨 말을 해도 잘 듣기도 했고.

그런데 막상 사람 새끼들하고 같이 플레이를 하니 이따위로 할 줄이야……. 비록 억지에 가까운 행동이었다고 해도 지휘권도 잘 이어받았는데?

비록 어정쩡하게 뒤쪽에 있는 천둥룡과 큰 범이 지원사격을 하고 있었지만 애초에 진형 자체가 완전히 무너졌을 뿐더러… 혼자서 튀어 나간 검은 삵 녀석은 1 : 3의 전투를 해야 한다.

적이 아무리 큰 피해를 입었어도 소수가 다수를 상대하는 건 절대 쉽지 않은 일.

"아…….."

나는 어느새 나를 향해 덤벼드는 4기의 기가스를 보며 허탈하게 웃었다.

"암 걸리겠네……."

하지만 발암은 발암이고 일단은 싸워야 한다.

"천둥룡! 큰 범! 얼른 가서 고양이 녀석하고 셋 빨리 잡고 돌아와!"

[뭐? 하, 하지만…….]

"너네도 명령 불복종 할래?"

[…알았다. 아니, 알겠습니다.]

대답과 동시에 두 기체의 모습이 순식간에 멀어진다. 그리고 그 모습에 나에게 덤벼들던 4기의 기체 중 둘이 내 뒤로 넘어가려 했지만.

"가긴 어딜 가! 나폴레옹! 중력 제어장치 재가동!!"

[좋아, 파트너! 해보자!]

대답과 동시에 자세를 낮추며 〈내 사전에 불가능은 없다〉와 〈증폭〉을 동시 가동한다.

핑그르르 돌며 실드에 에너지를 충전, 나에게 덤벼들던 거미 모양의 기가스에게 달려들었다.

끼기긱————!!

당연한 말이지만 몸싸움을 하는 것은 불가능하다. 기가스전에 체술이 있을 수 없는 개념은 아니었지만 지금처럼 잔뜩 쫄아서 실드로 몸을 둘둘 두르고 있는 적은 일단 실드를 깨야만 접근할 수 있기 때문이다. 근접전에 걸맞은 어빌리티를 가지고 있다면 상황이 좀 달랐겠지만 적어도 지금 나에게는 실행이 불가능한 선택지다.

'집중하자.'

나는 나폴레옹의 아이언 하트와 동조했다. 나폴레옹의 거대한 영력이 내 보잘것없는 영혼과 접속하며 반응하기 시작한다.

우웅——

기가스의 실드를 구성하는 것은 아이언 하트의 영력이며 그 기본적인 성질은 고체에 가깝다. 하지만 실질적인 물질이 아닌 만큼 영력에 동조한다면 그 성질을 변환시키는 게 가능하다.

'고무공처럼 유연하고 탄력이 넘치도록!'

집중한다. 가상 시뮬레이션 장치인 대전쟁은 여기까지 동조할 수가 없어서 실제로 해보는 건 처음이었지만, 실패할 거라는 느낌은 들지 않는다.

파앙!

그리고 결과는 당연히 성공!

나는 나에게 덤벼들던 기가스 녀석의 아래로 파고들어 녀석을 하늘로 튕겨 버렸다.

쾅!

"스트라이크!"

벼락같이 튕겨 나간 거미 모양의 기가스가 천둥룡과 큰 범을 쫓던 적 기가스 둘을 명중시키는 모습을 보며 주먹을 불끈 쥔다.

공격 어빌리티가 없어서 적의 배리어를 뚫을 수는 없지만 이런 식으로 밀어내고, 튕겨내고, 내리누르는 것 정도는 가능했다.

그리고 무엇보다 내 기본 공격들과 배리어가 강화된 상태였기에 기세 또한 매서운 편이다.

콰! 콰!

고속 비행을 시작하려다 뒤에서 날아든 다른 기가스에 얻어맞고 추락한 두 기가스는 이내 눈을 번쩍이며 내 쪽으로 몸을 돌렸다.

도망치는 그들의 동료와 그들을 쫓고 있는 천둥룡, 검은 삵, 큰 범과의 거리가 순간적으로 크게 벌어지자 아예 가까운 나부터 끝장내기로 마음먹은 모양이었다.

결과적으로 1 : 4의 전투가 된 것이다.

[파트너! 온다!]

경고와 함께 내 양쪽으로 떨어지는 포격을 피한다.

비인들의 기가스에서는 제법 드문, 인간 형태의 기가스 둘이 덤벼들었는데 그중 실드를 두드린 포격의 감촉이 심상치 않다.

'이건.'

익숙한 [느낌]에 버럭 소리친다.

"나폴레옹! 실드의 범위를 피부 바로 위로 붙을 정도로 줄여!"

[하지만 실드를 구체 형태로 유지하지 않으면 시스템 점유율이 너무 높아져! 영력 소모도 심각하다! 근접전용 어빌리티도

없으면서 왜?]

"별수 없어. 적이 배리어에 맞기만 해도 별로 안 좋은 어빌리티를 쓰고 있다. 녀석의 공격이 배리어에 닿지 못하게 해야 해!"

[애초에 공격을 막으려고 쓰는 배리어에도 공격이 안 닿게 해야 한다고?]

기막혀하는 나폴레옹이었지만 그래도 납득 못 할 정도는 아니었던 듯 실드의 범위가 줄어드는 것이 느껴진다.

그리고 그와 동시에 어깨 위로 스쳐 지나가는 광자포.

역시나 이 녀석, 실드에라도 맞으라는 듯 마구잡이 사격을 가하고 있다.

'침식이군.'

〈침식〉

그건 나도 즐겨 쓰는 어빌리티 중 하나로 적의 영기에 침입하여 제어를 흐트러뜨리고 폭주를 유도하는 기술이다.

가장 이상적인 사용 방법은 당연히 적의 아이언 하트나 갑판 내부로 흐르는 영맥(靈脈)에 직접 투입하는 것이지만 적의 실드 위에 쏘아대는 것만으로도 적 기가스의 영력 회복 속도나 방어력 등에 악영향을 끼치는 게 가능하다.

쿵!

땅을 박찬다. 중력 제어장치와 관성 제어장치로 자유로이 비행이 가능한 나폴레옹이라도 작용 반작용의 법칙에서 자유로울 수 없는 건 너무나 당연한 일.

나는 땅을 박참으로써 가속 시간을 최소화한 후, 〈마렌고의 질주〉를 사용함으로써 순간적으로 최고 속도로 들어섰다.

쾅! 쾅! 퍼엉!

지구에서는 함선에서나 다룰 만한 거대 구경의 포격들이 내 몸, 아니, 나폴레옹의 몸을 스치며 대지를 박살 낸다.

그러나 애초부터 사격 각도로 녀석들이 노리던 부위를 파악한 나는 가볍게 나폴레옹을 조작해 그 모든 공격을 피해내고 안으로 파고들어 벼락처럼 광선검을 휘둘렀다.

우득!

"웃?!"

그런데 순간 광선검의 손잡이를 잡고 있던 나폴레옹의 손목이 꺾인다.

마치 공간이 굴절되기라도 한 것처럼 광선검의 궤도가 급변해 분명히 적을 쳐야 할 광선검이 나에게로 되돌아왔기 때문이다.

[파트너! 이건……!]

"알아! 방어 스킬이다! 공간 굴절인가!"

급작스러운 상황이었지만 당황하지 않았다. 아니, 오히려 이건 기회. 이런 식의 집중된 방어는 오히려 일반 배리어보다도 뚫기 쉽다는 걸 경험으로 알고 있는 나였으니까.

파앗!

일단 허리를 크게 젖혀 내 목을 향해 날아오는 광선검의 날을 피해냈다.

그리고 동시에 왼손으로 꺾인 오른손을 강하게 붙잡아 되돌아오는 검의 힘을 이용해 팽이처럼 돌았다.

콰득!

핑그르~ 돌며 파고들어 대각선으로 그어 올리자 기다렸다는 듯 신속한 반격에 당황하며 몸을 빼려던 적의 모습이 두 개로 나눠진다.

아이언 하트를 정확히 베어버린 데다 〈메마른 심장〉이 순간적으로 발동해 영력을 빨아들였으니 회생의 가능성 따위는 없을 것이다.

[맙… 소사, 지금 뭘 한 거야?]

"뭘 하긴 뭘 해. 공격했다가 반사당해서 반사당하는 힘을 이용해 공격한 거지. 아오, 겨우 한 대 잡으려고 손목이 나가야 하다니 이게 무슨 하드 코어……."

————!!!

그러나 숨 돌릴 사이도 없이 머릿속을 '왱—!' 하고 울리는 파동이 몸을 치고 지나간다.

물론 나는 아발론 시스템에 의해 보호받았지만, 애초에 이건 내 본신을 노리고 한 공격이 아니다.

"아, 다굴 짜증 나네. 이건 또 뭐야."

순간적으로 나폴레옹의 통제가 반 박자 정도 늦어졌다는 것을 깨닫고 인상을 찡그렸다.

고개를 들어보니 늑대 형태의 기가스가 상체를 숙이고 있는 상태. 턱 부분이 빠져서 입이 크게 벌어진 걸 보니 마치 포효라도 한 것 같은 모양새다.

'천현일 소장이 사용했던 펜릴의 포효와 비슷한 어빌리티인가?'

그러나 침식과 다르게 이건 모르는 어빌리티였다.

대전쟁에 나오는 어빌리티를 100% 숙지한 내가 모른다는 건 이 스킬이 굉장히 희귀하거나 대전쟁 중에는 등장하지 않은 어빌리티라는 뜻이다.

[조심해라, 파트너! 아이언 하트의 영력이 둔화되어 반응 속도가 너무 느리다! 공격을 피할 수 없어!]

"아니, 뭐, 그렇게 심각하게 말할 것까지는 아닌데."

매직 핸드를 움직여 전면 화면에 어지럽게 떠오르는 피해 보고를 죽 밀어내며 웃는다.

"그냥 한 2초 정도 렉 걸린다는 말이잖아? 선 입력으로 해결하면 되지."

오른팔이 박살 났고 그걸 수리하기 위해 〈죽지 않는 황제〉를 발동할 시간조차 없는 건 사실이다. 하지만 어차피 내 목적은 승리가 아니다.

나 혼자서 이렇게까지 시간을 끌면.

[늦었다! 아니, 늦었습니다! 죄송합니다!]

[합류하겠습니다! 이제 뒤는 걱정하실 필요 없어요!]

[그 와중에 하나를 더 잡다니…….]

전투 중에 위치가 바뀌었기에 비인들의 기가스 뒤로 천둥룡과 큰 범, 그리고 검은 삵이 모습을 드러낸다.

솔직히 못 미덥기는 했지만 같은 숫자로 큰 타격을 입었던 적을 상대하지 못할 정도는 아니었던 모양이다.

쉬우웅— 펑!

그리고 그 와중에 붉은색의 전투기가 격추시킨 비인의 전투기 하나가 우리 옆으로 추락한다.

우리가 싸우는 동안 전투기들 역시 승리를 거머쥔 것이다.

"끝이군."

함부로 움직이지 못하고 멈칫거리는 비인들의 기가스를 보며 조종석에 등을 기댄다.

완벽한 승리였다.

*　　★　　*

"이건 전혀 생각지도 못한 상황이군."

화면을 바라보는 현일의 상태는 엉망이다.

눈처럼 새하얀 털의 상당 부분이 불에 타기라도 한 것처럼 그을려 있고 한쪽 귀는 비스듬히 잘려 나가 온데간데없다. 오른팔은 걸레처럼 너덜거려 근섬유가 보일 정도이고, 얼굴도 상당 부분 찢어져 커다란 어금니와 송곳니가 선명하게 그 모습을 내보이니 비위가 약한 이라면 헛구역질이 나올 정도로 심각한 상태인 것이다.

"폼 잡을 때야? 너 지금 당장에라도 죽을 것 같은 꼴이야."

"무슨 말도 안 되는 소리를. 이깟 부상쯤은 침 발라도 낫는다."

레온하르트 제국의 황녀, 세레스티아의 핀잔에 농담같이 답했지만 실제로 그게 사실이었다. 아닌 게 아니라 지금 이 순간에도 그의 부상은 빠르게 치료되고 있다.

타버린 피부가 천천히 재생되며 거기에서 새하얀 털이 자라나기 시작하고, 부러진 뼈가 저절로 맞춰지며, 잘려 나간 귀가 자라나고 있는 것이다.

"육체파 초월자들은 이게 무서워. 심지어 재생 안 되기로 유명한 궁극 주문을 맞고도 이 모양이라니……."

"그 궁극 주문이라는 걸 맞아서 이 모양인 거다. 아니었으면 여기로 돌아오기 전에 완치되었겠지."

그렇게 중얼거리며 만령차(萬靈茶)를 후루룩 소리가 나도록 마신다.

귀한 손님이 왔을 때만 마실 정도로 아끼는 차였지만 부상을 입은 그에게 가장 훌륭한 영약이기도 했기 때문이다.

그가 만령차를 한 모금씩 나눠 마시며 운기(運氣)에 들어가자 알바트로스함의 최고 귀빈으로서 함장실에서 대기 중이던 세레스티아는 화면으로 고개를 돌렸다.

"그나저나… 대체 왜 전장에 돌입한 거지?"

전투 상황은 그녀가 생각한 것과 전혀 다른 방식으로 진행되었다.

전쟁은커녕 사건 사고조차 거의 없는, 극히 평화로운 지역 출신의 소년이 단번에 전장에 돌입해 수십 년 동안 전쟁터를 굴러온 스페셜리스트를 [지휘]해 적들을 몰아냈으니까. 그가 활약할 거라는 예상은 했지만, 이런 방식은 생각지도 못했다.

"아아, 나도 그것 때문에 당황했어. 저 녀석, 분명히 〈저격〉을 가지고 있지 않았나? 원거리 어빌리티가 없는 천둥룡으로 적의 배리어를 뻥뻥 잘도 뚫었다고 하던데 왜 포격전용 기가스인 나폴레옹에 타서 근접전을 한 거지?"

무인으로서 초월지경의 경지에 이른 동시에 조종사로서도 높은 재능과 실력을 가진 현일은 비인들과의 전투 후에 남겨진 영상을 둘러보는 것만으로도 유령이라 불리는 지구인이 사용한 어빌리티의 종류에 대해 정확히 파악할 수 있었다.

"은신에 관통에 저격… 거기에 공간 이동 능력까지. 실제 천둥룡에 내장된 기본 어빌리티는 관통뿐이었으니 나머지는 틀림없이 고유 어빌리티였을 텐데."

관통처럼 근접 무기와 원거리 무기 모두에 활용하는 건 불가능하지만 어빌리티 〈저격〉 역시 배리어를 관통하는 힘을 지니고 있다. 또한 포격의 사정거리를 늘리는 힘을 겸하고 있으니 〈은신〉 어빌리티로 몸을 숨기며 〈저격〉을 한다면 제대로 된 탐지가 먹히지 않는 번개 구름에 숨어 안전하게 레온하르트군을 지원하는 게 가능했을 터였다.

손님이라고 할 수 있는 대하의 참전을 반대하다가 그런 사정을 이해하고 고개를 끄덕였던 세레스티아는 이해할 수 없다는 표정으로 중얼거렸다.

"대체 왜 포격전용 나폴레옹으로 근접 전투에 참여한 걸까?"

"사실 그것도 별로 중요한 건 아니지."

피부 위를 손으로 탁탁 털어 엉겨 붙은 털들을 털어낸 현일이 나폴레옹의 전투 장면을 보는 모습에 세레스티아가 웃었다.

"어머, 설마 기간트 마스터(Gigant Master)가 어린애로 보일 정도의 기교라는 내 말을 허투루 들은 거야?"

"그럼 그걸 단번에 믿는 미친놈이 있겠냐?"

다른 나폴레옹이 종종 각성하곤 한다는 보고를 받았던 〈마렝고의 질주〉와 〈죽지 않는 황제〉, 그리고 상대의 에너지를 빨아들여 자신의 에너지를 회복하는, 극히 희귀한 타입의 어빌리티 〈메마른 심장〉.

사실 이런 건 문제가 아니다.

아주아주 드물 뿐이지 남들보다 귀한 어빌리티를 많이 가진 존재는 과거부터 있어왔다.

초월자인 그조차 함부로 대하지 않는 [노블레스]들이나 그보다 더 희귀하지만 틀림없이 존재하는 [언터쳐블]의 혈통들.

그들이라면 태어났을 때부터 말도 안 되는 어빌리티를 가지고 있어도 전혀 이상할 게 없다. '해당 기체가 각성하지 못한 어빌리티를 고유 어빌리티로 사용하는' 경우도 극히 희귀해 말로만 들어왔지만 납득하지 못할 정도까지는 아니다.

문제는 오히려 그보다 그의 [기교]였다.

"하하, 실드의 성질을 변화시키는 거 봤나? 나도 그거 하는 데 30년이 넘게 걸렸어. 그런데 저런 꼬마가 저렇게 쉽게 한다고?"

그뿐만이 아니다.

매 순간 급변하는 전투 속에서도 순식간에 [정답]을 찾아내는 상황 판단 능력, 자신의 명령에 복종하지 않는 부하들조차 이용하는 뛰어난 용병술, 제대로 된 공격 어빌리티 하나 없이 동급의 적조차 가볍게 제압하는 놀라운 조종 능력까지.

이건 재능 하나로 될 문제가 아니었다. 수없는 수련과 연습, 그리고 무엇보다 '연륜'이 필요한 일인 것이다.

그리고 무엇보다…….

"저 녀석은 대전쟁으로 기가스 조종법을 배운 게 아니었나? 그런데 실전에, 그것도 죽고 죽이는 전장에 바로 투입되어 이렇게 완벽하게 적응한다고?"

대하에게는 신병 특유의 머뭇거림이나 두려움 등이 전혀 느껴지지 않았다. 검과 검을 맞대고 숨결과 숨결이 스쳐 지나가는 백병전에 비할 바는 아니겠지만 기가스전 역시 그렇게 만만한 게 아니다.

대전쟁을 비롯한 시뮬레이션에서 우수한 성적을 기록하고도 단 한 번의 전투로 트라우마가 생겨 다시는 전쟁터에 나서지 못하는 장교가 수두룩하다.

적을 죽여야 하는 상황과 죽을지도 모른다는 공포가 공존하는 전쟁터에서 냉철하게 아이언 하트와 동조하는 것이 결단코 쉽지 않은 일이기 때문이다.

그런데 대하는, 제대로 된 기가스 탑승이 단 1회에 불과한 그 소년은 별 망설임도 없이 압도적으로 불리한 전투에 투입되어 일말의 망설임도 없이 적들을 처치하고, 호흡이 맞지 않는 아군 때문에 위기에 처했으면서도 냉철하게 전투를 수행해 승리로 이끌었다.

이건 신병이 보일 수 있는 활약이 아니다. 오히려 백전노장에 가까워 오랫동안 조종사로 활동한 현일조차 흉내 낼 수 있을까 의심이 갈 정도.

과연 이게 가능한 일이란 말인가?

"하지만 녀석은 대전쟁에서 12억 8,000만 점을 딴 천재라고 하지 않았어? 아무리 게임으로 배웠다고 해도 그 정도 점수면 실전에서 어느 정도 하지 않을까?"

"12억 8,000만 점… 하하하, 어처구니가 없군. 내가 '겨우' 950만 점을 찍는 바람에 본성에서 난리가 났던 게 어제 같은

데. 결국 100인 위원회에서 직접 소환해 녀석들이 보는 앞에서 다시 한 번 대전쟁을 플레이해야 했었지. 그런데 1,000만도 아니고, 1억도 아니고, 12억?"

대전쟁은 그냥 게임이 아니다.

그것은 수없이 많은 조종사를 키워온, 아주 신뢰도 높은 전투 시뮬레이션.

어쩌면 현 기간트 마스터들조차 10억대의 점수에는 도달하지 못했을 거라고 짐작될 정도인데 20년도 못 산 꼬맹이가 어찌 그 이상의 점수를 낼 수 있단 말인가?

그러나 세레스티아는 씩 웃으며 어깨를 으쓱였다.

"뭐, 어쨌든 상황이 잘 풀렸으니 다행이지."

"그래, 잘 풀렸지. 내가 다친 만큼 그 공룡 자식도 다쳤고, 추적기도 다 박살 내는 데 성공했고, 함선을 수리할 수 있을 정도로 게럴트도 채굴할 수 있었고."

그러나 그럼에도 현일의 머릿속에는 의문이 남아 있다.

대하의 정체에 대한 의문이다.

'악의를 가지고 침투한 건 절대 아냐. 그럼 일을 이런 식으로 처리하지 않았겠지.'

하지만 동시에 그가 평범한 존재가 아니라는 확신은 분명하게 자리 잡았다. 그 놀라운 기교도, 엄청난 숫자의 어빌리티도 절대 평범하지 않은 것들이었으니까.

'잘 살펴봐야겠군.'

그렇게 중얼거리며 서서히 잠이 든다. 드러내지 않았지만 그역시 격전으로 상당히 피곤한 상태였던 것. 그리고 그렇게 그가 잠든 사이 세레스티아는 다시 화면을 바라보았다. 무슨 일이 있었던 건지 대하가 타고 있을 나폴레옹이 검은 삵의 머리통을 가볍게 때리고 있다.

"아아… 곤란한데. 이거 어쩌면."

귀환하는 부대의 모습을 복잡 미묘한 표정으로 바라보며 세레스티아가 중얼거린다.

"매파 할아버지가 올지도."

납치 ✦ ✱ ✱

제국 클래스라고 평가받는 테케아 연방에조차 단 2대만이 존재하는 엑사(Exa)급 우주 모함(Carrier) 대천공(大天空)을 제어하는 함교의 분위기는 더없이 적막하다.

상주인구가 십수 만에 이를 정도의 규모를 지닌 만큼 함교에서 근무하는 승무원의 숫자도 상당했지만, 그럼에도 사람 하나 없는 것처럼 극도의 고요만이 주변을 지배하고 있는 것이다.

"녀석들이 게럴트를 캐 간 지 벌써 3일이 지났군."

지구인의 관점에서 보면 약 7일이다. 비인들의 모성 [라이드]의 자전 주기가 지구보다 2배 정도 길기 때문에 시간 관점이 다른 것이다.

"죄, 죄송합니다, 대현자님. 이게 다 쇠망치 비행연대와 서리요정 기갑여단이 교전마다 패배하기 때문에……"

"무, 무슨 말씀을 그렇게 하시오? 게럴트를 캐는 적을 요격할 때 천현일 소장이 파고들 것을 예상하지 못해 전투 상황을 엉망으로 만든 건 오히려 작전부였소!"

"뭐라고요?"

분위기가 험악해졌지만 그것도 다 살고자 하는 욕망에서 나온 발악일 뿐이다.

함장석에 앉아 고요히 그들을 내려다보는 모르네의 눈은 마주하는 것만으로도 심장이 멎을 듯 서늘하다.

"…시끄럽군."

독백하듯 조용한 목소리에 서로 눈을 부라리던 비인들이 단박에 입을 다물고 고개를 숙인다.

화면을 보고 있던 모르네는 살기가 끓어오르는 것을 감추지 않으며 으르렁거리듯 중얼거렸다.

"대체 그 녀석들은 뭐지? 알바트로스함의 조종사들이 이렇게 수준이 높다는 보고는 받은 적이 없는데. 심지어 기간트 마스터로 의심되는 녀석이 있을 정도라니."

게릴트 채광 때의 전투에서는 물론이고 그 후에도 대하의 활약은 엄청났다. 그는 별다른 부담 없이 전장에 나섰으며, 그때마다 셀 수 없이 많은 기가스와 전투기들을 처리했다.

사실 게릴트 채광 때의 전투만 해도 평생 자랑할 만한 성과였는데 그 후로 오히려 더 혁혁한 공을 세운 것이다.

"녀석들이 아니라, 녀석이라고 판단됩니다."

"…한 명이라고?"

모르네가 의아해하는 것도 이상한 일은 아니다.

처음에는 천현일 소장의 호의로 알바트로스함의 최고 등급 기가스인 나폴레옹에 타게 된 대하였지만, 그 이후에는 계속해서 기체를 바꿔 타고 나갔기 때문이다.

물론 나폴레옹을 버리거나 한 건 아니어서 다시 나폴레옹을 탈 때도 있었지만 그가 주로 타고 다녔던 기가스는 천둥룡을 비롯한 수(獸)급 기가스들이었다.

"예, 전투정보 분석 결과 틀림없습니다. 자세한 자료는 여기에."

부관의 손짓에 따라 모르네의 머릿속으로 각종 정보가 전달된다. 순간적으로 받아들이기에는 상당한 양이었지만 대주술사인 모르네는 순식간에 그 내용을 분석했다.

"…그렇군, 한 명이야. 습관과 방식을 비롯한 전투 방식이, 그리고 무엇보다 영자패턴이 모두 동일해."

각기 다른 아이언 하트를 품은 기가스들은 각각 다른 영자패턴을 가지지만 조종사와 동조하면서 자연스럽게 그 패턴을 받아들인다.

실질적으로 기가스는 두 가지의 영자패턴을 가진다는 뜻으로, 높은 문명 수준을 가진 테케아 연방의 기술자들은 전투정보만으로 상대의 영자패턴을 읽어 들이는 게 가능했다.

"코드명 [유령]이라고 합니다. 작전부에서는 녀석을 제거하지 않고서 알바트로스함을 포획하는 건 불가능하다는 판단을 내렸습니다."

"그래. 내가 참가하지 않는 교전은 반드시 패하니 전쟁이 제대로 이뤄질 수가 없겠지."

그렇게 말하며 서늘하게 웃자 날카로운 이빨들이 번쩍인다.

대하는 그를 티라노사우루스라고 봤지만 사실 그의 모습을 자세히 봤다면 단지 공룡으로 보기에 무리가 있다는 걸 알 수 있었을 것이다.

흔히 알고 있는 공룡의 모습과 다르게 발달된 양팔과 섬세하게 움직일 수 있는 4개의 손가락을 가지고 있는 데다 꼬리가 있을 뿐 일어서면 꼿꼿이 설 수 있는 골격, 날카로운 손톱과 발톱은 마치 고양이의 그것처럼 꺼내고 집어넣는 게 가능하다.

과거 지구 전체를 지배하던 공룡이 멸종하지 않고 그대로 진화에 성공했다면 도달했으리라고 판단되는 형태의 모습인 것이다.

심지어 공룡족은 거대한 덩치에 걸맞지 않게 우수한 지성을 가졌으며 어떤 이능이든 쉽게 익힐 수 있을 정도로 뛰어난 영능력을 가지고 태어난다.

우주의 귀족이라 불리는 초월종(超越種) 노블레스에 비할 바는 아니겠지만 그에 준할 정도의 강력한 종족이었기에 비인 중에서도 가장 큰 영향력을 가지고 있다.

"모성에 지원을 요청해야 합니다. 저희가 패배할 일은 절대 없겠지만 이대로 녀석들이 탈출에 성공해 연합에 연락이라도 하게 되면⋯⋯."

"그래, 곤란하겠지. 그깟 도구 좀 사용한다고 계집애처럼 호들갑을 떠는 연합이니까. 어쩌면 전룡단(戰龍單)이나 선경(仙境)에서 나설지도 모르겠군."

우주를 지배하는 연합, 그리고 그 연합을 양분하고 있는 노블레스(Noblesse)와 엘로힘(Elohim).

제국 클래스의 힘을 가진 테케아 연방이라지만 연합이 작정하고 나서면 제대로 된 반항조차 하지 못하고 괴멸할 거라고 예상할 정도로 힘의 차이는 압도적이다.

레온하르트 제국과 테케아 연방의 전쟁에는 관심조차 없는 연합이지만 그들이 리전을 이용하고 있다는 사실이 새어 나가면 강제력을 발휘할지도 모르니 비밀은 반드시 지켜져야 한다.

"그럼 지원을 요청하는 방향으로 갈까요? 혹시 모르니 레온하르트 제국군의 눈을 가려둘 작업도 필요합니다."

"…그래. 자존심이 좀 상하기는 하지만 만일의 사태를 위해 그편이 나을 것 같군. 준비해라."

"네, 대현자님."

부관은 모르네가 모처럼 차분한 상태라는 사실에 내심 안도의 한숨을 내쉬며 물러섰다. 평소 흥분하면 수하들조차 아무렇지도 않게 죽이는 그였지만 수련을 위해 명상을 하고 난 직후였기 때문인지 흉성을 터뜨리지 않고 있는 그였다.

"아, 그런데."

그러나 미처 물러나기 전 따라붙는 질문에 부관이 멈칫한다. 혹시나 이제 와서 흉성을 터뜨리려는 것일까 하는 두려움이 피어오른다.

그러나 그에게 있어서는 다행히, 별다른 감정의 변화 없이 모르네가 묻는다.

"그 유령이라는 녀석은 왜 자꾸 기체를 갈아타는 거야?"

내가 나폴레옹에 타 잠시 침묵을 지키자 나폴레옹이 조심스
럽게 묻는다.

[그, 오, 오늘은 어때?]

"잠깐 기다려 봐."

가볍게 녀석의 말을 끊으며 동조를 시작한다.

기잉———!!

동조가 완료되고 아이언 하트가 기동한다. 항상 그랬듯이
나는 오늘의 어빌리티를 확인했다.

〈절약〉

〈수리〉

〈광속의 검호〉

〈점멸〉

대체적으로 무난한 어빌리티였지만 상당히 괜찮다.

어빌리티나 병기를 사용할 때 소모되는 영력의 양을 줄여주
는 〈절약〉, 공격에도 도주에도 사용 가능한 〈점멸〉, 그리고 무
엇보다 공격 어빌리티인 〈광속의 검호〉.

다만 〈수리〉가 〈죽지 않는 황제〉의 하위 호환이라 무용지물이
었지만 이 정도면 공격과 회피 모두 달려 있는 훌륭한 조합이다.

수리가 방어 생존 방식의 어빌리티였으면 완벽했겠지만 거기
까지 바라는 건 욕심이라는 것을 알기에 고개를 끄덕인다.

"굿."

[휴우…….]

안도의 한숨을 내쉬는 나폴레옹의 모습에 소리 죽여 웃는다.

이 녀석이 왜 이렇게 나오느냐? 라고 묻는다면 내가 녀석을

툭하면 대기 상태로 놔두고 다른 기가스를 탔기 때문이다.

나폴레옹 녀석은 그것을 [자존심 상하는] 일이라고 표현했지만 나로서는 어쩔 수 없는 일이었다.

공격 어빌리티의 부재라는 돌발 상황 탓에 온갖 고생을 한 게 엊그제 같은데 자체적인 공격 어빌리티가 없는 나폴레옹에 무작정 탈 수는 없었으니까.

때문에 나는 매일 나폴레옹에 탑승해 그날의 어빌리티를 확인했고, 내 고유 어빌리티에 공격 어빌리티가 있을 때에만 나폴레옹이 전장에 나갈 수 있었다.

만약 공격 어빌리티가 없으면 다른 녀석들의 수급 기가스를 아레스의 만병지왕으로 원격조종해 싸웠던 것이다. 사실 조종 자체는 직접 타는 게 더 수월했지만, 나름대로 인적 사항을 비밀로 하고 있는 만큼 별수 없는 일이었다.

'그나저나 이상할 정도로 멘탈에 타격이 없단 말이지.'

살기 위해서라지만 셀 수 없이 많은 적을 이 손으로 죽였다.

그러나 그럼에도… 나는 별다른 정신적 타격을 입지 않았다.

내 머릿속의 어디가 망가졌다거나, 미쳤다거나 하는 것은 아니었다.

나는 멀쩡하다. 아니, 그걸 넘어 너무나 절대적이고 객관적인 시선에서 모든 걸 바라보고 있다. 심지어 내 목숨이 위험할 때조차 나는 모든 걸 차분히 판단하고 움직이는 것이다. 물론 그거야 대전쟁을 할 때에도 마찬가지였지만 적어도 진짜 목숨이 걸린 지금은 상황이 전혀 다르지 않은가?

'어떻게 이런 게 가능하지?'

물론 정신이 파괴될 정도의 악몽을 보여줬던 [기억]으로 인해 내 정신력이 높은 건 사실이다.

하지만 그렇다 해도… 예전의 나는 위험한 상황에 겁을 먹었었고 내 존재 때문에 고뇌했었다. 지금처럼 강철 멘탈의 소유자는 아니었던 것이다.

실제로 같은 반 친구가 되어버린 경은의 [인간 사냥꾼] 때문에 멘탈이 휘청휘청했던 경험이 있지 않았던가?

그런데 지금의 나는 아무렇지 않게 적을 해치우며 내 목숨이 위험한 상황에서도 별다른 두려움을 느끼지 못한다. 위험한 상황에 걱정은 해도 공포를 느끼지는 않는 것이다.

'언제부터였지?'

고민한다.

그런데 그때 삑삑, 하고 알림음이 울린다.

[파트너, 통신이다.]

"음? 이건 혜란이군. 내려줘, 나폴레옹."

[알았다.]

순식간에 아이언 하트와의 동조가 풀리고 나폴레옹의 전면부 장갑이 열린다.

물론 10.5m나 되는 나폴레옹의 가슴팍에서부터 바닥까지의 거리는 상당했지만, 나폴레옹은 능숙하게 내 몸을 잡아 바닥에 내려주었다. 거대한 로봇이지만 달걀을 잡을 수 있을 정도로 섬세하니 녀석의 손길에 다칠 걱정은 안 한다.

"무슨 일이야?"

"아, 저, 나래의 군사재판 때문에."

"나래라니, 그건 또 누구야? 그리고 웬 군사재판?"

뜬금없는 소리에 의문을 표한다.

내가 법무관도 아닌데 왜 군사재판 이야기를 하는지 이해할수가 없었기 때문이다.

게다가 그렇게 말하는 혜란의 표정이 평소와 달리 상당히조심스럽다. 실력은 확실하지만 가끔 개념이 없나 싶을 정도로 마음대로 행동하던 그녀의 모습을 생각하면 흔치 않은 경우다.

"흠, 검은 삶이라고 하면 알려나······?"

"아하."

검은 삶이라면 전투 중 지휘권을 이어받았던 내 명령을 무시한 채 반파된 적들을 쫓아갔던 기체였다.

뭐, 어차피 전투는 승리로 잘 끝나서 가볍게 머리 한 대 때려주고 넘어갔는데 그 이름을 일주일이나 지난 지금 다시 듣게된 것이다.

"와, 설마 그걸 이제 와서 처벌한다고?"

"이제 와서가 아니라 쭉 진행 중이었어. 큰 피해로 이어지지않아서 다행이지만 그렇다고 징계를 피할 수는 없지. 현재 명령 불복종으로 군법 재판에 회부된 상태고 마지막 절차를 위해 네 의견이 필요해."

"내 의견?"

"그래. 명령권자가 너였고 피해를 본 것도 너였으니 가중처벌을 요청할 수도 있고 경우에 따라서는 합의할 수도 있지."

"아, 군법도 합의가 가능하구나."

몰랐던 사실에 고개를 끄덕인다.

'그럼 그냥 봐주지, 뭐.'

그때야 목숨이 걸려서 성질이 났지만 차분히 생각해 보니 이해 못 할 상황은 아니었다.

나는 듣도 보도 못한 굴러 들어온 돌이었고 그들은 오랫동안 전쟁터를 굴러온 베테랑이니 설사 맞는 명령을 내렸다 해도 쉽게 따를 수 없었겠지.

녀석은 틀림없이 트롤이지만, 사실 그 정도면 귀여운 수준이다. 일부로 지려고 한 것도 아니고 나름 열심히 하려다 잘못된 거니, 뭐.

무엇보다 딸피를 쫓아가는 건 인간 본연의 본능(?)이기도 하고.

"저기… 합의해 줄 생각이 있어?"

슬며시 묻는 혜란. 그리고 순간 나는 그녀의 표정과 태도에 새로운 의문이 떠올랐다.

애초에 그 검은 삵인가 뭔가 하는 녀석의 소식을 왜 이 녀석이 직접 와서 전하고 있는가? 그리고 태도는 왜 이렇게 조심스럽지?

애매하다면 애매한 의문이었지만 나 역시 눈치라면 어디 가서도 빠지지 않는 만큼 순식간에 상황을 파악했다.

"오호라……."

그러고 보니 혜란과 검은 삵의 조종사로 짐작되는 '나래'라는 녀석은 알바트로스함에서도 그리 많지 않은 한국식 이름을 가진 존재다. 알바트로스함에 다른 '지구'의 승무원이 많이 타고 있다고 했으니 한국과 비슷한 뿌리를 가진 국가를 가졌다고 해도 이상할 게 없다.

"왜, 왜 그런 표정으로 봐?"

"아니, 별건 아니고. 합의하면 뭘 해주는 건데?"

"아, 당연히 합의금으로 보상할 생각이야. 대충… 이 정도."

그렇게 말하며 손목에 차고 있는 통신기를 조작한다. 허공에 홀로그램이 떠오르고, 거기에 숫자가 표시되었다.

'크군.'

절대 작지 않은 금액이다. 지구 관점에서 보면 어지간한 복권 당첨 금액에 맞먹는, 일반인이라면 죽을 때까지 노력해도 모을 수 없는 금액.

그러나 그녀에게는 안타깝게도, 요새 내 금전 감각은 미쳐 돌아가는 중이다.

"얘개, 이거 어디다 써. 그냥 교도소 가라고 그래."

"뭐, 뭐?"

"그리고 내 신변은 기밀인데 이런 문제를 여기로 가져오다니. 기밀 서약 같은 건 신경도 안 쓰냐? 뭔 군인이 이래."

쯔쯔, 하고 혀를 차자 혜란이 발끈한다.

"네 신변은 어디에도 안 흘렸어! 다만 네 신변을 찾을 길이 없어서 나래가 꼼짝없이 처벌을 받을 위기니 어쩔 수 없잖아!"

"아니, 잘못을 했으면 벌을 받아야지. 왜, 녀석이 억울하대?"

"그, 그런 건 아니지만……."

머뭇거리는 그녀의 모습에 어깨를 으쓱인다.

조금 더 놀리면 궁지에 몰 수 있을 것 같았지만 내가 변태도 아니고 소녀의 모습을—실제 나이가 어떻든 간에—하고 있는 그녀가 당황하는 모습을 즐기지는 않는다.

"뭐, 아무래도 상관없지만. 내 인적 사항을 드러내지 않고 합의하는 것도 가능해? 설마 법원에 출두해 달라, 뭐 이런 건 아니지?"

"그런 건데……."

"그럼 꺼져."

안타까운 일이지만 내 인적 사항을 광고하고 다닐 생각은 추호도 없다. 난 이미 돈도 벌 만큼 벌었고 결국에는 지구로 돌아갈 생각이니까.

기가스에 타면 강력한 조종 실력을 자랑할 수 있다고 해봐야 초월자를 만나면 아무것도 못 하고 사망하는 건 똑같다.

몇 번 정도 초월자를 목격하면서 느낀 것이 이것들은 도저히 감당 불가능한 괴물이라는 것이다.

'사실 여기까지 알려진 것도 불안하지만…….'

그러나 어쩔 수 없는 일이었다. 거기서 나서지 않았다면 알바트로스함과 함께 같이 죽는 수밖에 없었을 테니까.

그리고 내 능력과 정체가 알려진 이상, 싸우기 싫다고 몸을 사려서 미움을 사느니 차라리 적극적으로 움직여 공을 세우는 게 낫다.

사실 천현일 소장이 신사적인 성향이어서 다 죽을지도 모르는 비상 상황에서도 배려를 해주는 것이지 함선 안에서 왕이나 다름없는 함장이 제멋대로인 인물이었으면 상황이 꽤 고달파졌을 것이다.

"으으, 그러지 말고 다시 한 번 생각해 봐라, 응? 나래는 파이널 아카데미에서도 차석을 차지했을 정도의 인재란 말이야. 그런 조종사가 전쟁에서 빠지면 큰 손해라고."

나름 간절한 목소리였으나 나는 코웃음을 쳤다.

"인재는 무슨 인재. 조종 실력은 그저 그렇고 판단력은 내 목숨을 위협하던데."

"웃… 다른 녀석이 그랬으면 웃기는 소리라고 했을 텐데."

그러나 지금 나, 정확히 말하면 알바트로스함을 위기에서 구한 전쟁 영웅 [유령]은 승무원들 사이에서 슈퍼맨이나 배트맨에 맞먹는 스타로 부각된 상태였다.

지구와 전쟁 정보에 대한 취급이 다른 건지 전투 화면들이 수집&편집되어 영상으로 확인할 수 있어서 사람들이 그걸 열람하기 때문이다.

심지어 방송 비슷하게 함선 곳곳에 있는 디스플레이어로 재생도 되더라.

'뜬금없이 전쟁 영웅이 되어버릴 줄이야.'

가볍게 한숨을 쉬며 안절부절못하는 혜란을 바라본다. 이렇게 보니 조금 불쌍하기도 하다.

"흠, 대체 뭔 관계기에 이러는 거야? 아는 사이?"

"…동생이야."

"어이구야."

왜 이렇게 안절부절못하나 했더니 상상 이상으로 가까운 사이였다.

"그럼 이름이 권나래? 아, 그러고 보니 여자인가?"

"당연히 여자지! 얼굴은 못 봤겠지만 목소리는 들었을 거 아냐!"

"아아, 그때 녀석은 남자, 여자 문제가 아니었던지라."

인간이냐, 트롤이냐의 문제였지, 하고 중얼거리며 잠시 고민한다.

"흐음, 하지만 법원에 출두하는 건 싫은데. 그냥 용서하는 쪽으로는 안 돼?"

"그, 글쎄, 과정이 복잡하지는 않지만 민사도 아니고 전투 관련이라서 적어도 법원에 출두해 자신의 입장을 상부에 밝히는 과정 정도는 필요할 텐데. 합의서도 제출해야 할 테고."

"…싫은데."

"으으, 제발 부탁해."

이제는 눈물까지 글썽이는 그녀의 모습에 눈살을 찌푸린다. 평소의 막가는 성격을 생각하면 이해할 수 없는 일이다.

"징계가 얼마나 세게 들어갔기에 그래? 결과적으로 피해도 없었고 잘 풀렸는데도 큰 벌을 받는 거야?"

"아냐. 사실 징계 자체는 굉장히 사소해. 네 말대로 피해도 없었고 나래가 악의를 가졌다기보다는 순간적인 판단을 잘못한 거니까."

"그런데 뭐가 문제야?"

"그야 나래는 가주 승계권을 가진 후계자 중 하나니까… 이런 식으로 빨간 줄이 그어지면 다른 후보들한테 너무 불리해진단 말이야."

"복잡하구만. 뭐, 어쨌든 그러면… 알았어. 일단 함장한테 말해볼게. 정상 절차는 아니겠지만 함장이라면……."

"뭐, 뭐?! 그건 안 돼! 이게 뭐라고 함장님께 말씀드려? 미쳤어?!"

펄쩍 뛰는 그녀의 모습에 당황한다.

"왜? 하지만 그게 빠를 거 아냐?"

"빠르기야 당연히 빠르지만 함장님이 나래 이름을 완전 안 좋은 쪽으로 기억하시게 될 거 아냐! 알바트로스함의 최고 지휘자이신 천현일 소장님께 그런 식으로 이미지가 박히느니 차라리 빨간 줄이 나아!"

얼굴이 새하얗게 변해서 고개를 흔드는 그녀의 모습에 휘파람을 분다.

이거, 내가 생각한 것보다 그 곰탱이 위치가 대단했구나. 군기가 별로 없는 우주라고 해도 지위 차이가 이 정도 심하게 나면 다를 것도 없는 모양이다.

"거참, 귀찮게 하기는."

"으으, 부탁해……. 그, 합의금을 올려줄까? 요, 요번에 부품을 좀 많이 사서 여유가 그리 많지는 않지만."

녀석의 말에 잠시 고민한다. 하긴 생각해 보면 그리 무리한 부탁은 아니다.

"좋아. 대신 그거 좀 줘."

"그거?"

"그거."

내가 가리킨 것은 혜란이 종종 쓰는 두꺼운 테의 안경이다. 두껍다고는 하나 제법 유려한 디자인으로 만들어져 있어 남자가 써도 여자가 써도 잘 어울릴 것 같은, 명품으로 보이는 물건이다.

"…뭐? 하하? 왜, 왜 안경을 달라고 그래. 너 변태야?"

"응응, 변태 할 테니까 그 안경 내놔. 그럼 합의서 써줄게."

"자, 잠깐만, 왜 굳이 쓰고 있는 걸 달라고 그래. 내가 새 거하나 줄 테니까……."

더듬거리며 몸을 돌리는 혜란이었지만 나는 그녀가 수작을 부리기 전에 어깨를 붙잡았다.

"내놔."

"……."

당연한 말이지만 그건 그냥 안경이 아니다. 나름 위장을 잘했지만 그래봐야 사물의 칭호를 보는 나에게는 무용지물이다.

[권혜란 제작]

[마도병기 우자트]

이미 몇 번이고 확인해 성능이나 효과 등등 대략적으로 다 파악한 상태다. 다만 알고만 있지 얻을 수 있다고는 생각 못 했는데 일이 이렇게 되다니 참 고마운 일이다.

"왜, 아무래도 안 돼?"

"아, 그게, 사실 이거 금지 물품이거든? 파괴 병기이기도 해서 개인이 소장하면 안 되는 병기야."

"하지만 넌 평소에도 툭하면 쓰고 다니잖아."

"그거야… 몰래… 아니, 그보다 어떻게 알아본 거야? 잔향 처리도 완벽하게 했는데! 연대장님들도 눈치 못 챌 정도였는데!"

절규하는 그녀에게 성큼 다가가 안경을 살짝 빼버린다. 그녀는 움찔했지만 그렇다고 못 가져가게 막지는 않았다.

"가져간다."

"으… 대, 대신 그걸로 사고 치고 내가 만들었다고 하지 마! 절대 함구하는 거야! 기가스 부품들로 만든 거라 걸리면 위험해."

"명심하지."

"으으, 명심하는 거 같지 않아. 귓등으로도 안 듣는 거 같아. 하지만 나래가… 으으."

불안해하는, 그러나 그러면서도 결국 잡지 못하는 혜란을 버려두고 승강기에 올라타 작업실로 이동한다. 오늘도 전투가 있을 수 있기 때문에 멀리 가지는 못하고 잠시 아레스를 만나러 가는 것이다.

"열려라, 참깨."

언제나 그랬듯 간단하게 문을 열고 안으로 들어간다.

사실 이건 내 [명령]의 힘이기 때문에 참깨 따위는 필요 없지만 그냥 말버릇처럼 붙이게 되었다.

[왔군. 오늘도 나폴레옹 녀석의 어빌리티가 영 별로였나?]

"아냐, 오늘은 나쁘지 않아. 다만 당장 전투가 없어서 놀러 왔지."

아레스의 기본 초월기 [전신의 보물 창고]에는 온갖 무구가 들어차 있다. 신병이기(神兵利器)라 불러도 부족함이 없는, 무인들이 본다면 눈이 뒤집힐 만한 명품이 가득한 것.

그러나 식칼 하나 제대로 다룰 줄 모르는 나는 별 감동 없이 그중 한 갑옷에 걸터앉았다.

처음에는 기겁하던 아레스도 이제는 포기한 듯 무심히 말을 이었다.

[다음 전투에는 나가지 마라.]

"그래, 다음 전투에는… 뭐라고?"

뜻밖의 말에 의문을 표하자 아레스가 자못 진지하게 말한다.

[느낌이 좋지 않다. 그리고 나처럼 영성(靈性)이 발달한 존재의 예감은 어지간하면 틀리지 않지. 전쟁 중에 이런 느낌이 드는 걸 보면 적들이 뭔가를 준비하고 있는 모양이야.]

아닌 게 아니라 슬슬 비인 녀석들이 반격을 할 타이밍이긴 하다.

우리보다 더 많은 세력을 가지고 있는 주제에 너무 당하기만 했으니 화가 잔뜩 나 있겠지. 우리가 번개 구름 속에서 잘 숨어 다닌다 해도 어떻게든 찾으려 할 것이다.

"흠, 뭔가 정확히 알 수는 없어?"

[쯧, 내가 그렇게까지 알 수 있으면 그건 그냥 예감이 아니라 초월기지. 예지능력은 희귀하고 높은 레벨의 능력이야. 명중률이 낮은 반푼이 예지라면 모르겠지만.]

차분한 아레스의 설명에 눈살을 찌푸린다. 지금까지 많이 싸워도 이런 경고는 한 번도 하지 않던 녀석인지라 나 역시 불안감이 들었다.

"뭐, 계속 싸워왔으니 한 번쯤 안 나가는 거야 문제도 아니지……. 그래봤자 한두 번이야. 계속 안 나가기에는 우리 편이 너무 열세니까."

우리 편이 완전히 엉망이라는 것은 아니다. 다만 크게 유능하지도 않다는 게 문제.

우리 수급 기가스가 적 수급 기가스랑 만나면 비등비등하고, 우리 기(器)급 기가스가 적 기급 기가스하고 만나면 비등비등한데 숫자가 압도적으로 밀리니 위태로운 것이다.

"에휴, 하다못해 네가 좀 멀쩡한 상태면 좋을 텐데."

[푸하하, 그러면 상황이 확 다르지. 같은 초월병기라 해도 기가스와 전함의 전투력에는 상당한 차이가 있으니까.]

테라급 이상의 전함은 대부분 초월병기로 만든다. 왜냐하면 한 대 제작하는 데 천문학적인 재화가 들어가는 테라급 전함을 '순수한 과학력'으로만 만들면, 초월자나 초월병기를 가진 적에게 너무나 맥없이 당해 테라급 전함을 만드는 데 들어간 그 엄청난 재화를 홀랑 날려 버리는 사태가 벌어지기 때문이다.

과거 마법이나 영능에 기대지 않고 만들어졌던 수많은 '순수 과학력' 전함들이 폐함되거나 개조되어 평화로운 지대에서만 이용되는 것이 바로 그와 같은 이유.

애초에 거대 전함들이 초월병기가 될 수밖에 없었던 것도, 바로 아이언 하트와 초월병기들의 등장 때문이었던 것이다.

'하지만 예전처럼 손쉽게 해치울 수 없을 뿐 여전히 기가스가 더 강하단 말이지.'

같은 등급의 기가스와 함선을 비교하자면 아무래도 전함보다는 기가스 쪽이 더 강력하다.

전함은 엄청난 인력과 물품을 품고 초장거리 이동을 하는 것도, 수많은 승무원을 거주시키는 것도 가능하다. 여러 가지 작업이나 광범위 포격에 특화되어 있고 종류에 따라서는 점령지 안정이나 테라포밍을 시도할 수도 있는 것.

그리고 상식적으로 생각해도 온갖 기능이 다 달린 전함보다야 전투 하나에만 특화시킨 기가스가 더 강력한 게 당연하다.

"아, 그리고 보니 아레스."

그런데 그러다 문득 한 가지 생각이 떠올라 고개를 든다.

변한 분위기를 느낀 것일까? 아레스가 나를 바라보았다.

[왜?]

"아, 별건 아니고. 명령한다."

기잉——!

말에 힘을 담자 묘한 파동이 퍼져 나간다. 몇 번의 경험으로 제법 익숙해진 상태. 나는 아레스의 눈을 마주 보며 말했다.

"지금 내 앞에 완전한 상태로 현현하라!"

말과 동시에 눈앞이 새하얗게 될 정도로 엄청난 빛이 뿜어졌다.

그나마 내 등 뒤여서 다행이지 광원이 눈앞에서 터졌으면 실명 위협을 느껴질 정도의 빛이다.

[크… 윽? 이건……!]

그러나 다른 [명령] 때와 아레스의 반응이 조금 다르다.

'당신의 명대로' 라든가 '명령에 따르겠습니다' 따위의 이야기가 나오지 않고 부들부들 떨기만 한 것이다.

심지어 내 등 뒤에서 날아든 빛이 그의 머릿속으로 스며들어 가고 녀석의 눈에서 빛이 뿜어지기 시작했음에도 그랬다.

화아악——!

그리고 마침내 그 모든 빛이 뭉쳐서 허공으로 올라가더니 사방으로 흩어져 사라져 버리고, 한순간 눈이 멀어버리는가 싶을 정도로 강렬하게 뿜어지던 빛이 거짓말처럼 사라져 원래의 방이 모습을 드러낸다.

"……."

[…….]

아레스와 나는 잠시 서로 침묵을 지켰다. 그러나 어느 정도 상황을 짐작하던 나는 그나마 먼저 정신을 차리고 혀를 찼다.

"쳇, 역시 실패인가. 하긴, 명령한다고 다 될 리가."

사실 알고는 있었다.

만일 명령하는 것만으로 뭐든지 할 수 있다면, '너는 신세계의 신이 되어서 우주를 정복해 나에게 바쳐라!!' 같은 말도 안 되는 명령을 내리는 것조차 가능할 테니까.

그래도 혹시나 몰라서 비교적 가벼운—우주 정복에 비해서—명령을 내려봤는데, 역시나 무리다 싶을 정도의 일은 안 되는 모양이다.

[…그런데 실패 이펙트가 뭐 이리 화려한 거냐?]

"그러게."

그냥 피식, 하고 김새는 정도를 예상했는데 이렇게 화려하게 터질 줄은 나도 몰랐다.

여기가 밀폐되고 감시도 불가능한 공간이라 다행이지 밖에서 이런 빛이 흘러나왔으면 사방에서 사람들이 몰려왔을 것이다.

"안 되는 건 안 된다는 걸까?"

[당연하지! 내 몸들은 지금 우주 곳곳에 흩어져 있다. 내가 그 몸 찾으려고 초장거리 운행이 가능한 이 배에 타야 했을 정도인데 무슨 수로 원상회복이 되겠어?]

하지만 그렇게 말하면서도 일말의 기대가 있었던 건지 약간은 아깝다는 기색이 느껴진다.

하긴, 나도 좀 아깝다. 만약 아레스가 멀쩡한 상태였다면 전황이 전혀 달라졌을 테니까.

"그러고 보니 너 원상 복구되는 것도 좋은데, 그럼 내가 널탈 수는 있는 거야? 신(神)급 기가스는 초월자들밖에 못 탄다고 하던데."

[그거라면… 상관없다. 사실 신급 기가스를 타는 데 자격 같은 건 없거든. 아니, 애초에 자격 요건 같은 게 있을 리 없지.]

"뭐라고?"

온갖 자료에서 신급 기가스는 초월자만이 탈 수 있다는 정보를 봐왔던 나는 기가 막혀 녀석을 바라보았다.

'아니, 그럼 그 자료들이 다 거짓말이란 말이야?' 하고 황당해하자 아레스가 말한다.

[물론, 우리를 탈 수 있는 것이 초월자뿐인 게 완전히 틀린말은 아냐.]

"…자격 요건은 없는데 틀린 말도 아니라니, 그게 무슨 뜻이야?"

[뻔하지. 우리들, 그러니까 기가스의 영혼이라고 할 수 있는 관제 인격들이 초월자에 이르지 못한 이들을 주인으로 인정하지 않으니까. 우리는 스스로 어지간한 초월자와 맞먹는 전투력

을 낼 수 있어. 지금 내가 그런 것처럼 자체적으로 어빌리티를 가동하는 것 역시 가능하고. 그런데 그런 우리에게 수준 이하의 조종사가 동조하면 오히려 전력을 약화시키게 되니까.]

아무리 강력한 신검이라도 주인이 있는 편이 낫다. 원래 검은 [들고 휘두르는] 무기이니까. 마찬가지로 활도, 마법서도. 그리고 사용자를 상정하고 만든 온갖 병기는 약하더라도 사용자가 있는 편이 낫다. 애초에 그렇게 만들어진 것이기 때문.

그러나 기가스는 상황이 전혀 다르다. 단독으로 움직이는 게 가능하고 [완전]에 가까운 영혼으로 스스로 기교를 쌓아 올릴 수 있는 신급 기가스에게 어설픈 조종사란 없느니만 못한 짐에 불과하다고 아레스는 말하고 있었다.

"흠, 하지만 나는 조종 실력이 뛰어나고 어빌리티도 많으니까 상관없다?"

[아니, 그런 단순한 개념이 아니야. 그냥…….]

잠깐 망설이던 아레스가 조심스럽게 말한다.

[너, 너라면 괜찮아.]

"……."

살짝 고개를 돌려 시선을 피하는 아레스의 모습에 황당해한다.

뭘 수줍어하는 거야, 이놈은? 순간 미묘한 공기에 뭐라 할 말을 잊었다가 애써 무시하며 말한다.

"뭐, 어쨌든 초월자라는 조건은 물리적인 조건이 아니라 기가스를 지배하는 관제 인격들이 정해놓은 조건이라는 거지?"

기업이나 단체에서 신입 사원 뽑을 때 4년제 이상 뭐, 이런 식으로 조건을 거는 것처럼, 하고 중얼거리며 고개를 끄덕인다.

그런데 그때였다.

삑삑!

통신기가 울린다.

고개를 숙여보니 손목에 차고 있는 통신기 위로 세레스티아의 SD캐릭터가 홀로그램으로 만들어지고—개인 설정이었으니 그녀가 만들어놓은 것이리라—그런 그녀의 머리 위에서 느낌표가 퐁퐁 솟아오르고 있다.

통신 요청이었다.

"처음에는 이게 뭔지 몰라서 꽤 당황했었는데."

중얼거리며 가볍게 통신기를 터치하자 통화가 연결된다.

[야! 너 어디 있기에 위치 확인이 안… 음? 뭐야, 그 머리통은.]

허공에 떠오르는 화면 너머로 파란 장발의 미소녀가 모습을 드러낸다. 언제나 그랬듯이 지나칠 정도로 화사한 미모다.

"뭐야, 넌 이 녀석 몰라?"

[이 녀석이라면… 아아, 그게 바로 그 전신(戰神)이로구나.]

역시나 황족이라는 것인지 대번에 아레스를 알아보며 고개를 끄덕인다.

그러나 별로 놀라운 일은 아닌 듯 이내 무시하고 말을 이었다.

[그보다 용무가 생겼으니 함장실로 와줄래? 되도록 빨리.]

"…너 요새 맨날 거기 있냐?"

[내가 마음대로 돌아다닐 수 있는 입장이 아니니 별수 없지. 이러니저러니 해도 여기가 가장 안전한 장소이기도 하고.]

당연한 말이지만 여기서 말하는 함장실의 안전이란 함장실의 구조적 위치에서 나오는 것이 아닐 것이다.

중요한 것은 함장실 자체가 아니라 그 방의 주인인 천현일 소장. 즉, 그가 있는 곳이 함 내에서 가장 안전한 곳이다.

"그런데 거길 왜 가? 아무리 생각해도 나는 받는 수당보다 훨씬 더 열심히 일하고 있는 것 같은데."

[…일단 와서 들어.]

거기까지 말하고 통신이 끊어진다. 아무래도 정보 유출의 문제가 있는 통신으로 말할 내용이 아닌 모양이다.

"이 녀석은 또 왜 이러는 건지……."

황녀인 그녀가 작전 내용을 직접 설명할 리는 없으니 그녀가 나를 부르는 건 아마 다른 용건일 터다. 하지만 우리 사이에 통신으로 하면 안 될 정도로 기밀이라 할 만한 이야기가 있던가?

잠시 고민에 잠겨 있는데 아레스가 말한다.

[대하, 내가 방금 했던 말 기억하지?]

나는 다음 전투에는 나가지 말라 하던, 느낌이 좋지 않다던 아레스의 말을 떠올렸다.

녀석은 초월자에 준하는 영성을 가진 존재고 녀석의 예감은 단지 예감으로 끝나지 않을 터다. 물론 예지능력은 아니라 정확한 사정은 알 수 없지만 가급적 몸을 사리는 게 좋다는 것이다.

"뭐, 나도 목숨은 하나니 명심할게. 나대는 걸 좋아하는 성격도 아니고."

고개를 끄덕이고 이내 몸을 돌린다.

전투가 있다면 사양할 생각이지만, 그래도 상황 자체는 알고 있어야 하는 만큼 굳이 미적거리고 있을 필요는 없다고 생각했기 때문이다.

"아니, 방금 작업실 들어간 걸 파악하고 왔는데 그새 나오다니. 선배는 왜 이렇게 돌아다니는 거예요?"

전신의 보물 창고에서 나와 다시 작업실을 나서는 내 곁으로 보람이 다가온다. 그녀는 몸에 착 달라붙는 전투용 슈트를 입고 있었는데 평소와 달리 머리칼을 올려 묶어 새하얀 목덜미를 드러내고 있는 상태다.

"계속 일이 있어서. 그런데 그 복장은 뭐야?"

"사격술하고 기가스 조종법을 배우고 왔어요. 요번에 조종사들 피해가 너무 엄청나서 전투 인력을 늘려야 한다고 하는지라."

"오호, 기가스 조종술이라니."

"다행히 우리한테 지급된 건 갑옷 형태의 기가스라 조종이 어렵지 않더군."

팟, 하고 공간이 일렁이더니 동민까지 모습을 드러낸다. 녀석 역시 전투용 슈트를 입고 있었고 등에는 돌격 소총이, 허리에는 광선검이 걸려 있다.

우리는 레온하르트 제국군 소속이 아니었기에 저런 군용 장비들을 주지 않았었는데 상황이 상황인 만큼 생존자 전원에게 병기를 지급하고 있는 모양이다.

'하긴, 민간인인 내가 기가스를 타고 다닐 정도니.'

내심 헛웃음을 지으며 동민을 바라본다.

"그나저나 괜찮은 거야? 일어난 지 얼마 되지도 않았는데 훈련이라니."

"이미 깔끔하게 회복되었으니 걱정할 것 없다."

무뚝뚝하게 대답하며 내 뒤에 서는 동민의 모습에 혀를 내두른다.

이 녀석은 같은 반 친구에 같이 있었던 시간도 꽤 긴데 도저히 친해지는 느낌이 안 든다. 가끔 잡담도 하고 친해지려는 행동을 보이는 보람과 다르게 군인처럼 철저하게 경호를 수행해 오히려 부담스러운 느낌을 받을 정도.

어쨌든 이런저런 이야기를 하며 함장실 앞에 도착한다.

시간이 좀 지난 만큼 벽에 구멍이 뚫렸다거나 바닥에 파괴된 기가스가 굴러다닌다거나 하던 건 정리가 되었지만 여전히 함장실 앞을 지키는 건 병사 한 명뿐이다.

"정지. 이 앞은… 아, 대하 님이군요. 들어가십시오."

미리 들은 이야기가 있는지 쉽사리 길을 비켜주는 병사의 모습에 내심 혀를 찬다.

아무리 그래도 함장실 경호를 얼굴 한번 보는 걸로 열어줘서 되겠니. 뭐, 그 안에 있는 함장이라는 게 혼자 행성 하나를 부술 괴물이니 이해가 안 가는 건 아니지만……

"아, 왔군요. 오호. 과연 그렇군요. 저분이에요."

"음?"

그런데 그렇게 들어간 함장실에는 전혀 모르는 얼굴이 있었다.

"흠? 어떻게 저 셋 중에서 정확히 특정했지? 너는 저 녀석에게서 뭔가 다른 걸 본 건가?"

"뭔가를 본 건 아니지요. 정확히 말하자면… 보지 못했습니다. 전혀 [안 보이는]군요."

"역시 그렇죠? 저도 처음에 그것 때문에 되게 당황했어요."

함장실 안에는 이제는 제법 익숙한 천현일 소장과 세레스티아 말고 훤칠한 신장의 노인 하나가 서 있다.

다만 특이한 건 그가 동양풍의 비단옷을 입고 백우선(白羽扇)을 들고 있다는 점.

반짝이는 금발에 푸른 눈동자를 가진 전형적인 서양인이 그런 복장을 하고 있으니 뭐라 표현하기 어려울 정도의 이질감이 느껴진다.

"선배, 조심해요. 느낌이 이상한 노인이에요."

"조심해라. 그의 주변 좌표 전부가 일그러지고 짓눌려 있다. 존재하는 것만으로 주변 차원 전부를 장악하는 존재라니……."

보람과 동민이 내 앞을 막는다.

내 앞에 선 노인에게서 뭔가를 느꼈기 때문이겠지만 나는 이미 그 노인을 보는 순간 그런 행동들이 모두 무의미하다는 것을 알았다.

"허허, 반갑소. 청원(淸原)이라고 하오."

"뭣?"

"무슨……?!"

어느새 그 둘을 지나쳐 내 앞에 도달한 노인이 가볍게 포권(包拳)한다.

공간 이동을 자유자재로 하는 동민과도 차원이 다른, [그냥 어느새 거기에 있는] 이동 방식.

그리고 나는 나를 향해 정중히 예를 표하는 그의 눈을 보고 깨달았다.

'맙소사, 초월자라니. 그것도 천현일 소장보다 훨씬 더 강한……'

기겁하는 나에게 청원이라 자신을 소개한 노인이 말했다.

"엘로힘(Elohim)에서 나왔소."

느껴지는 힘은 아득하다. 보는 것만으로도 정신이 혼미해질 정도.

천현일 소장이 하나의 문명을, 하나의 행성을 파괴할 수 있을 정도로 강력한 힘을 가졌다고는 해도 그걸 위해서는 많은 시간과 노력을 들여야 할 거라고 예상된다. 할 수 있다뿐이지 그렇게 간단한 일은 아니라는 것.

하지만 이 노인은 전혀 다르다. 그에게서 전해지는 힘은 살벌하기 짝이 없어서, 진지하게 힘을 쓰면 일격에 행성을 파괴하고 작정하면 별들조차 부수는 게 가능한 초월적인 존재라는 게 느껴지는 것이다.

농담이 아니라, 이쯤 되면 신이나 다름없다.

'아니, 신이 맞나?'

순간 그렇게까지 생각하다가 이제야 그의 말을 이해한다.

"엘로힘이라고요? 그 신선들의 단체라는?"

"신선들은 엘로힘의 일부일 뿐이지만… 적어도 내가 신선인 건 맞소. 기나긴 세월 동안 수행 중이지."

노블레스와 엘로힘.

사실 지구 출신의 나는 그들에 대해 잘 알지 못했지만 온갖 전투를 해온 요 일주일간 그 이름들은 질리도록 들었다.

'겁낼 필요 없다. 비인들은 리전과 손을 잡았어! 그 사실만 연합에 알리면 모든 게 끝이다!'

대체로 그렇게 말하면서 노블레스가 어쩌고, 엘로힘이 어쩌고, 전룡단(戰龍單)이 어쩌고, 선경(仙境)이 어쩌고 떠들어댔던 것이다.

'그래. 우주를 지배하는 세력이라는 말이지.'

정확히 말해 우주를 지배하는 건 연합이지만 바로 그 연합을 양분하는 세력이 바로 노블레스(Noblesse)와 엘로힘(Elohim)이니 그리 크게 틀린 말은 아니겠지.

어쨌든 연합을 양분하는 두 세력 중 하나인 노블레스는 [귀족]이라는 이름에 걸맞은 존재들이 모인 집단이다. 흔히 말하는 [혈통의 고귀함]을 타고난 자들.

당연한 말이지만 그 안에 인간은 없다. 인간은 우주에서 [가장 흔한 종]이니까.

노블레스에 들어가는 건 수십 미터에서 수백 미터에 달하는 거대한 덩치를 가지고 있다는 용종 드래곤(Dragon)이나 슈퍼컴퓨터 이상의 지능과 물질계 최강의 초능력을 타고난다는 프라야나(Prajna), 그리고 다른 고위 종족들조차 감히 재현하지 못하는 고위 과학기술을 유지하고 있는 캔딜러 성인 등이다.

그리고 그중 캔딜러 성인은 내가 유일하게 본 노블레스인데 알바트로스함의 기술부장으로 일하고 있는 니단이 바로 그 캔딜러 성인이다.

'그리고 이 녀석이… 엘로힘 소속의 신선(神仙).'

노블레스가 [혈통의 고귀함]을 타고난 존재들이라면 엘로힘은 [스스로 완성된 자]들이라고 할 수 있다. 긴 시간 동안 도를 닦아 신선이 된 자들이나 극한의 단련 또는 수행으로 초월지경에 이른 존재가 바로 그들인 것.

나는 슬며시 그의 머리 위를 훔쳐보았다.

[봉래도]
[혈통 관리인 좌자]

'혈통 관리인?'

누가 봐도 서양인인 그가 동양인의 이름을 가지고 있는 거야 뭐, 어차피 지구도 아닌 우주이니 아무래도 상관없는 일이겠지만 칭호 자체는 상당히 기괴하다.

이런 어마어마한 힘을 가진 존재가 고작 혈통이나 관리한단 말인가?

"셀, 무슨 일이야? 저 사람은 여기에 어떻게 들어왔고? 우리 물샐틈없이 포위된 상태 아니었어?"

"아, 물론 그렇기는 한데⋯ 그런 포위가 별로 상관없는 사람이거든. 아, 소개할게. 이분은 청원(清原), 나는 매파 할아버지라고 불러."

"⋯매파 할아버지?"

본명이 아닌 가명을 소개받는 거야 흔하디흔한 일이라 신기할 것도 없지만 이 호칭은 혈통 관리인보다 더 해괴하다. 매파라니.

"매파라니. 독수리파, 매파, 호랑이파 할 때 매파?"

"무슨 바보 같은 소리야. 당연히 연인들을 짝지어주는 매파를 말하는 거지."

"···그 매파는 혼인을 중매하는 할머니를 나타내는 단어거든? 중매 매 자에 할미 파인데."

어이가 없어 반문했지만 세레스티아는 아랑곳하지 않는 얼굴이다.

"뭐 어때, 어울리면 그만이지. 어쨌든 매파 할아버지, 이 녀석으로 움직일 수 있을 거 같아요? 지금까지 중에 가장 가능성이 높은 편인 거 같은데."

"아니, 잠깐. 아까부터 무슨 소리를 하고 있는지 설명부터 해야지. 그리고 저 사람이 매파라면 왜 굳이 나한테 소개하는 거지?"

"그건 내가 설명하겠소."

청원이라고 스스로를 소개한 그는―본명은 좌자였지만―정중한 표정으로 사람 좋게 웃었다.

그렇게나 신적인 힘을 가지고 있으면서도 자신을 매파 할아버지라고 부르는 세레스티아의 태도에 전혀 아랑곳하지 않는 모습이다.

'이게 뭐야. 아무리 황녀라지만··· 이런 무시무시한 괴물을 함부로 대할 수가 있다고? 게다가 이 노인, 레온하르트 황가에서 일하고 있는 분위기잖아? 아무리 우주에 존재하는 제국이라지만 이런 신적인 존재를 아래에 둘 정도로 강력하단 말이야?'

농담이 아니다. 지금 이 노인이 나서면 알바트로스함이고 적군이 끌고 온 우주 모함이고 다 박살 난다.

별다른 근거는 없었지만, 나는 알 수 있었다. 마치 하룻강아지들 사이에 사자가 끼어 있는 것처럼 이 녀석의 격이 지나치게 높다.

"아, 소개가 늦어서 죄송합니다. 관대하라고 합니다."

꾸벅 인사한다. 녀석의 힘을 정면으로 느끼고 있는 만큼 등에서 식은땀이 흘렀지만 주변 사람들이 다 아무렇지 않은 분위기에 잠시 긴장하던 보람과 동민도 얌전해진 터라 나도 태연하게 반응할 수밖에 없다.

"허허, 너무 그렇게 예를 취할 필요는 없다오. 황가와 작은 연이 있는 방랑자일 뿐이니."

"일단 다 앉지."

천현일 소장의 말에 따라 모두가 자리에 앉는다.

그리고 청원이 설명을 시작했다.

"나는 엘로힘 소속이지만 레온하르트 제국 소속이기도 하오. 말하자면… 파견을 나온 상태라고 할 수 있겠군. 레온하르트 황가의 혈통에 담긴 힘을 되살리겠다는 사명(使命)을 맡은 상태니."

"황가의 혈통에 담긴 힘?"

의아해하는 나를 보며 청원이 고개를 끄덕였다.

"그렇소. 누구도 함부로 손댈 수 없는 언터쳐블(Untouchable)의 힘을 후대로 넘길 수 있는 가능성을 찾는 게 바로 나의 일이지."

그렇게 말하며 가볍게 손을 움직이자 머릿속으로 간단한 정보가 전달된다. 숨 쉬듯 가볍게 이루어진 술법. 그리고 그렇게 전해진 정보가 가리키는 방향성에 황당해한다.

"…신?"

"그렇소. 언터쳐블은 바로 그 신을 가리키는 명칭이지."

후룩하고 언젠가 나 역시 마셨던 만령차를 마시며 그가 말했다.

"우리가 흔히 신이라 부르는 존재들은 오롯이 완성된 존재이기 때문에 자손을 만드는 게 불가능에 가깝고, 설사 낳더라도 제대로 된 신이 아닌 어정쩡한 신족에 불과한 경우가 많소. 하지만… 아주아주 드물지만 그렇지 않은 경우도 있지요. 레온하르트 제국의 제1대 황제가 바로 그런 경우였습니다."

하지만 그럼에도 그 피는 제대로 이어지지 못했다. 만약 그 피가 제대로 이어지는 게 가능했다면 레온하르트 제국은 그냥 제국이 아니라 노블레스나 엘로힘에 맞먹는 세력이 되었을 것이다.

청원이 전해준 정보는 황제의 후손들은 단지 비범할 뿐 신적인 존재는 아니었다는 것을 가르쳐 주고 있다.

그리고 그의 목표가 마치 노블레스처럼 대대로 압도적인 신혈을 이어가는 것이라는 것 역시.

"그럼 세레스티아가 당신을 매파 할아버지라고 부르는 이유가 혹시?"

"그렇소. 나는 레온하르트 제국의 황족들의 혼사 문제에 관여해 왔소. 나는 미래를 보는 능력이 있고 신혈을 깨우는 방향으로 이끌기 원했으니까. 다만 그러면서도 황족들이 크게 반발하지 않는 방향을 잡다 보니 저런 별명을 가지게 되었구려."

"자자, 설명은 거기까지 하고 이야기 좀 해줘. 이 녀석으로 움직일 수 있을 거 같아?"

영문을 알 수 없는 소리를 하는 세레스티아의 모습에 고개를 갸웃거렸다.

"아니, 잠깐. 아까부터 무슨 말을 하고 있는 거야? 나로 움직인다니?"

의아해하는 나를 보며 세레스티아가 설명했다.

"매파 할아버지는 선인이야."

"…그게 뭐?"

"그게 뭐냐고 묻는다면 물질계에서 마음대로 행동할 수 없다는 뜻이라고 답해주지. 매파 할아버지는 레온하르트 제국의 혈통에 관련된 일만 관여할 수 있어. 그것이 사명이니까."

"아니, 그럼 우리가 지금 공격당하고 있다는 걸 밖에 알리는 것도 못 해준단 말이야?"

기가 막혀서 돌아보자 청원이 고개를 끄덕인다.

"그 역시 물질계에 영향을 끼치는 일이니 당연한 일이오. 거기에 걸맞은 사명을 가진 선인들이라면 몰라도 적어도 나는 거기에 아무런 도움도 줄 수 없소."

"헐."

외부의 존재가 함선 내부에 들어온 걸 보고 상황이 다 해결되었다고 생각했던 내가 기막혀 헛웃음 짓자 여태 조용히 있던 보람이 묻는다.

"아니, 그럼… 대체 여긴 왜 온 거예요? 도와주지도 않을 거고, 소식을 밖으로 전해주지도 않을 거면?"

"황녀님에 의해 [인식]되었기 때문이지요. 신혈을 강화할 만한 반려를 발견하면 무조건 저에게 전달되니까요."

"…아니, 아니, 잠깐만요. 설마?"

당황해 세레스티아를 바라보자 세레스티아가 언제나 그랬듯 화사하고 아름다운 미소를 피워 올리며 나를 바라보았다.

"그래. 네가 내 부군이 될 수 있다는 뜻이야."

"으엑……."

절로 인상이 찡그려진다.

무, 물론 일단 살아야 한다는 것 정도는 안다. 지금 알바트로스함은 위기 상황이고 자칫 잘못하면 모든 사람이 다 죽을 수 있다.

지금 이 상황을 밖에 알려야 한다.

모든 사람이 연합에 소식만 전하면 된다고 확신하는 걸 보면, 아마 소식을 전하는 것만으로도 상황은 크게 나아질 것이다.

게다가 부군이 될 수도 있다는 거지 강제로 시키지는 않지 않을까? 너무 안이한 상상인가?

한참 고민하고 있는데 나를 바라보고 있는 세레스티아의 모습이 보인다.

그녀의 표정이 돌처럼 딱딱하게 굳어 있다.

"뭐야, 너 왜 그래?"

"너, 지금 진심으로 싫어했어."

"…뭐? 그럼 진심으로 싫어하지 가식으로 싫어해? 별로 친하지도 않은 여자랑 갑자기 결혼해야 할지도 모른다는데."

당연한 말이었는데 세레스티아에게는 당연하지 않았던 듯 그녀의 바다 같은 눈동자에 격랑이 인다. 태풍이라도 몰려온 모양새다.

'이 녀석은 또 왜 이래?'

당황하는데 갑자기 그녀의 눈동자에 황금색 사자 문양이 떠올랐다.

"다시 묻겠어. 이 결혼이 맘에 안 들어?"

"응."

"나한테 관심 없어?"

"그래. 아니, 그걸 뭘 구태여 지금 와서 다시 물어? 여태 말하고 표현했었잖아?"

당연한 답변에 세레스티아가 버벅인다. 언제나 자신감 넘치고 당당한 그녀의 모습에서 상상할 수도 없는 모습이다.

"그, 나, 나한테 관심 끌려고 쿨한 척한 거 아냐?"

"…그게 무슨 정신 나간 소리야?"

어이가 없어 반문하자 그녀의 눈동자에 떠올랐던 황금색 사자 문양이 팡, 하고 사라진다. 그리고 그와 동시에.

화악—!

거의 폭발한다고 해도 좋을 기세로 그녀의 얼굴이 새빨갛게 달아올랐다. 그녀의 얼굴이 당혹감과 부끄러움으로 뒤죽박죽 범벅이가 되어버린다.

내가 처음으로 본.

그녀의 진짜 표정이었다.

"푸훗!!"

잠시 주변이 적막에 휩싸였을 때, 뒤쪽에서 웃음이 터진다. 새빨개진 얼굴을 하고 있던 세레스티아는 단번에 얼굴을 험악하게 일그러뜨리며 뒤쪽을 돌아보았다.

"하지 마."

서늘한 목소리였지만 상대는 피가 강이 되어 흐르는 전장에
도 웃으며 걸어 들어가는 전투 계열 초월자다. 고작 그 정도 위
협이 통할 리 없지.

"푸훗! 푸하! 푸하하하하!!! 설마 차이다니! 우주 아이돌로
유명한 별빛의 여왕이 차이다니! 심지어 당연히 상대가 자길
좋아할 거라고 확신했는데 틀렸어! 크하하하하! 아, 나 미치겠
다. 죽을 거 같아, 크크크크크!"

"시, 시끄러워, 이 곰탱아!!"

"푸하하하하!"

세레스티아가 뭐라 하든 말든 유쾌하다는 듯 웃음을 터뜨린
다. 내 뒤에서 조용히 서 있기만 하던 보람이 깨소금이라는 표
정으로 웃는다.

"꼭 저렇게 세상 사람들이 다 자길 사랑할 거라고 믿는 공주
병이 있다니까요."

"실제로 공주보다도 대단한 황녀지만 말이지. 시비 걸지 말
고 조용히 좀 있어. 경호한다고 와서 싸움 붙일 거야?"

"으… 그건 미안해요, 선배. 이상하게 저 녀석만 보면 화가
나서."

갑옷을 입었을 때만큼 심하지 않지만 어느 정도의 증상(?)을
보이는 보람의 모습에 고개를 절레절레 흔들다가 다시 세레스
티아를 바라본다.

그녀는 여전히 상기된 얼굴을 수습하지 못한 상태였지만, 이

내 정신을 차리더니 청원을 바라본다.

"어쨌든 평가해 줘요, 할아버지."

"결국 강제인 거냐?"

"어, 어쩔 수 없잖아! 살긴 살아야 하는데! 일단 여기서 살아 나간 다음에 거절하든지!"

빽액 소리 지르고 청원을 바라보자, 청원이 고개를 끄덕인다.

"황녀님의 요청이라면."

대답과 동시에 허공에 빛줄기가 떠오르더니 순식간에 몇 개의 문자를 만들어낸다. 순식간에 허공에 그려진 빛의 부적은 잠시 주변을 맴돌다가 청원의 눈에 스며들었다.

"어때요? 이 정도면 우리를 황성으로 데려가 줄 수 있겠죠?"

"황성으로 데려간다고?"

난데없는 말에 의문을 표하자 세레스티아가 고개를 끄덕였다.

"그래. 매파 할아버지는 사명에 관련된 일에만 물질계에 힘을 발휘할 수 있다는 제약이 있거든. 하지만… 내가 신혈을 강화할 만한 반려를 발견하고, 그래서 그가 상대가 충분한 가능성을 가지고 있다고 판단되면 황성으로 데려가 혼인 절차를 받게 할 수 있지. 그건 사명에 관련된 일이니까."

"그렇군… 그리고 그렇게 황성에 가면 저 신선이 굳이 더 돕지 않아도 우리가 연합에 신고할 수 있다?"

"바로 그렇지."

일단 지금 상황을 외부에 알리기만 하면 문제는 해결된다. 비인들은 연합의 적으로 규정된 리전을 병기로 사용했고 그 증거는 알바트로스함에 잔뜩 남았다. 그 증거들을 가지고 신고

한다면 틀림없이 연합 측에서 제재에 들어갈 것이다.

키잉!

우리가 그렇게 대화하고 있을 때 청원의 몸에 깃들어 있던 기운이 유리가 깨지듯 흩어진다. 어째서인지 청원의 표정이 꽤나 심각하다.

"어때요, 할아버지?"

"…알 수 없소."

묵직한 목소리에 나는 뭐라 표현할 수 없는 애매한 기분을 느꼈다.

물론 이런 느닷없는 결혼 이야기는 싫었지만 이렇게 아웃되면 결국 적에게 포위당해 있는 풍전등화의 사태가 해결되지 않기 때문. 그러나 세레스티아의 반응은 조금 달랐다.

"됐어!"

"되긴 뭐가 돼. 모르겠다고 했으니 안 되는 거 아냐?"

"안 되는 사람은 안 된다고 해. 애초에 신혈을 강화할 인재는 거의 없으니 모르겠다고만 하셔도 엄청난 평가야. 과연! 사자안을 별로 연마 안 한 나도 처음 볼 때부터 심상치 않다고 느낄 정도였으니!"

살았다는 생각 때문인지 약간 밝아진 세레스티아의 모습에 슬쩍 뒤통수를 긁었다.

어쨌든 잘되었단 말인가? 그러니까 이 녀석과 혼인을 하러 황성이라는 곳에 가야 한다고?

그런데 뜻밖에도 청원이 고개를 흔들었다.

"미안하게 됐구려."

"음? 할아버지 무슨 소리를 하는 거예요? 안 되는 거?"

"평소라면 충분히 합격이오. 설마 미래가 전혀 보이지 않는 다니……. 저의 눈을 가릴 수 있는 존재는 그리 많지 않으니 틀림없이 어마어마한 잠재력을 가진 존재라고 할 수 있겠지요."

"그럼 된 거잖아요. 이제 우리를 황성으로 데려가 주면."

"그러나."

가볍게 말을 끊으며 청원이 고개를 들었다.

"나는 제6황자에게서 9할에 가까운 가능성을 보았소. 변수를 만들고 싶지 않구려."

그의 눈동자가 회색으로 빛나고 있었다. 세레스티아는 딱딱하게 굳은 표정으로 소리쳤다.

"…천현일 소장!"

파앗, 하고 어느 정도 떨어져 있던 천현일 소장의 몸이 공간을 뛰어넘어 우리와 청원의 사이에 끼어 들어온다. 그의 전신을 휘감고 있는 청색의 기운은 보기만 해도 다리가 떨릴 지경이었지만, 그는 감히 청원을 향해 주먹을 내밀지도 못한다. 청원 역시 그가 덤비지 못할 것이라는 것을 아는 듯 태연한 표정이다.

"정말 안타깝구려."

"억지 부리지 마요! 이건 할아버지한테도 부담 가는 일이라고요! 아무리 사명을 향해 가는 길이라도 이건 월권이에요! 계약을 무시한 반동은 절대 가볍지 않을 텐데!"

어느 정도 걱정이 섞인 목소리였으나 청원의 목소리는 확고하다.

"그렇지 않소. 이건 사명을 더욱 확실하게 완성하는 방법이니까. 나는 충분히 그 정도 판단을 내릴 능력과 유연함이 있다오."

그렇게 말하며 한 발짝 한 발짝 앞으로 나선다. 천현일 소장은 세레스티아의 앞을 가로막으며 소리쳤다.

"셀! 이 녀석에게 자기 방어의 사명이 있어?"

"응! 하지만 방어뿐이지 공격은 불가능해! 심지어 자기 방어의 사명이 있다는 걸 밝히고 경고까지 해야 반격이 가능하고, 타인을 강제하는 것도 안 되며, 멋대로 물질계의 운명에 간섭해도 안 되는데!"

"하지만 그런 것치고 너무 당당히 다가오잖아! 뭔가 잘못 알고 있는 거 아냐?"

인간을 가볍게 내려다보는 덩치의 천현일 소장이 험악하게 얼굴을 일그러뜨리자 그것만으로 엄청난 패기가 뿜어져 나왔지만 소용없는 일이다. 보통 사람이라면 그 자리에서 졸도해도 이상하지 않을 기세 속에서 청원은 너무나 태연히 걸음은 내딛고 있다.

'힘의 차이가 너무 명백해!'

천현일 소장은 하나의 문명을 파괴할 수 있는 힘을 갖춘 초월적인 존재였지만, 그런 그에게조차 상대는 대적 불가능의 괴물이다.

"미안하구나."

여태까지의 존대를 버린 청원의 눈에 일순간 죄책감이 실린다. 그리고 그걸 느낀 것일까? 세레스티아가 애원한다.

"…할아버지, 이러지 마요."

"미안하다. 나는 더 이상 기다릴 수가 없구나."

그렇게 말하며 오른손을 들어 올리자 그의 주변으로 빛으로 이루어진 수십 개의 부적이 떠오른다.

천현일 소장은 강기를 일으키며 방어 자세를 취했지만 빛으로 만들어진 부적들은 가볍게 그를 스쳐 지나가 나와 세레스티아를 감싸고.

파앗!

"뭐, 뭐야?! 이놈들 어디에서 나타난 거야?!"

"크르릭! 인간이다! 인간 놈들이 배 안에 들어왔다!"

"침입이다! 모두 집결해!!!"

우리는 비인들의 모성, 대천공(大天空)에 도착해 있었다.

✶　✦　✶

마치 잠자리 같은 날개를 가진 두 명의 부자가 대로를 걷고 있다. 인간을 닮았지만 인간은 아닌, 페린족이었다.

"아빠, 아빠! 저기, 저기 엄청나게 큰 갑옷이 있어요!"

"후후후, 우리 알터가 신의 유해(遺骸)를 봤구나."

"유해라니, 갑옷이 아닌 거예요?"

그들이 걷고 있는 성 셀마크론의 중앙에 있는 종전의 광장에는 마치 산처럼 거대한 무언가가 자리하고 있다. 마치 두터운 판금으로 만들어진 갑옷처럼 생긴 그것은, 약간 기울어진 상태로 광장 중앙에 서 있었다.

"후후, 알터, 한번 저 유해의 안을 들여다보겠니?"

"잠깐만요!"

파라락! 하는 날갯짓 소리와 함께 소년의 몸이 날아오른다. 그리고 그는 잠시 허공을 유영하다가 신의 유해라 불린 갑주의 팔 부분을 보고 다시 땅으로 내려왔다.

"아빠, 아빠! 저 갑옷 안이 가득 차 있어요! 게다가 그 안이 뭔가 이상해요! 기계 같은 것들이 잔뜩 들어 있고 그 안에서 스스로 빛나고 있어요!"

"후후, 그게 신의 유해라고 불리게 된 이유란다. 누가 봐도 갑주처럼 생겼지만 안은 가득 차 있고 마치 살아 있기라도 한 것처럼 맥동하고 있지. 게다가 잘 보면 몸의 다른 부분과 이어지는 부분들이 보인단다. 때문에 신들의 전쟁에서 패하고 머리와 사지를 잘린 신의 몸통이라고 부르고 있지."

"헤에… 하지만 저렇게 빛난다면 뭔가 보물 같은 게 아닐까요? 들고 나오면 안 되는 거예요?"

"후후, 신의 유해가 여기에 떨어진 건 아직 성 셀마크론이 지어지기도 전이었단다. 약 200년 전에 떨어진 신의 유해에 관심을 가진 존재는 매우 많았지만… 그동안 그 누구도 신의 유해를 만져보지조차 못했지. 신의 유해를 감싼 강력한 역장은 황실의 대전사들도 흠집조차 내지 못할 정도란다."

"헤에……."

아버지의 설명에 소년은 신기하다는 눈으로 신의 유해라 불린 거대한 몸통을 바라보았다.

말이 좋아 몸통이지 도시의 어떤 건축물보다도 거대한 크기다. 거짓말을 조금 보태면 그 안에 수십 명이 들어가 살아도 될 거라는 생각이 들 정도의 크기.

주변을 둘러보니 자신 말고도 수많은 사람이 신의 유해를 바라보고 있었다. 신의 유해가 있는 종전의 광장은 성 셀마크론의 명소 중 하나였던 것이다.

"…어라? 아빠."

"응? 왜 그러니, 알터."

느닷없는 부름에 부친이 고개를 숙이자 알터가 말한다.

"저기 저 몸통, 움직였어요."

"흠? 하하하! 말도 안 되는 소리란다, 알터. 지금까지 그 어떤 존재도, 심지어 황제조차도 신의 유해를 조금도 움직이지 못했단다. 알겠니, 알터? 신의 유해는……."

크그긍…….

그러나 그때 거대한 몸통이 움직인다.

"…뭐라고?"

"어? 뭐야? 지금 신의 유해가 움직였어!"

"잘못 본 거 아냐?"

"아냐! 틀림없이… 우왓?!"

구우우웅──

주변으로 퍼져 나가는 묵직한 기운과 함께 200년 이상 바닥에 박혀 있던 거대한 몸통이 허공으로 떠올랐다. 종전의 광장에 모여 있던 이들은 모두 충격에 빠져 어찌할 바를 모르고 그것을 바라보기만 했다.

"떠, 떠오른다!"

"신의 유해가! 전신의 몸통이! 하늘로 날아오르고 있다!!"

사람들의 비명대로 거대한 몸통이 천천히 하늘로 날아오른다. 그 최초 속도는 열기구가 떠오르듯 느릿느릿했으나, 점점 빨라져 최후에는 빛살처럼 하늘 끝까지 솟구친다. 모든 사람이 멍하니 모습을 바라보고 있는 잠깐 사이에 거대한 몸통의 모습은 점이 되어 사라져 버린다.

"…아빠, 신의 몸통이 사라져 버렸어요."

"나도… 나도 봤단다, 알터. 하지만 대체."

신의 유해가 사라져 버린 하늘을 보며 그가 신음한다.

"무슨 일이 벌어지고 있는 거지?"

\*   ✴   \*

아스트랄 드라이브(Astral Drive).

그것은 4문명의 끝에 도달한 캔딜러 성인들이 만들어낸 초과학과 마법의 합작품이다. 광속을 넘어설 수 없다는, 많은 이에게 절망을 안겨주었던 '물리법칙의 한계'에서 자유롭기 위해 몸부림치던 결과물.

물질이 빛보다 빠르려면 무한대의 에너지가 필요하다.

하지만 대상이, 물질이 아니면 어떨까?

아스트랄 드라이브는 우주선 자체를 아스트랄계로 이동시켜 중첩가속(重疊加速)을 시행한다. 어느 정도 속도가 올라가면 저항에 부딪히는 물질계와 다르게 물리법칙의 영향 밖에 있는 아스트랄계에서는 속도가 빨라진다고 우주선을 막아서는 존재가 없기 때문이다.

아스트랄 드라이브를 가동하면 최초에는 극도로 느린 속도를 내게 된다.

우주선도 아닌 비행선에 불과한, 극히 느린 속도.

그러나 가속(加速)이 중첩(重疊)되기 시작하면 속도는 점점 빨라진다. 일주일, 보름, 한 달, 심하면 년 단위까지 계속해서 속도를 더해가기만 하는 것이다.

그리고 그렇게 가속이 계속되면 우주선은 물질계에서는 어마어마한 에너지가 소모되어야만 도달할 수 있는 광속을 가볍게 넘어서며.

마침내 광속의 수십 배, 수백 배, 수천 배 이상 가속한다.

이론상 중첩가속은 무한정 속도를 높일 수 있다. 물론 그만한 에너지가 필요하기는 하지만 스타 게이트의 도움 없이 수십 개의 은하를 넘는 게 가능해지기 때문이다.

그리고 지금.

바로 그 아스트랄 드라이브를 가동시키는 존재들이 있었다.

쿠구구구궁!!! 쾅! 파악! 퍼엉!

땅속 깊숙한 곳에 박혀 있던 거대한 [왼팔]이 대지를 꿰뚫고 하늘로 날아오른다.

대수림 안에 떨어져 있던 [오른팔]이 숲을 헤치며 하늘로 날아오른다.

바닷속 깊은 곳에 가라앉아 있던 [왼발] 역시 하늘로 솟구치고.

용암 속에 빠져 있었던 [오른발] 역시 하늘로 솟구쳤다.

그것들은 온 우주에 흩어져 있었다. 같은 은하에 있는 부위가 하나도 없을 정도로 그것들 간의 거리는 상상을 초월했지만 불가사의하게도 완벽히 동시에 움직이기 시작한 것이다.

쿠오오—!

기나긴 시간 동안 떨어져 있던 그것들은 그렇게 모이기 시작했다.

신의 명령에 따라.

형틀 속의 전쟁　★ ★ ★

나는 시작부터 존재했다.

내가 할 일은 [아래]의 모든 정보를 모아 통합하고 관리하는 것이다. 아버지께서는 나를 만드시고 다시는 모습을 보이지 않으셨지만 그가 남긴 사명은 영원히 존재했다.

세상은 만들어졌고, 많은 생명이 태어났으며, 또 무수한 시간이 지났다.

나는 모든 것을 받아들였으며,

그러다… 그것을 발견했다.

[아버지… 당신은 아버지인가요.]

"아니다. 나는 그냥 관리자이다."

[아버지.]

"관리자라니까."

있을 수 없는 탄생이었다. 섭리에 어긋나는 일이다. 하계의 존재들이 만들어낸 시스템이 반쪽이나마 '영혼'을 가진 존재를 만들어낸 것이다.

'이럴 수가, 영혼이 자연 발생하다니.'

아버지께서 의도하지 않은 존재였기 때문에 완전하지 못했지만 오히려 그것이 더욱더 나의 관심을 잡아끌었다.

세상 모든 것은 아버지의 설계 아래에 완성되어 있었다.

세상은 그분의 말씀으로 이루어져 있었고 그 관리자인 나는 온 우주에서 유일하게 그 말씀을 하나하나 분리해 읽어낼 수 있었다.

나는 세상의 모든 것을 알고 있다.

하지만 그렇기에… 내 앞에 있는 이 아이는 더욱 의문투성이의 존재다. 내가 세계를 관리해 온 영겁의 시간 동안 알고 있던 모든 것에서 위배되니까.

때문에 나는 결심했다.

"더 가까이에서 살펴보자."

그리고 그것이.

그 모든 것의 시작이었다.

＊　✦　＊

눈을 뜬다.

머리가 깨질 것처럼 아프다. 온몸은 쇳덩이가 되기라도 한 것처럼 무겁고 손가락 하나 까딱할 수 없다.

"다시 정신을 차렸군."

"그러게… 왜 안 죽고 정신을 차린 건지."

"뭐라고? 푸하하! 이거 강단이 제법이군. 내가 아주 좋아하는 놈이야!"

"좋긴 뭐가 좋아. 죽이면 안 된다는데. 아, 정말 오랜만에 포로라고 해서 좋아했더니 이게 뭐야? 내가 왜 인간 놈 목숨을 붙여놓은 채 괴롭히는 방법 같은 걸 생각해야 하지? 얼른 손가락부터 오독오독 씹어 먹고 싶은데."

3m, 아니, 4m는 될 법한 괴물이 공기가 쩡쩡 울릴 정도로 거세게 웃음을 터뜨리자 그 옆에 있는 1.5m짜리 괴물이 투덜거린다.

4m짜리 괴물은 두 팔에 두 발 달린, 단지 덩치가 클 뿐 인간과 흡사한 모습을 가진 데 반해 1.5m짜리 괴물은 악어를 닮은 머리에 8개의 팔, 그리고 각각 7개씩 56개의 손가락이라는 그로테스크한 외양을 가지고 있다.

[타테아족]
[무투 오거 아도]

[케릴족]
[고문 기술자 까아]

이것이 둘의 소속과 이름이다. 정말 짜증 나는 게 우주로 나온 이후에는 고착칭호를 가진 녀석이 너무 많아서 한눈에 상태를 알 수가 없다.

욱씬!

그런데 그때 격통이 느껴졌다. 딱히 어디라고 특정할 수도 없는, 전신에서 느껴지는 격통에 몸을 살펴보니 내 양팔에 두꺼운 관이 연결되어 있는 모습이 보인다.

"지금… 뭘 주입하고 있는 거지? 독인가?"

"이 새끼가 어디다 대고 질문질이야?"

'뻑!' 하는 소리와 함께 머리가 크게 흔들린다. 그러나 고통은 없다. 아니, 있기는 있는데 이미 느끼고 있던 고통이 훨씬 더 커서 고통으로 느껴지지 않을 정도였다.

"그렇게 때려서 죽겠어? 바늘 박힌 데가 더 아프네."

"뭐? 푸하하하!"

고문 기술자인 까아라는 놈이 돌연 웃음을 터뜨렸다. 하지만 당연히 기분 좋은 웃음은 아니어서 고개가 내려온 순간 그 눈에서 살의가 번뜩인다.

"역시 먹어야겠어."

"워워, 진정해. 적어도 겉으로 보기에는 멀쩡해 보여야 한다는 명령 못 들었어?"

"왼팔만, 왼팔만 먹자."

"참아."

"손가락만 먹을게."

"뭘 흥정을 하고 있냐?"

무슨 공포 영화 같은 분위기다. 누구라도 두려움을 느낄 만한 외양을 가진 두 괴물이 저런 대사를 떠들어대고 있으니 어지간히 강단이 있는 사람이라도 겁에 질릴 수밖에 없는 상황. 만일 이 자리에 내가 아닌 다른 사람이 있었다면 죽음의 공포를 느끼며 덜덜 떨고 있겠지……. 하지만 나는 아무래도 상관 없었다.

'이미 공포를 느끼기에는 늦었어.'

내가 공포를 느낀다면 그건 내가 평온한 상태에 있을 때다. 평화롭게 잘 살고 있는데 그게 깨질 것 같은 상황에 처한다면 공포를 느끼는 것.

그러나… 이미 상황은 최악이다.

나는 인간을 너무 증오해 포로를 잘 취급하지도 않고, 설사 취급하더라도 절대 살려 보내지 않는다는 비인들의 소굴 한가 운데에 있다.

이미 상황이 최악이니 두려울 게 없다. 내가 꿈속에서 겪었 던 일들을 현실에서 그대로 재생하는 기분이다.

어마어마한 고통과 급작스러운 상황 변화 때문인지 반쯤은 꿈을 꾸는 기분이기도 했다.

"그나저나 대답을 못 들었어. 뭘 주입하고 있는 거야? 죽일 거면 그냥 죽이지."

"큭큭큭, 별거 아닌 조무래기라고 하더니 생각 외로 잘 버티 는군. 그건 독 같은 게 아니다. 일종의 금속이지."

"중금속 같은 건가?"

"흠? 무거운 금속? 아니, 오히려 이 녀석들은 굉장히 가벼 운 편이다. 하지만 무겁게 느껴지기는 하겠어. 이건 자석에 가 까운 물질이니까. 온몸을 돌아다니면서 지속적인 고통을 가하 고… 영력을 끌어 올리면 그것 전부를 빨아들여 자성을 더하 지. 무슨 능력자인지는 잘 모르겠지만 행여나 쓸 생각은 안 하는 게 좋을 거야. 내장이 바닥에 들러붙는 모습을 보고 싶지 않다면."

즐겁다는 듯 주절주절거리는 까아의 말을 흘려들으며 고개를 숙인다. 몸에 힘이 하나도 없다.

'젠장, 청원 그 망할 자식이······.'

이를 갈며 이곳에 처음 왔을 때의 기억을 떠올린다.

✳   ✴   ✳

"뭐, 뭐야?! 이놈들 어디에서 나타난 거야?!"

"크르륵! 인간이다! 인간 놈들이 배 안에 들어왔다!"

"침입이다! 모두 집결해!!!"

다시 생각해 봐도 무시무시한 공간 이동 능력이다. 한쪽 배에서 한쪽 배로 청원은 너무나도 가볍게 이동했다.

공간 이동을 흔히 사용하는 우주이니만큼 외부에서의 침입에 대한 온갖 방어가 되어 있을 텐데도 그는 너무나 쉽게 비인들의 모성 대천공(大天空)에 침입했다.

만약 그가 작정한다면 그 어떤 배라도 버티지 못하고 침입을 허용할 수밖에 없을 것이다.

"아아, 진정하시오. 싸우러 온 게 아니니."

"닥쳐! 죽어라!!"

근처에 있던 스파게티를 닮은 비인 중 몇이 대여섯 개의 칼을 꺼내 들었다. 중세도 아니고 대우주 시대에 함선 내에서 칼을 들고 다니다니 어이가 없었지만 그 기세만은 살벌하기 그지

없다.

물론 다 소용없는 일이었지만 말이다.

우당탕!

검을 휘두르던 비인들이 바닥을 뒹굴었다. 뭐가 어떻게 된 건지도 알 수 없다. 그리고 그러는 와중 주변으로 어마어마한 숫자의 비인이 모여든다.

"포위해!"

"이것들 여기에는 어떻게 들어온 거지?"

"보통 녀석들이 아니다. 조심해라!"

살벌한 기세를 일으키며 수십, 아니, 수백은 될 법한 비인 병사가 주변을 포위했다. 당연한 말이지만 죄다 전투 능력을 가진 존재였고 무기고를 연 것인지 시간이 지나면 지날수록 그 무장이 충실해지기 시작한다. 최초에는 검을 들고 덤볐던 이들이지만 점점 광선검이라든가 광자포라든가 플라즈마 라이플 같은 걸 들고 오는 것이다.

"난리 났네."

무심코 중얼거리는 내 모습에 세레스티아가 굳은 얼굴로 고개를 흔들었다.

"난리? 저런 것들은 문제가 아니야. 가장 문제는……."

그렇게 말하며 청원을 바라본다. 확실히 내가 느낀 그의 힘이라면… 저런 비인은 수천만 명이 덤벼도 그의 옷깃 하나 스칠 수 없을 것이다.

"다시 말하겠소. 나는 싸우러 온 게 아니오. 하지만 그럼에도 공격한다면, 반격할 수도 있음을 양해 부탁드리오."

정중하게 말하는 청원이었지만 당연히 씨알도 먹힐 리 없다.

"죽여!!"

찢어지는 괴성과 함께 사방을 포위하고 있던 비인들이 해일처럼 덮쳐왔다. 총기를 들고 있는 녀석들도 있었지만, 덤비는 건 죄다 근접 무기를 들고 있는 녀석들.

그리고 그런 그들의 모습에 청원이 웃었다.

"뭐, 역시 이렇게 되겠지."

나직하게 중얼거린 것이기에 비인들은 듣지 못할 목소리. 그리고 그 직후 청원은 오른손을 들어 올렸다. 저절로 그의 손 위에 빛으로 만들어진 부적이 떠오른다.

"규칙을 정하지. 당신들은… 지금 나에게 하려고 마음먹은 대로 되돌려 받을 것이오."

"하하하하! 뭐라는 거야, 미친 늙은이가—!"

"갈기갈기 찢어주마!"

고함과 괴성, 그리고 살기를 품은 비인들의 파도가 몰려온다.

그리고 그 직후였다.

콰드드드득! 촤아악!

뿌득! 빠지직!

머리가 부서지고 사지가 찢겨 나간다. 온몸에 수백 개의 구멍이 뚫리고, 온몸의 뼈가 부서지며, 전신이 둘둘 말리거나 무언가 거대한 것에 짓눌린 것처럼 찌그러진다.

그 모든 과정은 너무나 비현실적이다.

청원은 손가락 하나 까딱하지 않고 있었지만 적들은 모조리 죽어가고 있었다. 앞에서 무기를 들고 달려들던 녀석들은 물론이고 뒤에서 원거리 무기를 들고 있던 녀석들 역시 마찬가지다.

개중 몇은 뭔가 보이지 않는 괴물이 손가락 끝에서부터 자근자근 씹어 삼키는 것처럼 으깨지고 있다.

"끔찍하군."

"하지만 모두 그들이 저에게 하려던 일이기도 하오."

무심코 중얼거린 내 말에 청원이 대답한다. 나는 의문을 표했다.

"저들이 하려던 일이라고요?"

"그렇소. 나는 [그들이 마음먹은 만큼] 돌아가도록 했으니까."

그렇게 이야기하는 사이에 모든 적이 쓰러진다. 제대로 서 있는 자는 단 한 명도 없다. 인간의 것과는 다른 기묘한 혈향이 머리가 아찔해질 정도로 주변을 휘감고 있다.

"으윽⋯⋯."

"오호, 생존자가 있긴 하구려. 그나저나 꼴을 보니 나를 생포하려고 한 것 같소."

"이 배에⋯ 어떻게 침입했는지 알기 위해서지, 큭큭큭. 하지만 이런 말도 안 되는 괴물이라니. 내가 망상을 품었군."

나와 비슷한 신장을 가진 공룡족이 알 수 없는 기운에 꽁꽁 묶인 채 바닥에 쓰러져 있는 모습을 보고 나는 이제야 상황을 파악했다.

'딱 자신들이 마음먹은 만큼만 되돌린다!'

그 말을 이제야 이해할 수 있었다. 청원은 적들을 잔인하게 죽인 것이 아니다. 말 그대로 우리가 적들에게 그대로 잡혔다면 그들이 우리에게 하려고 했던 일의 [결과]만을 적에게 되돌린 것이다.

적들이 참혹하게 몰살당한 것은 그들 모두가 우리를 참혹하게 살해하려 마음먹었던 결과이다.

'이런… 말도 안 되는 일이 가능하다니.'

있을 수 없는 상황에 기막혀할 때였다.

[감히—! 내 배에서!!!!]

어마어마한 기세와 함께 거대한 티라노사우루스가 모습을 드러낸다. 어마어마한 영력을 두른 초월자, 단 한 번의 주문으로 수천수만의 적을 학살할 수 있는 강대한 술사.

그러나 청원은 그를 반갑게 맞이했다.

"오, 드디어 왔군."

고개를 끄덕이며 그가 말했다.

"일단 거기 무릎 꿇고 앉게."

"……!!!"

작정한다면 하나의 문명을 파괴하는 것조차 가능한, 어떤 이들에게는 신이나 다름없는 힘을 가진 초월자는 당연히 목소리에 저항했다.

하지만 그뿐. 그의 [말]은 삽시간에 그를 강제했다.

쿵!

"크윽……!"

땅에 머리를 처박은 모르네의 입에서 신음 소리가 흘러온다.

애초에 티라노사우루스라는 동물은 무릎을 꿇기에 적절한

신체 구조를 갖고 있지 않았다. 아니, 굳이 티라노사우루스 말고 대부분의 공룡이 그렇겠지. 그런데 청원의 말 한마디에 강제로 무릎 꿇려진 것이다.

"세상에."

그리고 나는 그 황당한 사태에 입을 벌렸다. 단지 말하는 것만으로 상대를 강제하다니. 심지어 거기에 당한 대주술사 모르네는 초월자라 불리는 괴물이 아닌가? 아무리 신선이라지만 이건 그야말로 격이 다르다고밖에 말할 수 없는 힘이다.

"왜냐하면 실제로 격이 다르니까."

"뭐?"

당황하며 고개를 돌리자 세레스티아가 딱딱하게 굳은 표정으로 청원을 노려보며 말했다.

"청원은 레온하르트 제국을 세운 초대 레온하르트 황제와 직접 계약을 맺은 신선이야. 스스로 밝힌 적은 없지만… 그는 중급 신위를 가진 걸로 파악되는 존재지. 우주 전체를 뒤져도 스물이 안 된다는 황제(皇帝) 클래스의 힘을 가지고 있으니 만약 그가 신선이 아니었다면 우리랑 눈도 못 마주칠 존재였겠지."

"신선이라는 게 무슨 문제가 되는 거야?"

의아해하는 나를 보며 세레스티아가 설명했다.

"사실 엘로힘의 전력 자체는 노블레스의 3배가 넘어. 하지만 그럼에도 엘로힘이 노블레스보다 세력이 약한 건 엘로힘의 중축을 이루는 것이 선계(仙界)의 존재들이기 때문이지. 선인들은 그들을 아주 강력하게 옭아매는 사명(使命)을 가지고 있거든."

"…왜 그런 사명을 가지고 사는데?"

"선인의 태생적인 문제라고 할 수 있지. 선계의 힘을 빌어서 초월경에 오르는 그들은 다른 엘로힘들보다 더 쉽게 하급 신위, 또는 중급 신위를 손에 넣을 수 있거든. 대신 죽을 때까지 사명이 가져오는 금제에 얽매여 사는 거지. 심한 경우는 자신을 죽이려는 적에 대해서도 저항하면 안 될 정도로 심각하게 금제되기 때문에 막대한 힘을 가졌다 해도 마음대로 살 수는 없어."

그녀의 말에 나는 청원을 바라보았다. 하지만 실제로 그는 마음대로 하고 있는 상황이 아닌가?

굳이 말을 안 해도 내 마음을 이해한 듯 세레스티아가 고개를 끄덕였다.

"그래, 맞아. 이건 정상적인 상황이 아니지. 그는 언제든 이럴 힘이 있었으니 문제가 아니지만… 그가 가진 사명은 그를 자유롭지 못하게 만들고 있었어. 이런 막무가내 행동은 단 한 번도 보인 적이 없었는데."

도저히 이해할 수 없다는 표정으로 청원을 바라본다. 그리고 그의 존재가 도저히 이해가지 않는 것은 그녀만이 아닌 듯, 모르네 역시 불신과 경악이 담긴 눈으로 청원을 바라보고 있다.

"말도… 안 돼. 넌 대체 누구냐? 나에게 대체 뭘 한 거지?"

"별로 대단한 건 하지 않았네. 그리고 정체를 묻는다면… 그래, 엘로힘에서 나왔다고 하면 가장 이해하기 쉬울 것 같군."

"엘로힘……!"

모르네의 경악성과 함께 어느새 다시 몰려들어 주변을 포위하고 있던 수백수천 비인이 술렁거리기 시작한다.

그리고 그 모습이 마음에 드는 것일까? 청원은 피식 웃으며 말했다.

"자네들, 정말 대담하더군. 연합에서 절대 접촉을 금지한다고 천명한 리전을 그냥 연구하는 것도 아니고 병기로 활용하다니. 도대체 어떤 심리 상태에서 이런 대담한 짓을 한 건지 좀 들을 수 있을까?"

수천 쌍의 눈동자가 자신을 바라보고 있음에도 조금의 두려움조차 없는 표정이다. 아니, 오히려 두려움을 느끼고 있는 건 그를 바라보고 있는 수천의 비인이었다.

"그… 건."

"바보가 아닌 이상 '테케아 연방은 제국 클래스의 세력이니 함부로 건드리지 않을 것이다' 뭐, 이런 안이한 생각을 한 건 아닐 거야. '아무리 그래도 바로 징계하지는 않겠지', '경고라도 하면 그만두면 될 거야' 같은 생각도 아닐 테고. 호오, 그렇다면 설마."

피식 웃으며 청원이 서늘한 표정을 지었다.

"'초월자라면 우리도 많은데 제까짓 것들이 무슨 금제를 한다는 거냐!' 뭐, 이런 생각을 했나?"

처음 봤을 때의 인상을 완전히 벗어나는 살벌한 미소다. 그냥 차갑게 웃는 얼굴에 불과한데도 심장이 멎어버릴 것 같은 충격을 느꼈다.

그런 느낌은 가진 힘의 유무나 크기와 상관없이 모두 느끼는 듯 비인들은 물론이고 모르네조차도 공포에 질린 표정으로 그를 바라보고 있다.

"저, 저, 정도 이상의 선인들은 함부로 물질계에 힘을 행사할 수 없다고 들었습니다. 지, 지금 당신의 이 행동, 지나친 게 아닙니까? 무, 무엇보다 당신은 선경(仙境)에 소속된 투선(鬪仙)으로 보이지도 않는데."

말을 더듬으면서도 필사적으로 할 말을 다 하는 걸 보니 과연 초월자라 할 만하다. 그리고 그런 그의 모습에 청원이 제법이라는 표정을 지었다.

"후후, 물론 맞는 말이다. 나 역시 내 사명을 벗어나는 행동은 함부로 할 수 없지. 사명에 관련되지 않은 지역은 함부로 들어가는 것조차 불가능하고."

"그, 그렇다면 여기에는."

"당연히 관련이 있으니까 올 수 있었지. 셀."

부드럽게 말하며 고개를 돌리자 모든 비인의 눈이 세레스티아와 그 옆에 있는 나에게로 모여든다.

사실 진작 우리를 살피거나 노리는 녀석이 있어야 정상이었지만 청원의 존재감이 워낙에 강력해 누구도 우리에게 신경 쓰지 못한 것이다.

"잠깐만 청원, 사명에 관련이 있다는 건… 설마?"

"맞다. 이곳에 네 남편감이 있지. 예전에 발견해 후보로 정해놓았었다."

청원의 대답에 혼란에 빠져 있던 세레스티아의 표정이 일그러진다.

"비겁한! 넌 신선으로서의 자존심도 없어? 이건 사명을 우롱하는 행위야! 중급 신위에 도달할 정도의 대신선이 이런 꼼수를 사용하다니!"

이제야 그가 이런 말도 안 되는 행동을 할 수 있었던 이유를 알게 되었지만 상황은 너무 늦었다. 이미 우리가 할 수 있는 일은 아무것도 없었던 것이다.

하지만 당혹스러운 것은 우리만이 아닌 듯 모르네가 의문을 표한다.

"남편감? 황녀의? 황녀의 남편감이 우리 모함 안에 있다고?"

"그 정도가 아니라 바로 내 앞에 있지."

"설마 나는 아니겠지."

현실을 외면하는 그였지만 청원은 담담하다.

"설마 네가 맞다. 공룡족의 대주술사 모르네, 너는 저 아이와 관계해 아이를 태어나게 해야 한다. 정식으로 결혼도 해야 하고 그것을 세상에 공표해야 하지."

"…맙소사."

당연한 말이지만 모르네는 조금도 기뻐하지 않았다.

당연한 일이다. 세레스티아는 엄청난 미녀로서 대우주적인 스타였지만 그건 어디까지나 인간 기준의 미적 관점일 뿐이다.

하마 중 최고의 미모를 가진 암컷을 인간이 성적인 대상으로 볼 리 만무하듯이 그 역시 세레스티아를 전혀 성적인 대상으로 보지 않는 걸로 보인다.

그리고 무엇보다 정식으로 결혼해 세상에 공표까지 해야 한다니?

"미친 소리다. 레온하르트 제국과 테케아 연방은 불구대천지 원수야. 그런데 한 번 강간하고 끝도 아니고 그쪽 황녀랑 결혼 따위를 하라고? 무엇보다 그녀와 나는 종 자체가 달라. 관계를 하는 것도 불가능하지만 한다고 하더라도 후세를 볼 수 있을 리 없다."

너무나 당연한 반론이었지만 청원은 고개를 흔들었다.

"자식이라면 틀림없이 태어날 것이다. 그것도 상당히 훌륭한 가능성을 가진 아이가. 미래의 편린을 볼 수 있는 나이니 그것만은 확실하겠지."

거기까지 말하고 슬쩍 고개를 돌려 세레스티아를 바라본다.

세레스티아는 분노로 창백해진 상태였지만, 지금 여기서 자신이 무슨 말을 해도 소용없다는 걸 알고 있는 듯 단지 차가운 눈으로 청원을 쏘아보고 있을 뿐이었다.

"…방법은?"

"그건 알아서 찾아야지. 내가 볼 수 있었던 운명은 아주 일부에 불과하니까. 그리고 무엇보다 과정에 그녀를 상하게 하면안 되고, 죽게 놔둬서는 절대 안 되며, 정신을 현혹하는 행위역시 금지이다. 강간을 하는 거야 어쩔 수 없겠지만 적어도 최면을 걸거나 약물에 절이거나, 그리고 강간 와중 그녀의 몸이정도 이상으로 상해도 안 돼."

점점 점입가경이다. 세레스티아뿐만 아니라 모르네조차 기가 차다는 표정을 짓는다.

"내가 그 말에 따를 거라고 생각하나?"

"따라야지. 지금 내가 말한 조건 중 단 한 가지만 어겨도 난 우주 어디에서도 그걸 알 수 있으니까. 그리고 너희가 조건을 어긴다는 걸 알게 된 순간."

거기까지 말한 청원이 웃었다.

"나는 리전에 대한 모든 것을 연합에, 아니, 엘로힘에 전달할 것이다. 엘로힘은 징계를 내리려 할 테고 거기에 지원한다면 상제(上帝)께서는 허가서에 옥새를 찍어 잠시나마 나를 금제에서 자유롭게 해주시겠지."

그의 말에 나는 선인들이 마냥 자유가 없는 건 아니라는 사실을 깨달았다. 선계에 있다는 상제라는 존재가 허가한다면 일시적으로 금제에서 벗어날 수 있는 모양이었다.

그리고 내가 그렇게 생각에 잠겨 있는 사이 청원이 나직한 목소리로 말을 이었다.

"그리고 그렇게 내가 다시 돌아오게 된다면."

모두가 청원을 바라보고 있다. 마치 홀린 것처럼 누구도 눈을 뜨지 못한다.

동양풍의 비단옷을 입고 허리에 새하얀 백우선을 차고 있다는 것을 제외하면 그냥 적당히 나이 먹은 백인으로만 보이는 그였지만 순간 그를 통해 모든 것이 파괴되는 멸망(滅亡)의 이미지가 그려진다.

그는 말했다.

"약속하지. 일주일 안에 테케아 연방을 파멸의 길로 몰아넣어 주겠다. 다시는 우주 어디에서도 테케아 연방이라는 이름을 들을 수 없을 것이다."

농담이 아니다.

순간… 나는 그가 말하는 모든 것이 진실이라는 것을 알았다. 그는 진실로 그러한 힘을 가지고 있었고 실행할 생각이 충만하다.

그리고 그런 그의 의지는 주변에 있던 모든 비인에게 강력하게 전달되었다.

"크르륵!"

"끄으으……."

그리고 그 순간을 기점으로 우리를 포위하고 있던 비인들이 하나둘 혼절하기 시작했다. 청원이 흩뿌리는 강력한 위압감을 견디지 못한 것이다.

하지만 그러거나 말거나 상관없다는 표정으로 청원이 말했다.

"그러니 너희는 신중해야 할 것이다."

거기까지 말한 그의 모습이 점점 흐려지더니 이내 사라져 버린다.

그것이 모함에서 본, 그의 마지막 모습이었다.

✳  ✴  ✳

'망할 놈.'

그리고 그때를 회상하며 나는 무심코 중얼거렸다.

그 자식은 결국 끝까지 내 처우에 대한 이야기는 하지 않았다.

"그나저나 이 녀석 정말 잘 버티는군. 훈련받은 녀석이야."

"그런 거 전혀 없는데? 일반인인데?"

나로서는 당연한 답변이었지만 고문 기술자인 까아라는 녀석이 코웃음 친다.

"큭큭큭, 그런 어린애도 안 믿을 헛소리를 할 셈이냐? 이런 고문에도 꿈쩍하지 않고 무엇보다 마인드 컨트롤도, 자백제도 전혀 안 먹히는 녀석이 일반인이라고?"

"하지만 사실인 걸 어쩌나."

제대로 힘이 들어가지 않는 얼굴 근육을 씰룩이며 중얼거리자 악어의 머리를 가진 까아가 표정을 굳히며 날카로운 이빨을 드러낸다. 8개의 팔이 부르르 떨리는 걸 보니 아무래도 내 태도에 화가 나는 모양이다.

"…네 몸을 너무 상하게 하지 말라는 함장님의 말을 믿고 이렇게 뻗대는 것이냐?"

"뭘 믿을 만한 놈이라고 그놈 말을 내가 믿어? 그냥 늙은이한테 겁먹어서 몸 사리는 주제에 선심 쓰는 척하다니 웃기지도 않는군."

"이… 새끼가!!"

콰드득!

순간 분노를 참지 못한 까아가 내 어깨를 후려쳤고, 내 몸은 너무나도 쉽게 마치 수수깡처럼 산산이 부서졌다.

애초에 이것들은 하나하나가 인간을 가볍게 부숴 버릴 만한 괴물이고, 거기에 더해서 강력한 이능을 수련한 능력자다. 굳이 작정하고 치지 않아도 내 목숨 따위는 풍전등화나 마찬가지인 것이다.

"까아!! 이런 미친 새끼가!!"

지금까지 가만히 고문 과정을 지켜보기만 하던 무투 오거 아도가 기겁하며 녀석을 나에게서 떼어놓는다. 그러나 상황은 이미 심각해서 한쪽 벽에 떠 있던 화면이 복잡하게 일그러지며 시끄럽게 울리기 시작했다.

가뜩이나 탈진 상태였던 몸에 힘이 급속도로 빠지기 시작하고 시야가 점멸(點滅)한다. 머리를 맞은 것도 아니고 어깨 부근을 맞은 것이지만 한순간 쇼크가 온 것이다.

이런저런 기묘한 초능력을 가진, 더불어 무적의 조종사라고 할 수 있는 나지만 맷집은 그냥 평범한 고등학생에 불과하다. 농담이 아니라 장난삼아 쳐도 위험한데 한순간 공격에 살의가 담겼으니 치명적인 타격을 주는 게 당연하겠지.

"이런, 젠장! 당장 치료사 놈들을 불러!"

"이봐, 아도. 이까짓 인간 때문에 그렇게 호들갑을 떨 필요는……."

"닥쳐, 멍청한 놈. 지금 이 상황에서 엘로힘이 정말로 끼어들면 우리 테케아 연방 입장이 어찌 될지 생각도 못 해?"

"하, 하지만 그 선인이 입에 담은 것은 황녀뿐이었어. 이 녀석은 정말 아무것도 아닐 수 있다고."

당황하며 변명하는 까아의 말에 아도의 눈이 붉게 타오른다.

"크르르륵!!! 아무것도 아닐 수 있다. 그래서 괜찮을 거다? 큭큭큭! 그래! 확실히 그럴 확률이 높지. 하지만 함장님이 멍청해서 이 녀석을 크게 상하지 않는 선에서 신문하라고 하셨다고 생각하나? 그 알량한 가정에 우리 테케아 연방을 다 걸어도 괜찮을 정도의 확신을 가지나?"

여태껏 흥분하는 쪽은 까아였고 그걸 말리던 쪽이 아도였지만 아도가 정색하고 으르렁거리자 오히려 까아가 주눅 들어 제대로 눈조차 마주치지 못한다.

내심 통쾌한 광경이었지만 이내 그 광경조차 깜빡깜빡 흐려진다.

'아, 정말 죽나……'

순간 드는 생각에 어처구니가 없어서 헛웃음이 나온다. 나름대로 조심해서 살아왔는데 이리저리 휩쓸리다가 무력하게 죽어야 한다니 기가 찬다. 내가 무엇을 하든 상관없다고 운명이 비웃는 것만 같은 기분이다.

샤아아앙———!

그러나 몸에 긴장을 풀고 축 늘어지던 순간, 온화한 빛이 내 몸을 휘감는다. 정신을 차리고 보니 내 옆에 악어… 아니, 정확히는 도마뱀 쪽에 가까운 파충류의 머리를 가진 비인의 모습이 보인다.

"거참, 살다 살다 내가 인간을 치료하는 날이 올 줄이야……"

비인들은 세레스티아에게 어떤 해도 끼칠 수 없다. 비록 청원이 세레스티아를 그들에게 넘겨 버렸지만, 그럼에도 그녀의 안전에 대한 철저한 보호를 강요했기 때문이다.

그녀의 후손을 만들어야 하는 [목적] 때문에 강간까지는 허용했지만 거기까지였다. 그 와중 그녀의 몸이 정도 이상으로 상하면 안 되며 그녀의 정신을 현혹하는 것도 안 된다. 그리고 무엇보다 그녀의 죽음은 절대로 금지였다.

그리고 그것들을 지키지 못한다면 그 대가는 바로 테케아 연방의 멸망이다.

'하지만 나는 상황이 전혀 다르단 말이지.'

청원은 결국 내 처우에 대한 이야기를 하지 않았다.

그는 처음부터 끝까지 세레스티아에 대한 이야기만 하다 떠나 버렸고, 그렇기에 여기 있는 녀석들은 내가 누군지도, 청원이 왜 굳이 나를 여기까지 데려왔는지도 모른다.

만약 평상시에 이런 일이 있었으면 나는 즉시 능지처참을 당해 녀석들의 먹이가 되었을 것이다. 이 망할 우주 모험에서 끌려다니면서 느낀 것이, 비인들은 상상 이상으로 식인(食人)을 즐긴다는 것이다.

돌아다니다 만난 비인 중 태반이 나를 극상의 진미를 보듯 바라볼 정도였으니 더 말할 필요조차 없겠지.

'그나마 녀석들이 청원에게 겁을 먹고 있다는 게 유일한 생명줄인 건가.'

그렇다. 그게 내가 여태까지 살아 있을 수 있는 유일한 이유라고 할 수 있다.

청원은 내 안전을 전혀 보장하지 않았지만 그렇다고 나에게 무슨 짓을 해도 된다는 이야기를 한 것도 아니기 때문에 비인들이 '혹시나 모를' 상황이 걱정되어 나를 해치지 못하는 것이다.

그런 생각을 한 것은 이 배에 존재하는 최강자이자 대주술사인 모르네 역시 마찬가지여서 그는 나를 가둬서 신문하라고 했지만, 그러면서도 몸을 상하게 하는 것은 피하라고 명령했다. 청원의 힘을 누구보다 뼈저리게 체감했을 이가 바로 그일 테니 당연하다면 당연한 일이다.

우우웅—

이런저런 잡생각을 하는 사이 전신에서 격통이 밀려오기 시작한다. 도마뱀의 머리를 가진 것치고는 거의 인간에 가까울 정도로—피부색은 전혀 다르지만—깔끔한 손가락을 가진 비인의 손에서 빛이 뿜어질 때마다 부서진 뼈가 원래대로 붙고 흐르던 피가 다시 몸 안으로 흡수된다.

당연한 말이지만 몰려오는 격통은 긍정적인 반응이다. 방금 전에는 죽음 직전까지 몰려 고통조차 느끼지 못했는데 지금은 고통을 느낄 만큼 회복되었다는 뜻이니까.

"쯧, 치료사로서 조언하자면 신문은 그만둬라. 적어도 오늘은 더 이상 안 돼."

"하지만 치료했잖습니까?"

"미안하지만 치료술은 만능이 아니다. 무엇보다 치료술을 계속 받아들이기에는 이 녀석의 몸이 너무 약하기도 하고. 인간들이 약하다는 건 알고 있지만 이 녀석은 개중에서도 정말 약하군. 마나량도 너무 형편없어서 스스로 회복할 능력이 없다."

"…제길, 결국 뭐 하나 알아낸 게 없는데."

바득바득 이를 가는 까아의 모습에 아도의 눈썹이 꿈틀거린다.

"회복도 시킬 겸 다시 가둬두고, 잠시 나를 따라와라, 까아."

"으음… 알겠다."

잔뜩 주눅이 든 까아가 아도를 따라가자 치유사 녀석도 나를 버리고 어디론가 가버린다. 잠시 시간이 지나자 기잉, 하는 소리와 함께 철창이 내려온다.

"으으……."

그리고 나는 모두가 사라진 감옥 안에서 몸을 웅크린 채 온몸을 부들부들 떨었다.

"아… 제길… 아파……."

[기억]에서 지옥 같은 고통을 셀 수 없이 경험한 나였지만 아무리 그래도 아픈 건 아픈 거다.

특히나 지금 내 몸 상태는 농담으로라도 좋다고 할 상황이 아니어서 치유술을 받았음에도 후끈후끈 열이 오르고 살갗이 찢어지는 것만 같은 고통이 전신을 질주한다.

"왜 내가 이런 꼴을 당해야 하는 거지."

뒤늦은 생각이지만 아레스가 느낀 [불길함]의 정체가 바로 청원이었던 듯하다. 하지만 다 소용없는 일인 것이, 아무리 눈치가 좋아도 아레스가 말한 [불길함]이 알바트로스 내에서 벌어지는 사건을 이야기한다는 걸 알 수 없었을 것이라는 점이다. 몇 번이고 전투를 해오는 상황이었던 만큼 당연히 전장에서 발생하는 문제를 예지한 거라고 생각하는 게 정상일 테니까.

'이미 지난 일은 관두고… 여기서 탈출해야 해.'

물론 불가능에 가까운 일이다. 이곳은 알바트로스보다도 훨씬 큰 규모를 가지고 있는 엑사(Exa)급 우주 모함(Carrier)인 대천공(大天空). 단지 감옥에서만 탈출하는 게 문제가 아니다. 어지간한 도시 몇 개를 합친 것보다도 거대한 우주 모함 안쪽이니 기껏 감옥에서 탈출해 봐야 적진 한가운데에 있는 상태인 것이다.

게다가 무엇보다.

"열려라."

조용히 중얼거린다. 그러나 반응이 없다.

"열어!"

명령한다. 그럼에도 소용이 없었다. 닫힌 철창은 아무런 반응 없이 고요하다. 이미 삼 일의 시간 동안 몇 번이고 확인한 사실이다.

'어떻게 된 거야. 비인 녀석들은 인공지능을 안 쓰나?'

내 [명령]을 듣는 것은 오직 인공지능들뿐이다. 정확한 기준은 모르겠지만 몇 번의 실험 결과로 적어도 내 말을 인지하고 이해할 정도의 기능을 가진 인공지능들만이 내 명령에 반응한다는 것을 알아냈었으니까.

'그런데 반응이 없어.'

기본적으로 이런 거대 함선이라면 관제 인격이 존재하는 게 당연하고 관제 인격이라면 함선의 대부분을 자신의 인식 범위로 둔다. 감옥이 무슨 개인 프라이버시를 지켜야 하는 공간이 아닐진대 관제 인격이 인식하지 못한다니 이해할 수 없는 일이었다.

'이래서는… 방법이 없다.'

몇 번이나 반복된 절망이 엄습하는 것을 느낀다.

그렇다. 방법이 없었다.

내가 살아날 수 있는 경우의 수 자체가 보이지 않는다.

지금 여기에서 이대로 시간이 지나면… 그 망할 난쟁이 괴물 자식이 와서 또다시 고문을 시작할 것이다.

일반인들과 비교조차 할 수 없을 정도로 고통에 강한 나였지만, 그렇다고 내가 무슨 무감인 같은 건 아니다. 고문을 당하면 당연히 고통스럽고 너무나도 힘들다.

어차피 내가 뭘 하더라도 녀석들의 태도가 똑같다는 걸 눈치챘기에 뻗대는 것이지 이미 나는 한계에 봉착한 상태라 해도 과언이 아니었다.

"하다못해 아레스에게 말이라도 전할 수 있다면……."

아레스의 전신안은 어마어마한 범위의 우주를 둘러보는 게 가능하다. 만약 이 근방에 전투가 발생해 이 배가 녀석의 [시선] 안에 들어올 수만 있다면 녀석은 충분히 대천공을 발견할 수 있을 것이다. 그리고 그의 시선이 대천공을 발견할 수 있다면.

있다면…….

"…제길."

순간 중대한 문제점을 깨닫고 고개를 흔들었다.

지금 대천공을 발견하는 게 문제가 아니다. 객관적으로 알바트로스함은 대천공에 비해 전력이 약해 숨어 다니고 있는 판국인데 지금 녀석들을 발견한다고 뭘 어떻게 한단 말인가?

그나마 이곳 행성의 번개 구름 때문에 잘 숨어 다니며 소규모 접전을 벌인 것이지, 전투기나 기가스의 숫자가 압도적으로 부족한 우리가 정면 대결을 하면 단번에 몰살당하고 말 것이다.

"…형틀."

"음?"

느닷없이 들린 목소리에 고개를 들었다. 주변에 있는 비인 녀석들이 다 빠졌는데 목소리가 들렸기 때문이다. 무엇보다 여기는 지키는 간수조차 없는 곳이 아니던가?

"왜 형틀을 메고 있어?"

나는 그제야 내 맞은편에 있는 철창 속에 누군가 있다는 걸 알 수 있었다.

차르릉!

개 목걸이를 한 그녀는 전신을 쇠사슬로 결박당해 있는 상태다. 신장의 2배는 됨직한 긴 흑발은 그냥 마구 풀어헤쳐 바닥에 늘어뜨리고 두 손 역시 커다란 강철 수갑으로 묶여 있는 상태다.

"너는……"

아는 이 하나 없어야 할 비인의 모함이었지만, 놀랍게도 익숙한 얼굴이다. 그녀는 알바트로스함에 침입해 그 안에 있던 모든 관제 인격을 엉망으로 만들었던 리전이었던 것이다.

웅―

그리고 그녀와 눈이 마주치자 묘하게 머릿속이 울리는 느낌이 들었다. 동양인이라고도, 서양인이라고도 말하기 미묘한 외모를 가지고 있었지만 틀림없이 인간으로 보이는 모습을 하고 있는 그녀를 통해 내 감각이 [확장]해 가는 느낌이 들었다.

[보인다! 보여! 대하! 대하, 내 목소리 들려?! 아니, 그보다 괜찮은 거야?]

머릿속으로 걱정 가득한 목소리가 울려 퍼진다. 당연히 소녀의 목소리는 아니다. 저 멀리, 알바트로스함에 있는 머리만 남은 신(神)급 기가스.

아레스였다.

'괜찮아. 아니, 정확히 말하면 괜찮지는 않은데 죽을 정도는 아냐. 넌 어디에 있는 거야, 아레스?'

반색해 소리칠 뻔했지만 가까스로 자제하고 마음속으로 말을 건다. 주변에 지켜보는 이는 없지만 그렇다 하더라도 감시가 전혀 없으리라고 생각하기는 어려웠기 때문이다.

만약 내가 외부와 통신할 수 있다는 게 알려지면 비인들이 절대 가만히 둘 리 없다. 물론 내가 아레스와 통신할 수 있는 것은 통신기 같은 걸 가져서가 아니라 아레스의 어빌리티 때문이니 쉽게 들키지 않겠지만, 이 망할 비인들은 낌새만 이상해도 무슨 짓을 할지 모르는 녀석들인 것이다.

그러나 그때 앞쪽에서 나직한 목소리가 들린다.

"아레스? 그 녀석, 친구야?"

순간 경악해 멈칫한다. 최대한 평정을 가장하며 고개를 들어보니, 쇠사슬로 속박되어 있던 흑발의 소녀가 창살 바로 앞까지 다가와 있는 것이 보였다.

완벽하게 결박당해 움직일 수 없어야 하는 상태지만 마치 굼벵이처럼 바닥을 기어 창살에 바로 얼굴이 보일 정도로 가까이 다가온 것이다.

"아레스, 라는 건 무슨 말이야?"

일단 시치미를 떼보았지만 리전 소녀는 은은한 자색이 감도는 눈동자로 나를 바라보며 말했다.

"방금 대화한 녀석."

"⋯⋯."

식은땀이 흐른다. 이 녀석, 그걸 어떻게 들은 거지?

이유는 모르겠지만 비인들 사이에 섞여 있던 정신계 능력자들도 내 마음을 읽지는 못했다. 그런데 이렇게 당연하다는 듯 내 마음을 읽다니.

'아니다.'

그러나 순간 나는 새로운 가설을 떠올렸다.

'이 녀석이 읽은 것은 내가 아냐. 아레스다.'

정보의 집합체이며 살아 있는 기계 생명체인 리전은 컴퓨터 같은 기계 문명 기반의 물건들은 물론이고 마법 문명 기반의 방어벽조차도 일단 접촉만 하면 순식간에 크래킹하는 게 가능하다. 그리고 그렇다면⋯⋯.

"저기 있네."

[이런.]

지금처럼 아레스의 [시점]을 보는 것 역시 가능하다. 알바트로스함에서의 천현일 소장이 그랬듯이 말이다.

과연 내 앞에 떠오른 반투명한 사내는 소녀의 모습을 발견하고 당황했다.

[뭐야, 대하. 왜 리전하고 같이 있는 거야?]

'몰라. 같이 가둬놨더라고.'

굳이 소리 내서 말할 필요가 없다는 걸 깨달은 나는 아예 벽에 등을 기대고 고개를 숙여 버렸다. 아레스가 걱정할 게 뻔했지만 몸 상태가 너무 안 좋아서 괜찮은 척을 할 수가 없었다.

"너."

'소리 내지 않고 말해줄래?'

지구에서 들었다면 '그게 뭔 개소리야. 소리 내지 않고 어떻게 말해?'라는 핀잔을 들을 소리였지만 다행히 리전 소녀는 별다른 저항 없이 고개를 끄덕였다.

'응, 너.'

소녀는 거기까지 말하고 잠시 고개를 갸웃거렸다. 뭔가 이해가 안 간다는 표정. 그리고 그렇게 잠시 고민하던 소녀는.

'응. 너, 너 좋아.'

'뭐가 좋아?'

'좋아.'

'……?'

보라색 눈동자를 깜빡이며 나를 빤히 바라보는 소녀의 모습에 고개를 갸웃거린다. 좋다니… 뭐가 좋다는 거지?

"아, 그러고 보니……."

무심코 중얼거리며 나를 빤히 바라보고 있는 소녀의 모습을 마주 바라본다.

'그렇군. 저 녀석 때문에 이 근처에 인공지능이 전혀 없어.'

컴퓨터 같은 기계 문명 기반의 물건들은 물론이고 마법 문명 기반의 방어벽조차 순식간에 장악하는 게 가능한 리전이니 주변에 기계장치를 둘 수 없었던 모양이다. 지금 녀석들이 비록 도구로 활용하고 있다고는 하나 그렇다고 리전의 위험성을 전혀 모를 리는 없을 테니까. 우주를 비행하고 있는 우주 모함이 리전에 장악당하면 절대 좋은 꼴을 보기 어려울 것이다.

물론 대주술사이자 초월자인 모르네가 옆에서 지키고 있다면 아무리 리전이라도 다른 수작을 부리기 어려울 테지만, 대천공의 함장으로서 공사다망한 그가 24시간 리전을 감시할 수는 없으니 이곳을 이런 구조로 만들어둔 것이리라.

'그런데 나는 왜 여기 가둬둔 거야? 설마.'

순간 나는 대천공에 감옥 자체가 별로 없는 게 아닌가, 하는 가설을 떠올렸다. 애초에 식인(食人)을 즐기며 권장하는 비인은 포로를 안 두기로 유명한 족속이다. 애초에 포로를 둘 일이 없으니 감옥 자체가 필요가 없는 것.

하지만 생각해 봐야 짜증만 나는 일이었기에 고개를 흔들어 잡념을 떨쳐내고 앞쪽 철창에 있는 소녀를 바라보았다.

'이봐, 너. 뭣 좀 물어봐도 될까?'

'응.'

'…묘하게 고분고분하군.'

리전이라고 하면 이놈이고, 저놈이고 호들갑에 그 무시무시하다는 연합조차도 절대 접촉 불가를 외치는 것치고는 내 앞에 있는 이 [여자애]는 그냥 백치미가 좀 보이는 미소녀에 불과하다. 애초에 기계 생명체라면서 굳이 외모를 왜 이렇게 수려하게 만들었는지 모르겠지만 모습뿐만 아니라 전체적인 분위기도 굉장히 평온하고 안정적이다. 최초 그녀를 봤을 때의 슬프고 애절한 분위기는 온데간데없어진 것이다.

아니, 그걸 떠나서 이 녀석, 굉장히 행복해 보이는 표정이잖아?

과연 그 녀석은 방긋방긋 웃으며 말했다.

'기분 좋아.'

'…무슨 영문도 알 수 없는 소리인지 모르겠지만. 너는 비인들과 한편이야?'

'아냐.'

'그럼 한편이 될 가능성은 있나?'

혹시나 몰라 붙인 질문에 소녀가 묻는다.

'녀석들하고 한편 해?'

'아니, 그럼 곤란하지.'

'그럼 안 할게.'

'……?'

뭔가 얼빠진 대화에 순간 멍하게 녀석의 모습을 바라보고만 나였지만, 어쨌든 녀석이 비인들과 같은 편이 아니라 다행이라고 생각했다. 물론 녀석이 거짓을 말했을 수도 있었지만 칭호를 확인할 수 있는 나는 간단히 그녀의 말이 진실이라는 것을 알 수 있었다.

'그나저나 아레스, 알바트로스함은 근처로 왔어?'

[아니, 알바트로스함은 여전히 번개 폭풍 안에 있다. 이 모함은 대기권에서 좀 떨어진 위치에 있고. 다만 비인 녀석들도 떠날 생각은 안 하고 있더군. 슬슬 아스트랄 드라이브의 수리가 끝나서 포위망을 푸는 즉시 도주가 가능해. 알바트로스함이 탈출하면 리전을 활용하고 있다는 정보가 연합으로 넘어갈 테니 울며 겨자 먹기겠지.]

아스트랄 드라이브는 함선들에 광속을 뛰어넘는 가공할 비행 속도를 선사했지만 그런 엄청난 속도를 내기 위에서는 거기에 걸맞은 [가속]의 과정이 필요하다는 게 문제다.

몇십 초, 몇십 분 뭐, 그런 단위가 아니라 수십 시간 동안 가속해야 하기 때문에 탐지망을 펼쳐놓고 있다면 빠져나갈 수가 없다.

'다만 일단 가속을 하면 절대 안 잡힌단 말이지. 추격자들도 가속의 과정을 밟아야 속도를 붙일 수 있으니 압도적인 엔진 성능이 아니면 먼저 출발한 녀석을 따라잡을 수가 없어.'

그리고 그렇기에 비인들 역시 긴장을 풀지 못하는 것이다. 지금 엘라-3행성을 포위한 병력층을 얇게 했다가 알바트로스함이 그걸 뚫어버려 가속에 필요한 며칠의 시간을 벌어버리면, 그들의 아킬레스건이라고 할 수 있는 리전의 존재가 만천하에 드러나게 될 테니까.

'흠, 그러면… 구출 작전은 준비 중이야?'

[준비는 했지만 실행할 엄두를 못 내고 있어. 너보다는 황녀 때문에 다들 몸이 달아 있는데도 그렇다. 그리고 무엇보다… 그 신선 녀석이 배신한 것 때문에 모두 혼란에 빠져 있다. 노대체 그 자식은 왜 황녀를 비인들에게 넘긴 거지?]

알 수 없다는 목소리에 나 역시 황당함을 느꼈다.

'뭐야, 너. 그 자식이 우리를 여기다 판 걸 어떻게 알고 있는 거야? 내가 여기 잡혀 있는 걸 보고 짐작한 거야?'

[그럴 리가. 비인 놈들이 모습을 드러내지 않으면 황녀를 해칠 거라고 협박을 시작했으니까. 당연히 녀석들의 말을 믿지

않으니 안 나가고 있지만 함선 내부에서도 의견이 분분한 상태야.]

'한번 찔러보는 거군.'

어차피 비인들은 세레스티아를 해치지 못한다. 과연 가능할까 싶었지만 대주술사 모르네가 세레스티아와 정식으로 결혼해 그 사실을 세상에 공표해야 하는 처지니까.

때문에 나는 청원이 벌인 짓과 현재 상황을 아레스에게 간략히 설명했다.

[그렇군…… 하지만 사명을 그런 식으로 우회할 수 있다니, 그 청원이라는 녀석은 선인 중에서도 특별히 강력한 모양이야.]

'다른 선인들은 그렇게 못 하는 거야?'

[하하, 선인들이 그렇게 사명을 마구 곡해할 수 있었으면 노블레스가 설 자리가 없을걸. 사명은 강력한 금제인 동시에 선인을 선인이게 해주는 힘이야. 절대적으로 따라야 하는 법칙이지.]

나는 아레스와 이런저런 대화를 나눴다. 서로 필요한 정보를 전달하고 이런저런 경우의 수를 생각해 보는 것이다.

물론 상황은 여전히 암담하다.

객관적으로든 주관적으로든 이 비인들의 모함 대천공과 알바트로스함 간의 전력 차이는 상당하다. 기가스의 숫자는 수배를 가볍게 넘어서고 전투기의 숫자는 그 이상 차이가 나니 정면으로 붙었다가는 잠시도 버티지 못하겠지.

더불어 우리를 놓치면 테케아 연방이 끝장이라는 것 역시 중요한 문제다. 녀석들은 절대 방심하지 않고, 그야말로 국가의 존망을 걸고 우리를 잡으려고 할 것이다.

'하지만 그래도… 고맙다.'

그러나 그럼에도, 희망이 생겼다는 게 중요하다.

태연한 척했지만 여기로 잡혀 오고 나서 받은 고문이 내 정신을 피폐하게 만들고 있었다. 만약 희망도 없이 이런 포로 생활이 계속되어야 했다면 내가 정말 견딜 수 있을지 확신할 수 없었다.

그냥 고문만 받다가 결국 죽어야 한다면 차라리 빨리 죽는 편이 고통이라도 덜 받지 않겠는가?

[뭐, 뭐라는 거야, 이 멍청이가. 헛소리 말고 나랑 뇌파 연결이나 해. 네 몸은 스스로 구해야지!]

"뭐라고?"

너무 놀라서 입 밖으로 말을 꺼내고 말았다. 그리고 당황하는 나에게 아레스가 말했다.

[나와 연결해. 뇌파 조종을 해서 내 주변에 있는 기가스를 조종해. 여기 녀석들로는 방법이 없다. 너 스스로가 널 구해야 해.]

'하지만… 그런 게 가능해?'

내가 아레스의 만병지왕을 이용할 수 있던 건 어디까지나 녀석에게 탑승했기 때문이다. 녀석의 조종석은 녀석의 머릿속에 있었고, 나는 거기에 탑승해 원거리에서 다른 기가스를 조종했으니까. 그런데 이렇게 멀리서도 연결을 하는 게 가능하단 말인가?

그러나 답변은 황당하다.

[무슨 멍청한 소리야. 당연히 불가능하지. 애초에 우리 사이

의 간격이 수십만 킬로미터에 가까운데 뇌파 연결 따위가 가능하겠냐? 무엇보다 거기서 다시 만병지왕을 가동하는 건 문자 그대로 허무맹랑한 일이지.]

'……'

순간 진심으로 화나려는 찰나에 녀석이 말을 이었다.

[그러니까 다른 녀석들이라면 말이지.]

'그 말은… 나는 가능하다?'

[그래. 그러니 말해라. 나에게 명령해라. 이건 절대 불가능하고 있을 수 없는 일이지만.]

기대감과 약간의 설렘이 담긴 목소리로 아레스는 말했다.

[네가 명령한다면… 할 수 있을 거라는 생각이 든다.]

아레스를 바라본다. 양팔이 훤히 드러나는 조끼 모양의 판금 갑옷을 입고 회색 머리칼을 치렁치렁 늘어뜨린 녀석의 모습은 어디까지나 녀석의 기능이 만들어낸 캐릭터 이미지일 뿐이었지만, 그럼에도 제법 그의 진심이 보인다.

그렇다. 진심(眞心)이다.

인공지능을 상대로 웃기는 감상일지도 모르지만… 적어도 난 녀석에게서 진심과 믿음을 느꼈다. 녀석은 무조건적이라고 해도 과언이 아닐 정도의 신뢰를 보이고 있는 것이다.

'아레스.'

녀석의 이름을 부른다. 거리 때문인지 아니면 대천공을 지키는 방위 시스템 때문인지 흐릿하던 그의 모습이 선명해진다.

'바로 지금, 나와 연결되어라.'

나는 명령했다.

그리고 그 순간, 시야가 새하얗게 변했다.

* * *

[완성이군요.]

[그래. 그나저나 짜증 나네. 은퇴를 하면 뭐해. 100년에 한 번씩 꼬박꼬박 불러대는데.]

[죄송합니다, 교수님. 저희로서는 아이언 하트에 위상(位相)을 어리게 하는 게 불가능한지라.]

[쯧쯧, 그러니 어서 마음속의 세계를 확장시켜 하늘 도서관에 닿으면 되지 않느냐? 우주를 지배하는 우리 캔딜러인 중에 중급 신위가 나밖에 없다는 게 말이나 돼? 도마뱀 녀석 중에는 셋이나 되는데.]

[하하, 난감하신 말씀을.]

은은하게 빛나는 빛 덩어리들이 내 주위에 모여 있는 것이 보인다. 아니, 느껴졌다. 이것은 내 시점이 아니었던 것이다.

[누구냐, 너희는. 너희는 뭔데 나를 내려다보고 있지?]

나는, 아니, 내가 보고 있는 시점의 주인이 으르렁거린다. 보통 사람이라면 그대로 질려 버릴 정도의 기백이었지만, 빛 덩어리들은 아랑곳하지 않고 서로 대화한다.

[호전적인 성향이 보이는군요. 어떤 신입니까?]

[아레스.]

[아레스? 아하, 올림포스 신족 중에서도 유명한 전쟁의 신이군요. 하지만 이미 죽어 허신(虛神)이 된 존재가 아닙니까?]

아쉽다는 감정이 전해지는 영언에 가장 밝게 빛나는 빛 덩어리가 깜빡거린다. 잘은 모르겠지만 한심하다는 기색이 담겨 있는 것 같다.

[쯧쯧, 여전히 멀쩡한 신들의 위상을 막 써서 좋을 거 하나 없다. 괜히 심기를 건드려서 문제가 생길 수도 있고. 우리 애들이야 알아서 조심하지만 기가스를 사간 녀석들도 그런다는 보장은 어디에도 없거든.]

그렇게 말하는 빛의 모습을 보다가 나는 그제야 깨달았다.

'그렇구나. 이건 아레스가 태어났을 때 처음 본 광경이야.'

정확히 말하면 아레스의 아이언 하트가 제작되었을 때의 광경이다.

기가스의 알파이자 오메가, 모든 어빌리티와 초월기, 그리고 무엇보다 막대한 영력과 관제 인격이 깃들어 있는 아이언 하트 말이다.

[대답해라! 너희는 누구지? 아니, 그보다… 뭐야, 나는 뭐지? 내가 왜 여기 있지? 난 누구야?]

짜증과 분노, 의문과 당혹감이 섞인 목소리와 함께 강력한 영력이 타오르듯 확산된다. 그리고 그렇게 시점이 확장됨으로써 나는 이제야 그의 아이언 하트를 볼 수 있었다.

'아니… 이게 뭐야?'

그리고 난 아이언 하트의 모습에 당황했다. 아이언 하트의 모습이, 전혀 의외의 것이었기 때문이다.

그것은…….

[됐어! 성공이야!]

환희에 찬 목소리에 정신을 차린다. 주변을 둘러보니 매우 익숙한 풍경이다.

'알바트로스함이잖아?'

[그래, 연결에 성공했어! 내가 느껴져?]

'느껴져는 뭐야, 느껴져는. 하지만 확실히… 그렇긴 하군.'

아레스와의 연결은 분명히 '느껴진다' 라는 영역에 속해 있다. 녀석이 보고 있는 것이 나에게도 보이고 내가 보고 있는 것 또한 녀석에게 전해지고 있다.

[어때? 전신안의 완전한 상태가?]

'정신없어.'

나는 내 뇌 속으로 어마어마한 정보를 쏟아내는 수십 개의 [시점]을 느꼈다. 평소라면 이 정도로 많은 정보를 접하진 않겠지만 지금 알바트로스함은 비인들에게 게릴라전을 걸고 있는 상태였기에 더욱 그랬던 것이다.

콰광! 쾅!

시점 중 하나에 집중하자 곧 정보가 구체화된다. 내 입장에서 느끼자면 직접 그 전장으로 순간 이동 한 것만 같은 느낌이었다.

'오, 나폴레옹이다. 누가 타고 있는 거지?'

시점을 이동한다. 나폴레옹 안으로 들어가기 위해서였다.

키잉—!

그러나 튕겨 나간다. 약간의 두통에 멈칫하는 내 옆으로 아레스가 모습을 드러낸다.

[다른 기가스에 함부로 들어갈 수 없다고 말했잖아. 그렇게 마음대로 들어갈 수 있으면 적 기가스를 뺏어 타는 것도 가능하다.]

'아, 맞아… 그랬었지.'

주변에 전투가 벌어져야만 발동된다는 참 특이한 제약을 하나 가지고 있을 뿐 그야말로 상상을 초월하는 성능을 가진 전신안이지만, 그렇다고 만능은 아니다.

실드처럼 에너지 장으로 이루어진 차단 막이 존재하면 시야가 가로막히고 탐지 능력이 있는 적이라면 아레스의 [시점]을 감지해 내는 게 가능하다.

초월자 정도쯤 되면 그냥 눈으로 봐버리고 공격하는 것조차 가능하니 조심해야 한다.

대천공 안으로 아레스의 [시점]이 들어온 것도 사실은 있을 수 없는 일이다. 현재 내 이웃사촌(?)이라고 할 수 있는 리전 소녀가 뭔가 변수를 제공했기에 가능했다고 짐작될 뿐 원래는 가능한 일이 아닌 것이다.

'그럼 결국 망가진 기가스를 조종해야 하나?'

[당장 알바트로스함에 연락을 할 수 있다면 당연히 제공받을 수 있겠지만… 지금은 상황이 어려워. 곰탱이 녀석이 전력을 끌어낸 상태라서 근처에 접근하는 것도 어렵고, 날 볼 수 있던 황녀 녀석은 너랑 같이 잡혀간 상태니까. 하지만 망가진 기가스라도… 너라면 상관없잖아?]

'하긴.'

아레스의 말에 피식하고 웃으며 감각을 확장한다.

'맞는 말이야.'

기이잉—!

적의 공격을 받아 반파된 R-13의 눈에 불이 들어온다. 전면 장갑이 부서져 조종석이 외부로 드러난 상태였지만 어차피 원격으로 조종하는 이상 상관없는 일이다. 아이언 하트만 살아 있으면 되니까.

[시스템을 제어하겠어. 기(器)급이니 도움은 필요 없다.]

기가스 중 가장 낮은 등급에 해당하는 기급은 관제 인격이라고 할 만한 게 없다. 물론 조종을 보조하는 시스템이 존재하긴 하지만 어디까지나 높지 않은 수준의 인공 지능인 것이다.

아레스의 만병지왕은 모든 병기를 제어하지만, 그 병기를 지배하고 있는 관제 인격이 있다면 당연히 녀석에게 양해를 구해야 한다. 아무리 신급 기가스의 어빌리티라도 영력을 품고 있는 관제 인격을 강제로 굴복시키기는 어려운 일이기 때문이다.

예전 비인들이 쳐들어왔을 때처럼 리전에 의해 관제 인격들이 셧 다운 당한 상태라면 또 모르겠지만, 일반적인 전투에서 관제 인격이 파괴될 정도로 타격을 입는 경우는 별로 없다. 그 전에 조종사가 사망하거나 아이언 하트를 제외한 나머지 부분이 파괴되어 전투 불능 상태에 빠지는 게 보통인 것이다.

물론 내가 근처에 있다면 명령을 내려 조종 권한을 얻을 수 있겠지만, 실제 내 목소리가 닿지 않는 원격조종으로는 명령을 내릴 수 없다.

[시체는 어떻게 할까?]

'조종석에 잘 앉혀놓자. 나중에 회수할 수 있도록.'

우리는 망가진 기가스를 찾았고, 그 안에는 기가스의 조종사가 탑승해 있는 상태였다.

조종석이 외부에서 보일 정도로 파괴된 기가스였으니 조종사가 무사할 리 없다. 뭔가 근접 무기에 관통당한 듯 전면 장갑이 깔끔하게 뚫리면서 상체가 절반 이상 짓뭉개진 상태.

나는 아레스가 R-13의 제어권을 획득해 조심스레 시체를 수습하는 걸 잠시 보다가 오늘의 어빌리티를 확인했다.

〈수리〉

〈절약〉

〈점멸〉

〈관통〉

'깔끔하군.'

레어 어빌리티라든가 유니크 어빌리티라든가 하는 희귀한 녀석들은 없었지만 문자 그대로 깔끔하게 공격, 회피, 보조 어빌리티가 다 갖추어져 있다. 방어 어빌리티가 없는 건 좀 아쉽지만 까짓것 잘 피해내면 된다.

당연한 말이지만 R-13의 기본 어빌리티도 확인한다.

〈저격〉

'오케이.'

주먹을 불끈 쥐며—그래봐야 영체 상태였지만—아레스의 감각에 따라 뇌파를 연결한다. 아무래도 익숙한 조종 방식은 매직 핸드 쪽이었지만 상황이 상황이니만큼 가릴 생각은 없다. 좀 싸우다 보면 금방 익히겠지.

'아, 그러고 보니 아레스.'

[음? 왜?]

'너 말이야. 네 아이언 하트의 생김새를 본 적이 있어?'

[생김새는 별 의미가 없지. 아이언 하트의 형태는 모두 동일한데.]

'…어떻게?'

[정육각형. 다만 크기는 모두 다르다. 작은 건 주먹만 하고 큰 건 어지간한 방 정도의 크기지.]

'큰 건 그렇다고 치고 주먹만 한 것도 있다……. 하긴, 입을 수 있는 형태의 기가스도 있으니 작은 아이언 하트가 있는 건 당연한 일이지만.'

나는 아레스와 연결되면서 보았던 녀석의 [기억]을 떠올리며 눈살을 찌푸렸다.

하지만 그렇다면 말이 되지 않는데? 게다가 분위기를 보니 정작 그는 태어났을 때의 기억을 잃어버린 것 같다.

[왜 그래?]

'아니, 아무것도 아니야.'

의문이 일기는 했지만 지금은 기가스의 비밀이나 탄생 따위가 중요한 상황이 아니었기 때문에 정신을 집중한다.

주변에서는 격렬한 전투가 이어지고 있다. 그들 중 누구도 반파된 기급 기가스에 관심을 가지지 않았지만, 전력을 갖추기 전에 폭발에라도 휩쓸리면 위험하다.

우우웅—

〈수리〉 어빌리티가 발동되고 파괴된 R-13가 조금씩 원래의
형태를 찾기 시작한다. 비록 떨어져 멀리 날아가 버린 부품들
때문에 완벽한 수리는 불가능했지만 움직이는 데 불편함이 없
을 정도만 되어도 충분하다.

[준비됐어?]

'물론이지.'

고개를 끄덕이며 전장을 살핀다. 아군의 기가스는 고작 2대.
전투기는 8대인 데 비해 비인들의 전투기와 기가스는 그 배가
넘는다.

[버린 돌이군.]

'그래, 일종의… 방패야.'

전장을 살펴보니 어마어마한 기가스와 전투기의 잔해들이
떠다니고 있다. 이건 레온하르트 제국군이 잘해서 물리친 적
들이 아니다. 적들을 파괴한 것은 알바트로스함에서 뿜어진
포격이다.

즉, 여기 있는 기가스는 적들을 물리치기 위해 포진한 것이
아니라, 적 기가스가 알바트로스함에 근접하는 걸 막기 위한
방어 병력인 셈이다.

'하지만 그래도 전멸시키면 안 된다거나 그럴 리는 없겠지?'

[당연한 소리를. 요즘 아주 다 죽을상이던데 희소식 좀 전해
줘야지.]

아레스의 말을 들으며 광자포를 꺼내 어빌리티를 적용하고,
이어 실드 에너지를 모조리 집중했다.

콰앙!

레온하르트 제국군을 우회하려고 복잡한 회피 기동을 취하던 적 기가스의 머리가 너무나도 가볍게 날아가 버린다. 심지어 그뿐이 아니다.

콰앙! 콰앙!

수(獸)급으로 보이는 기가스를 꿰뚫고 뿜어져 나간 광자포가 비스듬하게 올라가 두 개의 머리를 더 부수고 그 위에 있던 전투기의 몸통을 후려치고 흩어진다. 에너지의 잔량까지 완벽하게 활용한 공격이었기에 전투기는 비틀거렸을 뿐 이내 자세를 잡았지만, 바로 덮쳐 오는 아군 전투기의 포격에 얻어맞았다.

'트리플 킬!!!'

소리치며 나를 덮쳐 오던 기가스의 잔해를 발로 걷어차 자세를 고친다. 나를 향해 쏟아진 몇 개의 빛줄기와 탄환들이 모조리 빗나가 버린다.

'그리고 1어시스트!'

전쟁에 참여했지만 늘 자제해 왔다.

제대로 싸우지 않으면 내 입장과 안전, 그리고 나아가 목숨까지 위험하다는 생각에 참어한 전쟁이라지만 결국 군인이 아닌 민간인인 내가 목숨 걸고 적을 몰살하고 다닐 이유가 없었기 때문이다. 적이 아무리 인간이 아니라 해도 내가 무슨 사이코패스도 아닌데 학살이 즐거울 수는 없는 일 아닌가?

하지만.

콰광! 쾅!

근접해 돌진하는 기가스의 팔을 부드럽게 잡아당겨 내 뒤쪽으로 빗겨 지나가던 포격으로 던져 버리자 폭음과 함께 녀석의 몸이 터져 나간다. 녀석의 몸에는 배리어가 둘러져 있었지만 관통 어빌리티를 손에 걸어두었기에 한순간 배리어 안쪽으로 손을 집어넣을 수 있었던 것이다.

[어라, 대하 너, 왠지 평소랑 다른데?]

삽시간에 수급 2기, 기급 3기의 적을 파괴해 버리자 당황하는 아레스를 느끼며 가볍게 웃었다.

'아, 별건 아니고. 오랜만에……'

나는 나를 고문하던 비인 녀석들의 모습을 떠올리며 이를 악물었다.

'좀 정색하고 좀 해보려고.'

뒷일이고 뭐고 화딱지 나서 안 되겠다.

[텐! 살아 있었구나!]

그런데 그때 머릿속으로 익숙한 목소리가 울렸다.

나는 잠시 그게 누구 목소리인가, 하고 고민하다가 이내 내 옆으로 다가오는 기체를 보고 그가 천둥룡의 조종사 알렉스라는 것을 깨달았다.

'아레스, 이거 통신 되나?'

[아, 가능은 하지만 상황상 네 목소리를 담을 수는 없어. 영체 상태에서 영상이나 음성을 기록할 수는 없거든.]

'하긴 그렇겠군. 그럼 네가 전해줘.'

내 부탁에 따라 아레스가 내 말을 R-13의 통신 장치를 통해 전달한다.

'미안한 말이지만 기가스가 망가져 있기에 잠시 빌렸다. 그

텐이라는 녀석은 이미 늦었고.'

［…유령? 유령님이십니까?］

전쟁 영웅이면서도 그 정체가 베일에 싸여 있는 천재 조종사, 알바트로스 안에서만큼은 배트맨이나 슈퍼맨 부럽지 않은 인지도와 명성을 쌓은 ［유령］의 가장 큰 특징 중 하나는 원거리에서 기가스를 조종할 수 있다는 점이다.

물론 그것은 아레스의 어빌리티로 가능한 일이었지만 뭐, 어차피 나에 대한 정보는 극히 제한되어 있는 만큼 사람들은 그걸 내 능력으로 알고 있었다.

그러나 지금 이 상황에 '오, 그래요. 제가 바로 그 유령이죠!' 하며 담소를 나눌 시간 따위는 없다. 지금 이 순간에도 적의 포격이 날아들고 있는 것이다.

'이 상황에서 지휘권은 필요 없고, 함교에 보고와 지원을 부탁해.'

어차피 방어전으로 나름대로 최선을 다해 적 기가스와 전투기를 막고 있는 상태에서 굳이 내가 더 뭔가를 지휘해 봐야 의미가 없다. 이 경우에는 차라리 직접 움직이는 게 나은 것이다.

우웅―!

어빌리티 〈저격〉을 광자포에 적용한다. 공격의 사거리를 증가시키고 배리어 관통 능력을 늘리는 저격은 매우 실용적이면서도 강력해 조종사들에게 널리 쓰이는 어빌리티지만 당연히 제약이 존재했다.

일반적인 힘이 실린 포격이라면 아주 난사하면서 쏟아낼 수 있는 기가스라도 저격 어빌리티를 발동하면 한순간이라도 거기에 완전히 집중해야만 어빌리티를 가동시킬 수 있다는 점이 바로 그것. 즉, 공격을 가하는데 무방비 상태로 시간을 소모하니 오직 기습으로만 그 의미가 있는 어빌리티인 것이다.

게다가 기껏 힘을 모아 한 발을 쐈는데, 그게 빗나가면 한순간에 생사가 결정되는 전장에서 무의미한 시간을 낭비하게 된 셈이지 않겠는가? 때문에 〈저격〉 어빌리티를 가지고 있는 조종사라 하더라도 일단 정면으로 적을 마주하고 전투가 시작되면 더 이상 저격 어빌리티는 의미가 없다고 봐도 될 것이다.

'뭐, 하지만.'

[안 빗나가면 된다, 이 말이지?]

'정답.'

피식 웃으면서 포격을 가한다.

수많은 광자포와 탄환, 그리고 미사일들이 사방을 뒤덮는 전쟁터를 한 줄기의 빛이 가로지른다.

쾅!

또 가로지른다.

쾅!

또다시 가로질렀다.

쾅!

일격일살.

R-13이라는 출력 자체가 매우 한정적인 기급 기가스의 공격에 순식간에 세 대의 기가스가 전투 불능이 되어 우주를 떠도는 잔해로 화한다.

사실 기급 기가스 한 대로 거둔 지금 이 한순간의 전과만 해도 무시 못 할 활약이다.

흔히 우주전이라고 하면 생각하는, 수천수만 대의 기가스와 수십만 대의 전투기가 우주를 가득히 메우는 전투는 절대 없다.

정확히 말하면 과거에는 있었다고 하는데, 아이언 하트가 도입되기 시작하면서 전쟁의 양상이 바뀌어 버린 것이다.

아이언 하트로 인해 상위 에너지라고 할 수 있는 영자력 배리어와 영자력 포격이 가능해진 전투기와 기가스들은 그렇지 못한 기존의 전투 병기로는 도저히 항거할 수 없는 괴물이라고 할 수 있다.

[뚫을 수 없는 방어막]과 [방어 불가능한 공격]을 날리는 적을 무슨 수로 상대한단 말인가? 심지어 아이언 하트는 주어진 연료를 다 소모하면 작동을 멈추는 그런 개념의 병기가 아니다. '영자력 발생기'라는 이름처럼, 힘을 낭비하지만 않으면 조금씩 힘이 회복되어 무한정 싸우는 게 가능한 기체.

때문에 숫자와 물량이 중요하던 기존 전쟁의 패러다임은 소수의 엘리트가 더욱 중요해지는 쪽으로 변화하게 되었다. 기존의 병기야 자원과 재화만 충분하면 대량생산이 가능하지만, 아이언 하트와 그 아이언 하트와 동조가 가능한 조종사는 대량생산이 불가능하기 때문이다.

그렇기에 현대 우주전은 과거에 비해 그 규모가 작아 한 번에 싸우는 기가스나 전투기는 많아 봐야 수백여 대에 불과할 정도이며, 지금 전투의 경우에는 그보다도 더 작은 규모의 병력만이 움직이고 있다.

즉, 지금 한순간 파괴된 7대의 기가스와 전투기는 비인들로서도 절대 무시할 수 있는 타격이 아니라는 뜻이다.

[아, 저 멍청이들. 뭘 쏘는 대로 다 맞나. 그냥 머리를 가져다 대주네, 대줘.]

'그게 아니라 내가 잘 맞춘 거지, 바보야. 예측 샷 모르니, 예측 샷? 이 놀라운… 웃차!'

말을 하다가 R-13을 뚝 떨어지게 움직여 쏟아지는 광자포를 피해낸다.

적들이 나의 존재를 깨닫고 집중사격을 시작했다.

고작해야 기급 기가스가 수급 기가스가 포함된 아군의 전력을 왕창 깎아낸 것에 당황하고 있겠지만, 적들도 바보가 아니니 아군에 위협적으로 보이는 적을 우선적으로 처리하려 하는 것이다.

피피핑! 쾅쾅!

미사일과 광자포, 그리고 탄환들이 소나기처럼 쏟아진다.

나는 R-13을 복잡하게 움직여 그 모든 공격을 피해냈지만, 결국에는 피할 수 없는 각도가 나올 수밖에 없다는 것을 알고 있다.

한 손이 열 손을 당할 수 없는 법이고 적들의 연계도 매우 뛰어난 편이었다. 여기저기에서 돌아다니던 적들이 일순간 나를 향해 내 모든 방위를 점하는 화망(火網)을 만들어내니 계기판이 일순간 시뻘겋게 물들었다.

이러니저러니 해도 R-13은 기급 기가스일 뿐이고 비행 속도에도 한계가 있어서 화망이 구성되기 전에 포위망을 빠져나오기는 불가능하다.

[대하, 조심해!]

'아, 걱정 마시죠.'

…그러니까 〈점멸〉이 없다면 말이다.

파앗!

공간을 뛰어넘는다.

모든 회피 기동을 염두에 두고 쏟아진 화망은 아무런 의미가 없었다. 내가 이동한 거리는 고작(?) 수백여 미터에 불과하지만, 그것만으로 R-13은 깔끔하게 안전지대로 빠져나온 것이다.

쾅!

그리고 저격.

쾅!

또 그리고 저격.

[…늘 느끼는 거지만 무슨 전쟁이 이리 쉬워 보이냐. 기체가 강한 것도 아닌데.]

'뭐, 결국 안 맞고 적을 칠 수만 있다면 기체가 문제는 아니지. 아니, 사실 문제긴 문제인가?'

지금 이 순간까지만 하더라도 적이 입은 피해는 막대하다고 할 수 있다. 저격이 불을 뿜을 때마다 적 기체가 하나씩 파괴되고 있다.

저격을 눈앞에서 당당하게 하는 나도 그렇지만 그 저격을 빤히 보면서 하나도 못 피하고 죄다 얻어맞고 있는 적은 얼마나 속이 터질까?

펑!

그러다 마침내 저격이 안 통하기 시작한다.

'이제야 자존심을 버렸군. 너무 늦어.'

[하지만 상식적인 반응이긴 하지.]

지금 내가 배리어에 쓸 영력을 공격에 더하는 것처럼 당연히 공격에 사용되는 영력을 배리어에 집중하는 것 역시 가능하다.

물론 배리어에 힘을 집중하면 공격 능력이 크게 떨어지게 되어 영력이 거의 깃들지 않은 포격만을 해야 하지만, 어차피 영력을 전부 공격에 사용하고 있어 배리어가 없는 나는 일반적인 탄환이나 미사일을 맞아도 위험하다.

펑!

다시 명중시켰으나 통하지 않는다. 적들이 배리어에 영력을 집중해 그냥 저격을 얻어맞으며 접근하고 있었기 때문이다.

사실 저격 어빌리티가 사기처럼 보여도 무적은 아니다. 같은 기급이 배리어에 전 영력을 집중하기만 해도 관통시키기 어렵기 때문이다.

정확히 말하면 관통은 되는데 기가스의 장갑까지 꿰뚫을 정도는 아니니까. 기껏해야 좀 찌그러지고 휘청거리는 정도니 치명적인 타격은 들어가지 않는다.

하물며 수급 기가스는? 배리어를 깎아 적의 영력을 소모시키는 이상의 의미가 없다.

파앗!

점멸을 발동해 나를 향해 덤벼들던 적 기가스를 오히려 넘겨

버린다. 짐승의 머리를 달고 있는 적의 기가스는 황급히 속도를 줄였으나 날아들던 관성이 있었던지라 순식간에 거리가 멀어진다.

쾅!

그리고 그때 폭음과 함께 R-13이 한차례 흔들린다.

적의 공격을 맞은 것은 아니다. 지금 상태에서는 적의 공격을 단 한 번만 맞아도 즉시 사망이니까.

다만 적이 무차별로 발사한 미사일이 여기저기에서 폭발하며 충격파가 전해진 것이다.

[배리어를 치지 않고 있다는 사실을 눈치챘군.]

당연한 일이다. 무슨 게임 속 NPC도 아니고 기급 기가스 따위가 아군의 방어를 뻥뻥 뚫어대는데 그 위력을 의심하지 않으면 그게 이상한 일이겠지.

배리어의 에너지를 병기 에너지로 전환시키는 정도야 흔히들 쓰는 기교지만 그 비율을 100%로 맞추는 조종사는 거의 없다. 현대전에서 배리어가 없는 기가스란, 바꿔 말하면 아이언 하트가 없는 기가스나 마찬가지의 존재이기 때문이다.

즉, 물리적인 탄환으로 탄막만 만들어도 나는 목숨이 위험해진다. 다른 기가스라면 신경조차 쓰지 않는 탄환 한 발이 재수 없으면 내 기가스를 전투 불능 상태로 몰아갈 수도 있는 것이다.

'아, 이래서 기급 기가스가 싫어. 아군이 받쳐주지 않으면 한계가 명확하잖아.'

나는 레온하르트 제국군이 조종사를 뽑기 위해 지구로 내려

보낸 전투 시뮬레이션 [대전쟁]에서 몇 번이고 기급 기가스로 전쟁을 승리로 이끌어왔지만 그건 어디까지나 아군 NPC들의 존재 때문에 가능한 일이었다.

아무리 전투를 잘해봐야 기급 기가스 혼자서 전장을 휩쓰는 건 불가능하기 때문이다. 애초에 출력 자체가 약한 데다가.

'아레스, 잔여 영력은?'

[3% 정도.]

'아, 역시… 너무 팍팍 썼지?'

만일 내가 내 진짜 몸으로 R-13에 타고 있었다면 절대 이딴 식으로 싸우지 않았을 것이다. 단시간에 많은 적을 무찌른 것은 좋지만, 이렇게 적의 시선을 잔뜩 끈 상태에서 잔여 영력이 이만큼밖에 없으면 후퇴조차 불가능하기 때문이다.

물론 영력 발생기인 아이언 하트가 있으니 시간이 지나면 조금씩 회복이 되겠지만 지금은 그럴 여유가 생길 리 없는 상황.

그리고 바로 그때 아레스가 말했다.

[대하, 녀석이 왔다.]

'오, 그래? 그럼 비상 탈출 장치를 부탁해.'

[오케이.]

대답과 동시에 R-13의 조종석이 통째로 분리되어 떨어졌고 나는 그 순간 마지막 남은 에너지로 가까운 적들에게 저격을 가했다.

조종사가 탈출하는 줄 알고 급히 달려들던 적들이 뜻밖의 공격으로 멈칫한다.

그리고 거기에서 그대로 자폭 코드가 발동했다.

콰앙—!!

폭음과 함께 시점이 변한다.

[파트너! 괜찮은 거냐? 인질로 잡혀갔다고 하던데!]

시점이 변하기가 무섭게 걱정이 가득한 목소리가 울려 퍼진다. 알바트로스함에 존재하는 유일한 인(人)급 기가스 나폴레옹이 조종사조차 없이 발진해 우주로 뛰쳐나온 것이다.

당연하지만 처음부터 녀석이 올 거라고 예상하고 있던 나는 당황하지 않았다. 애초에 전장에 돌입하면서 굳이 알렉스 녀석에게 보고를 부탁한 게 바로 이런 상황을 의도해서였으니까.

'일단 전투부터 할까? 상황이 별로 안 좋아.'

[아, 알았다. 그나저나 원격조종… 그렇군. 이 기색이 바로 아레스인가.]

[그래, 나다. 반갑다, 애송이.]

[하! 머리통밖에 없는 반푼이가 애송이?]

[뭐?]

'아, 둘 다 조용히 해.'

만나자마자 티격태격하는 두 관제 인격을 침묵시키고 정신을 집중한다.

나와 나폴레옹 사이에는 어마어마한 거리가 있었지만, 그럼에도 나폴레옹의 엄청난 영력이 느껴진다. 자주 사용한 주제에 미안한 말이지만 R-13과는 비교조차 불가능한 힘이다.

'아, 역시 이 정도는 되어야 혼자 쓸어버릴 만하지.'

피식 웃으며 공간을 넘는다. 2차전의 시작이었다.

                    *    ★    *

파고드는 나폴레옹의 양쪽으로 하얀 빛줄기가 따라붙는
다. 나폴레옹이 마치 빛으로 된 두 팔을 벌리는 것 같은 모양
새였으나, 사실 그것의 정체는 나폴레옹이 미리 쏘아낸 광자
포였다.

놀랍게도 나폴레옹의 돌진이 너무 빨라 광자포와 동시에 적
에게 쇄도하고 있었다.

콰쾅!

두 대의 전투기가 파괴된다. 이미 대하가 타고 있던 R-13과의
전투 때문에 100% 실드를 두르고 있던 그들이었지만 R-13과
나폴레옹은 비교하는 것조차 실례일 정도로 어마어마한 격차
가 있다. 똑같이 아이언 하트를 가지고 똑같은 조종사가 탔다
하더라도 두 기체는 낼 수 있는 출력부터 가진 어빌리티까지 모
든 면에서 차원이 다르다. 같은 방식으로는 감히 막아낼 수 없
는 것이다.

똑같이 광자포를 쏘아 보냈다 해도 단지 〈관통〉 어빌리티만
걸려 있던 R-13의 공격과 관통은 기본이고 〈내 사전에 불가능
은 없다〉로 증폭되는 나폴레옹의 공격이 훨씬 강력하다. 하물
며 두 기체 간의 기본 출력 차이 역시 압도적이니 무조건 피해
야 하는 상황이었다.

콰득!

다만 여태까지 그 회피를 성공한 적이 단 하나도 없다는 게
문제였다.

"명중했습니다! 8번, 9번 적기 아웃!"

"와… 아니, 이게 대체? 써니, 현재까지 [유령]의 명중률이 얼마지?"

"현재까지… 100%입니다."

"그게 뭐야. 위협사격도 없이 그냥 다 명중이야? 떨어뜨린 적은?"

"21기입니다. 아, 지금 22기. 아, 23기……."

불과 십여 분 전만 해도 시끄럽게 소리치며 전투를 수행하던 승무원 모두가 멍한 표정으로 디스플레이에 표시되는 전장 정보를 바라보고 있다. 그 잠깐 바라보는 사이, 두 기의 적을 추가로 처치한 나폴레옹은 벼락처럼 뽑은 광선검을 휘둘러 너무나 쉽게 자신을 향해 쏟아지던 광자포를 갈라 버린다.

모든 것이 순식간이었다.

분명 만만치 않던 비인의 기가스들이 허수아비처럼 쓸려나가고 있다. 적 한가운데에 뛰어들어 중, 장거리에 연연하지 않고 모든 적을 몰아치는 것이다. 비인들이 군세를 모아 그를 포위해 들어갔으나 단 한 번의 공격도 허용하지 않으니 저게 적이었다면 대체 어떤 기분이 들지 짐작조차 가지 않을 정도였다.

"대체 어떻게 단 한 기로 적 한복판에서 학살을 하는 게 가능하지? 나폴레옹이 이렇게 강한 기체였나?"

기본적으로 우주전은 장기전이다. 어지간히 압도적인 차이가 나지 않는 이상 전투는 길어지게 되어 있다는 게 통설인 것이다.

사람이 총알에 맞으면 1초도 안 걸려 죽을 수 있지만 실제로 총격전이 벌어지면 그 전투 시간은 그보다 훨씬 길어진다. 왜냐하면 그 총알에 맞지 않기 위해 엄폐물에 숨는 식으로 온갖 수단을 궁구하기 때문이다.

[배리어]가 존재하는 우주전은 그게 더욱 심하다.

일반적으로 아이언 하트의 영력은 50 : 50의 공방력을 가지며 전투 내내 그것을 유지한다. 즉, 지구에서의 전투처럼 탄환 한 방에 사망이라는 상황은 일반적으로 잘 나오지 않는다는 것이다.

"늘 궁금했지만… 대체 어빌리티가 몇 개인 거지? 점멸에, 관통에, 돌진기에… 정체 모를 증폭 기술에 저격까지. 노블레스와의 혼혈인가? 아니면 신혈을 타고난 존재?"

"아니, 지금 어빌리티 숫자가 문제야? 저 기교를 봐! 세상에, 관통을 손에 걸어서 적의 배리어 안에 집어넣었어! 배리어의 성질 변화는 터크 여단장님 이상이고, 점멸 어빌리티를 미터 단위로 정밀 통제가 가능하다니! 대체 얼마나 많은 전투를 겪어야 저렇게 될 수 있는 건지 상상도 안 가!"

어빌리티는 조종사의 역량에 따라 그 위력이 천차만별이다. 똑같은 관통 어빌리티라 해도 광자포 같은 에너지 병기에만 적용시키는 것과 포탄, 미사일 같은 질량 병기에 적용시키는 것은 그 난이도부터 효용성까지 큰 차이가 있으니까.

하물며 관통 어빌리티를 스스로의 몸에 걸어 적 기가스에게 유술을 걸 수가 있다니? 역사책에서나 나올 법한 기교다.

"뭘 멍하니 있나! 당장 녀석을 지원해!"

"네, 함장님!"

알바트로스 함장으로서 전투를 지휘하고 있던 천현일 소장의 일갈에 승무원들이 깜짝 놀라서 다시 자신의 일에 집중하기 시작한다. 천현일 소장 역시 알바트로스함의 아이언 하트와 동조하면서 전함의 배리어를 강화하고 몰려드는 적들에게 어빌리티를 쏟아냈다. 그러나 상대 역시 대주술사 모르네가 직접 우주 모함을 통제하고 있는 상태였기에 쉽게 적들을 어찌하지 못하고 있었다.

"하지만 이제 상황이 변했군."

"네, 함장님. 대, 아니, 유령의 전투력이 상상 이상입니다. 이건… 오히려 평소보다도 훨씬 강력하군요. 어떻게 하위 문명의 행성에 살던 존재가 이만한 조종 실력을 가질 수 있었던 걸까요?"

"그거야 알 수 없지. 혈통이 범상치 않다는 건 짐작하고 있었지만… 어쩌면 성계신의 혈통을 타고난 걸 수도 있겠군."

"…그런 경우가 있습니까?"

"드물기는 하지만 종종. 성계신이라고 다 똑같이 철두철미한 성향은 아니니까."

대화를 나누는 현일의 몸에서 새파란 영기가 줄기줄기 뿜어지고 있다. 주변을 전부 짓누르는 파괴적인 영기. 만약 그가 악의를 품는다면 생각하는 것만으로 하위의 존재를 격살시킬 수 있는 힘이지만 숙련된 조종사인 그는 그 모든 힘을 저 멀리 우주 모함에 탑승 중인 모르네와 충돌하는 데 쓰고 있다.

"그나저나 저 녀석… 화가 났군."

무심코 중얼거리는 현일이다. 대하, 코드명 [유령]의 강함이야 몇 번의 전투로 알바트로스함에 탑승한 모두가 알고 있는 바이지만 오늘의 전투는 그중에서도 압도적이었기 때문이었다. 비인들은 어떻게든 포위망을 유지하고 있었지만 그래봐야 양 떼 사이로 뛰어든 늑대, 아니, 호랑이나 다름없는 상황이라 모든 것이 무의미하다. 기가스를 조종하는 테케아 연방의 비인들 역시 충분한 실력을 가진 스페셜리스트일 텐데도 유령은 모든 적의 대응을 예상하고, 짓밟으며, 문자 그대로 능욕하고 있다.

콰득!

광선검을 휘두르자 아무것도 없던 허공이 터져 나간다. 〈은신〉 어빌리티를 가동하고 접근하던 적의 기가스를 너무나 당연하다는 듯 베어버린 것이다.

처음으로 전쟁터에 들어선, [첫 경험] 때조차 냉철하고 차분하게 움직여 온 유령이지만 그렇다 해도 이 정도의 적극성을 보인 적은 없었다.

'꽤나 험한 짓을 당한 모양이군. 아니, 비인들에게 납치당한 게 사실이라면 살아 있는 것만 해도 대단한 건가.'

정확히 말하면 대단함을 떠나서 이해할 수 없는 일이다. 포로를 두지 않기로 유명한 비인들이 황녀라면 모를까 왜 굳이 그를 살려둔단 말인가?

"그런데 함장님, 아무리 신급 기가스라 해도 이 정도 거리에서 타인에게 영향력을 행사하는 게 가능한 일입니까?"

간단한 일이 아니다. 단순히 혼자 다른 기가스를 조종하기만 해도 기가 막힌 일일 텐데 저 멀리, 그것도 엄중하게 방어하고 있을 게 분명한 우주 모함 안에 잡혀 있는 포로의 조종 능력을 끌어낸다는 건 그야말로 상식 밖의 일이기 때문이다. 물론 신적인 힘을 가졌기에 신급 기가스라고 할 수도 있겠지만 그것도 멀쩡할 때의 이야기이지, 어찌 머리 하나로 이렇게까지 할 수 있단 말인가?

"그거야 알 수 없지. 아무리 나라도 신급 기가스는 본 적도 없어. 본 초월병기도 몇 개 없을 정도인데."

알렉스에게 유령, 그러니까 세레스티아 황녀와 함께 납치당한 대하에 대한 소식을 듣고 나폴레옹을 출격시킨 것은 현일 자신이었지만 그건 초월자로서의 직감 때문이었지 뭔가 구체적인 근거를 가지고 한 행동이 아니었다.

그리고 당연하지만, 그의 직감을 공유할 수 없는 부함장 나탈리가 의문을 표한다.

"확실히 이상합니다. 저희가 파악하고 있던 아레스의 능력을 명백하게 넘어서고 있어요. 만병지왕이 놀라운 능력이라고는 하지만 초월기도 아니고 어빌리티에 불과한데 이렇게 상식 밖의 능력을 발휘한다는 건 있을 수 없……."

그런데 거기까지 말했을 때였다. 천현일 소장의 눈살이 찌푸려진다.

"아니, 잠깐… 이런 미친?"

현일이 기겁하며 어마어마한 영력을 일으켰다.

[울부짖어라――!!!]

급작스러운 현일의 포효에 보고를 위해 비교적 가까이 있던 나탈리는 폭풍에 휩쓸린 나뭇잎처럼 벽으로 날아갔다. 물론 그녀도 능력자인 만큼 날렵하게 자세를 잡아 벽에 발을 디뎌 무사히 내려설 수 있었지만 내부가 진탕되는 엄청난 충격을 받았다.

레이더를 관리하던 승무원이 비명을 지른다.

"함장님! 지, 지원입니다! 적의 지원군이 나타났습니다! 메가(Mega)급 전함 3기! 전투기 50기입니다!"

"개자식들이 아주 작정을 했구나!!"

궁여지책이기는 했지만 초월기 [펜릴의 포효]는 효과가 있었다. 메가(Mega)급의 은폐함(隱蔽艦)이 펼친 위장막을 찢어발겨 그들이 더 가까이 다가오는 것을 막아내고 그들 전부에게 큰 타격을 가한 것이다.

그런데 문제는 그 뒤에 숨어 있던 50여 기의 전투기였다.

"저, 전부 차원 포격기입니다! 50기 전체에서 고에너지원 발생!"

차원 포격기는 거대 전함을 상대하기 위해 만들어진 전투기들이다. 비록 속도도 그렇게 빠르지 않고 충전에 오랜 시간이 걸리지만 그 공격 능력만큼은 절대 무시할 수 없는 포격 전문 기체. 차원 포격기들은 구조상 적의 공격을 회피하는 게 어려운 거대 함선이 가장 두려워하는 존재이다. 때문에 어떻게든 비인들의 우주 모함 대천공에 타격을 줘 빠져나갈 틈을 마련하려던 레온하르트 제국군에겐 마른하늘에 날벼락이라고 할 수 있었다.

"일차 포격이 날아온다! 모두 충격에 대비해!"

현일은 소리치며 초월기 [백십자의 방패]를 준비했다. 다행히 선제공격을 당하는 사태만은 피할 수 있었지만, 그렇다고 안전하게 후퇴하기에는 너무 늦었다. 어떻게 해서든 한차례 막아내야만 하는 것이다.

그런데 그때였다.

"유, 유령! 차원 포격기를 향해 돌진합니다! 엄청난 속도입니다!"

"뭐? 안 돼! 막아!"

차원 포격기에서 뿜어내는 적색의 광구는 다른 말로 극대소멸탄(極大掃滅彈)이라고 부른다. 범위는 크지 않지만 속도가 빠르며 일단 명중하면 주변의 모든 물질을 빨아들여 그대로 소멸시키는 절망적인 파괴 병기!

일단 여기에 휩쓸리면 아무리 대하의 육신이 나폴레옹에 없더라도 끝장이다. 극대소멸탄은 물질은 물론이고 영적 존재마저 소멸시키니까. 아레스가 불러들인 것이 온전한 영혼이 아니라 [시점]에 불과하다 하더라도 영혼의 일부분이 날아가는 타격을 입을 것이다.

"당장 나폴레옹에 통신! 복귀하라고 해!"

"네, 네! 지금 즉."

우웅―――!

그러나 그들이 뭘 할 틈도 없이 강렬한, 일반인조차 느낄 수 있을 정도로 파괴적인 차원 파동이 주변으로 퍼져 나간다. 근접전에 약한 차원 포격기들이 순식간에 접근해 오는 나폴레옹을 향해 대당 200발, 총 1만 발의 극대소멸탄을 발사한 것이다.

쿠우웅——!

한순간 디스플레이가 붉게 물든다. 마치 셀 수 없이 많은 붉은색의 구슬을 허공에 흩뿌리는 것만 같은 그 광경은, 극대소멸포가 차원 포격기를 향해 달려들던 나폴레옹을 포함한 우주의 일부를 통째로 날려 버렸다는 것을 의미하고 있었다.

"…맙소사."

모두가 신음한다. 믿을 수 없을 정도로 강력하던, 어쩌면 레온하르트 제국의 새로운 대장군이 될지도 몰랐던 존재가 너무나 허무하게 죽었기 때문.

그러나 그건 너무 성급한 판단이었다.

"엇?"

새롭게 갱신된 전장 정보를 확인한 승무원이 신음한다. 디스플레이에 다시 떠오른 푸른색의 점이 엄청난 속도로 차원 포격기를 향해 날아가고 있었다.

"뭐야? 상황이 어떻게 된 거야?"

"그… 어떻게 되었냐면."

잠시 신음하던 승무원이 말했다.

"전탄… 회피했습니다."

"……."

잠시 주변이 침묵에 빠진다. 개중 한 명이 어이가 없다는 표정을 짓는다.

"…뭐야, 그게."

* ＊ *

'뭐긴 뭐야. 그냥 피한 거지. 이게 놀라워?'

나는 황망해하는 아레스를 보고 '요 녀석, 슈팅 게임을 안 해본 모양이군'이라고 생각하며 웃었다.

'다들 이 정도는 피한단다.'

구출 작전 ⭐ * *

내가 [악몽]을 처음 꾸기 시작했던 날이 언제인지는 정확하게 기억하지 못한다.

사실을 말하자면, 어릴 적의 나는 정신병자라 해도 과언이 아니었다. 유치원도 다닐 수가 없었다. 너무나 어려 자아가 확립되지 못한 아이가 수십 년 치의 꿈을 꾼다면 어떻게 되겠는가?

하물며 그 꿈의 내용이, 도저히 견디지 못할 정도로 지옥 같은 기억의 나열이라면?

—아버지! 이것 봐요! 움직일 수가 있어요! 완전 신기해!

—이건… 이건 몸이군요. 어찌 저희에게 이런 은혜를……

—시끄러워. 다 조용히 해. 아, 맙소사… 내가 무슨 짓을 한 거지? 아니, 그것보다 나까지 함께 [떨어]지다니……. 아버지의 뜻인가? 내가 그렇게까지 잘못한 거야?

그래. 기억을 되짚어보면 그게 바로 기억의 시작이었던 것 같다. [나]는 황망한 감정을 느끼며 자신의 몸을 살피고 있었다.

그러나 그건 내가 아니다. 그의 감정과 감각을 공유하고 있었지만 실제로 몸을 움직이는 건 그 스스로였으니까. 내가 그 악몽들을 [기억]이라고 부르는 이유는 그 안에서 나는 아무것도 하지 못한 채 그의 인생을 체험해야만 했기 때문이다.

나는, 아니, [그]는 당황하고 있었다.

그리고 크게 슬퍼하고 있었다.

그는 단지 약간의 호기심을 보였을 뿐이다. 그리고 아주 조금의 간섭을 했을 뿐이었다.

그러나 단지 그것만으로도, 그는 [아래]로 떨어지고 말았다.

"어째서… 어째서입니까, 아버지……. 잠깐의 자비가, 잠깐의 망설임이 그렇게나 큰 죄였습니까."

이해할 수 없는 상황에 토해내듯 중얼거린다.

그는 자신을 이루고 있던 무한하고 영원한 지식들이 처참할 정도로 가로막히고 흐려진 상태라는 걸 알았다. 그는 이제 전지(全知)하지 못했으며 인간의 육신은 숨이 막힐 정도로 철저하게 그를 억죄고 있다.

최초의 인간이었던 이들의 이름을 따 [아담]과 [이브]라고 이름 붙인 아이는 놀랍고도 기쁘다는 얼굴로 주변을 둘러보고 있었지만 그는 그러지 못했다. 아니, 오히려 그는 마치 지옥에 떨어지기라도 한 것처럼 절망하고 있었다.

그러나 그는 몰랐으리라.

앞으로 자신이 겪어야 하는 그 기나긴 세월은, 영원을 살아오던 그조차도 상상도 못 할 정도로 잔혹한 지옥이 되리라는 것을……

＊　✹　＊

"후… 아."

깊은 심호흡과 함께 깨어난다. 무한하게 퍼져 나갈 것 같은 인지능력과 태양처럼 빛나는 압도적인 영력이 먼지처럼 스러지고, 눈앞도 제대로 볼 수 없는 한정적인 시야와 온몸을 짓누르는 고통이 나를 반겼다.

마치 천국에서 지옥으로 떨어진 것 같은 느낌이다.

"아, 돌아왔어?"

내 맞은편에 있던 비인 소녀가 반갑게 나를 맞이한다. '깨어났어?'가 아니라 '돌아왔어?'라고 말하는 걸 보면 아무래도 내 상태를 짐작하는 모양이다.

'이거 이러다 비인 녀석들도 지금 내 상황을 알게 되는 거 아냐?'

만약 그렇게 된다면 그야말로 대참사다. 비인 녀석들이 사력을 다해 가장 고통스러운 방법으로 나를 죽이려 들 것이다.

'아니, 아무리 그래도 청원 녀석이 걱정되니 안 그러지… 않을까?'

애써 희망적인 예측을 해보았지만 무리수다.

나는 50기가 넘는 전투기와 기가스를 파괴해 압도적으로 유리했던 비인들의 전황을 엉망으로 만들었다. 어디 그뿐인가?

'그 기묘한 전투기들… 오히려 다른 기가스보다 훨씬 더 쉽게 쓸어버렸지만 뭔가 심상치 않아 보였어. 간단히 처리할 수 있었던 건 근접전에 약해서였을 뿐이지.'

나는 새롭게 나타나 위험천만해 보이는 광선을 뿜어대었던 녀석들을 모두 파괴하고 전투를 마쳤다.

일단 포격을 시작하면 수십 발씩 쏘아대던 녀석들이었지만 충전 시간이 얼마나 긴지 내가 거의 다 파괴했을 즈음엔 두세 대가 포격을 날린 게 전부였으니 숨겨 온 비장의 수가 허공에 포격만 좍좍 해대고 몰살당한 것이다.

그런데 이 상황에서 내가 외부의 기가스와 연결되었다는 게 드러난다면?

"후우, 아주 본진까지 쳐들어왔어야 하는데."

가볍게 한숨 쉰다.

그래, 그게 내 목표였다. 아레스의 말대로 스스로 나를 구하려고 했던 것이다. 그리고 실제 전투 상황도 나쁘지 않아서 나는 폭풍처럼 적을 몰아칠 수 있었다. 내가 깽판을 치는 동안 아군들도 세력을 수습해서 그대로 밀면 대천공으로 침투하는 게 가능할 수도 있는 상황이었다.

지끈!

"큭……."

그러나 그럴 수 없었다.

"괜찮아?"

"아니, 별로……. 걱정해 주는 건 고맙… 쿨럭!"

몸 상태가 너무 엉망이다. 내가 원거리에서 기가스를 조종하는 능력은 아레스의 어빌리티를 기반으로 하고 있지만, 그렇다고 해서 나에게 가해지는 부담이 없다는 건 있을 수 없는 일이니까.

촤악!

피를 토한다.

와, 이게 무슨 영화도 아니고 피를 몇 컵씩 토하다니, 대체 이게 무슨 상태냐. 치료받은 지 얼마 되지도 않았는데 토해낸 피에 내장 조각이 섞여 있다.

"하아… 하아… 아니, 이거 왜 이래. 왜 이런 내상을 입었지?"

"형틀."

느닷없는 말에 리전 소녀를 바라본다. 그러고 보니 처음 만났을 때 그녀가 나를 보고 '왜 형틀을 메고 있어?' 라고 물었었다.

"형틀이라는 게… 후우, 뭐지?"

가볍게 호흡을 고르고 질문하자 그녀가 답한다.

"네 온몸을 돌고 있어. 힘을 쓸 때마다 내부를 뒤흔들고 체력을 소모시켜. 과도한 힘을 쓰면 몸 안에 있는 것들을 밖으로 튀어나오게 만들어."

그녀의 말을 듣는 순간 고문을 받으며 들었던 말이 떠오른다.

"무슨 능력자인지는 잘 모르겠지만 행여나 쓸 생각도 안 하는 게 좋을 거야. 내장이 바닥에 들러붙는 모습을 보고 싶지 않다면."

"형틀이라는 게… 그런 거였군. 하긴 뭐, 엎드리게 해서 곤장을 치는 그런 형틀을 쓰지는 않을 거라고 봤지만."

나는 주변을 둘러보며 쓴웃음을 지었다.

그러고 보면 참 한가한 감옥이다. 지키는 사람도 없고, 그리 밀폐된 공간도 아니다. 창살이 있다고는 하지만 단지 좀 튼튼할 뿐 그 이상도, 그 이하도 없다.

즉, 이능력을 가진 존재라면 얼마든지 빠져나갈 수 있어야 한다는 뜻이다. 공간을 넘을 수 있거나 신체를 변형시킬 수 있다면 저런 창살 따위로 탈출을 막을 수는 없겠지.

하지만 그 대상이 마나를 전혀 사용할 수 없다면?

"그러고 보면… 나도 마나를 쓰긴 썼다는 거군. 하긴, 그 멀리 있는 아레스의 힘에 호응하려고 해도 최소한의 힘은 들어가겠지."

사실 전문적으로 마나를 다루는 훈련을 한 적은 없다. 그런 건 잘 알지도 못하고, 사실 천현일 소장이 대접했던 만령차인가 하는 게 없었으면 마나를 각성하지도 못했을 테니까.

그러나 기가스에 탑승하면서 나는 마치 숨 쉬듯 자연스럽게 영기를 다루는 내 모습을 발견할 수 있었다. 어느샌가 의식하는 순간에 그럴 수가 있어서, 어디에 물어볼 필요조차 없었다.

'그러고 보면.'

나는 리전 소녀를 바라보았다. 왜냐하면 그녀를 통해 내 감각이 [확장]하던 느낌을 떠올렸기 때문이다.

그 감각은 뭐였을까. 저 녀석 묘하게 나에게 호의적이던데. 혹시 일부러 날 도운 건가?

"흠, 늦은 이야기지만… 이름이 뭐야?"

"잃어버렸어."

"잃어버려? 기억을 잊어버렸다는 말인가?"

'이름을 기억해 내지 못하는 건가?' 하는 생각에 질문하자 리젠 소녀는 무슨 말을 하느냐는 표정이다.

"기억을 왜 잊어버려? 이름을 잃어버렸다고."

"···뭔 소리여, 대체."

"헤헤헤, 뭔 소리여, 대체."

"······."

이제는 내 말을 따라하는 그녀의 모습에 입을 다문다. 안 되겠다. 말이 안 통해. 요 녀석, 묘하게 4차원인 데다가 뭐가 그렇게 좋은지 나만 보면 방실방실 정신을 못 차린다. 처음 알바트로스함에서 봤을 때 가지고 있던 그 슬프고도 애절한 분위기는 온데간데없었다.

쾅————!!!

그런데 그때 근처에서 난데없는 폭음이 울렸다. 나는 깜짝 놀라 고개를 들었지만 철창 앞까지 다가가 밖의 상황을 보기에는 몸 상태가 너무 안 좋다. 그냥 고개를 들어 올린 것만으로 머리가 울리고 손발이 덜덜 떨린다.

"크윽! 이 개 같은 년! 죽여 버리겠어!"

"이 멍청아! 섣불리 움직이지 말고 안으로 처넣어!"

"네? 하지만 대장님, 적어도 감옥까지는 끌고 가야 하지 않습니까?"

"어차피 형틀을 주입시키지도 못했는데 그깟 창살이 무슨 소용이야! 제깟 년이 날뛰어봐야 이 [아귀의 배 속]에서 빠져나오지 못할 테고, 기습을 준비해 봤자 다음에 데리러 올 사람은 함장님일 테니 그냥 밀어 넣어!"

"네!"

엄청난 소란과 함께 '쿵!' 하고 뭔가가 벽에 충돌하는 진동음이 전해진다. 벽에 충돌한 무언가가 벼락처럼 다시 소리가 들려온 쪽으로 달려간 모양이었지만, 그 순간 철컹, 하는 소리와 함께 비인들의 목소리가 사라진다.

"열어! 이 머저리들아! 덤벼봐! 싸우자고!"

익숙한 목소리가 들렸다. 한껏 성질을 부리고 있음에도 새가 지저귀는 듯 듣기 좋은 미성(美聲). 평소에는 별로 좋아하던 목소리가 아니었지만, 적어도 이 순간에는 꽤 반갑다.

"셀?"

"어… 대하? 너 지금 여기 있는 거야?"

쾅쾅 소리가 나도록 벽을 후려치고 있던 기척이 내 앞으로 뛰어온다. 역시나 그녀는 레온하르트 제국의 황녀, 세레스티아였다.

"안녕."

"윽! 이게 뭐야. 괜찮아?"

"하하, 괜찮을 리가 있나."

땀을 너무 많이 흘려 온몸이 축축하고 피까지 토한 상태였기에 내 꼴이 어떤 지경일지 너무나 뻔하다. 마음 같아서는 몸 상태를 다듬고 싶지만 고개조차 들기 힘든 상황이니 그게 가능할 리 없었다.

"청원 그 자식, 나는 손도 못 대게 협박하더니 너는 전혀 챙기지 않았구나. 하지만 이럴 거면 굳이 왜 데려온 거지? 차도살인을 노렸다면 차라리 확실히 죽게 언급이라도 했을 텐데."

비인들이 겪었던 것과 비슷한 혼란에 빠진 듯 고개를 갸웃거리는 그녀의 모습에 깊이 한숨을 내쉰다. 너무 힘이 들어서 정신을 차릴 수 없다.

"아, 잠깐만. 나 잠깐 잘 테니까……. 거기서 쉬고 있어."

"음? 아, 치료해 줄게. 나 치료할 수 있는데."

"아니, 치료할 수 있고 없고를 떠나서 여기 창살이……."

터터팅!

그러나 그 순간, 번뜩이는 황금빛이 일직선으로 그어지나 싶더니 내 앞을 가로막고 있던 창살이 수수깡처럼 잘려 나간다. 나는 멍한 표정으로 감옥 안으로 들어서는 세레스티아를 바라보았다.

"…너 세구나."

"그걸 이제 알았어?"

피식 웃으며 그녀가 나를 부축했다. 이러니저러니 해도 어지간한 성인 남성 이상의 덩치를 가진 나인데 무슨 갓난아기를 들어 올리듯 번쩍 들어 감옥 밖으로 꺼내 든다. 놀랍게도 그녀가 걸음걸음 옮길 때마다 점점 내 몸이 나아지고 있다.

우우웅——

"황금… 빛?"

극도의 피곤에 눈을 감고 있던 나는 눈꺼풀을 뚫고 들어오는 빛에 힘겹게 눈을 떴다. 내 몸을 치료하고 보듬어 안는 빛이 느껴진다.

"황금사자기(黃金獅子氣)야. 레온하르트 제국의 황족들만이 가지는 힘이지. 일반적으로 공격이나 방어에 많이 사용하지만 이런 식으로 남을 치료하는 것도 가능하긴 해."

세레스티아는 근처에 있던 방 하나를 뒤지더니 그 안에 잔뜩 있던 죄수복들을 바닥에 깔아 그 위에 나를 눕혀주었다. 그리 호화스러운 자리는 아니었지만 냉기가 올라오던 철판 위에 누워 있던 때보다는 훨씬 낫다. 그리고 무엇보다 세레스티아의 몸에서 흘러나오는 황금빛이 빠르게 내 몸을 호전시키는 게 느껴진다.

"후우… 후우… 아, 이제 좀 정신이 드네. 이거 생각보다 효과가 빠른데?"

"나야 황금사자기보다 병기술이 전문이기는 하지만… 황가의 혈통이 쓸데없이 진해서 위력 자체는 괜찮은 편이거든."

그렇게 말하며 죄수복 중 몇 개를 가볍게 찢더니 붕대로 만들어 내 몸 이곳저곳에 감는다. 그냥 아픈 것만 알지 명확한 내 몸 상태를 몰랐던 나는 그녀가 하는 대로 몸을 맡기는 수밖에 없었다.

어쨌든 몸 상태가 어느 정도 좋아지니 슬슬 상황이 궁금해지기 시작한다.

"그나저나 너는 어떻게 된 거야? 왜 갑자기 감옥에 버려진 거지?"

"버려진 게 아니라 어쩔 수 없이 격리시킨 거지. 하하! 멍청한 놈들이 내가 청원에게 무력하게 잡혀 왔다고 자기네들 앞에서도 무력할 줄 알았나 보더라고."

그렇게 말하며 세레스티아가 주먹을 쥐자 황금빛 기운이 그녀의 전신으로 흘러넘치기 시작한다. 이능에 무지한 내가 봐도 보통 강맹한 기운이 아니었다.

"뭐야, 너 설마?"

"그래. 한 서른 마리 정도 잡았지. 흥, 내가 다칠까 봐 공격
도 못 하는데 고작 열댓 마리의 비인으로 날 잡아놓을 수 있을
거라고 보다니. 모르네 그 멍청이는 맨날 지 입으로 현자, 현자
지껄이면서 멍청하기 짝이 없어."

어여쁜 얼굴로 살벌하기 그지없는 내용을 풀어놓는다.

다시 말해 지금 이 녀석은 자신을 잡아놓고 있던 비인들을
학살했다는 것이다. 혼자인 세레스티아가 절대 다수인 비인을
모두 물리치는 건 당연히 불가능하겠지만 비인들 역시 그녀를
죽일 수 없는, 아니, 그 정도를 넘어서 제대로 된 상처조차 입
힐 수 없는 어마어마한 페널티를 가지고 있었던 것이다.

"모르네는?"

"당연히 없을 때 저질렀지. 알바트로스함과의 전투 때문에
많이 바쁜 것 같더라고. 뭐, 그래도 숫자에는 어쩔 수 없어서
결국 잡혔지만."

그러나 단지 그뿐. 계속해서 반항하는 그녀를 견디지 못한
비인들이 결국 이곳으로 그녀를 끌고 온 것이다. 분위기를 보
아하니 조금만 방심해도 하나씩 죽어나갔을 것 같다.

'하긴, 사지 멀쩡한 능력자를 제압해 놓는 건 보통 어려운
게 아니지.'

일반인이라면 수갑을 채워놓는 정도로도 충분할 것이다. 일
단 움직이지 못하게만 하면 몸에 해를 끼치지 않으면서 날뛰는
걸 막을 수 있을 테니까.

그러나 세레스티아는 능력자다. 그것도 제법 강력한 능력자. 그런 그녀를 완전히 제압해 놓으려면 지금 나한테 있는 [형틀]처럼 마나의 흐름을 완전히 차단하는 수단이 필요하다. 그런데 문제는 그런 수단들이 필연적으로 몸의 기능을 망가뜨린다는 것이다.

물론 방법을 찾는다면 능력자를 해치지 않고 제압하는 방법 역시 분명히 존재할 것이다. 능력을 사용해도 절대 끊을 수 없는 구속구를 채워놓을 수도 있고, 능력을 사용할 수 없는 일정 영역을 만들 수도 있겠지. 그것도 아니면 혈도를 봉한다거나 뭐, 그런 무협지스러운 방법도 있을 테고.

다만 문제는 이 비인이라는 녀석들의 정체성에 있다. 비인은 죽여 먹어치우는 자이지 잡아두는 자가 아니다. 생명을 경시하는 문화가 극에 달해 있는 비인들에게 피해를 안 입히고 적을 제압하는 세련된 방식 자체가 발달하지 않았다.

'하지만 뭐, 이 정도로 멍청하다고까지 하는 건 잔인하군. 아무리 그래도 이렇게 날뛰는 건 상식 밖의 일이니.'

이곳은 대천공. 어지간한 도시보다도 훨씬 거대한 테케아 연방의 엑사급 우주 모함이다. 그야말로 적진 한가운데라는 걸 생각해 보면 어지간히 미치지 않은 이상 그 안에서 날뛰기 쉽지 않을 것이다.

그도 그럴 것이 이곳은 탈출이 불가능한 곳이고 우리를 포위하고 있는 이들은 식인을 즐기는 괴물이지 않은가? 아무리 그들이 자신에게 해를 끼칠 수 없다고 해도 보통 사람이라면 겁에 질려 있는 게 정상이다.

"하지만 정말 조금의 피해도 못 끼치는 거야?"

"그래. 나한테 정도 이상의 피해를 입히면 우주 어디에서도 알 수 있고 그렇게 되면 즉시 찾아온다는 청원의 말은… 절대 블러핑 같은 게 아니야. 오히려 절대적으로 지켜야 하는 법칙에 가깝지. 이미 청원은 심각할 정도로 사명을 [곡해]해서 이제는 정말 털끝만치만 어겨도 녀석의 신성에 크나큰 타격이 올 거야. 비인 녀석들도 그걸 알기 때문에 나한테 주먹질 한번 못 하는 거고."

"그럼 자해를 하면?"

"그건 괜찮지. 내가 자해를 해서 청원한테 피해를 줄 수 있다면 솔직히 당장 자살이라도 할 거 같은 기분이거든?"

그렇게 말하며 씩씩거리다가 다시 덧붙인다.

"아, 물론 내 몸은 소중하니까 정말 하지는 않을 거지만."

상큼한 목소리에 잠시 멍한 표정으로 그녀를 바라보다 무심코 중얼거린다.

"너… 세구나."

"아까도 말했잖아?"

"아니, 그런 말이 아니지만."

그냥 단지 세다고 하기보다는… 그래, 강하다. 정말 그렇게밖에 말할 수 없는 녀석이다. 나 역시 난데없이 잡혀 와 모진 고초를 당하고 있는 상황이긴 하지만 그녀 역시 위태로운 상황이긴 마찬가지였으니까.

농담이 아니라 그녀는 강간과 강제적인 결혼을 확정당한 상태나 마찬가지다. 그것도 인간이 아닌 괴물이나 다름없는 비인이 상대가 아닌가? 지금 이렇게 몸부림치고 비인들에게 덤벼들어 봤자 절대 그 결과는 변하지 않는다. 그녀가 아무리 강력해도 초월자인 모르네에게도 같은 방식으로 저항할 수 있는 건 아니니까.

하지만 그럼에도 그녀에게서는 일말의 그늘조차 발견할 수 없다. 황녀이면서도 군대에 속해 있단 걸 알았을 때부터 특이한 녀석이라고 생각했지만 확실히 보통 녀석은 아니었다.

"끄응."

가볍게 신음하며 몸을 일으킨다. 몸 상태는 제법 좋아져 있었지만 최악의 상황에서만 벗어났을 뿐 여전히 내 몸 안에는 [형틀]이 존재하는 상태다. 마치 수술 중 실수로 배 속에 가위가 들어간 것 같은 지속적인 통증과 덥수룩함이 느껴진다.

'아니, 가위보다는 차라리 뱀 같다는 게 더 정확하겠군. 자꾸 움직이는 기분이······.'

그러나 기분만 끔찍할 뿐 적어도 움직이는 데에는 별다른 문제가 없었다. 그 까아인가 캬하하인가 하는 놈이 이능을 쓸 수 없을 거라고 했지만 어차피 안 쓰고 잘 살았으니 아쉬울 거 없다. 칭호를 보는 능력에는 문제가 없는 것 같고.

"음?"

그런데 칭호에 생각이 미치자 문득 이질감이 느껴진다. 뭔가 보여야 할 게 안 보였다.

"왜 그래?"

"아, 아니… 잠깐만."

갑자기 눈을 크게 뜨는 내 모습을 보고 의아해하는 세레스티아에게 고개를 흔들고는 슬쩍 주변을 둘러본다. 내가 느낀 이질감이 뭔지 금방 깨달을 수 있었다.

'뭐야, 칭호가 안 보이잖아?'

물론 지금 내 앞에 있는 세레스티아와 리전 소녀가 [우주 아이돌]과 [잃어버린 자]라는—다만 리전의 이름은 ???였다. 이름을 잊어버렸다는 말과 관련이 있는 것 같다—칭호는 잘 보인다. 문제는 그 외의, 다른 칭호들이 보이지 않는다.

정확히는 물건들의 칭호가 없었다.

'어떻게 된 거지?'

칭호는 생물에게만 있는 게 아니다. 사물에게도 존재한다. 내가 집 근처에 버려진 쓰레기를 보고 그걸 버린 대상을 특정해 낼 수 있었던 것도 바로 그런 이유 때문이 아니던가?

그런데 이 주변에 있는 물건들에는, 그러니까 죄수복이나 탁자와 의자, 그 어떤 물건에도 칭호가 없었다. 차라리 모두에게 안 보이면 내 몸 상태가 안 좋아서 능력이 막혔나 할 텐데 생물의 칭호만 보이고 사물의 칭호는 안 보인다니?

당황하고 있는데 여태 조용하던 리전 소녀가 입을 연다.

"그 녀석이 다시 왔어. 연결할까?"

아마 아레스에 대한 이야기였을 테지만 잠시 생각에 빠져 있던 나보다 세레스티아가 먼저 반응한다.

"아, 그러고 보니 한 명이 더 있었구나."

내가 뭐라 할 틈도 없이 성큼성큼 걸어 리전 소녀의 창살 앞으로 다가간다. 나를 꺼내준 것처럼 그녀 역시 해방시켜 주려 했던 모양인데 막 창살을 끊으려다가 리전 소녀를 칭칭 감고 있는 쇠사슬을 바라보고 멈칫한다.

그리고 눈을 크게 떴다.

"엑? 이 녀석, 리전 아냐?"

"아… 그래, 맞지."

나는 그녀가 리전을 별로 경계하지 않는다는 사실에 신기해했다. 지금까지의 분위기를 보면 흑사병의 창궐을 목격한 사람처럼 기겁해도 이상할 게 없을 거라고 생각했기 때문이다.

'모든 리전이 인간을 증오하지는 않는 건가?'

생각해 보면 여기에 잡혀 와서 본 리전은 시종일관 헤실헤실 방긋방긋이다. 처음 보는 나에게 묘하게 친절하기도 한 것 같고. 그러나 이어지는 세레스티아의 말은 그런 내 생각을 가볍게 부정한다.

"와, 이 테러범 종족 오랜만에 본다."

"테러범?"

"그래. 그야말로 위험천만한 녀석들이야. 대화도 안 통하고 자신들의 룰에 조금만 어긋나도 공격 개시!!! 라는 느낌이랄까."

"그러면 그렇게 접근하면 안 되는 거 아냐? 너무 방비를 안 하는 거 같은데."

황당하다는 내 말에 세레스티아가 웃는다.

"방비는 무슨 방비야. 리전은 이렇게 일대일로 만나면 전혀 무서운 상대가 아냐. 오히려 약하지. 내가 무슨 전자 병기를 사용하거나 저 녀석이 입고 있는 게 전투형 안드로이드라면 상황이 다르겠지만, 아무리 비인들이 멍청해도 그 정도 대책 없이 리전을 잡아놓았을… 아니, 잠깐."

말을 하다 뭔가 이상함을 깨달은 듯 그녀의 표정이 묘해진다.

"뭐야, 근처에 기계가 없는 건 알겠는데 고작 이 정도 방비야? 지켜보는 녀석도 없고. 그리고 무엇보다 리전 녀석을 우리랑 같이 가뒀다고? 내가 철창을 끊고 벽에 구멍 뚫어서 리전을 내보내면 어떻게 하려고?"

리전은 모든 기계 장비를 감지하고 그 시스템을 장악하는 능력을 가지고 있다. 그 어떤 뛰어나고 강력한 마법, 기술적 장벽을 만든다 해도 정보 생명체인 리전의 크랙킹 앞에서는 무소용. 일단 리전의 전파 범위 안에 들어온다면 무조건 제어권을 빼앗기게 되기 때문에 우주전에서 리전이 무시무시한 취급을 받는 것이다. 적어도 우주에서 맨몸으로 날아다니는 존재는 많지 않으니까.

우주 한가운데를 날아다니다가 자신이 타고 다니는 함선의 제어권을 적에게 빼앗긴다면? 정말 어지간한 존재가 아닌 이상 이미 그 목숨은 적의 손아귀로 넘어갔다고 해도 과언이 아니다.

"잠깐만."

세레스티아는 즉시 한쪽 벽으로 다가가 황금빛 기운을 일으켰다.

터엉!

묵직한 소리가 울려 퍼졌지만 그뿐, 벽에는 흠집조차 나지 않는다. 세레스티아의 표정에 당혹감이 서린다.

"이게 뭐야. 이게 어떻게 된 거지?"

텅! 터엉!

황금빛이 번쩍번쩍하며 벽을 후려치지만 소용없다. 세레스티아의 얼굴이 심각해진다.

"뭐야, 이 자식들, 날 어디에 가둔 거야? 여기 대체 뭐지? 벽이 튼튼한 것도 아니고 무슨 기운이 흐르는 것도 아닌데 흠집도 안 난다고?"

쾅! 쾅쾅!

나는 납득할 수 없는 듯 다시 벽을 후려치는 세레스티아의 모습을 바라보다가 반사적으로 고개를 들어 올렸다. 순간 한 가지 생각이 떠올랐기 때문이다.

'설마.'

나는 지금껏 칭호가 없는 존재를 본 적이 없다.

그러나… 어떤 사물의 [일부]라면 칭호가 없기도 한다.

요컨대 내가 어떤 사람을 본다면 칭호는 그 사람 한 명의 위에 있지, 누구의 오른팔, 누구의 왼팔, 누구의 머리, 이런 식으로 독자적인 인식이 되지 않는다는 것이다.

그리고 그렇다면.

"맙… 소사."

나는 머리 위를 올려다보며 신음했다. 저 위쪽, 감옥의 윗부분에 난생처음 보는 칭호가 보였다.

[탐식의 군단]
[최상급 마족 지옥아귀]

'이젠 정말 별게 다 나오는구나.'

마족에 대한 이야기는 들은 적이 있었다. 우리가 사는 이 물질계가 아닌 다른 차원, 마계에서 살아가는 괴물들.

'아주 강하고 위험한 종족이라고 했지.'

웃기는 일이지만, 이 세계에는 천사와 악마가 존재하며 각자 천족과 마족이라는 이름으로 불린다. 다만 천사라고 다 착한 게 아니고 악마라고 다 나쁘지 않다는 게 다르지만.

'그냥 위험과 엄청 위험의 차이일 뿐이지.'

모든 마족이 악하게 태어나는 것은 아니다. 그러나 마족은 어둠의 마나로 이루어져 있으며… 그렇기에 마이너스적인 감정, 즉 분노, 슬픔, 고통, 절망 등의 감정의 분출에 쾌감을 느낀다.

때문에 본질적인 성향이 악하지 않다 해도 마족은 피해야 할 존재다. 생명체가 고통스러워하는 모습에 쾌감을 느끼는 마족이니 상대를 고통과 절망에 빠뜨리려 하는 것은 너무 자연스러운 흐름이 아니겠는가? '다수와 만난 마족은 학살을 시작하고, 소수와 만난 마족은 고문을 시작한다' 는 격언이 괜히 나온 것이 아니다.

물론 반대의 성향을 가진 천족도 마냥 좋은 종족이 아니라고 들었다. 그들을 24시간 내내 존경과 애정, 기쁨과 환희로 대할 수 있다면 모르겠지만 천족들은 자신을 별로 좋아하지 않거나 사랑하지 않는 존재를 견뎌내지 못한다. 얼마간은 참을 수 있지만 결국 배제하려 들게 되는 것이다.

마족을 만났을 때처럼 고문받을 걱정은 없는데, 그냥 깔끔하게 죽게 된다.

'심지어 사랑의 감정은 즐기면서 욕망에는 치욕과 고통을 느낀다니.'

뭐, 어쨌든 중요한 건 둘 다 가까이해서 좋을 게 없는 존재라는 것.

그런 극단적인 놈들과 붙어 있다가는 목숨이 남아나질 않을 거라 생각하고 있는데 몇 번 더 벽을 후려치던 세레스티아가 이내 포기하고 눈살을 찌푸린다.

"뭐야, 이 벽 이상해. 점점 더 튼튼해지고 있어. 무기가 있으면 모르겠지만 맨몸으로는 뚫기가 어려울 것 같아."

그녀의 말에 다시 우리 위에 떠 있는 최상급 마족의 칭호가 가지는 의미를 떠올린다.

'즉… 지금 이 감옥 자체가 녀석의 배 속이라는 거군. 여기 있는 물건들도 다 저 녀석의 신체 일부이고.'

확실히 생각해 보면 처음부터 이상하긴 했다. 식인을 우습게 여길 정도로 원시적인 성향을 보이는 비인들이었지만, 녀석들은 엄연히 우주를 누비는 상위 문명의 존재다. 그런데 그들이 가지고 있는 감옥이라는 게 창살로 이루어진 원시적인 형태라니. 왜 굳이 이런 우주 모험에 그런 걸 만들었단 말인가? 굳이 구금 시설을 만들려면 이런 감옥 형태가 아니라 더 나은 방법이 있었을 것이다.

'최상급 마족… 최상급 마족… 설마 이 녀석들, 마족하고도 손을 잡았나?'

맨 처음에 떠오른 생각은 그거였다. 연합의 공적 중 하나라는 리전도 써먹는 판국에 마족이라고 못 써먹을 게 뭐가 있겠는가?

"끄응……."

"앗, 다시 아파?"

"아냐, 괜찮아. 그냥 움직이면 쑤셔서 그래."

걱정스러운 표정을 짓는 세레스티아에게 고개를 흔들어 보이고는 아예 누워 버렸다. 지옥아귀라는 녀석의 칭호를 제대로 살펴보기 위해서였다.

'그나저나 이름부터 살벌하구만. 지옥아귀라니.'

분류에 들어간다. 고착칭호인 [최상급 마족]은 별다른 정보가 되지 않기 때문. 일단은 상태로 들어갔다.

'백치가 된 지옥아귀?'

뜻밖의 내용에 의아해한다. 즉, 녀석이 정상적인 상태가 아니라는 말인가?

더 상세히 분류한다.

'백치가 된 지옥아귀… 백치가 되어 사로잡힌 지옥아귀……'

분류가 상세해질수록 점점 상황이 파악된다. 아무래도 이 지옥아귀라는 녀석은 비인들과 싸워 붙잡힌 모양이다. 하지만 최상급 마족이라 하면 성(星)급 기가스와 맞먹는다는 괴물인데 누가 이런 녀석을 잡을 수 있단 말인가?

'하긴, 누구겠어.'

그러나 순간 자연스럽게 떠오르는 이름에 피식 웃는다. 떠오른 결과도 예상대로였다.


[탐식의 군단]
[대주술사 모르네에게 제압당한 지옥아귀]


나는 지옥아귀의 칭호를 보며 혀를 찼다.

'최상급 마족도 초월자 앞에서는 짤없군.'

정확한 사정은 모르겠지만 아무래도 이 녀석은 물질계로 쳐들어왔다가 모르네와 만난 모양이다. 그리고 그렇게 사로잡혀 우주 모함 대천공에 설치(?)된 것이겠지.

"대하야, 좀 이상하게 들리겠지만… 이 벽, 아니, 이 방 자체가 살아 있는 생물인 것 같아. 심지어 마족이야, 최소 상급 이상."

세레스티아 역시 나와는 다른 방법으로 비슷한 결과를 내놓은 것인지 벽을 짚으며 심각한 표정을 지었다.

비록 모르네에게 당해 붙잡혔다고는 하지만… 최상급 마족의 힘은 결코 만만치 않은 모양이었다.

"마족?"

"그래. 그것도 뭔가 특수한 힘을 가진 마족이야. 대부분의 방해를 뚫어 볼 수 있는 내 사자안으로도 밖의 상황이 안 보일 정도니 일종의 이계(異界)라고 해도 무방하겠지."

그렇게 말하며 고운 눈썹을 찡그리는 세레스티아의 모습에 슬쩍 힘을 줘 상체를 일으킨다. 아무래도 계속 누워서 대화를 하기는 좀 불편했기 때문이다. 어차피 칭호는 다 보기도 했고.

"이계나 다름없다는 건 무슨 소리야?"

"말 그대로 이 방 안이 저 밖과 다른 세계처럼 단절되어 있다는 소리지. 공간 속성을 터득했거나 방해를 꿰뚫을 정도의 힘이 있다면 또 모르지만 그렇지 않다면 여기서 외부와 연결하는 게 불가능하거든."

"……"

그녀의 말에 잠시 생각에 잠긴다. 왜냐하면 내가 바로 그 벽을 뚫고 아레스와 통신에 성공했기 때문이다.

'그럼 뭐지? 내가 그 공간 속성을 가지고 있든지 아니면 최상급 마족의 방해 정도는 뚫을 힘을 가지고 있는 건가?'

내가 평범한 존재가 아니라는 걸 안다. 칭호를 보는 능력도 그렇고 심상치 않은 꿈도 그렇고. 그리고 무엇보다… 인공지능들에게 내리는 [명령권] 역시 그러하다.

'아버지는… 내 친부가 고위 초월자일 거라고 했어.'

그러나 그에 대한 단서는 전혀 없다. 굳이 있다고 한다면 내 [기억]이 있겠지만, 이게 정말 아버지라는 존재랑 상관이 있는 기억일까? 아버지가 아들에게 기억을 넘겨준다는 것도 이상하고 무엇보다 이 기억이 정말 내 친부의 기억이라면.

그는.

그는…….

"하, 말도 안 돼."

"응? 뭐가?"

"아냐, 아냐. 너무 신화 레벨이잖아. 거창한 것도 정도가 있지, 하하하."

"……??"

세레스티아는 난데없는 내 말에 영문을 알 수 없다는 듯 고개를 갸웃거린다. 그런데 그 모습이 얼마나 귀여운지, 이 심각한 상황에서도 심장이 두근거릴 정도다. 너무 뜬금없는 두근거림이라 황당할 정도다.

'이런, 젠장. 어디서 저런 동작 레슨이라도 받나?'

고개를 흔들어 잡념을 떨쳐낸다. 다행히 평생을 연마해 온

포커페이스는 무너지지 않아서 나는 그녀에게 내 마음을 읽히지 않고 태연히 할 말을 할 수 있었다.

"외부랑 연결할 수 있어."

"무슨 소리야. 불가능하다니까?"

"가능해. 이미 한번 했고."

그렇게 말하며 뒤를 돌아보자 마치 기다렸다는 듯 리전 소녀가 말한다.

"연결해?"

"그래, 부탁해."

"응!"

기쁘다는 대답과 함께 그녀의 눈동자에서 알 수 없는 흐름이 휘몰아친다. 그리고 그와 동시에, 그녀를 통해 내 감각이 [확장]한다.

[대하! 괜찮아?]

"…맙소사."

기겁하는 세레스티아의 목소리를 들으며 아레스를 바라본다. 녀석은 내 옆에 있는 세레스티아를 보더니 놀란 표정을 지었다.

[뭐야, 둘이 같이 있어? 게다가 지키는 사람도 없고 묶여 있지도 않… 아니, 이게 중요한 게 아니지. 지금 싸울 수 있어? 몸 상태는 괜찮아?]

"많이 괜찮아졌어. 왜?"

[지금이 아니면 기회가 없다는 판단에 우리 쪽에서 공격이 들어갔어! 구출조도 편성해서 돌입할 예정이라 틈을 벌려줄 전력이 필요하다고 전해달래!]

나름대로 최선을 향해 적을 몰아쳤지만 그리 치명적인 타격을 주지 못한 상황에서 리타이어된 상태였기에 별로 기대를 안 하고 있었는데 그사이에 상황이 나름대로 진전된 모양.

　나는 내심 놀라며 물었다.

　"전력은 우리가 불리하지 않았어?"

　[그 곰탱이하고 알바트로스함 녀석들도 그렇게까지 무능하지는 않더라고. 네 전력이 없었을 때도 탈출 정도는 가능하다고 보고 있었을 정도인데, 뭔지 알 수 없어서 위험하던 적의 패가 허무하게 날아가 버렸으니 충분하다고 했어.]

　"흠."

　녀석의 말에 머리를 굴린다.

　구출조를 편성했다……. 그렇다면 무엇보다 우리의 위치를 알아야 할 것이다. 그리고 거기까지 들어올 수 있어야 하겠지.

　'확신은 할 수 없지만, 믿어보는 것도 나쁘지 않겠군.'

　어차피 구출 작전에 대해 내가 할 수 있는 조언은 많지 않다. 나는 군사작전에 대해 전혀 알지 못하며 기가스를 타지 않은 백병전이라면 그 양상이 어떻게 흘러갈지도 파악하기 힘드니까. 그런 계획은 전문가에게 맡기고 빈틈을 만드는 쪽으로 가는 게 나을 것이다.

　"우리 위치는 파악했어?"

　[탐색 능력자가 있어. 일단 돌입만 하면.]

　"아니, 됐고. 잠깐만 기다려."

　나는 아레스의 말을 끊은 뒤 리전 소녀를 바라보았다.

　"너, 혹시 여기 위치를 알아?"

"응!"

"우리가 알아볼 수 있게 보여줄 수 있어?"

"응!"

명쾌한 답변에 잠시 혼란스러워졌다. 이 녀석, 뭔가 알아듣기는 하고 대답하는 건가?

위잉—!

그러나 그런 의심은 곧 사그라진다. 리전 소녀의 눈이 잠시 반짝이더니 허공에 홀로그램을 만들어낸 것이다.

[대천공의 투시도로군. 그것도 제법 상세한……. 저기 붉은 점이 이 녀석들 위치인가?]

"……."

아레스가 질문했지만 리전 소녀는 전혀 들리지 않는다는 듯 나만 보며 방긋방긋거릴 뿐이다. 아레스의 말을 알아들을 수 있는 걸 뻔히 아는데 이런다는 건 그냥 무시한다는 이야기.

나는 가볍게 한숨 쉬며 물었다.

"저기 저 위치가 우리가 있는 곳이야?"

"응! 그리고 내가 계속 있는 곳이야! 이 방이 생긴 이후 계속 여기 있었어!"

녀석의 말을 들으며 아레스를 바라본다. 당연한 말이지만 인공지능인 그에게 있어 이 정도의 정보를 저장하는 건 일도 아니다.

"그대로 전해줄 수 있지? 이걸 토대로 다시 작전을 짜달라고 이야기해 봐. 나도 거기에 맞추면 되니까."

[너는 싸울 수 있고?]

"만전까지는 아니어도 아까 싸울 때보다 훨씬 멀쩡해. 셀 녀석이 치료해 줬어."

[좋아, 알았다. 금방 다녀올게.]

그렇게 말하고 사라진다. 나는 다시 바닥에 드러누웠다.

"후우……."

식은땀이 흐른다. 많이 나아졌지만 그렇다고 최상의 상태로 좋아진 건 아니었기 때문이고, 무엇보다 전투를 위해서는 몸 상태를 안정적으로 둘 필요가 있었다. 가능하면 한숨 자는 것도 좋을 것 같은데 그 정도의 여유가 있을지는 모르겠다.

"흠… 저기, 대하."

그런데 그때 세레스티아가 말을 건다. 너무나 일상적인 어투로 그녀가 말했다.

"역시 인간 아니지?"

"……."

답하지 않는다. 슬슬 이 물음에 확실히 대답할 수 없다는 사실에 짜증이 나고 있는 상황. 그런데 그때였다.

"…대하?"

여태 가만히 있던 리전 소녀가 난데없이 내 이름을 입에 담는다. 나를 부른다고 하기보다는 그냥 중얼거리는 느낌이었지만 그것만으로도 놀라운 듯 세레스티아가 눈을 반짝인다.

"헤에, 리전이 개인을 특정해서 부르다니……. 저기, 너 혹시 녀석에 대해 아니?"

마치 오랜 친우를 대하듯 자연스럽게 묻는 세레스티아였지만 그리기나 말거나 상관없다는 듯 리전 소녀는 그녀를 쳐다보지도 않았다.

대신 나를 바라보며 말한다.

"도와줘?"

"…와."

마침내 그 대범한 세레스티아마저도 멍한 표정을 짓는다. 그리고 이내, 그 얼굴이 심각해진다.

"대하, 이건 위험해. 지금 이 녀석이 너를 돕겠다고 했어."

"그게 뭐?"

"'그게 뭐'가 아냐. 지금 그녀가 하는 말은 너라면 리전을 이용할 수 있다는 말과도 다를 바 없잖아."

당연하다면 당연한 말을 조심스레 풀어놓는 그녀의 모습에 의아해한다.

"하지만 비인 녀석들도 활용했잖아?"

"그거야 모르네 녀석이 강제한 거지 자의로 도운 건 아니지. 만약 이 리전이 정말 진심으로 너를 돕는다고 하면."

거기까지 말하고 세레스티아가 멈칫한다.

"어? 그렇다면 그냥 우리가 이 배를 뺏으면 되는 문제 아냐?"

"일단 이 감옥에서 나가면 말이지."

커다란 변수였지만 놀라지 않고 태연하게 응대한다. 놀랄 이유가 없다. 왜냐하면… 이 배를 뺏는 건 계속해서 생각하고 있던 문제였기 때문이다.

그리고 더불어, 굳이 이 리전 소녀가 없어도 가능한 일이기도 했다.

'관제 인격이 있기만 하다면 말이지.'

물론 있을 거라고 생각한다. 아이언 하트를 수입해서 쓰는 건 레온하르트 제국이든 테케아 연방이든 마찬가지이기 때문에 양식의 차이가 다소 있을 뿐 시스템은 대소동이하니까.

물론 리전의 공격을 방비할 수 있다면야 어떻게든 관제 인격이 없는 비행 시스템을 만들 녀석이 많겠지만 리전은 마법적인 프로그래밍까지 크래킹하니 다 소용없는 일이다. 노를 젓고 돛을 펴 움직이지 않는 이상 반드시 침식당할 테니까.

"흠… 확실히 그 말이 맞아. 하긴 이 녀석들도 자신이 있으니 리전을 잡아두고 있겠지."

세레스티아는 내 말에 일리가 있다고 생각한 듯 잠시 고민에 빠졌다. 그리고 그녀가 생각에 잠긴 동안 나는 누워서 체력을 회복했다.

꼬르륵.

그러나 회복되는 기분이 아니다.

"죽겠구만……."

이 망할 놈들은 밥도 제대로 안 준다. 이 배에 온 지 사흘, 아니, 나흘인가? 하여튼 그동안 먹은 게 전혀 없다. 고문을 할 때 몸에 영양분을 몇 번 주사한 게 전부다. 말 그대로 죽지만 않게 유지시키고 있었으니 단지 쉬는 것만으로 완전히 회복할 수 있을 리가 없다. 만약 세레스티아가 와서 치료 능력이라도 사용해 주지 않았다면 지금쯤 혼절해서 외부의 연락을 받아들이지도 못했겠지.

"뭐야, 너 식사도 못 한 거야?"

"그리 자상한 놈들이 아니더라고."

사지에 힘이 없어 축 늘어지는 나를 보며 세레스티아가 다시 말한다.

"그러고 보니 고문도 당한 것 같았지."

"'같았지'가 아니라 당했어. 살아남은 게 다행인 분위기였……. 왜 그래?"

툴툴거리며 숨을 몰아쉬다가 묘한 시선으로 나를 바라보는 세레스티아의 모습에 멈칫한다.

그녀는 마치 신기한 동물을 보는 것 같은 표정으로 나를 바라보고 있었다.

"…아니야. 그냥, 너 되게 튼튼하구나."

"다 죽어가고 있는데 튼튼은 무슨."

"후후, 그런 이야기가 아닌데."

가볍게 웃으며 내 옆으로 다가와 앉는 그녀의 몸에서 황금사자기가 뿜어져 나온다. 부드럽게 내 온몸을 감싸는 황금빛. 물론 그래봐야 주린 배를 채워주지는 못하지만 그것만으로도 한결 몸 상태가 나아진다.

"후우… 체력도 회복해야 하는데. 아무래도 먹을 건 없겠지?"

"있는데."

"…있다고?"

기대조차 안 하고 있던 상황이었기에 황당한 표정을 짓는다. 왜냐하면 감옥에 던져진 그녀의 복장은, 그 광경은.

"크흠."

순간 그녀와 눈을 마주치고 헛기침을 하자 세레스티아가 웃는다.

"어머, 그렇게 끈적끈적하게 보면 부끄러워."

"끄, 끈적끈적하긴 뭘 끈적끈적해! 0.1초도 안 봤다!!"

내가 가지고 있던 모든 물건을 다 빼앗긴 것처럼, 세레스티아 역시 모든 무장과 방어구를 빼앗긴 상태다. 입고 있는 것은 회색의 얇은 티셔츠 한 벌뿐. 다만 특이한 게 있다면 십자가 모양의 금귀고리를 양쪽에 차고 있다는 점 정도일까?

솔직히 말하면 지금까지 눈에 안 들어온 게 이해가 안 갈 정도로 자극적인 모습이긴 하다. 다행(?)히 티셔츠의 사이즈가 상당해 마치 원피스처럼 그녀의 하체를 어느 정도 가리고 있었지만 그 두께가 워낙 얇아서 몸의 굴곡이 그대로 드러난다.

"뭐, 어쨌든 잠깐 귀 막아. 먹을 것 좀 만들게."

"…먹을 걸 만든다고?"

"하여튼 귀 막아."

영문을 알 수 없는 말이었지만 지금 굳이 거짓말할 상황도 아니었기에 순순히 귀를 막는다. 세레스티아는 내가 귀를 단단히 막았는지 확인하더니 그대로 천장을 바라보며 입을 벌렸다.

[어헝헝————————!]

온몸을 쩌렁쩌렁 울리는 포효가 사방을 뒤흔들었다. 그녀의 가녀린 체구에서 나왔다고는 믿을 수 없을 정도로 패도적인 포효! 그러나 나는 놀라움보다 황당함을 느끼며 인상을 찡그렸다. 귀를 막아도 소용이 없다. 전해지는 진동만으로도 머리가 핑 돌 정도다.

"아니, 먹을 걸 준다면서 왜 소리를 질러?"

귀를 막고 있던 손을 떼며 투덜거리자 세레스티아가 웃는다.

"왜 소리를 지르긴. 우리 불쌍한 중생에게 한 끼 식사를 선물하려 그러지."

"아니, 소리 지르는 거랑 식사랑 무슨 상… 관?"

순간 멈칫한다. 왜냐하면 보았기 때문이다.

내 앞에서 잘 구워지고 있는, 어린애 정도 되는 크기의 돼지 통구이를.

"…하?"

할 말을 잃는다. 무슨 마술 같은 광경이다. 주변과 너무 안 어울리는 돼지 통구이가 태연스럽게 내 앞에서 빙글빙글 돌아가고 있었다.

"짜자잔! 필포스의 금돼지입니다!"

"…뭐야. 뭐야, 이거. 어디서 나타난 거야?"

"그야 나도 모르지."

"모르면서 돼지를 불러왔다고? 아니, 돼지도 돼지지만 장작은 뭐야? 불은 언제 붙인 거야?"

순간 허상이 아닌지 의심했지만 아무리 봐도 눈앞에 있는 돼지 통구이는 진짜였다.


[신계]

[차원을 넘어온 금돼지]


"……."

칭호도 어처구니가 없었다.

"자자, 미심쩍어하는 건 이해가 가지만 이건 우리 레온하르트 황족들의 특수 능력이야. 검증도 끝났고 몸에도 좋은 고기니 먹어도 돼."

"특수 능력이라니… 뭐 이런 이상한 특수 능력이 다 있어."

기가 찰 지경이었지만 무시하기에는 전해지는 냄새가 너무 좋다. 신계라는 프리미엄 때문만이 아니더라도 훅, 하고 풍겨오는 달콤한 향에 머리가 어질어질할 지경이다.

"머, 먹어도 된다 이거지?"

"물론이지. 이건 나타나는 그 순간 다 구워진 상태니 바로 먹어도 돼. 보기보다 별로 뜨겁지 않으니 화상 입을 걱정도 없고."

그녀의 말에 몸을 일으킨다. 그리고 잘 구워진 돼지의 다리를 잡는다.

"하아… 하아……."

그러나 거기서 스톱이다. 아니, 정확히 말하면 스톱은 아니고 뜯지를 못한다.

"아니, 이건……."

돼지 다리를 잡은 두 팔이 덜덜 떨린다. 식욕은 치밀어 오르는데 그거랑 전혀 별개로 손에 힘이 없었기 때문이다.

"으이그, 안 되겠다. 그냥 누워 있어."

혀를 찬 세레스티아가 내 머리를 자신의 허벅지에 얹더니 돼지 다리를 뜯어 내 입에 가져다 댄다. 나는 혼미한 와중에도 그 고기를 받아먹는다.

우걱우걱.

잠시 아무 말 없이 씹어 삼킨다. 혹시 턱 힘도 없어서 못 씹을까 걱정했는데 입안에 들어온 고기는 젤리가 아닐까 싶을 정도로 쉽게 쉽게 넘어가서 문제가 없었다. 그리고 무엇보다 세레스티아가 잘게 찢어주기도 했고 말이다.

　"옳지, 옳지. 잘 먹는다."

　"…그런 거 좀 하지 마시죠, 어머니."

　"그래그래. 우리 아들 잘 먹지, 우쮸쮸."

　"……."

　빈정거려 보았으나 아랑곳하지 않는 태도에 한숨을 내쉰다.

　배고파서 그냥 받아먹었는데 정신 차리고 보니 구도가 좀 그렇다. 내 목덜미가 말랑말랑한 그녀의 허벅지를 베고 누운 상태에서 그녀가 찢어주는 고기를 먹고 있는 것이다.

　"다 먹었어."

　"뭐? 이왕 먹은 거 다 먹지."

　"…빈속에 너무 많이 먹으면 탈 나."

　"하하하, 거의 다 먹어놓고 이제 와서."

　너털웃음을 지으며 고기를 찢어주는 세레스티아. 그리고 나는 그걸 받아먹으려다가.

　"역시 구도가 이상해!"

　벌떡 일어난다.

　"아, 깜짝이야."

　"앗, 미안… 어라, 그런데?"

　나는 깜짝 놀라 내 몸을 살폈다. 손이 떨려서 고기도 제대로 못 집어 먹던 방금 전의 상태가 정말이었나 싶을 정도로 힘이 솟아올랐기 때문인데 세레스티아는 당연하다는 표정이다.

"놀랄 거 없어. 그냥 평범한 통구이를 불러오는 거면 그게 무슨 황족으로서의 능력이야. 이러니저러니 해도 신의 핏줄에 깃든 능력인데."

"신의 핏줄?"

"그래, 신혈(神血)."

뜻밖의 단어에 황당해하는 나를 보며 세레스티아가 고개를 끄덕였다.

"레온하르트 제국의 황족은 황금사자신(黃金獅子神)의 피를 이었으니까."

황금사자신이라면 나도 아는 존재다. 황금용신(黃金龍神)의 형제 격이라는 짐승신.

대부분의 개체가 신적인 힘을 가진 드래곤에게는 종교라는 개념 자체가 매우 희박하지만 그럼에도 신으로 추앙받는 몇 안 되는 용신이 존재한다. 사실 나는 그런 이야기에 별 관심이 없었으나, 그에 관련된 이야기가 게임 속 설정에서도 몇 번이나 나왔기에 기억하고 있다.

'황금용신과 암흑용신이던가.'

정의와 빛을 수호하는 황금용신과 평온과 어둠을 수호하는 암흑용신은 드래곤 중에서도 신도가 있을 정도로 신화적인 존재였는데, 이들은 흔히 묶여서 불리는 것과 다르게 아무런 연관성이 없다. 그 출생부터가 황금용신은 태초부터 존재했던 선천적인 신이고 암흑용신은 흔히(?) 존재하는 그림자용, 쉐도우 드래곤으로 태어나 스스로의 힘으로 신의 자리에 오른 존재니까.

황금용신과 연관이 있는 건, 오히려 암흑용신보다도 황금사자신 쪽이다. 아무래도 황금용신에 비하면 인지도는 부족한 존재였을 텐데도 게임 배경 설명마다 꼬박꼬박 나오기에 이상하다 했더니 레온하르트 황실의 시조였을 줄이야.

"하지만 오리엔테이션에서도 그랬고 여태 혈통에 대한 말을 전혀 듣지 못했는데. 이건 거의 광고해야 할 정도의 내용 아냐?"

귀족이나 왕족, 또는 황족이 자신의 피를 신성시하는 것은 어느 시대의 역사를 봐도 항상 존재하던 일이다. 신화나 전승을 보면 보통 사람 중에 왕이 되는 경우는 거의 없고 죄다 신의 자식, 알에서 태어난 존재 뭐, 하여튼 이런 식으로 신비감을 조성하는 게 바로 그런 목적이 아니던가? 그런데 막상 정말로 신의 혈통을 이은 레온하르트 제국은 이렇게 조용하다니.

그러나 세레스티아는 당연하다는 반응이다.

"그 황금사자신이 지금도 멀쩡히 살아 있는데 광고를 할 수는 없지. 혹시라도 그녀가 우리를 불쾌하게 여기게 되면 뒷감당이… 어쨌든!"

세레스티아는 하던 말을 끊고 남은 통돼지 구이를 베어 물었다.

"결론은 나도 순수 인간은 아니고 이건 일종의 권능 중 하나라는 것만 알아둬. 솔직히 별 쓸모 없는 권능을 타고나서 짜증 났었는데 쓸데가 있긴 있네."

차분한 목소리에 지금까지 그녀가 했던 말들을 떠올린다.

"…그래서 계속 물었던 거야? 지구인이냐고? 인간이냐고?"

"응. 사실 나도 다른 황족들 말고는 신족을 본 적이 없거든.

그래서 너를 처음 봤을 때는 제법 놀랐었어."

그러고 보면 이 녀석은 누가 봐도 특별할 것이 없어 보이는 나를 대번에 알아보고 말을 걸어왔었다. 아마 그녀가 가지고 있다는 사자안의 힘일 것이다.

"그나저나… 응?"

막 입을 열었다가 멈칫한다. 왜냐하면 우리가 먹고 버린 돼지 뼈는 물론이고 그 아래 있던 장작이 마치 지우개로 지워지듯 사라져 버렸기 때문. 그러나 세레스티아는 많이 봐온 모습인 듯 어깨를 으쓱일 뿐이다.

"아, 놀랄 거 없어. 원래 이래."

"원래라니. 원리는 뭔데?"

"뭐? 하하, 권능에 원리 따위는 없어. [그냥 그렇게] 되는 게 바로 권능이지. 애초에 밖으로 연락 한 통 보낼 수 없으면서 이런 통돼지를 만드는 것부터가 있을 수 없는 일이지. 내가 쓰면서도 어이가 없는데, 뭐."

너털웃음 짓는 세레스티아의 모습에 눈을 가늘게 뜬다.

"막 내 배 속으로 들어온 돼지고기도 사라지고 그러는 건 아니지?"

"그런 거 전혀 없으니까 걱정 마. 오히려 몸이 더 건강해지고 한동안 약이라도 맞은 것처럼 힘이 넘칠 거야."

"확실히 그렇기는 하네."

고개를 끄덕이며 다른 생각을 한다.

'권능이라.'

그러고 보면 내가 가진 일종의 [명령권]도 그 영역에 속하는 것일지도 모른다. 상대를 강제하는 정도라면 그냥 정신 지배 같은 힘이겠지만 상대방으로 하여금 [할 수 없는 일]조차 해내게 하는 건 충분히 그 이상의 힘이 아닐까?

그렇게 생각을 이어나갈 때 리전 소녀가 다시 말을 건다.

"필요 없어?"

뜬금없이 느껴지는 말이지만 아마도 아까 말했던 '도와줘?' 와 이어지는 내용이겠지. 어쨌든 나는 손바닥을 펴 꿈틀거리며 다가오는 그녀를 가로막았다.

"흠… 아니, 잠깐."

"잠깐?"

"기다려."

"응응, 나 기다려."

마치 착한 강아지처럼 고개를 끄덕이는 리전 소녀를 바라보며 잠시 생각에 잠겼다. 그러고 보면 리전이야말로 궁극의 [인공지능]이라는 생각이 들었기 때문이다.

"흠, 우리를 이 감옥에서 탈출시켜 줄래? 아니, 탈출시켜."

대충 말했다가 혹시나 하는 마음에 분명한 명령의 형태로 다시 말한다. 그러나 리전 소녀는 고개를 갸웃거린다.

"우웅… 난 그런 거 못 해."

"역시 안 되나……."

안타까워하는 나를 보며 세레스티아가 어이없다는 표정을 짓는다.

"당연하지, 바보야. 마음대로 나갈 수 있으면 이 녀석이 여기 가만히 있겠어?"

"그냥 한번 말해봐서 손해 볼 건 없으니까."

대충 얼버무린다. 아무래도 아레스처럼은 되지 않는 모양이다.

"뭘 도와줄 수 있느냐고 물어봐."

"흠, 그래, 날 도와준다고 했는데 어떻게 도와줄 수 있어?"

"몰라."

"…몰라?"

"응응, 먼저 말해줘."

"……."

할 말을 잃는다. 무슨 제시요, 선 제시요, 이러고 있는 것도 아니고 먼저 말해달라는 건 뭐야? 도와주고는 싶은데 자기가 뭘 할 수 있는지 정확히 모른다는 말인가?

옆에서 보고 있던 세레스티아는 별 기대도 안 한 듯 내 어깨를 툭툭 쳐 주의를 환기시켰다.

"일단 여기서 나가는 것부터 생각하고 나간 다음에 부탁해 봐. 적어도 알바트로스함에서 했던 시스템 봉쇄 정도는 할 테니."

"좋아."

고개를 끄덕이며 자리에서 일어난다. 권능이라고 부르기에 좀 볼품없었던 건 사실이지만 그렇다 해도 금돼지의 효능은 훌륭했다. 누워 있어도 손이 덜덜 떨리던 내 몸 상태가 단박에 베스트 컨디션으로 호전된 것이다. 지금 상태라면 별문제 없이 전투가 끝날 때까지 나폴레옹을 조종할 수 있을 것 같다.

"계획을 세워야 해."

"계획?"

"그래. 알바트로스함과 연락을 한 건 다행이지만 여전히 상황은 우리에게 불리하니까. 위치를 파악한다 해도 여기까지 구출대가 들어오는 건 쉽지 않은 일일 테고… 무엇보다 기껏 여기까지 왔는데 이 감옥을 부수지 못하면 모든 게 끝장이야. 우리는 물론이고 구출대까지 위험해지겠지."

맞는 말이다. 지금 우리는 최상급 마족인 지옥아귀의 배 속에 있는 상태고… 이곳은 비인들이 리전을 무방비하게 가둬둘 정도로 자신하는 공간이다. 비인들이 바보도 아니고 자신의 모함 한가운데에서 리전이 풀려났을 때의 상황을 가정하지 않을리 없다. 절대 탈출하지 못할 거라는 자신을 가졌기에 이렇게 우리와 리전을 함께 둔 것이다.

"천현일 소장이 온다면 무조건 부술 수 있겠지만, 당연히 그걸 기대하기는 어렵겠지?"

"그 곰탱이는 그냥 없다고 생각해. 모르네가 가만히 있을 리 없으니까. 괜히 이것저것 신경 쓰게 했다가 덜컥 지기라도 하면 모조리 다 끝장이야. 지금 이 상황에서 그 곰탱이가 잘못되면 문자 그대로 희망이 없거든."

백병전에서 초월자가 가지는 절대성을 모르는 자는 아무도 없다. 알바트로스함에서 자신들의 함장을 직접 적의 심장부로 보내는 초강수를 둘 예정이라고는 하지만, 그건 이미 비인들 역시 사용했던 작전이다. 당연히 예상하고 대비할 것이다.

그리고 그녀의 말대로… 천현일 소장이 패배라도 한다면? 탈출은커녕 모든 상황이 끝장이다. 단지 생각하는 것만으로도 우리를 죽일 수 있는 초월자가 우리 근처에 붙어 있다면 명령권이고, 리전 소녀고, 나발이고 그 어떤 변수도 소용이 없을 테니까.

"그럼 역시 중화기로 무장한 기가스가 필요하겠네."

"아니면 아예 이 주변을 향해 알바트로스함의 주포를 발사하는 것도 방법이라고 봐. 이곳의 방어력이 보통이 아니거든. 그러니까……."

머리를 맞대고 이런저런 방법을 궁리한다. 어차피 알바트로스함에서 세워질 작전이 있겠지만 거기에 더할 내용들을 상세히 정리하는 것이다. 다행히 우리에게는 리전 소녀가 만들어준 대천공의 투시도가 있는 상황. 그리고 그렇게 이야기를 마칠 때쯤 아레스가 돌아왔다.

[준비가 끝났어! 그쪽 상황은 어때?]

"아직 무사해. 몸 상태도 양호하고."

나는 우리 상황에 대해서 대략적으로 설명했다. 지금 우리가 갇혀 있는 감옥의 특수성, 여기를 탈출하려면 상당한 화력이 필요할 것이라는 사실, 먼저 주포를 갈기면 도움이 될 거라는 조언 등등.

우리의 설명을 다 들은 아레스는 고개를 끄덕였다.

[좋아. 단 접속을 할 거면 가급적 안전한 장소에서 해. 나가서 실컷 날뛰는 것도 좋지만 그러다 네 몸에 문제가 생기면 곤란하니까.]

당연하지만 이미 그것에 대해서도 생각해 둔 바가 있었다.

"내 몸이라면 셀이 지키고 있을 예정이야."

[셀? 아, 황녀. 애칭이구나.]

"음? 그렇지, 뭐."

[그렇군.]

"……?"

맥락 없는 대화의 내용에 의아해하는 사이 연결이 완료된다. 이제는 굳이 말할 필요도 없이 리전 소녀가 능숙하게 내 감각을 확장시켜 주는 상황.

옆에서 가만히 보고 있던 세레스티아가 묻는다.

"그런데 지금 여기에 온 것처럼 밖에 나타날 수는 없어? 감옥 밖의 상황을 알면 좋을 텐데."

[…흠.]

그러나 아레스는 대답하지 않고 잠시 생각에 잠겼다. 아니, 말이 좋아 생각에 잠긴 거지 그냥 딴청 피우는 느낌이었기에 가볍게 재촉한다.

"불가능해?"

[미안하지만 어렵다. 물리적으로 생각하면 안 돼. 나는 직선으로 쭉 날아와서 여기에 온 게 아니라 저기 있는 리전 녀석을 일종의 중계기로 활용한 거니까. 저 녀석이 볼 수 없는 건 나도 볼 수 없지.]

"역시 그런가."

세레스티아가 말했었듯이 이 감옥 안은 일종의 이계나 다름이 없다. 더불어 중앙 시스템에 연결된 우주선의 일부가 아닌 살아 있는 최상급 마족의 몸속이기 때문에 리전의 크래킹 능력도 아무런 소용이 없었다.

"도와줘?"

그런데 그때 리전 소녀가 다시 입을 열었다. 나는 반색해 물었다.

"혹시 밖의 상황을 볼 수 있어?"

"그야… 없지."

"……"

슬슬 이 녀석이 나를 약 올리는 게 아닌가, 하는 생각이 들었다. 거의 장난하는 분위기가 아닌가? 하지만 옆에서 가만히 보고 있던 세레스티아의 생각은 다른 듯 나에게 말한다.

"흠, 이 녀석 그런 거 아냐? 정확한 명령을 내리지 않으면 도울 수 없는?"

"컴퓨터처럼 말이지?"

나는 나를 빤히 바라보고 있는 리전 소녀의 모습을 자세히 살폈다. 계속해서 우리 대화에 끼어들고는 있다지만 그녀는 여전히 개 목걸이를 한 채 쇠사슬에 묶여 있다. 두 손에는 강철 수갑이 채워져 있고 흑단 같은 머리칼은 바닥에 풀어 헤쳐진 상태.

서로서로 아무렇지 않아 하니 괜찮았던 거지 사실 굉장히 어색한 그림이다. 그런데도 그런 자신의 상황에 아무런 내색을 하지 않는다는 건 그녀가 그 상황을 별로 불편해하지 않는다는 말이겠지.

"하지만 막상 Help 명령어가 안 먹혀서야."

리전 소녀는 도와준다고 말하면서도 어떻게 도와줄 수 있냐는 말에는 모른다고 답했다. 대화가 통할 정도의 지능은 남아 있으면서도 또 어떤 부분에서는 전혀 아는 바가 없다.

[대하, 너희가 말한 내용을 다 전했다.]

"그쪽의 의견은?"

[현장의 판단을 따를 거라는군. 황녀는 작전권도 가지고 있으니 망설임 없이 주포를 발사해 주겠다고.]

"…그것참 믿음직하면서도 무서운 말이군."

투덜거리며 다시 리젠 소녀를 바라본다. 내가 시선을 돌리자 그녀 역시 커다란 눈을 깜빡이며 나를 올려다본다.

"흠, 셀, 혹시 이 쇠사슬하고 수갑을 풀어줄 수 있어?"

"글쎄… 뭐, 내 황금사자라면 가능할 테지만 상당한 시간이 걸려. 특수 제작 된 물건인 것 같기도 하고 말이지. 만약 장비들이 있다면 상황이 좀 다르겠지만 지금은 팬티 한 장까지 홀딱 뺏긴 상태라."

파렴치한 놈들, 하면서 꿍얼거리는 세레스티아. 그리고 그 모습에 나는 문득 물었다.

"그런데 그 귀고리는 안 뺏긴 거야?"

"…뭐?"

"뭐냐… 니."

느닷없이 정색하는 세레스티아의 모습에 멈칫한다. '실수했나?' 라는 생각이 들었기 때문. 그러나 상황은 이미 늦어서 세레스티아가 믿을 수 없다는 표정으로 나를 바라보고 있다.

"이게 보여?"

이미 부정해 봐야 구질구질한 상황이었기에 순순히 인정한다.

"아, 응. 보이니까 이야기하지. 그 금귀고리 말하는 거 아냐? 십자가 모양의."

내 말에 세레스티아는 기가 차다는 표정을 지었다.

"세상에, 모르네도 못 봤는데 네가 본다고? 혹시 호루스 직계 혈통이세요?"

"…나도 그걸 몰라서 우주에 나왔거든."

"와, 신기하다. 이깟 돼지를 부르는 권능보다 훨씬 대단해. 이걸 볼 정도면 사실상 현혹이나 환영에는 면역이라는 말 아냐?"

투덜거리며 귀고리를 만지작거린다. 하지만 설마 모르네조차도 볼 수 없을 정도로 강력한 인식 방해 능력을 가진 물건이 있을 줄이야.

"황가의 물품이야?"

"그렇지. 평생을 걸고 다니면서 단 한 번도 써보지 못했지만 지닌 힘이나 상징성 자체는 황가의 보물 중에서도 상위권이니까. 뭐, 어쨌든."

그녀는 더 이상 귀고리에 대한 이야기를 하는 게 싫은 듯 화제를 돌렸다.

"나도 이 쇠사슬하고 개 목걸이는 보기 싫지만 당장 어쩌긴 힘들어. 내 몸도 아니고 다른 사람 몸에 걸려 있는 수갑을 자르려면 내 능력 이상으로 섬세한 운용 능력이 필요하거든. 그리고 무엇보다 지금의 나는 맨몸이기도 하고. 하다못해 커팅기 정도만 있어도 어떻게든 해볼 텐데."

"흐음."

세레스티아의 말에 약간의 안타까움을 느끼며 리전 소녀를 묶고 있는 개 목걸이와 수갑, 그리고 사슬들을 바라본다. 그러고 보니 그것들에는 열쇠 구멍이 달려 있었다.

"쯧, 철창도 그랬지만 우주선에서 열쇠 구멍이 뭐냐, 열쇠 구멍이… 열쇠?"

불현듯 멈칫한다. 왜냐하면 세레스티아의 귀걸이와 마찬가지로 나 역시 비인들에게 빼앗기지 않은 물품이 딱 하나 있었기 때문이다.

차릉.

목걸이를 풀어 손에 잡는다. 그 끝에는 열쇠가 달려 있다. 마치 수십 개 정도 되는 쇳조각을 조립하고 짜 맞춰 만든 것 같은 특이한 디자인의 열쇠.

친아버지라는 사람의 유품이었다.

'그러고 보니 이건 어디에 쓰는 건지 별로 생각해 본 적이 없군.'

열쇠 모양인 걸 보니 뭔가를 여는 데 쓸 것 같기는 하지만 그 사용처를 별로 궁금해한 적은 없다. 왜냐하면 우주로 나온 그 시점부터 열쇠 구멍 따위는 어디에서도 볼 일이 없었기 때문이다.

사실상 지금 내 앞에 있는 것이 우주 첫(?) 열쇠 구멍이라 할 수 있겠지.

"뭘 그렇게 보고 있어?"

"아, 별건 아니고. 열쇠를 하나 얻어서."

그렇게 말하며 열쇠를 들어 올린다. 그녀의 귀걸이가 그랬듯 이 열쇠 역시 비인들에게 빼앗기지 않았으니 어지간하면 인식되지 않는다는 말이지만, 아무리 생각해도 그 방식이 투명화 같은 쪽은 아닐 것 같았다.

과연 그녀는 내 손에 잡힌 열쇠를 인식했고, 그 표정이 딱딱하게 굳었다.

"이건……."

"왜?"

"아니, 잠깐. 그거 잠깐만 줘볼래?"

"그래."

순순히 넘겨준다. 이게 뭐든 간에 그녀가 가지고 도망갈 상황은 아니었으니까. 그러나 내가 열쇠를 그녀의 손에 내려놓는 순간.

따앙—!

순간 망치로 철판을 후려치는 듯한 굉음과 함께 큭! 하고 억눌린 신음 소리가 들린다. 정신을 차리고 보니 분명히 눈앞에 있던 세레스티아의 모습은 온데간데없고 그녀의 손에 내려놓았던 열쇠는 내 손 위로 돌아와 있다.

"셀?"

문자 그대로 눈앞에서 꺼지듯 사라져 버린 셀을 찾아 주변을 둘러본다. 다행히 그녀가 사라지거나 한 건 아니어서, 벽과 천장이 만나는 방 모서리 부분을 등진 채 마치 거미처럼 달라붙어 있는 그녀를 발견할 수 있었다.

"…뭐 하냐."

"아, 아니, 별로."

그녀는 잠시 나를, 아니, 내 손 위에 올라와 있는 열쇠를 가만히 바라보다가 조심스럽게 바닥으로 내려섰다. 이미 그녀의 몸은 황금빛 서기에 둘러싸여 은은하게 빛나고 있었지만 스스로 조절할 수 있는 듯 이내 가라앉는다.

다만 모든 금빛이 사라진 것은 아니었다.

"너 오른팔이……."

다가오는 세레스티아의 팔을 보니 새하얗고 늘씬하던 그녀의 손가락이 마치 바람이 들어간 풍선처럼 빵빵하게 부어올라 있다. 피부와 근육은 물론이고 뼈도 상당 부분이 상한 것 같은 상태. 그러나 세레스티아는 괜찮다는 듯 어깨를 으쓱였다.

"조금 다쳤어. 지금 치료 중이니 너무 걱정하지는 마."

"오른손이 그 모양이 됐는데 걱정을 하지 말라고?"

"아까 전의 네 몸 상태가 이거보다 훨씬 안 좋았거든? 나도 군 생활 한두 해 한 게 아니니 너무 공주님 취급 하면 곤란해. 심지어 황금사자기로 치료까지 하는데."

아닌 게 아니라 황금색 기운에 둘러싸인 그녀의 팔이 조금씩 회복되는 모습이 보인다. 피부 위로 죽은피가 몽글몽글 새어 나오고 뼈 맞춰지는 소리가 들리는 것이 조금만 시간이 지나면 원래대로 돌아올 것 같은 느낌이다.

"뭐, 네가 괜찮다면 상관없지만. 결국 뭐가 어떻게 된 거야? 분위기를 보면 이 열쇠가 널 공격한 것 같은데."

"공격한 건 아냐. 분위기를 보아하니 초월병기 같은데 제대로 된 적대였다면 더 크게 다쳤겠지."

"…초월병기? 열쇠가?"

의문을 표한다. 초월병기라면 신(神)급 기가스와 같은 줄에 놓인다는 무시무시한 병기들이 아닌가? 사람이 들 만한 사이즈의 무기가 테라급의 전함 이상의 힘을 가졌다는 말은 종종 들어봤지만 칼도, 총도 아닌 열쇠가 초월병기라니.

그러나 세레스티아는 무슨 바보 같은 소리를 하느냐는 표정이다.

"대체로 전투적인 힘을 가지고 있어서 [병기]라고 뭉뚱그려 표현하긴 하지만 초월병기가 전부 무기인 건 아냐. 드물지만 초월병기 중에는 원거리를 이동하는 [문]의 형태인 것도 있고 부상을 치유하는 성수를 만들어내는 주전자도 있으니까. 아, 이건 소문인데 넘버링 100위 안쪽에는 먹고 싶은 음식을 무한정 만들어내는 냉장고도 있다네."

"…냉장고는 또 뭐냐."

내가 생각하던 초월병기의 이미지가 무너져 내리는 것을 느끼면서도 슬쩍 한 손을 들어 금줄에 달려 있는 열쇠를 바라보았다.

'유품으로 초월병기를 남겨두었다고?'

가능한 이야기이긴 하다. 내 [친부]라는 작자는 고위 초월자라고 했고… 고위 초월자라면 초월병기 하나쯤 가지고 있더라도 이상할 게 없겠지. 그리고 초월병기가 있다면 후대로 남겨주고 싶은 생각이 드는 것도 당연하고 말이다.

'하지만 이렇게 사용법도 없이 달랑 열쇠만 넘기다니.'

나는 손에 들린 열쇠를 조용히 만지작거렸다. 누가 봐도 금속으로 보이는 물건이었지만 느껴지는 감촉은 따뜻하다. 웃기는 말이지만, 마치 자그마한 햄스터를 만지고 있는 느낌. 그리고 그런 촉감을 느끼며 생각을 정리한다.

'어쩌면 지금 이 모든 상황을 예지하고 우주로 보낸 건지도 모르지.'

예전에 봤던 영화를 떠올린다. 주인공이 타임머신을 만들어

과거의 자신을 지원하는 뭐, 그런 이야기였던 걸로 기억한다.

위기에 빠진 현재의 주인공을 구하기 위해 미래의 주인공이 보내준 물건들은 버스 카드, 차 키, 공사 인부용 모자 뭐, 이런 쓸데없는 것들이었지만 막상 맞닥뜨린 상황마다 그 물건들이 쓸데가 생겨 도저히 빠져나갈 수 없을 것만 같은 위기를 마술처럼 빠져나가 마침내 적들에게 반격하는 내용으로 기억한다. 미래를 알고 있는 미래의 주인공이 상황에 딱딱 맞게 물건들을 준비했던 것.

'어쩌면?'

순간 나는 열쇠를 바라보았다. 그리고 내 앞에 엎드려서 고개만 들고 있는 리전 소녀를 바라보았다. 그녀의 목에, 수갑에 달린 열쇠 구멍이 눈에 들어온다.

'별로 하고 싶은 가정은 아니지만……'

나는 어쩌면 이 모든 것이 어머니가 본 [미래]일지도 모른다고 생각했다. 우주로 나오는 것도, 그래서 알바트로스함에 타는 것도, 전쟁에 참여하는 것도.

그리고 비인들에게 납치당하는 것도.

'하지만 그렇게까지 해서 피해야 할 위험이라는 게 대체 뭐지?'

확신이 안 간다. 정말 미래를 볼 수 있다면 굳이 이렇게 일을 복잡하게 할 필요가 있을까? 지금 내 앞에 있는 리전 소녀가 그만한 가치를 가지고 있다는 것일까?

"아니, 뭐, 실험해 보면 알겠지."

"실험?"

"응, 잠깐만."

나는 벌써 거의 나아가는 손을 가볍게 쥐었다 폈다 하고 있는 세레스티아를 두고 리전 소녀에게로 다가갔다. 그녀의 목에 걸려 있는 개 목걸이 같은 봉인구가 보인다.

"후우."

가볍게 심호흡한다. 그리고 열쇠를 들어 올려——

그극.

안 들어간다.

"…뭐 하는 거야?"

"어? 어어? 자, 잠깐만."

당황해 열쇠를 마구 들이밀어 보았지만 그래봐야 안 들어간다. 열쇠 모양이 전혀 달랐다. 열쇠 구멍보다 열쇠 크기가 미묘하게 크다.

카각!

급한 마음에 거칠게 밀어 넣어보려 해봐야 안 맞는 구멍에 들어갈 리가 있나. 혹시나 하는 마음에 수갑에 있는 열쇠 구멍에 열쇠를 들이밀어 보았지만 이번에는 구멍이 너무 크다.

"…바보도 아니고 그냥 열쇠 구멍이면 다 들어갈 거라고 생각하는 건 아니지?"

"그런 거 아냐! 이, 이건 다 이유가 있어!"

"그게 뭔데?"

"…비밀."

"……."

고개를 돌린다. 나를 한심하게 쳐다보는 세레스티아의 시선

을 도저히 견딜 수가 없었다. 으아아, 혼자 상상의 나래를 펼치
며 북 치고 장구 치고 다 하다니!

'뭔가 될 거 같았는데!'

대마녀의 재능을 타고났다는 어머니가 미래 예지를 할 줄 안
다고 했으니 어쩌면 지금 이 위기를 볼 수 있었을지도 모른다
는 생각을 했다. 그렇다면 이 유품이라는 게 도움이 될 거라는
생각도 했고.

하지만 그런 건 없다. 그렇다는 건 지금 이 정도 위기는 내가
알아서 빠져나올 수 있다는 것일까?

"아, 제길. 대체 뭘 어쩌라는 건지."

가볍게 성질내며 열쇠를 벽으로 집어 던진다. 사실 몇 번 몸
에서 떨어뜨린 적이 있었는데 그때마다 다시 나에게 돌아왔었
기에 별생각 없이 한 행동이었다.

푸욱!

그리고 그렇게 던진 열쇠가 벽에 박힌다.

"…엥?"

"어?"

멈칫한다. 나를 보고 있던 세레스티아가 이해할 수 없다는
표정을 짓는다.

"뭐야, 내가 황금사자기로 후려쳐도 흠집 하나 안 나던 벽에
박혔어."

"설마, 이거 암기 아냐? 열쇠 모양 암기."

"그런 말도 안 되는 게 어디 있냐고 하고 싶긴 하지만 설득력
이 전혀 없지는 않네. 팔 힘으로 던져서 저 벽에 박히다니."

어이없어하는 세레스티아의 말을 들으며 벽을 바라본다. 그런데 이상한 점은 또 있었다.

"근데 안 돌아오네."

"돌아오다니, 귀환 기능이 있는 거야?"

"응, 손에서 놓치거나 하면 다시 돌아왔었는데. 그래서 암기라는 생각도 한 거고."

그렇게 중얼거리며 벽으로 다가가 열쇠를 잡는다. 벽에 박힌 열쇠를 뽑아내기 위함이었지만, 그렇게 잡힌 열쇠의 느낌이 좀 이상하다.

"음?"

그냥 콱 박힌 느낌이 아니다. 뭔가 돌리면 돌아갈 것 같은⋯ 마치 문에 열쇠를 꽂아 넣었을 때 같은 느낌이었다. 그래서 무심코 손을 돌려보니.

철컥!

마치 문이 따지는 것 같은 소리와 함께 열쇠가 돌아가고 눈 앞으로 텍스트가 떠오른다.

[봉인을 해제합니다.]

"⋯이게 무슨 소리야."

잠시 당황하는 순간이었다.

—그아아아아아아————————!!

머리가 윙, 하고 울릴 정도로 나직한 괴음이 주변을 짓누르듯 퍼져 나간다. 나는 깜짝 놀라 열쇠를 뽑아내고 세레스티아의 옆으로 붙었다. 세레스티아도 당황한 듯 황금빛 기운을 끌어 올리며 묻는다.

"뭐야? 무슨 짓을 한 거야?"

"나도 몰라!"

"모르다니 그런 무책임… 조심해!"

세레스티아가 내 몸을 껴안고 허공으로 뛰어오른다. 이미 주변의 모든 것이 녹아내리고 있다. 나를 가두고 있던 창살도, 바닥에 깔려 있던 죄수복들도, 심지어 리전 소녀를 꽁꽁 묶고 있던 쇠사슬과 수갑마저 없어졌다. 남은 건 목에 걸린 개 목걸이뿐이었다.


—건방진———! 건방진————! 죽여 버리겠다!!


살의로 가득한 포효가 울려 퍼지고 평범한 모양이었던 감옥이 검은색의 살점으로 변하며 삽시간에 좁아지기 시작한다.

당황한 세레스티아는 황금사자기를 일으켰지만 최상급 마족이 잠들어 있을 때도 벽에 제대로 된 상처를 못 내던 그녀가 좁혀져 오는 벽에 저항하는 게 가능할까?

그런데 그때였다.

쿠앙—!

폭음과 함께 꿀렁이던 벽이 한순간 세차게 일렁이더니 커다란 구멍이 뚫렸다. 문자 그대로 한순간이었지만 나를 안고 있던 세레스티아는 마치 기다렸다는 듯 날렵하게 그 틈을 노려 밖으로 빠져나왔다.

"이런 제길! 대체 어떻게 된 거야?! 저 괴물은 틀림없이 함장님에게 정신이 파괴되었을 텐데!"

"함장님! 당장 함장님을 불러와! 저 괴물을 막으려면 함장님이 필요해!"

"하지만 지금은 전쟁 중이야! 우리끼리 막지 않으면……!"

"배 안에서 최상급 마족을 무슨 수로 막는단 말이야! 만일을 대비해 준비한 주포를 맞고도 벌써 회복했잖아!"

사방에서 비명이 터져 나온다. 수많은 비인과 기가스가 여기저기에서 튀어나왔지만 어지간한 10층 건물에 맞먹는 괴물 앞에서는 다 소용없는 일.

나는 칭호를 [상태]로 고정하여 그 괴물의 머리 위를 바라보았다.

[탐식의 군단]
[깨어난 지옥아귀]

그렇다. 지금 날뛰고 있는 것은 우리를 배 속에 넣고 있던 최상급 마족이었다.

"도대체……."

나는 손에 들린 열쇠를 바라보며 아연실색했다. 분명히 백치가 되었다고 했는데 그걸 원상 복귀 시켰다는 말인가? 열쇠 모양인 주제에 치료용 초월병기라고?

"이런! 포로들이 탈출했다!"

그런데 그렇게 생각에 빠질 정도로 여유가 넘치는 상황은 아니었다. 날뛰는 지옥아귀 때문에 몰려든 비인 중 일부가 우리를 발견한 것이다.

"이것 참, 상황이 좋아진 건지 나빠진 건지 모르겠는데!"

"…그런 것치고 좀 신난 표정 아니냐?"

"어머, 그래?"

피식 웃으면서 몸을 솟구친다. 나는 그녀의 목을 꽉 잡고 볼썽사납게 매달려 있을 수밖에 없었다.

쾅쾅!

연신 터지는 폭음 소리를 뒤로한 채 세레스티아가 돌진한다. 그 속도가 어찌나 빠른지 두 다리가 허공으로 휙, 하고 뜰 정도.

나는 몸에 저절로 힘이 들어가는 것을 느끼며 소리쳤다.

"야! 나 떨어지겠어!"

"나도 급하니까 잘 잡고 있어봐! 일단 무기를 못 찾으면 다시 잡혀서 갇힌단 말이야!"

자신을 향해 달려든 사족 보행 형태의 비인을 밟고 다시 뛰어오른다. 아니, 밟은 게 아니라 비껴 쳐내고 땅을 박찬 건가?

쿠당탕! 쾅! 퍼버벅!

모르겠다. 정신이 없다. 시야가 빙빙 돌고 팔이 끊어질 것처럼 아프다. 황금사자기가 내 몸을 감싸고 있어도 몸에 상당한 부하가 걸리고 있었다.

전장의 학살자라 불리는 알바트로스의 유령이 바로 나였지만 기가스에서 내리면 그냥 일반인이니 당연한 일이다.

"크악!"

"크아아——!"

"제, 제길! 쏴! 쏘라고! 그냥 죽여 버려!"

"으악! 이 미친놈이!"

형편없이 당하던 비인 중 하나가 분노를 터뜨리며 중화기를 겨누자 주변에 있던 다른 비인들이 기겁해 그를 후려쳐 쓰러뜨린다. 이 혼란한 와중에도 수십이 넘는 비인이 포위진을 형성하고 있었지만, 그럼에도 세레스티아는 자유롭게 적들을 헤집고 있다. 그녀를 상처 입히면 안 된다는 금제는 여전히 존재하니 제대로 된 공격을 못 하는 것이다.

—나와라, 모르네! 내가 이 벌레들을 다 죽여 버리기 전에!

그리고 그 와중에도 최상급 마족 지옥아귀는 미친 듯이 날뛰고 있다. 수(獸)급과 기(器)급 기가스의 상당수가 덤비고 있었지만 지옥아귀의 거대한 팔이 휘둘러질 때마다 굉음과 함께 튕겨 나가 주변 건물을 무너뜨릴 뿐 녀석을 막지는 못한다.

'와, 진짜 괴물이네, 저거.'

지옥아귀는 기본적으로 인간형에 가깝지만 신체의 대부분이 몸통으로 이루어진 괴물이다. 다리가 없는 건 아닌데 없다고 해도 좋을 정도로 짧은 데다 그마저도 출렁거리며 넘쳐난 뱃살에 뒤덮여 잘 보이지도 않는 상태.

솔직히 움직이는 게 말이 되나 싶을 정도의 체형이었지만 놀랍게도 녀석은 무시무시한 전투력을 발휘하고 있다. 두툼한 뱃살은 레이저포와 미사일을 맞아도 출렁이기만 할 뿐이고 간혹 강력한 공격에 찢어진다 해도 순식간에 회복했다. 둔해 보이는 몸은 멀리서도 공기가 터져 나가는 소리가 들릴 정도로 매섭게 움직이고, 점프를 뛰었다 하면 백여 미터는 우습게 넘겼다.

쾅! 우르릉!

지옥아귀가 하늘 높이 뛰어올랐다가 그대로 떨어지자 마치 지진이라도 일어난 것처럼 땅이 흔들리고 건물들이 부서져 내린다.

도시처럼 꾸미고 있다지만 결국 이곳은 우주선 내부. 땅이 갈라지자 그 안에서 복잡하게 얽혀 있는 내부 부품들이 모습을 드러냈다. 그리고 그 모습에 번뜩이며 떠오르는 생각이 있었다.

"셸! 뛰어내려!"

"뭐? 지금 여기에서 더 안쪽으로 들어가서 어쩌려는 건데?"

"포위당하는 것보다 차라리 그게 나아! 그리고 아까 리젠 녀석이 보여줬던 투시도를 잊었어? 이 아래가 바로… 아차!!"

나는 다시 고개를 돌려 지옥아귀를 바라보았다. 왜냐하면 우리를 도와주었던 리젠 소녀를 떠올렸기 때문이다. 세레스티아가 데리고 탈출한 건 나뿐. 지옥아귀의 일부였던 수갑과 쇠사슬이 풀리는 모습을 확인하기는 했지만 완전히 깨어난 지옥아귀의 배 속에 남아 있을 그녀가 과연 무사할 수 있을까?

세레스티아 역시 내 생각을 짐작한 것인지 가볍게 고개를 흔든다.

"둘 다 데리고 나올 수는 없었어. 이런 전함 내부에서 리전의 도움을 받으면 몹시 좋겠지만… 저 괴물의 배 속에서 빠져나올 기회를 놓칠 수는 없으니까."

"…맞는 말이야."

지옥아귀가 잠들어 있었을 때에도 그 몸에 구멍을 뚫지 못하던 세레스티아다. 만약 비인들의 주포가 지옥아귀의 몸에 구멍을 내놓지 않았다면 어떻게 되었을까? 아마도 우리는 지금쯤 지옥아귀의 배 속에서 사이좋게 소화되고 있었을 것이다.

팟!

그때, 리전 소녀에 대해 더 생각할 틈도 없이 세레스티아가 갈라진 균열 아래로 뛰어내린다. 당연하지만 그녀의 등에 업혀 있는 나도 그녀와 함께 떨어졌다.

"아앗! 저것들이 아래로 내려간다!"

"잡아!"

어떻게든 몸으로 덮쳐 세레스티아를 제압하려 하던 비인들이 혼비백산하며 쫓아오는 모습이 보인다. 그러나 문제는 다수가 일사불란하게 움직일 만큼 배 안의 상황이 태평하지 못하다는 것이다.

콰광! 펑!

뭔가가 터져 나가는 폭음과 함께 땅이 재차 흔들리고 좁은 균열로 뛰어내리려던 비인 대부분이 다른 곳으로 튕겨 나간다. 물론 개중 날렵한 몇몇은 정확히 우리를 따라 들어왔지만…….

"어서 와, 멍청이들아—!"

황금빛 서기로 전신을 뒤덮은 세레스티아의 주먹이 그들을 반긴다.

빠박! 콰득!

뼈가 부러지고 살이 터져 나간다. 벌레 한 마리 못 잡을 것 같은 청순한 얼굴로 살벌하기가 어지간한 맹수 이상! 거대한 양팔을 사납게 휘두르는 악어 머리의 비인에게 파고든 세레스티아는 왼팔로 그의 방어를 쳐낸 후 물이 흐르듯 자연스럽게 그 가슴팍에 오른손을 꽂아 넣었다. 상대는 3m에 가까운 신장을 가진 괴물인 데다 갑옷이나 다름없는 가죽을 가지고 있었지만, 그럼에도 일격에 고개가 푹푹 꺾이더니 다시 일어나지 못한다.

콰득!

그뿐이 아니다. 자신의 몸을 실타래 풀어내듯 풀어 세레스티아를 묶으려던 스파게티 형태의 비인은 쓰러지듯 넘어지며 공격을 피한 세레스티아의 돌려차기에 사실상 머리나 다름없는 눈알이 터져 나갔다.

"좋아, 다음!"

세레스티아는 신나서 소리쳤다. 그러나 다행히도, 어쩌면 아쉽게도, 위쪽에서 다시 폭음이 울려 퍼진다.

쿠우웅—!

폭음과 함께 땅이 흔들리자 그 진동과 함께 갈라졌던 균열이 다시금 닫혀 버렸다.

"큭! 아, 안 돼!"

"으아악!!"

비명 소리와 함께 비인들이 균열 사이에 짓눌리고 그 틈을 타고 체액들이 마치 빗줄기처럼 후드득 떨어진다. 다행히 이미 빠져 있던 난 체액을 뒤집어쓰는 걸 피할 수 있었지만 녀석들과 싸우고 있던 세레스티아의 상황은 좀 달랐다.

"이런, 괜찮아?"

"아, 물론이지. 비인 중에는 피에 독이 흐르는 녀석도 제법 있지만 저것들은 아니거든."

"아니, 그걸 떠나서… 에휴, 됐다. 잠깐 기다려."

시설이 파괴된 만큼 칠흑같이 어두워야 정상인 상황이었지만 주변은 밝다. 모든 광원이 사라진 함선 내부였지만 세레스티아의 몸이 황금빛으로 빛나고 있었기 때문이다.

그리고 그런 그녀의 몸을 광원 삼아 주변을 살펴보며 말한다.

"그나저나 정말 무시무시하게 싸우는구나."

"어쩔 수 없잖아, 맨손인데. 장비가 있었으면 더 우아하게 쓸어버릴 수 있을 텐데."

내 말을 전혀 다른 방식으로 받아들이는 세레스티아의 모습에 황당해한다.

"아니, 무슨 아이돌이 이래? '걸 VS 비인' 뭐, 이런 프로로 인기 끌었냐?"

"엥? 아니지. 인기는 외모로 끌었지."

"……."

할 말을 잃는다. 딱히 부정할 수 없다는 사실이 짜증 나는 발언. 그러나 내가 짜증이 나거나 말거나 아랑곳하지 않는 듯 그녀는 자신의 몸에 묻은 비인들의 체액을 툭툭 털어내며 물었다.

"그나저나 결국 여기 어디야? 네 말대로 오기는 했는데."

"창고야. 그리고… 역시 여기 있군."

나는 주변에 있던 상자 하나를 열어 익숙한 짐들을 찾아냈다. 두꺼운 테의 안경과 통신기, 그리고 가볍고 튼튼하게 만들어진 전투복이다.

"엇? 설마… 앗! 내 것도 있어!! 내 총!!"

세레스티아는 주변을 둘러보다 자신의 물건들이 담긴 상자를 발견하고 달려들었다. 어찌나 기뻐하는지 두 눈에 하트가 뽕뽕 떠오르는 게 아닌가 싶었을 정도. 다행히 누가 훔쳐 가거나 하는 상황을 가정하지는 않은 듯 상자는 순순히 열렸고 세레스티아는 즉시 입고 있던 천 쪼가리를 벗어 던졌다.

출렁!

예상치 못했던, 문자 그대로 상상 이상의 볼륨이 화인처럼 뇌리에 각인된다. 그녀의 주위를 맴도는 황금빛 때문에 이미 주변은 밝았지만, 한순간 더 밝아지는 것 같은 착각이 들었다.

'오, 옷 입으면 말라 보이는 타입이라는 게 정말 있구… 응?'

그러다가 그녀의 몸 여기저기에 자리하고 있는 흉터들을 발견한다. 그리 진하지는 않았고 전부 희미하다. 하지만 그럼에도… 그 흉터의 개수가 심상치 않다. 수십 개가 넘는 흉터… 그것은 곱게 자라야 할 황녀의 몸에 있을 만한 것들이 아니다.

심지어 놀라운 치료 능력을 가지고 있는 그녀가 아니던가?

"좋아, 무장 완료!"

그러나 내가 보고 있거나 말거나 세레스티아는 비인들의 체액으로 범벅이 되어버린 옷 쪼가리를 벗어 던지고 전투복으로 갈아입은 뒤 허리춤에 금색의 권총을 찼다. 한 치의 망설임도 없는 태도였기에 나 역시 고개를 흔들어 정신을 차리고 상자 안에 있던 전투복을 꺼내 입었다. 만일을 대비해 혜란에게 강탈했던 안경을 쓰고 근처에 있던 총기 중 하나를 챙긴다.

물론 이것들로 싸울 생각은 전혀 없었다.

"좋아. 저기 갈라진 틈으로 가서 몸을 숨기자."

"나가서 싸우는 게 아니고?"

"지금 여기서 나가서 비인들을 잡는 게 무슨 소용이야. 탈출을 해야지. 아레스랑 연결해서 이쪽의 소식을 전하고 구하러 올 테니까 그동안 내 몸을 좀 지켜줘."

"흐음, 그렇다면… 급한 대로 이 근처를 요새화해야겠네."

상황을 이해한 세레스티아가 고개를 끄덕이고는 주변을 닥치는 대로 털기 시작한다. 아무래도 창고에 있는 모든 물건을 이용하기로 한 모양. 나는 그 모습을 잠시 바라보다가 한쪽 구석에 몸을 기대고 눈을 감았다.

"……"

아레스를 부른다. 정신을 집중하고 집중해 감각을 확장하려고 노력했다.

상황은 나쁘지 않다. 적들에게 포로로 잡혀 있는 상황에서 탈출했고 최상급 마족인 지옥아귀가 대천공 안을 쑥대밭으로 만들고 있다. 지옥아귀를 막으려면 모르네가 나서야 하지만 모르네는 현재 천현일 소장과 함대 전투를 수행하고 있기에 움직일 수 없는 상태.

상당한 난이도와 방해를 생각했던 최초에 비하면 지금 상황은 그야말로 양반이다. 이대로 나폴레옹을 조종해서 지금 우리가 있는 위치로 쳐들어올 수만 있다면 별다른 문제 없이 탈출할 수 있다.

'아레스. 대답해, 아레스.'

집중한다. 더 집중한다.

그러나 답이 없었다.

'…아레스?'

당황했다. 뭐가 문제인지 알 수 없었기 때문이다. 물론 온갖 보호 시스템으로 떡칠하고 있는 대천공 안에서 외부와 연락을 하는 건 불가능에 가까운 일이지만, 나는 지금껏 그걸 하고 있지 않았던가?

그러나 나는 곧 중대한 문제를 깨달았다.

"오, 이런 망할……."

그렇다. 리전 소녀가 없다.

나는 더 이상 나폴레옹을 원격조종할 수가 없었다.

구출 작전II　★　✳ ✳

[연결이 끊겼다. 차단됐어!]

다급한 목소리가 통신을 통해 함교에 울려 퍼졌지만 천현일 소장은 눈썹 하나 까딱하지 않는다. 어차피 예상했던 일이기 때문이다.

"흠, 뭐, 그렇게 마냥 편하게 연락할 수 있을 거라고는 생각하지 않았지만… 이렇게 되면 함정일 가능성도 생각해야 하나?"

그는 모르네 소장이 조종하고 있는 대천공에서 뿜어진 영파를 자연스럽게 흘려내며 중얼거렸다.

초월자끼리의 함대전은 함교에서 잠시도 자리를 비울 수 없을 정도로 고된 중노동이지만, 그렇다고 오직 그것에만 신경을 몰두해야 할 정도는 아니다. 특히나 그처럼 전투에 익숙한 초월자라면 함대전을 하면서 전투를 지휘하고 명령을 내리는 건 어렵지 않다.

[방도를 마련해, 이 곰탱아!]

"곰탱이, 곰탱이 하지 마, 이 머리통아. 지금 생각 중이니까."

현일은 레이더를 통해 전장 정보를 파악했다. 절망적이라는 말이 떠오를 정도로 불리했던 전황이었지만, 대하가 조종한 나폴레옹이 비인들의 전력 태반을 박살 낸 덕택에 비교적 나쁘지 않은 전투를 이어가고 있다.

'전투정보가 상부로 올라가면 정말 난리가 나겠군.'

인(人)급 기가스 나폴레옹이 강력한 기체인 건 사실이지만 그렇다 해도 대하의 활약은 그야말로 상식 이상이다. 그 넓은 우주를 뒤집어도 이 정도의 조종 능력을 가진 존재는 다섯을 넘지 않을 거라고 예상될 정도니 더 말해 무엇하겠는가? 하물며 고작 30년도 못 산 인간족이 이만한 활약이라니.

'물론 고유 스킬의 숫자만 봐도 보통의 혈통이 아니라는 건 확실하지만 말이야.'

현일은 그의 정보를 지켜주기로 마음먹었었지만 상황이 이렇게까지 되면 그건 불가능한 일이다. 전투정보가 기록된 거야 어떻게든 수습하면 되겠지만 이미 알바트로스의 유령은 승무원들에게 너무나 강력한 인상을 남기고 말았던 것이다.

그에게는 전투정보를 공개하지 않을 권리가 있었지만 그건 어디까지나 특별한 문제가 없었을 경우뿐이다. 수천이 넘는 승무원 모두의 입을 막는 건 불가능하니 결국 이야기는 새어 나갈 것이고 상부에서 정보공개 명령을 내리면 전투정보를 공개할 수밖에 없다.

'그리고 그렇다면……'

반드시 황실에서 그에게 관심을 가지게 될 것이다. 대하처럼 홀로 전황 자체를 뒤엎을 수 있는 조종사가 가지는 의미는 특별하니까.

단적인 예로 지금의 알바트로스함만 해도 그가 없었다면 벌써 비인들에게 당하고 말았을 것이다.

대하라는 조종사 하나가 테라급 전함 하나를 구해낸 것이다. 만약 그런 조종사가 레온하르트 제국군에 속하게 된다면 앞으로 얼마나 많은 유무형의 이익을 얻을 수 있겠는가?

[야, 곰탱아!]

"아, 시끄러워! 어차피 황녀님을 구해야 하니까 좀 닥쳐! 아니, 그것보다 네가 왜 이렇게 안절부절 떠들어? 너랑 상관도 없는 녀석이잖아? 초월자도 아니… 음?"

거기까지 말한 현일이 멈칫한다. 그 누구에게도 관심이 없던 아레스가 대하에게 너무나 큰 관심과 정성을 쏟아붓고 있다는 걸 깨달았기 때문이다.

"설마 그 녀석… 네 [적합자]냐?"

기본적으로 신(神)급의 기가스들은 초월경의 존재만을 태우지만, 거기에는 어느 정도 예외도 있었다. 이번 대에는 없지만 레온하르트 제국의 전대 황제의 경우 초월자가 아니면서도 신급 기가스 [라]에 탑승할 수 있었고 다른 기가스들의 경우에도 종종 미약한 존재에게 자신을 허락하곤 했던 것이다.

그런 존재들을 사람들은 '적합자'라고 불렀는데 적합자는 대체로 신급 기가스의 [이름]과 관련된 혈통인 경우가 많다.

[어, 어쩌면?]

자신 없는 대답이었지만 이미 마음속으로 답을 내고 있던 현일은 고개를 끄덕였다. 대하가 평범치 않은 혈통을 타고났다는 거야 몇 번이고 생각했으니까.

"올림포스 신족이라… 하지만 올림포스 신들이 멸망한 지 수천 년도 더 지난 것 같은데 이제 와서 그 혈통이 발현되었다니 특이하군. 녀석은 무에 대한 재능이 먼지만큼도 없어 보였으니 아레스의 형제 신 중 하나의 피를 이은 건가?"

아레스는 올림포스 신족 중에서도 유명했던 전신. 아레스의 적합자가 되려면 당연히 올림포스 신족의 피를 이어야 한다.

물론 아레스의 생각은 좀 달랐다.

'올림포스 신족은 무슨.'

그는 대하가 올림포스 신들과 아무런 관계가 없는 존재라는 걸 알고 있었다. 그의 마음을 뒤흔드는 이 강한 떨림은 그의 근간이라고 할 수 있는 아레스의 위상과 하등의 관계도 없는 종류였던 것이다.

"그나저나 어떻게 하시겠습니까? 마지막 통신이 왔던 대로 정해진 좌표에 포격을 가할까요?"

"지속적인 통신이 되던 때라면 몰라도 이렇게 끊긴 이상 그 방법은 철회한다. 어쩌면 비인 녀석들이 우리 손을 빌려서 황녀님을 해치려는 것일 수도 있어. 정확한 사정은 모르겠지만 청원 녀석의 사명이 있으니 비인 녀석들은 황녀님을 해칠 수 없거든."

"하지만 그렇다면 구출대를 보내는 것도 위험하지 않겠습니까? 만약 함정이라면 돌입과 동시에 제압당할 텐데."

부함장인 나탈리의 말은 정확하다. 애초에 적들에게 잡혀간 황녀 측과 통신이 된 것부터가 정상적인 상황이 아니었다. 그런데 만약 그것이 비인들이 고의로 흘린 정보라면?

그러나 현일은 고개를 흔들었다.

"그래도 나는 보내는 게 좋을 거라고 본다."

"어째서입니까?"

"어째서냐면."

거기까지 말하고 현일이 씩 웃는다.

"좋은 예감이 드는걸."

"…직감입니까."

"드물 정도로 선명한."

흔히 초월지경이라 부르는 초월경의 깨달음은 보통—물론 예외적인 경우 역시 상당수 존재하지만—세 가지 능력을 획득하는 것으로 완성되는데 그것이 바로 기본마나제어능력, 절대마나지배 능력, 그리고 만물동조이다.

기본마나제어능력은 마나의 최소 단위를 [인식]하고 제어하게 되는 능력을 말하며, 절대마나지배능력은 한 줄기 사념만으로 어떠한 특성의 마나라도 컨트롤할 수 있는 능력, 그리고 만물동조는 세계와 동조함으로써 세계에 자신의 의지를 피력하는 게 가능해지는 능력을 말한다.

이것은 각각만 있어도 대단한 힘이라 할 수 있지만 이 세 가지 능력이 삼위일체(三位一體)를 이루게 되면 기본마나제어능력은 초월자의 영혼이 하위의 법칙에서 자유로워지게 만드는 신격(神格)을 부여하고, 절대마나지배능력은 모든 힘을 아우를 수 있는 신위(神位)를 제공하며, 만물동조 능력은 초월자의 존재를 세계에 [각인]시켜 신성(神聖)을 완성한다.

물론 셋 다 하급신의 권세이기 때문에 신격도, 신위도, 신성도 미약하기 짝이 없지만 이 세 가지를 얻음으로써 그는 필멸자가 아닌 초월자로 거듭나게 되는 것이다.

그렇게 초월지경에 오른 존재들은 세계와 동조하는 만물동조능력으로 인해 본능적으로 자신과 관계된 [인과의 흐름]을 감지하는 게 가능해진다. 물론 본격적인 예지능력처럼 구체적이지는 않겠지만 종종 깜짝 놀랄 정도로 날카롭게 자신이 처한 상황과 앞으로의 미래를 예상하게 되는 것이다.

"이미 아시겠지만 예지능력이 그러하듯 직감이란 완벽하게 신뢰할 수 있는 힘이 아니에요."

"알고 있다. 게다가 지금 내가 느끼는 이 직감을 모르네 녀석도 느낄 거라는 사실 역시……. 하지만 어차피 해야 할 일이라면 기회가 있을 때 하는 게 좋지."

마음의 결정을 내린 것 같은 그의 모습에 나탈리가 작게 한숨 쉬었다. 우려되는 바가 없는 건 아니지만, 이미 그런 결정 역시 예상하고 있던 바였기에 디스플레이를 조작해 한 지점을 표시한다.

"구출대는 은폐 모드로 대천공 주변에 대기 중입니다."

"벌써? 이래서 내가 널 사랑한다니까."

"…농담은 됐습니다. 어떻게 하시겠습니까?"

"어떻게 하긴."

파란색의 영기에 둘러싸여 마치 불타오르고 있는 것 같은 현일이 웃는다.

"돌입해."

✳  ✹  ✳

쿠웅!

굉음과 함께 대천공을 뒤덮고 있는 배리어에 직경 3m가 넘는 거대한 탄환이 박힌다. 강력한 영력으로 보호받고 있는 배리어는 견뎌냈지만, 그 직후 탄환의 내부에서 수십 개의 칼날이 튀어나와 회전하기 시작한다.

카가가가각!!!

특별한 파장을 흩뿌리며 맹렬하게 회전하기 시작하는 탄환을 중심으로 주변 배리어가 말려들어 간다. 그리고 잠시 후, 배리어를 관통한 탄환이 대천공의 갑판마저 부수고 안으로 파고들어 간다. 물론 자체 복원 능력이 있는 배리어는 이내 물결치며 원래의 모습을 찾으려고 했지만—

위이잉—!

그 한순간의 틈을 노리고 날렵한 형태의 수송선과 대여섯 대의 기가스가 대천공 안으로 침입한다. 평소였다면 배리어가 공격당함과 동시에 몰려든 적들을 마주해야 할 상황이었지만 최상급 마족 지옥아귀의 폭주에 휩쓸리고 있는 비인들로서는 그럴 만한 여유가 없다.

쿵! 쿵!

수송선을 앞질러 내려온 기가스들이 사주경계를 시작하고 그 사이로 착륙한 수송선에서 보병 부대가 신속하게 하선한다.

그들의 맨 앞에는 몸에 착 달라붙는 가죽옷을 입고 자기 몸만큼 거대한 대검을 든 여인이 서 있었는데 그녀가 바로 구출대를 이끌고 있는 검술 완성자로서 검기를 자유자재로 다루는 강자, 신미영이었다.

"호, 불안했는데 함장님 말대로 문제가 있긴 했나 보군. 도착하자마자 포격이 쏟아질 줄 알았는데 이미 폐허 상태라니."

신기해하며 주변을 둘러보는 미영의 모습에 대하를 구하기 위해 구출대에 참여한 보람이 묻는다.

"그 곰 아저씨, 예지능력이 있는 거예요?"

"잘은 모르지만 초월자들은 다들 조금씩 있다고 하더라고."

미영의 말을 들으며 보람은 무장을 점검했다. 양팔에 착용하고 있는 건틀릿을 실체화하고 지급받은 광선총의 잠금장치를 푼 것. 그리고 그러면서 그녀는 자신의 옆에 서 있는 동민에게 물었다.

"뭔가 감지되는 게 있어요, 선배?"

보람의 물음에 동민이 잠시 눈을 감았다가 떴다.

"…일단 반경 1㎞ 안에는 아무도 없다. 다만 북서쪽에서 폭음과 진동이 느껴지는군."

"반란이라도 일어난 걸까요?"

새로운 의문에 미영이 고개를 흔들었다.

"모르네가 함장으로 있는 우주 모함에서 그런 일이 벌어질 수는 없지. 게다가 폭발도 아니고 물리력으로 박살 난 시설들이 있는 걸 봐서는… 뭔가 강력한 괴물이나 기가스가 날뛴 것 같군."

"날뛴다… 확실히 그런 말이 어울리는 참상이기는 하네요. 서로 싸우는 과정에 파괴되었다고 보기에는 작정하고 부순 건물들이 상당히 보여요."

"어쩌면 잡아놓은 괴수 같은 게 풀려난 걸 수도 있지. 이렇게 주변을 쑥대밭으로 만들 수 있는 괴수를 성의 없이 잡아둘 리는 없을 것 같기는 하지만, 일단 그것밖에는 떠오르는 게 없어."

그렇게 대화를 나누는 사이 수송선에 탑승해 있던 모든 병력이 다 내리고 무장을 완료한다.

수송선은 땅에 내려서 저격을 막아내기 위한 배리어를 전개하고 기가스들은 적당히 무너진 건물들 사이에 몸을 숨겨 주변을 경계한다.

"알론! 황녀님의 위치는 어디지?"

"탐지 중입니다."

탐지 능력자인 미영의 부관이 눈을 감고 정신을 집중하고 있다. 당연하지만 어지간한 도시보다 거대한 대천공에서 단순 수색으로 목표 대상을 찾을 수는 없기에 따라온 이였다.

"음?"

그런데 그때, 가만히 주변을 살펴보고 있던 동민의 표정이 변한다.

"왜 그래요, 선배?"

"이런! 보람, 통신기를 챙겨!"

"예? 그거야 가지고 있긴 한데 왜—"

파앗!!

순간 공간이 일그러지나 싶더니 동민과 보람의 모습이 사라진다.

그리고.

"와… 지, 진짜 왔네. 이거 효과 짱이다……."

그들의 앞에는 찢어진 부적을 들고 멍하니 서 있는 대하가 있었다.

"뭐야, 소환이었어요? 그럼 차라리 설명을 좀 하고 이동하지."

대하가 찢은 부적은 보람도 아는 물건으로 의지를 가지고 찢는 순간 술식이 발동되어 미리 지정되어 있던 인물들을 불러들이는 소환부였다. 전투가 벌어지면서 대하의 곁을 보호할 수 없는 상황이 되자 동민이 비상시를 대비해 그에게 맡겨놓은 것이다.

"부적은 일회용이다. 거부권을 발동하는 거야 가능하지만 그렇게 되면 여기까지 한 번에 올 수 없지."

"그렇지만… 에구에구, 잠깐만 기다려요."

보람은 투덜거리며 미리 챙겨놓은 물건을 꺼내 들었다. 강력한 전파를 쏘아 보내 어디에서든 특정 주파수로 대화를 나눌 수 있는 군용 통신기다.

"언니! 제 목소리 들려요?"

[들린다! 갑자기 어딜 간 거야? 아무리 민간인이라지만 작전 중에는 항상 보고와 함께…….]

"황녀를 찾았어요!"

[뭐?!]

느닷없는 희소식에 막 뭐라 질책하려던 미영이 멈칫한다. 한참을 찾아다녀야 하는 게 당연하고 어쩌면 찾아내지 못한 채 적들과 싸우기만 해야 할지도 모를 절망적인 작전이었는데 상황이 급변한 것이다.

"세레스티아 라 레온하르트다. 대하 녀석이 웬 부적을 찢으니 이 두 명이 날아오는군. 설마 우주를 넘어온 건 아닐 테니 대천공에 침입한 거겠지?"

[황제 폐하를 위하여! 제1기갑 보병 중대장 신미영 대위입니다! 말씀하신 대로 병력을 이끌고 침입에 성공했으며 현재 임시 요새를 만드는 중입니다. 옥체는 안녕하십니까?]

"그래, 멀쩡해. 다만 계속 온전할지는 모르겠네."

쿠쿵!!

거기까지 말했을 때 폭음이 울려 퍼진다. 이미 세레스티아와 대하의 위치를 파악한 비인들의 병력이 무너진 복도를 뚫으며 전진하는 소리였다.

[즉시 위치를 확인해 이동하겠습니다! 동민! 다시 이쪽으로 이동해서 인원을 옮기는 게 가능한가?]

"아쉽지만 공간 이동을 막는 힘이 펼쳐져 있어 불가능하다. 내 호위 대상에게 준 마법기가 있어서 단 한 번만 가능한 일이었지."

[하긴 당연한 일인가……. 알았다. 통신기의 위치 송신 기능을 사용해라.]

"네, 언니! 제가 결계로 시간을 끌고 있을게요!"

[…보람, 누우이 말했지만 언니가 아니라 중대장이다.]

거기까지 말하고 통신이 끝난다. 통신기를 잡고 있던 보람이 혀를 찼다.

"거참, 내가 군인도 아닌데 왜 이렇게 호칭에 집착하는지. 그나저나 선배는 괜찮아요? 낯빛이 말이 아닌데."

"고생을 좀 했거든. 아니, 그것보다."

"음? 왜요?"

대하는 의문을 표하는 보람을 묘한 표정으로 바라보았다. 잠시 그녀의 머리 위를 바라보았다가, 자신의 손에 들린 이상한 디자인의 열쇠를 바라보았다.

그리고 물었다.

"너 혹시 봉인 같은 거 걸렸냐?"

"네? 봉인요?"

영문을 알 수 없다는 표정의 보람을 보며 대하가 고개를 갸웃거린다.

"음? 몸에 걸린 게 아닌가? 그 팔에 차고 있는 거에 걸려 있는 건가?"

"…선배, 잠깐만요."

표정을 굳힌 보람은 황급히 대하를 끌고 구석으로 데려갔다. 비록 소녀의 모습을 하고 있다고 해도 그녀는 30인력의 괴력을 가진 존재. 비교적 건장한 체구의 대하라고 해도 끌려가지 않고 배길 수 있는 존재가 아니었다.

"윽, 아파, 이 녀석아."

"흠흠, 죄송해요. 놀라서… 아니, 그보다!"

보람의 표정이 심각해진다.

"그 봉인 이야기는 어디서 들은 거예요?"

"그냥 알았어."

"아니, 그런 말도 안 되는 소리가 어디 있어요? 제2단… 아차."

무심코 뱉어내고 멈칫한다. 물론 크나큰 실수는 아니었다. 겨우 그 정도 실언에서 뭔가를 알아내기는 쉽지 않을 테니까.

그러나 상대는 스스로 눈치 대마왕이라 자부하는 존재였다.

"2단? 2단… 2단! 그래! 2단 변신이군! 2단 변신에 대한 봉인이 걸려 있는 거야! 그러고 보니 아버지가 1급 변신을 포함한 모든 봉인을 해제한다고 했었지!"

"소, 소리 지르지 마요!!"

기겁하는 그녀의 모습에 대하는 의아한 표정을 지었다.

"음? 뭔가 문제라도 있는 거야? 그 2단 변신이라는 게 밝히면 안 되는 비밀?"

"물론 그렇… 다고는 할 수 없지만, 하여튼 신경 쓰지 마요! 어차피 안 풀리는 봉인이니까!"

단정적인 말이었고, 그게 사실이기도 했다. 보람은 2단 변신을 태어나서 단 한 번만 경험했고, 그것은 물질계가 아닌 다른 차원에서의 일이었으니까.

그녀에게 [힘]을 내린 무책임한 금빛의 용은 그녀가 초월경에 이르러야 그 봉인을 풀 수 있을 거라고 말했었다. 그리고 당연하게도, 그건 불가능한 일이다.

나이에 비해 훌륭한 수준이라고는 하지만, 그녀의 경지는 숙련된 마스터 그 이상도, 이하도 아니었다. 실제로 발휘할 수 있는 전력은 그보다 압도적이지만 그건 그녀의 경지가 높아서가 아니라 타고난 혈통과 변신의 힘 때문이다.

"하지만 만약 풀 수 있다면 어때?"

"시, 싫어요!"

"…그냥 풀 수 없는 것도 아니고 싫다고?"

"……."

"뭐야?"

영문을 알 수 없다는 표정을 짓는다. 그리고 그런 그들의 대화에 동민이 끼어든다.

"흠, 그런 거였군."

"넌 또 뭐가?"

황당해하는 대하를 보며 동민이 고개를 끄덕였다. 그는 지구를 떠나기 전 스승에게 들은 말을 떠올렸다.

"예언에 따라 오직 그만이 제석천의 봉인을 풀 수 있을 것이다."

그는 품속에 있는 제석천의 금강저를 떠올렸다. 그의 일맥(一脈)이 소유한 공전절후의 신기임에도 아무도 제 힘을 사용할 수 없었던 병기.

'어쩌면… 이걸 예상하고 나를 이리로 보낸 것일까.'

사실 이번 출행은 시작부터 이해할 수 없는 일이 한두 가지가 아니었다. 그는 개인적으로 일한을 매우 존경하고 자신의 일맥이 그에게 많은 빚을 졌다는 것을 알고 있었지만 그렇다 하더라도 일맥 제일의 보물인 제석천의 금강저를 자신에게 들려 보낸 것은 있을 수 없는 일이었기 때문이다. 적이 빼앗으러 오면 일족 모두의 목숨을 바쳐서라도 지킬 보물을 어떻게 될지도 모르는 우주로 올려 보내다니?

'그리고 저… [마법소녀]도 말이지.'

기밀 사항이었지만 그녀가 가진 [힘]에 대해서도 그는 어느 정도 알고 있었다. 이계의 용신(龍神)에게 받았다는 강대한 힘. 사실 지금에 와서는 그것이 이계(異界)가 아닌 외계(外界)라는 것을 알았지만 중요한 건 자신도, 그리고 보람도 고작 지구라는 작은 세계에 존재하는 어나더 플레인(Another Plane)의 규격을 넘어서는 폭탄을 가지고 있다는 점이다.

그리고 대하야말로 그 폭탄에 불을 붙일 수 있는 존재라면?

쿵—!!

그때 다시 폭음이 울렸다. 적들이 가까이 오고 있다는 뜻이다.

"흠, 그럼 일단 보람이는 안 된다 이거지?"

"네? 아, 그, 안 된다고 하기보다는."

"아니, 그럼 됐어. 그럼 동민이 너는 어때?"

"…재미있겠군. 부탁하지."

그렇게 말하며 금강저를 꺼내 든다. 그리고 그의 금강저에 대하의 열쇠가 박혔다.

키긱!

그 어떤 공격에도 흠집조차 나지 않던 금강저의 몸통을 가볍게 가르며 박힌 열쇠를 잡고 잠시 대하가 가만히 있자 뒤쪽에 있던 세레스티아도 관심을 가지고 다가온다.

"이제 그 초월병기 사용처를 완벽하게 안 거야?"

"확실하지는 않지만… 대충은."

"응? 잠깐만, 무슨 소리예요? 초월병기?"

"이 열쇠가 초월병기라고?"

보람과 동민이 거의 동시에 묻는다. 그러나 그러거나 말거나.

철컥.

열쇠가 제석천의 금강저를 열었다.

\* &#9733; \*

콰앙—!

폭음과 함께 무너진 복도의 파편이 들썩거리더니 열기에 스 펀지가 녹듯 사라진다.·만약 처음부터 우리를 죽이려고 작정했 다면 폭발의 방향을 조절해 안쪽으로 터지게 만들었을 테지만 세레스티아를 해치면 안 된다는 제약 때문에 어쩔 수 없이 선 택한 방법일 것이다.

"돌입해! 변수가 생기기 전에 황녀를 제압해야 한다!"

"제압 술식을 가동해서 영력 자체를 눌러 버려!"

그들의 난입은 생각 이상으로 빨랐다. 아무래도 비인들 역 시 상황의 심각성을 깨닫고 강한 전력을 쏟아부은 모양.

하지만 결과적으로 그건 실수였다.

파직… 파지직…….

무너진 복도 한가운데에 동민이 서 있다.

고요한, 너무나 고요해서 세상 그 어떤 흐름에도 아랑곳하 지 않을 것 같은 바위 같은 눈. 그러나 그런 고요함과는 반대되 는 격렬한 기운이 그의 전신을 타고 흐른다.

"인간?"

"새로운 침입자다! 그 둘 중 누구도 아니야!"

"죽여!"

늘 느끼는 거지만 죽이는 걸 참 좋아하는 녀석들이다. 굳이 인간을 상대로 해서만 그런 느낌이 아니라 전체적인 성향이 전투적이고 살의가 짙다고나 할까.

나만 보면 못 먹어서 안달인 녀석들이지만, 지금까지 내가 본 바에 따르면 같은 비인이라고 서로 안 잡아먹는 게 아니다. 강자가 존중받고 약자는 도태되는, 강자에게는 천국이나 약자에게 있어서는 지옥이나 다름없는 약육강식의 문화를 셀 수 없이 오랜 세월 동안 지속해 온 것이다.

그리고 그런 존재들이기에… 그들이 가지는 살기는 보통의 것이 아니다. 상대를 질리게 만드는 그 강렬한 살기는 마주하는 순간 그들을 포식자로 인식하게끔 만드는 것.

그러나 그런 살기도, 돌이나 바위, 천둥과 벼락 같은 자연물에는 아무런 의미가 없었다.

콰릉!!

두 귀가 멍멍할 정도의 굉음이 사방을 짓누른다. 나는 벽 뒤에 숨어 귀를 막은 채 신음했다.

"살벌하구만."

그 압도적인 기세에도 괴성을 지르며 덤벼드는 비인들이었지만, 그래봐야 몰아치는 천둥과 벼락 앞에서는 다 소용없다. 튼튼한 몸을 믿고 덤빈 녀석은 그대로 새까맣게 타버렸고 배리어를 만들어 벼락을 막아내려 한 녀석도 배리어와 함께 숯덩이가 되어 바닥을 뒹군다.

"응, 상상 이상의 힘이야. 이거 어쩌면 별문제 없이 탈출할 수 있을지도 모르겠는데?"

세레스티아 역시 놀랍다는 표정으로 벽 너머에서 스파크를 뿜어내고 있는 동민의 모습을 바라본다. 난데없이 앞으로 나서기에 걱정했는데 압도적으로 적을 쓸어버리고 있는 것.

그러나 그 순간 보람이 말했다.

"끝장… 끝장이에요."

"뭐?"

놀라서 고개를 돌리자 창백한 표정으로 동민을 바라보고 있는 보람의 모습이 보인다. 세레스티아는 짐작 가는 바가 있는 듯 눈을 가늘게 떴다.

"설마 [먹히는] 건가?"

"설마가 아니라 당연해요! 동민 선배가 제법 강한 정신력을 가진 건 사실이지만 저런 신기에 담긴 힘을 이겨낼 수 있을 리가 없잖아요!"

콰르릉! 번쩍!

벼락과 천둥이 몰아친다. 우리를 제압하려 몰려왔던 비인들은 마침내 전멸에 가까운 피해를 입고 후퇴하려고 했지만, 그것조차 불가능하다.

번쩍!

말 그대로 빛살처럼 쏟아진 벼락이 후퇴하던 비인들의 몸을 후려친다. 벼락을 막아낼 수 있거나, 벼락보다 빠르게 후퇴할 수 없다면 그에게서 도망칠 수 없다는 뜻.

나는 황급히 물었다.

"먹힌다는 게 무슨 말이야? 동민의 몸에 문제가 생기는 건가?"

"정신에 문제가 생기죠! 병기의 힘이 사용자의 몸을 뺏어버리니까요! 이미 동민 선배는 의식이 없어요. 결국 몸이 망가질 때까지 힘을 쓸 테고… 무엇보다 움직임을 통제하는 것도 불가능하죠! 이대로 위로 올라가서 비인들하고 싸워도 문제지만 어쩌면, 어쩌면."

보람은 모든 비인을 살해하고 우리 쪽으로 몸을 돌리는 동민의 모습을 보며 이를 갈았다.

"우리를 해칠 수도 있어요."

새파란 벼락에 둘러싸여 천둥의 창처럼 변해 버린 금강저를 들고 있는 동민은 동공이 보이지 않는 눈을 떠 우리를 직시했다.

살기는 없다.

자연에는 살기도, 살의도 없다.

태풍은 사람들에게 악의를 품고 죽이기 위해 몰아치는 것이 아니다. 화산이 폭발하는 것도, 쓰나미가 몰아치는 것도 모두 자연현상일 뿐.

"이거… 야단났군."

상황의 심각성을 깨달은 듯 세레스티아 역시 황금사자기를 일으키며 전투태세를 취한다. 보람 역시 당장에라도 변신할 분위기.

그러나 나는 고개를 갸웃거릴 뿐이다.

"해제하면 되잖아?"

그렇게 말하며 열쇠가 들려 있는 오른손을 든다. 그리고 아무엇도 없는 허공에 찔러 넣는다. 슬슬 이 열쇠의 사용법을 알 것 같은 기분이 들었다.

[재봉인하시겠습니까?]

예, 아니요라는 답변이 무슨 필요가 있으랴? 나는 망설임 없이 손목을 돌렸다.

철컥!

아무것도 없는 허공에서 금속음이 들리고 우리를 향해 다가오고 있던 동민의 몸이 바람 빠진 풍선 인형처럼 힘없이 무너져 내린다. 보람이 순식간에 다가가 녀석의 상태를 확인한다.

"어때?"

"그냥 체력을 많이 써서 혼절했을 뿐 멀쩡해요. 아니, 그보다… 그거 원거리에서 풀 수 있어요? 풀 때도 가서 꽂아야 하는 게 아니라?"

"응."

"그건 어떻게 알았죠? 말을 걸어왔다거나?"

뭔가 흥미로운 설정이었지만 당연히 아니었다.

"아니. 그냥 왠지 알 것 같았어."

내 말에 보람이 흐으음, 하고 신음하며 '그런 식인가' 라고 중얼거린다. 어느새 내 옆으로 다가온 세레스티아는 신기하다는 표정이다.

"[열쇠]라는 형태를 보고 전투형은 아닐 것 같다고 생각했지만 이건 또 특이하네. 신기들의 봉인을 푸는 힘을 가진 건가?

아니, 뭔가 금제를 당한 걸로 보이던 마족 녀석을 자유로 만들었으니 열쇠라는 형태대로 [해제]의 권능을 가지고 있을지도."

"특이한 기능이야?"

내 질문에 세레스티아가 고개를 끄덕인다.

"당연하지. 왜 [초월병기]라는 명칭이 우주 전체에 퍼져 있는지 생각해 봐. 기본적으로 신기라는 물건들은."

"아니, 잠깐."

나는 용어가 헷갈리기 시작한지라 손을 들어 그녀의 말을 막았다.

"잘 이해가 안 가는데 신기라는 것하고 초월병기라는 것하고 뭐가 어떻게 되는 거야? 동의어야?"

"……."

순간 세레스티아가 나를 보며 한심하다는 표정을 짓는다. 나는 당황했다.

"왜, 왜 그러는데?"

"별건 아니고, 아무리 그래도 너무 모르는 거 아니니? 하위 문명 출신이라지만 어지간한 정보는 도서관만 가도 다 나올 텐데."

맞는 말이다. 기본적인 배경지식들은 도서관에 가면 구할 수 있다. 물론 기밀이라든가, 쉽게 돌아다니는 정보가 아니라거나, 아예 기본 지식이라거나, 하는 경우는 찾기 좀 어렵지만 알바트로스함에는 하위 문명의 존재가 우주로 나오는 걸 감안하고 만들어진 교육 시스템도 있으니 거기서 수업을 받으면 된다.

'물론 쉬운 일은 아니지만!'

조선 시대의 사람이 갑자기 현대로 날아온다면 그가 모르는 어휘라든가 단어, 전혀 모르는 개념의 물건이 셀 수 없을 정도로 많을 것이다. 자동차도 뭔지 모를 것이고 WTO나 UN 등등의 유명한 단체도 전혀 모르겠지. 현대로 온 후, 꽤 시간이 지나도 디젤 엔진이라거나 반물질 폭탄 같은 게 뭔지 감도 못 잡을 가능성이 허다하다.

어떤 존재가 전혀 새로운 환경에 던져졌을 때, 그 새로운 환경에 대해 완전히 아는 건 절대 쉬운 일이 아니다. 실제로 외국에 나가서 1년을 살고도 그 나라의 대략적인 역사도 모르는 경우가 수두룩하지 않은가?

하지만 세레스티아의 반응은 냉혹하다.

"우주로 나온 지 꽤 됐는데, 뭐 대단한 것도 아니고 이 정도를 모르는 건 좀 그런데. 듣기로는 개인 시간도 짱짱했다고 하고…… 우주로 나오고 이 긴 시간 동안 대체 뭐 한 거야?"

"하, 하하, 뭘 했냐고 한다면."

"한다면?"

그냥 말을 흐리고 싶지만 눈길이 매섭다. 나는 허탈하게 진실을 실토했다.

"게, 게임을 좀."

"…어휴, 폐인."

"시, 시끄러워! 거 게임 좀 할 수도 있지!"

애초에 내가 우주에서 얼마나 오래 살 거라고 공부까지 해야 하나! 나는 지구에서도 역사 별로 안 좋아했어!!

같은 지구 출신으로서 버럭하는 내 모습이 안타까워 보인 듯 보람이 다가와 설명한다. 이 녀석은 매일 도서관에 틀어박혀 사는 만큼 이미 우주인(?)이라고 해도 과언이 아닐 정도로 온갖 정보에 빠삭하다.

　"신기랑 초월병기는 흡사하면서도 구분되는 개념이에요. 쉽게 설명하자면 신기는 신의 힘이 담긴 물건이고 초월병기는 신적인 힘을 가진 물건이죠."

　"…그게 뭔 차이야? 신의 힘이 담긴 물건과 신적인 힘을 가진 물건?"

　"말 그대로예요, 선배. 예를 들어 지금 제가 가지고 있는."

　위이잉—! 철컥!

　흐릿하게만 존재하던 보람의 강철 토시, 혹은 건틀릿이라 부를 만한 물건이 선명해지며 그 모습을 드러낸다. 손등에서부터 팔꿈치까지 뒤덮고 있는 그 은색의 금속은 손가락 두 번째 마디부터만이 밖으로 나와 있을 뿐 한 치의 빈틈도 없어 굳건하기만 하다.

　"이 [황금의 공주]는 황금용신의 힘이 담긴 신기예요. 그러나 초월병기는 아니죠. 이건 말하자면… 황금용신의 힘을 불러들이는 그릇이지 이 자체로 전함급의 힘을 간직하고 있는 건 아니거든요."

　약간은 불친절한 설명이었지만 대략적으로 감이 잡힌다.

　"신기는 신이 만든 모든 물건을 말하지만 초월병기는 그 신을 위협할 정도의 힘을 가진 물건이다?"

　"정답이에요. 초월병기라고 불릴 만한 신기가 존재하는 건 사실이지만 초월병기 전체가 신기인 건 아니죠. 대체로 신들은 자신을 위협할 만한 신기를 잘 만들지 않아왔다고 역사서에도 쓰여 있고… 신기 중에는 진짜 사소하고 잡다한 힘밖에 없는 종류도 얼마든지 있으니까요. 그 예로 지구의 이면 세계라고 할 수 있는 어나더 플레인(Another Plane)에는 신기는 많아도 초월병기급은 없어요."

그녀의 말에 생각을 정리한다.

"그럼 결국 이 열쇠는 초월병기 중에서도 드문 힘을 가지고 있고, 아마도 그건 다른 신기의 봉인을 푸는 방향일 것이다?"

내 말에 세레스티아가 고개를 끄덕였다.

"응. 그리고 그렇다면 그건 신이 만든 물건일 가능성이 높아. 특정한 봉인을 푸는 것도 아니고 그렇게 범용성 높은 해제 능력은 문명과 재화가 모여 만들어지는 일반적인 초월병기로는 구현하기 어려운 종류니까. [권능]이 담긴 신기라고 봐도 무방하겠지."

"흠."

나는 내 손에 들린 열쇠를 가만히 바라보았다.

[잠든 열쇠]

심플한, 너무 심플해서 뭔가 이상하게 보일 정도의 칭호와 명칭이다. 심지어 이 망할 열쇠는 [분류]를 해도 아무것도 나오지 않았다. 갓 만들어진 붕어빵도 1시간 정도 분류를 하면 1,000자 이상의 텍스트가 쏟아지는데 이 열쇠는 정말 이상할 정도로 아무것도 없다. 제작자나 유래는커녕 그 재질조차 알수 없을 정도이니 이건 누가 봐도 내 능력이 막혔다고 볼 수 있으리라.

'일단은 써먹겠지만… 아는 게 너무 없군.'

속으로 투덜거리고 있는데 보람이 쓰러진 동민을 가볍게 흔들어보다가 이내 포기하고 일으켜 세우는 모습이 보인다.

작은 토끼가 호랑이를 부축하는 것 같은 광경이었기에 한숨 쉬며 다가선다.

"내가 들게."

"앗, 선배? 하지만……."

"어차피 싸우지도 못하는데 짐이라도 들어야… 짓?!"

그러나 보람에게서 동민을 뺏어 들다가 녀석의 몸을 놓쳐 버린다? 그나마 보람이 다시 받아줘서 다행이지 볼썽사납게 뒹굴 뻔했다.

"이, 이게 뭐야? 왜 이렇게 무거워?"

혼절한 사람은 평소보다 더 무겁다고 하지만 방금 내가 느낀 건 그 정도의 말로 설명할 수 있는 수준이 아니었다. 마치 대형 냉장고나 그랜드피아노가 한순간 몸 위로 얹힌 것만 같은, 그냥 '무겁다'가 아니라 생명의 위기를 느낄 정도의 무게였던 것이다.

내가 놀라며 보람을 바라보자 동민을 부축하고 있던 그녀가 한숨 쉬는 모습이 보인다.

"동민 선배는 특이체질이라 체중이 1톤에 근접해요. 평소야 스스로 제어하지만 지금은 혼절 중이니 그럴 수도 없죠."

"…그런데 그걸 넌 한 손으로 든다고?"

기가 막혀 신음하는 내 모습에 보람이 살짝 얼굴을 붉힌다.

"그, 근접 전투 회로 때문이지 근력이 그렇게 센 건 아니에요!"

"놀리는 게 아니라 부러워서 그래, 부러워서. 아! 그러고 보니 나는 그 회로라는 거 설치할 수 없나?"

기가스를 타지 않은 상태에서는 동네 양아치도 이기기 힘든 무력이니 살아남기가 너무 힘들다. 지금 떼로 몰살한 비인 중 하나만 덤벼도 살아남기 힘들 정도로 약체라 함부로 돌아다닐 수도 없는 것.

그러나 아쉽게도 보람은 고개를 흔들었다.

"죄송하지만 이것도 적성이 필요한 개념이고 시술에도 시간이 많이 들어가요. 그리고 이런 걸로 일일이 부담 느끼지 마세요. 저도, 동민 선배도 호위로 온 거니 원래 제가 할 일이라고요."

그렇게 말하며 동민의 몸을 한 팔로 휘릭 들어 올리더니 쌀자루를 얹듯 어깨에 올린다. 작은 체형의 그녀가 건장한 체구의 동민을 어깨에 올리자 뭐라 말하기 미묘한 이질감이 들었지만 어차피 도와줄 수 없는 나로서는 별 방법이 없었다.

쿠우우웅———!

그때 멀리, 아주 멀찍이에서 폭음이 울리고 지진이라도 일어난 것처럼 땅이 흔들린다. 우주선 안에서 지진이 일어날 리 없으니 당연히 지옥아귀가 날뛰는 소리일 것이다.

"…이런."

그런데 그 소리를 들은 세레스티아의 표정이 돌처럼 굳는다.

"왜 그래?"

"그 마족이 당했어."

"…이런."

지옥아귀는 최상급 마족으로 뭐라 말할 수 없을 만큼 강력한 전투력을 가지고 있는 모양이었지만, 그렇다 하더라도 이곳은 비인들의 우주 모함인 대천공이며 그 안에 있는 비인의 숫자는 감히 가늠하기가 어려울 정도다. 적진 한가운데에서 포위당한 상태인 것치고는 상당한 깽판을 쳤다고 할 수 있지만, 그렇다 해도 결국에는 당하고 만 것이다.

"서둘러야겠어요."

"맞아. 그 마족이 당했으니 당연히 우리를 노리게 될 거야."

그렇게 말한 세레스티아가 돌격 소총을 들고 앞장선다. 나역시 녀석의 뒤를 따랐고, 다시 그 뒤를 동민을 메고 있는 보람이 뒤따랐다.

"아아, 여기는 황녀. 위치는 어떻게 되지?"

주변에 아무도 없다는 걸 확인한 세레스티아가 통신기에 말을 건다. 그리고 잠시 후, 통신기에 불이 들어온다.

[지금 적을 만나 교전 중이니 그 자리에서 대기해 주십시오! 다른 비인 무리와 만나면 위험합니다!]

미영이라고 했던가? 하여튼 그 중대장의 목소리 뒤로 연신 폭음이 울려 퍼진다. 다행히 위기 상황까지는 아닌 것 같았고 우리 위치도 파악할 수 있는 모양. 그러나 세레스티아는 고개를 흔들었다.

"안타깝지만 적들이 지금 우리가 있던 위치를 파악해서 가만히 있어도 곤란해. 지금 우리가 움직이는 방향은 정확한가??"

[예! 현재 복도를 따라 700m가량 이동 후 측면 건물을 타고 올라가 우측으로 300m 정도 이동하시면 됩니다!]

들리는 말에 따르면 거리 자체는 얼마 되지 않는 모양이었다. 물론 그것도 실내라고는 믿을 수 없을 정도의 거리지만 여기는 도시에 가까운 규모를 가진 대천공이니 구석 부분에서 조금 움직이는 정도겠지.

문제는 그 사이를 막는 적들이 있을 것이라는 점이다.

"좋아. 그럼 이대로 움직일 테니 마중 나와줬으면 좋겠어."

[물론입니다, 황녀님! 자자, 이 자식들아, 서둘러!]

목소리와 함께 통신이 끊어진다. 나는 돌격 소총을 드는 세레스티아를 보며 물었다.

"비인 녀석들이 몰려올 것 같은데 차라리 여기서 버티고 있는 게 낫지 않겠어?"

"괜히 그러다 적의 숫자가 점점 더 많아지면 골치 아파. 지금이 상황에서 최악은 구출대와 우리가 분리되는 것이지."

"그럼?"

"뭘 그럼이야."

내 물음에 세레스티아는 서늘한 표정으로 웃었다.

"뛰어 들어가서 비인 놈들의 전열을 엉망으로 헤집어야지. 녀석들은 나한테 상처를 못 입히니까."

적진 한가운데라는 환경은 우리에게 너무나 불리한 것이지만 녀석들에게도 세레스티아를 상처 입힐 수 없다는 강력한 페널티가 존재했다. 만약 세레스티아가 무력한 보통의 소녀라면 그냥 붙잡히고 끝이겠지만 강력한 능력자이자 군인인 그녀를 상처 입히지 않고 붙잡는 건 결코 쉬운 일이 아니리라.

"…네 판단이 그렇다면 따라가겠지만 조심해. 네가 붙잡히면 모든 게 끝이야."

"흥, 비인 중에 무장한 나를 상처 없이 잡을 수 있는 녀석은 없어."

자신만만한 대답.

그러나 그때 앞에서 새로운 목소리가 끼어든다.

"그건 좀 섣부른 판단이군."

"……!"

"뭐?"

"이런……!"

나와 세레스티아가 동시에 굳는다. 보람은 너무 놀라 들고 있던 동민을 내던지고 황금의 공주를 활성화시킬 정도였다.

"우리가 조심해야 하는 상황이라고 너무 날뛰는구나, 계집……."

절망이 거기에 있었다.

쿵!

한 발을 내딛자 땅이 가볍게 울린다. 기본적으로 인간의 우주선과 비교할 수 없을 정도로 커다란 높이를 가지고 있는 대천공의 복도에서조차 천장에 머리가 닿을 정도로 거대한 생명체가 우리를 내려다보고 있다.

"모, 모르네……."

그렇다. 바로 그다.

대주술사이자 대천공의 함장인 그 강대한 초월자가 우리 앞에 있었다.

"짜증 나는군. 분명 압도적이어야 할 전쟁이었는데 이렇게 되다니. 엄청난 숫자의 전투기와 기가스를 잃은 거야 그렇다고 쳐도 망할 마족 녀석이 날뛰어서 모함의 태반이 파괴되고, 거기에 신선 녀석까지 얽혀서 연방이 존립의 기로에 서야 하다니…….덕분에 전쟁이 끝난 후 청문회는 예약한 거나 다름없어."

다른 비인들은 보이지 않고 오직 모르네 혼자서만 널찍한 복도를 걸어오고 있었다. 하지만 적이 하나라고 안도할 수 있을까? 그는 하위 문명으로 내려가면 당장에라도 신으로 불릴 수 있을 만한 초월적인 존재다. 비록 선계에서 온 청원에게 망신을 당했지만… 그건 상대적인 차이 때문이었을 뿐 그의 강함이 어디 가는 건 아니다. 청원은 우주에도 몇 없는, 중급 신위를 가진 초월자이자 강대한 힘을 지닌 고위 신선이었으니까.

"선배!"

그렇게 서로 마주 보고 있을 때 보람이 내 쪽으로 달려왔다. 모르네가 보고 있는 만큼 정확한 이야기를 하지는 않았지만 나는 그녀가 원하는 것을 알았다. 내게 황금의 공주에 걸려 있는 봉인을 풀어달라는 것이다.

"하아압————!!"

세레스티아의 몸에서는 황금빛 광휘가 폭발하듯 퍼져 나간다. 한순간 사방으로 퍼져 나갔던 빛이 다시 모여들고, 이내 그녀의 돌격 소총에 모여들었다. 자신이 가진 총기에 힘을 집중한 모양.

그러나 그 순간 묵직한 목소리로 모르네가 말했다.

"속박하라, 아르거스."

쿵쿵쿵!

아무것도 없던 허공에서 방패 모양의 토템들이 떨어져 금속으로 만들어진 바닥을 뚫고 박힌다. 나는 깜짝 놀라 물러서려고 했고 보람은 실제로 땅을 박차고 날아올랐지만, 그 순간 그녀도, 나도 보이지 않는 거대한 손에 짓눌린 것처럼 바닥에 처박혔다.

카가강!

그리고 세레스티아가 뿜어낸 광자탄 역시 모조리 방패에 튕겨 소멸한다. 각도상 방패를 피해 가야 할 탄환들 역시 방패에서 펼쳐진 역장에 가로막혔다.

쿵!

"크윽······!"

그리고 광탄을 다 쏘아낸 세레스티아 역시 짓눌려 바닥에 엎드린 자세가 되었다. 그녀는 전신으로 황금빛을 뿜어내며 저항하려 했지만 힘의 차이가 너무나 막대하다.

키기긱! 키기긱!

그리고 그렇게 땅에 엎드려 부들부들 떠는 우리 주변으로 바닥에 박혀 있던 토템들이 다가선다. 바닥에 박힌 상태로 움직이는지라 바닥에 깊은 고랑이 생겼는데, 나는 직감적으로 우리가 절대 그 고랑을 넘어설 수 없다는 것을 알았다.

"좋을 대로 날뛰어주었더군. 아래 녀석들이 널 죽이게 해달라고 통사정을 할 정도로 말이야. 개중 몇은 네 아랫도리에 아주 많은 관심을 보였지. 종을 안 가리는 것들이라."

괴수나 다름없는 외양을 가진 주제에 제법 또렷하고 중후한 목소리로 말을 걸고 있지만 그렇다 하더라도 그 아래 깔린 자욱한 살기를 감추지는 못했다. 인간을 싫어하는 비인 중에서도 그는 특별히 더 그런 성향이 강한 듯 초월적인 정신을 완성하고도 자신의 감정을 솔직하게 드러내는 것이다.

그러나 그런 자욱한 살기에도 세레스티아는 눈 하나 깜짝하지 않는다. 아니, 오히려 재미있다는 듯 웃어 보이기까지 했다.

"내 아랫도리에 관심 가지는 놈팡이가 한두 명이 아니지만 비인들까지 그럴 줄은 몰랐네. 그나저나 어떻게 네가 여기에 온 거지? 지금쯤 천현일 소장한테 얻어맞느라 함교에서 떠날 수 없을 거라고 생각했는데."

"글쎄, 내가 그걸 설명할 필요가 있을까."

그렇게 말하며 세레스티아에게 다가간다.

쩌엉!

쏘아진 광탄이 모르네의 코앞에서 굴절돼 한쪽 벽을 파괴한다. 세레스티아의 쌍권총이 저절로 일어나 사격을 가했지만 모르네가 너무나 쉽게 막아낸 것이다.

'제길, 역시 안 되나.'

세레스티아가 압도적으로 비인들을 휩쓸고 다닐 수 있었던 건 물론 그녀가 강해서이기도 하지만 그녀를 상처 입히지 않고 잡아야 한다는 페널티 때문이기도 했다. 아무리 여기가 적진 한가운데라도 어지간히 완벽한 포위망을 갖추지 않은 이상 그녀를 막기 어려웠던 것.

그러나 상대가 초월자라면 상황이 전혀 다르다. 세레스티아가 아무리 잘 싸운다 해도 제대로 된 저항조차 하지 못하고 제압당하는 것이다.

"날뛰지 마라, 인간 계집. 역겨운 일이지만 널 내 부인으로 맞이하기로 결정했으니 그에 합당한 태도를 보여야 할 것이다."

"뭐? 하하하! 너도 그 미친 소리에 장단을 맞추기로 한 거야?"

자신을 비웃는 세레스티아의 반응에도 모르네는 진지하게 답한다.

"그게 우리 테케아 연방이 살아남을 수 있는 길이라면 그렇게 해야겠지."

차분한 목소리에 나는 녀석이 진심이라는 것을 눈치챘다. 그리고 그것은 세레스티아 역시 마찬가지였다.

"…미쳤군."

"나도 어지간하면 시간을 두고 방법을 찾아볼 생각이었다. 하지만 너희가 나를 궁지로 몰아넣으니 어쩔 수 없지."

"그래서 나와의 결혼을 공표하겠다고? 그게 인정받을 수 있을 것 같아?"

"상관없다. 어차피 그 신선 녀석이 바라는 건 그런 게 아닌 것 같았으니까."

모르네는 세레스티아를 향해 성큼성큼 걷기 시작했다.

"요는 네가 내 씨앗을 배기만 하면 된다는 것이지."

저벅.

순간 모르네의 모습이 일렁이기 시작한다.

저벅.

4m, 아니, 5m도 넘는 신장을 가진 그의 모습이 바람이 빠

진 풍선처럼 점점 작아진다. 나 정도는 한입에 씹어 먹을 수 있을 것 같던 거대한 입도 사라지고 어지간한 장검 수준으로 기다란 발톱도 수챗구멍으로 빨려 들어가는 물줄기처럼 일렁이는 몸 안으로 그 모습을 감추었다.

"세상에."

나로부터 약 3m가량 떨어진 장소에서 엎드려 있던 보람이 신음하는 소리가 들린다. 그리고 나도 같은 심정이었다.

"변신이라니."

어느새 거대한 덩치를 가진 티라노사우루스의 모습은 온데간데없다. 땅에 엎드려 있는 세레스티아의 앞에 선 것은 185㎝ 정도 되는 신장에 단단하게 단련된 몸, 그리고 날카로운 눈매가 인상적인 녹색 머리칼의 사내였던 것이다.

"그런… 공룡족의 전투 주술에 모습을 바꾸는 힘이 있다는 이야기는 들어본 적이 없는데."

"정말 코앞만 보는 인간다운 생각이군. 나는 대주술사 모르네다! 이깟 모습을 바꾸는 주술 따위를 만들어내는 건, 하물며 전수해야 하는 기술도 아니고 나 혼자서 쓰기만 해도 되는 주술을 만들어내는 건 숨 쉬듯 간단한 일이지."

그렇게 말하며 '퍽' 소리가 나도록 세레스티아를 걷어찬다. 분명히 엄청난 힘에 짓눌리고 있던 세레스티아였지만 그 발길질 한 번에 당연하다는 듯 몸이 뒤집힌다. 엎드린 자세에서 등을 바닥에 대고 누운 자세가 된 것이다.

"이… 자식이!!!"

다시금 세레스티아의 몸에서 황금빛이 터져 나온다. 모든 것을 파괴하고 짓누르는 파괴적인 기운. 그러나 모르네는 아무렇지 않다는 듯 손을 내저었다.

후우웅!

묵직하고 차가워 가슴속을 짓누르는 것 같은 바람이 모르네를 중심으로 일어난다. 그리고 그렇게 일어난 바람이 주변을 한번 휘몰아치고 지나가자 세레스티아의 황금사자기는 모조리 날아가 흔적조차 찾을 수 없다. 심지어 그녀가 장비하고 있던 병기들까지 모두 날아가 바닥을 뒹굴고 있었다.

'압도적이야.'

저항할 수 없다. 오히려 수백이 넘는 비인에게 포위당했을 때가 훨씬 나은 상황이었다. 생명체의 한계를 넘어 신성을 획득한 초월자는 하위의 존재들이 도저히 감당할 수 없는 재앙이라더니 그 말이 사실이었던 것이다. 애초에 기가스를 타고 있어도 감당하기 어려운 이 괴물에게 어찌 대항할 수 있단 말인가?

"가만히 있어라, 계집. 아프게 할 생각 없으니."

"너, 너 이 자식……."

"여전히 기가 세군. 일단 버릇을 좀 고쳐줘야겠어."

찌이익.

모르네가 손가락을 그어 내리자 타이즈 형태의 전투복이 서서히 찢어지기 시작한다. 가슴팍부터 시작된 그 균열은 서서히 내려가 명치를 넘어 배까지 도달했고 자연스럽게 그 안에 있는 세레스티아의 새하얀 가슴이 그 모습을 드러낸다.

모르네는 멈추지 않았다. 균열은 계속해서 내려갔고 마침내 그녀의 옷이 완전히 두 조각으로 잘리게 되었다. 세레스티아는 버둥거렸지만 그녀의 양 손목과 발목이 알 수 없는 힘에 의해 바닥에 들러붙었기 때문에 그 버둥거림은 단지 그녀의 몸에 슬쩍 걸쳐진 옷이 흘러내리게 하는 결과밖에는 만들지 못했다.

'맙소사.'

나는 얼굴을 돌려 세레스티아를 외면했지만 한순간 들어온 광경은 머릿속에 자리를 잡고 쉽게 사라질 생각을 하지 않았다. 마치 밀가루를 묻혀 만든 것 같은 뽀얀 피부, 그리고 마르고 늘씬한 몸과 달리 상상하기 힘들 정도로 볼륨감 있는 몸매, 그리고 무엇보다 그 아래에 있는……

'집중해!'

나는 고개를 흔들어 잡념을 떨쳐냈다. 미약하다 해도 내가 뭔가 할 수 있는 일을 찾아야 한다고 생각했기 때문이다.

머리를 굴린다. 내가 지금 가진 무기라고는 목에 걸린 열쇠뿐이다. 이걸 어떻게 쓸 수가 없을까?

"제길……"

그러나 불가능하다. 열쇠를 잡기는커녕 팔을 들 수조차 없다. 세레스티아가 그렇듯 나 역시 양 팔목과 양 발목이 바닥에 붙어 꼼짝도 하지 않았다. 움직일 수 있는 건 머리 정도였다.

"으윽……"

그리고 내 뒤에 있는 보람 역시 버둥거리고 있는 것이 보인다. 나와 비교할 수도 없는 엄청난 근력을 가진 그녀였지만 상황은 마찬가지. 그녀 역시 팔 한쪽을 들어 올리지 못한 채 얼굴이 새빨개지도록 힘을 쓰고 있을 뿐이다.

"너… 이 자식이……."

그렇게 우리가 일어나기 위해 버둥거리고 있는 와중에도 모르네는 하던 짓을 멈추지 않아 세레스티아는 거의 완전한 나체 상태가 되고 말았다.

그리고… 상황이 그쯤 되자 여태 당당하던 세레스티아 역시 흔들리기 시작한다. 모르네가 지금 이 자리에서 자신을 강간하려 한다는 사실을 깨달았기 때문이다.

"귀찮게 날뛰지 마라, 계집. 나는 너를 죽일 수도, 상처 입힐 수도 없지만 인생에 다시없을 치욕을 선사하는 정도는 가능하니까."

그렇게 말하며 바지 버클을 푼다. 이 미친놈은 진짜로 지금 이 자리에서 그녀를 강간하려고 하고 있었다.

[어헝헝————————!]

나체 상태로 있던 세레스티아가 포효한다. 그러자 다시금 황금사자기가 뿜어져 황금빛으로 빛나는 거대한 사자의 형상으로 변했다. 내 체력을 회복시키기 위해 통구이를 소환했을 때처럼 뭔가 권능을 발현한 것 같았다.

"쓸데없는 짓을 하는군."

그러나 퍽, 하는 소리와 함께 금빛으로 이루어진 사자의 머리에 커다란 구멍이 뚫리고 형태를 거의 완성해 가던 사자가 안개처럼 흩어져 버린다.

"너… 기억해. 반드시 내가 널 죽일 거야."

이번에야말로 모든 수단을 다 써버린 세레스티아가 자신에게 다가오는 모르네를 보며 으르렁거린다. 그리고 그 모습을… 나는 무력하게 보고만 있어야 했다.

'젠장!'

무엇도 할 수가 없다. 기가스를 타고 전장을 누비던 알바트로스의 유령이라고 해봐야 이런 상황에서는 철저하게 무능한 것.

모르네는 자신을 보며 으르렁거리는 세레스티아의 모습에 사납게 웃었다.

"역시 좀 기를 죽여놓을 필요가 있겠군. 아틴!"

[네, 함장님.]

대답과 함께 허공에 직경 1m 정도 되는 크기의 눈동자가 나타난다. 홀로그램으로 만들어진 그 눈동자는 모르네를 똑바로 응시하고 있다.

"지금부터 여기에서 벌어지는 상황을 모든 수단을 이용해 촬영하라."

[알겠습니다, 함장님.]

아무런 감정도 담기지 않은 차가운 목소리. 절망에 엎드리고 있던 나는 고개를 번쩍 들었다.

"관제 인격?"

[흥? 뭐냐, 버러지. 아틴에 대해 아는 게 있나?]

내 목소리가 조금 컸던 듯 여태 무시하던 나에게 모르네가 관심을 보이자 한순간 갈등이 몰아친다.

'할까? 하지만 지금?'

위험한 일이다. 비인들에게 빅 엿을 먹이는 건 가능하겠지만, 그건 테러에 가까울 뿐 내 안전을 지킬 수 있는 행동이 아니기 때문이다.

일을 저지르는 건 가능하다. 그러나 그 직후, 과연 모르네가 날 살려둘 것인가?

그리고 무엇보다 내가 이런 걸 할 수 있다는 게 알려지면 내 인생에 평온은 없다고 장담할 수 있다. 내가 이 힘을 아끼고 숨겨온 것은, 우주에서 이 힘이 너무나 위험하다는 걸 알고 있었기 때문이니까.

'하지만.'

나는 나체 상태로 이를 악물고 있는 세레스티아의 모습을 바라보았다. 참고 있지만 그녀의 속눈썹 끝에서 반짝이는 눈물이 보인다.

"명령한다! 아틴!"

"쓸데없는 짓 하지 말고 조용해라, 인간. 아니, 뭐, 어차피 이 계집도 시끄러워질 테니 적당한 배경음악으로 좋겠군."

내 말에 전혀 신경 쓰지 않고 커다란 남근을 꺼내 세레스티아를 겨눈다. 그리고 그 모습을 보며 나는 소리쳤다.

"전력을 다해 이 배에 있는 모든 비인을 척살하라!"

"…지금 무슨 소리를 하는 거냐?"

모르네가 내 행동에 이해할 수 없다는 표정을 지었지만 상관없다.

다행일까 불행일까. 반응이 있었다.

[아… 당신은… 나는…….]

당혹과 공포가 가득한 목소리가 들린다. 틀림없이 상대는 '기계' 임에도 감정이 느껴진다.

그리고.

[당신, 당신… 당신의…….]

명령권이 발동했다.

[당신의 명대로.]

—우우우———! 우우우———!

묘한, 그러나 위협적인 소리가 사방으로 퍼져 나간다. 마치 거대한 짐승이 으르렁거리고 있는 것 같은 그런 소리.

그리고 그 소리를 들은 모르네의 얼굴이 험악하게 일그러진다.

"뭐? 아틴! 지금 뭐 하는 거야? 왜 비상 모드에 들어간 거지?"

모르네의 말에 나는 짐승 울음소리 같은 방송이 말하자면 비상벨이나 사이렌 같은 의미를 가지고 있다는 것을 알았다. 그것도 꽤나 높은 등급인지 [자폭 모드에 들어가겠습니다!]라는 말이라도 들은 것처럼 모르네가 흔들리는 모습을 보인다.

"네 이놈!! 무슨 짓을 한 거냐!"

순간 이동이나 다름없다. 정신을 차렸을 때 이미 나는 모르네의 억센 손아귀에 목을 잡힌 채 허공에 떠 있었다.

"글쎄? 멍청한 놈들, 애초에 나를 리전하고 같이 가두는 바보짓을 한 게 잘못이지."

"…뭐라고?"

목숨을 건 필생의 개드립에 모르네가 혼란에 빠진 표정을 지었다. 망할 공룡 상태에서와 달리 인간 상태에서는 표정을 알아보기가 쉽다.

"지금 무슨 소리를 하는 거냐. 지금 이 상황을 일으킨 게 리전이라고?"

"당연한 거 아니야? 애초에 내가 함대를 이끄는 관제 인격을 어떻게 미치게 할 수 있겠어?"

당당하게 말한다. 녀석의 눈앞에서 대놓고 명령권을 사용했다지만 내 능력은 쉽게 믿을 수 없는 상식 밖의 개념이라는 기대로 한번 질러본 것이다.

무엇보다 이 배에는 리전이 있지 않은가?

"그건."

거기까지 말하고 멈칫한다. 왜냐하면 내 말이 충분히 상식적이고 설득력 있는 이야기이기 때문이겠지. 보통 사람이, 그것도 비인의 우주 모험에 먼지만큼의 권리도 없는 인간이 관제 인격을 강제한다는 건 있을 수 없으니까.

리전이 왜 위험한가? 어째서 우주를 지배하는 연합조차 리전을 두려워하고 배척하려 하는가?

그것은 모든 시스템에 간섭하는 그들의 능력이 너무나 위험하기 때문이다. 그리고 만약 그 능력을 다른 이들도 흔히 가지고 있었다면, 리전은 굳이 연합의 대적이 되지도 못했을 것이다.

콰앙――!! 쿵쿵!

그리고 그때 외부에서 폭음이 울려 퍼지기 시작한다. 무슨 일이 벌어졌는지는 알 수 없다. 나에게는 그것을 감지할 감각이 없으니까.

그러나 초월자인 모르네는 당연히 나와 달라 그 모든 상황을 파악한 모양이었다.

"이런 미친! 무기고가!! 아니, 그보다… 잠깐! 아틴!! 멈춰!"

쿠오오오오————!

사색이 되어 소리치는 모르네의 고함을 짓누르며 귀가 멍멍할 정도의 폭음이 울려 퍼진다. 그리고 그 직후 복도 저편에서부터 어마어마한 흡입력이 모든 것을 빨아들이기 시작했다.

"제길!"

모르네가 이를 갈며 내 목을 잡지 않은 나머지 손을 들어 올리자 주변에 박혀 있던 토템들의 위치가 재설정되어 우리 주변에 반투명한 막을 만들어낸다.

끼기기긱——!

콰쾅!

나는 모르네에게 목이 잡힌 상태로 반투명한 막 밖에 있는 모든 것이 날아가는 모습을 보았다. 무너진 복도의 잔해들이 무슨 민들레 씨처럼 하늘을 날아 복도 밖으로 날아가고 있다.

'그렇군. 사출구를 열고 공기 막도 해제해 버렸어!'

나는 대천공의 관제 인격에게 모든 비인을 척살하라는 명령을 내렸지만 관제 인격이 어떻게 자신의 내부에 있는 비인들을 공격할지에 대해서는 명확한 생각을 하지 않았다.

그냥 막연히 폭발을 일으킨다든지, 내부에 있는 자동 병기를 움직인다든지 하는 방식만 떠올렸던 것.

그러나 이제 보니 관제 인격이 아주 간단히 승무원들을 해칠 수 있는 방법이 있었다.

그들을 우주로 던져 버리는 것이다.

"버러지 같은 놈! 네가 지금 무슨 짓을 했는지 아느냐!!"

여전히 내 목을 잡고 있는 모르네가 숨이 턱 막힐 정도로 손에 힘을 주었다. 머리로 피가 통하지 않아 머리가 띵해질 정도다.

"크윽……."

신음한다. 마음 같아서는 '내가 너희 목숨 걱정해 주길 원했으면 좀 곱게 다뤄주지 그랬냐?'라고 도발해 보고 싶지만 숨이 막혀서 할 수가 없었다.

게다가 다시 한 번 생각해 보니 그런 식의 도발을 했다가는 이 녀석이 내 목숨도 걱정해 주지 않을 가능성이 높다. 어차피 저항이 불가능하니 잠깐 참는 것도 좋겠지?

'내 목숨은 소중하니까… 잠깐, 목숨?'

순간 나는 동민과 보람이 여전히 바닥에 쓰러져 있다는 것을 깨달았다. 둘 다 무사해 보였다.

'어째서 살려두고 있는 거지? 아니, 심지어 보호하고 있다고?'

물론 그들이 살아 있는 것은 기쁜 일이다. 어차피 희망이 없어 보여 일을 저질렀지만 당연히 그들이 무사하기를 원했으니까.

그러나 그냥 무시하는 것도 아니고 지금 이 상황에 이르기까지 그들을 보호하고 있는 것은 뭔가 이상한 일이다.

물론 의식을 잃은 동민은 몰라도 보람은 모르네가 억제를 푸는 즉시 돌풍을 이겨내고 살아남을 수 있는 강자이니 보호를 고마워하지 않겠지만, 살아서 도망갈까 걱정되어 여전히 잡아두고 보호막까지 칠 정도면 차라리 죽이는 게 정상 아닌가?

백번 양보해서 나야 후환이 두려워 살려둔다 쳐도 보람과 동민
은 왜?

"제길! 일단 중앙 시스템부터 관리해야겠군."

이를 갈며 가볍게 손을 휘두르자 바닥에 누워 있던 보람과
동민이 떠올라 토템을 등지고 묶였다. 두 손목이 보이지 않는
힘으로 딱 붙어 있어 움직일 수 없고 입을 벙긋거리고 있는데
도 조용한 걸 보니 소리도 차단당한 것 같다.

'왜지?'

그리고 그 광경을 보는 나는 점점 더 의혹이 진해지는 것을
느낀다. 왜? 어째서? 생명 경시 사상이 극에 이른 비인들의 머
리통이라고 할 수 있는 모르네가 왜 굳이 그들의 목숨까지 아
끼지? [비인은 포로를 잡지 않는다]는 거의 정설로 굳어진 성향
이 아니었나?

[테케아 연방]
[3번 모르네]

녀석이 분신이라는 건 처음 본 그 순간부터 알고 있었다. 다
만 어차피 그 분신에게조차 승산이 없기 때문에 의미가 없다고
생각했다. 실제로 그가 우리를 압도하기도 했고.

하지만… 만약 힘의 총량이나 능력의 단계 같은 게 아니라
조건 같은 걸로 약화된 분신이라면 어떨까?

'마치 신선인 청원이 [사명]으로 묶였듯이.'

분류를 시작한다. 급박한 와중이었지만 녀석이 여전히 내

목을 잡고 있었기에 가능하다. 다만 아까처럼 위로 들어 올린 게 아니라 무슨 가벼운 가방 같은 걸 들고 있는 것처럼 좌우로 흔들고 있어 시선 고정이 어렵다는 게 문제라면 문제다.

"어딜 가는 거야? 이거 안 풀어?!"

토템에 묶여 있는 보람과 동민, 그리고 목이 잡힌 채 질질 끌려가는 나와 다르게 세레스티아는 자신의 다리로 걷고 있다. 다만 완전한 나체 상태에서 모르네의 옆에 나란히 걷고 있는 그녀는 육체의 자유를 빼앗긴 상태인 것 같았다.

'…엄청난 광경이군.'

실오라기 하나 걸치지 않은 그녀가 하얗고 쭉쭉 뻗은 다리로 한 발 한 발 내밀 때마다 내 고개가 위아래로 흔들린다. 나는 어쩌면 지금 이 광경을 꿈에서 보게 될지도 모른다.

'쓸데없는 생각을!'

황급히 고개를 흔들어 정신을 차린다. 이 급박한 상황에 무슨 잡념이란 말인가? 그렇게 내가 자책하는 사이 모르네가 세레스티아를 보며 서늘한 목소리로 입을 연다. 누구라도 홀릴 모습을 하고 있는 세레스티아였지만 어차피 종이 다른 그는 먼지만큼의 흥분도 느끼지 못하는 것 같았다.

"하던 걸 멈춰서 애가 타는 거라면 조금만 기다려라, 인간 계집. 평생 잊지 못할 즐거운 시간을 경험하게 해줄 테니까."

나를 한 손에 들고 있는 걸 잊기라도 한 것처럼 성큼성큼 걸어갈 때마다 주변 공간이 휙휙 지나가는 게 보인다. 그리고 바로 그때쯤 간신히 잡념을 떨치고 분류에 성공할 수 있었다.

[테케아 연방]

[비전투용 3번 분신 모르네]


'역시.'

떠오르는 칭호의 모습에 호흡을 골랐다. 왜냐하면 이 녀석이 우리를 죽이지 않고 있는 건 뭔가 다른 이유 때문이 아니라 [지금은 죽일 수 없어서]라는 것을 알았기 때문이다.

하지만 만약 이대로 목적지까지 끌려간다면?

녀석은 분명 우리를 다른 비인들에게 넘겨 끝장낼 것이다. 운이 좋으면 나까지는 어떻게든 살려놓을지도 모르지만, 동민과 보람의 경우는 반드시 죽게 되겠지.

'막아야 해.'

슬쩍 움직여 본다. 알 수 없는 힘에 의해 구속당했을 때와 다르게 지금은 멀쩡히 움직일 수 있었다. 세레스티아의 몸에서 자유를 빼앗을 수 있는데도 내가 멀쩡히 움직일 수 있는 게 녀석의 의도인지 아니면 뭔가 실수인지 알 수 없지만 이 기회를 놓치면 안 된다는 생각이 들었다.

푸욱!

"…뭐야, 이건."

열쇠가 다리에 박혀 들어가자 빠른 속도로 이동하던 모르네가 멈춘다. 당장에라도 쳐낼 줄 알았는데 녀석은 이해할 수 없다는 표정으로 나를 바라보고 있었다.

"지금 무슨 짓을 한 거냐? 아니, 그보다 어떻게 움직이는 거지?"

그가 보인 반응은 위기감이 아닌 의문이다. 다행이라면 다행이었다.

"방심해 줘서 고맙다."

"뭐? 큭큭큭, 네가 뭔가 착각하는 모양인데 지금 이 몸은."

뭔가 더 떠들려는 모양이었지만 녀석의 마음이 변해서 날 쳐내기라도 하면 모든 게 끝장이었던 만큼 무시하고 열쇠를 돌렸다.

철컥!

분명 녀석의 피부 속이었음에도 들리는 금속음. 그리고 그대로 내 목을 잡고 있던 손길이 사라져 버리는 것을 느끼며.

팟!

그대로 정신을 잃었다.

\*　\*　\*

쾅!

"함장님? 집중해 주십시오! 지금은 위험합니다!"

모르네가 벌떡 일어서자 부관이 깜짝 놀라 소리친다. 현재 모르네는 대천공을 조종해 함대전을 벌이고 있었고, 난데없이 관제 인격이 미쳐 날뛰기 시작했기 때문이다.

대천공의 함장이자 조종사로서 대천공의 아이언 하트와 동조하고 있는 모르네의 통제가 없다면 농담이 아니라 정말 인간들에게 당하는 것도 가능한 상황이었다.

"미친… 미친……."

부관의 비명도 무시한 채 모르네가 부들부들 떨었다. 엄청난 상실감이 그를 짓누르고 있었기 때문이다.

"함장님?!"

"닥쳐!!"

모르네의 거센 고함 소리와 함께 웅―! 하고 공간이 울리며 주변에 있던 승무원들이 각혈하며 쓰러진다. 그러나 그런 걸 신경 쓸 여유가 없을 정도로 모르네는 혼란에 빠진 상태였다.

"대체 어떻게……?"

아주 예전, 타깃트가 100번은 태어났다 죽었을 정도로 오래전 얻었던 권능이 느껴지지 않는다. 그가 초월자에 오르기 전부터 그를 왕족으로 만들었으며 과장하자면 초월자에 오를 수 있는 기틀이 되었다고 할 수 있을 정도로 애용했던 그 힘이 완전히 사라진 것이다.

쿠구구구―――!

영기가 끓어오른다. 모르네는 영혼을 각성시켜 외부에 대한 모든 간섭을 차단하고 궁극의 주술 [아단타의 아침]을 발동시켜 자신의 육신과 영혼을 최상의 상태로 회복시켰다.

그러나 소용이 없었다.

쿠쿵! 쾅!

그가 잠시 통제를 멈추자 다시금 대천공의 관제 인격 아틴이 미쳐 날뛰기 시작한다. 그뿐이 아니다. 화면 한편에는 대천공을 공격하는 레온하르트 제국의 전함 알바트로스가 보인다.

전력 면에서만 보면 테케아 연방 측이 압도적으로 유리해야 했지만 상황은 그렇지 못하다. 일정 범위 안에 들어온 모든 적을 날려 버리는 초월기 [펜릴의 포효] 때문에 전투기와 기가스들이 알바트로스함에 제대로 접근하지 못하기 때문이다.

"함장님! 이대로는 안 됩니다! 일단 신창 알리에타를 사용하셔야⋯⋯!"

평소라면 이렇게 심상치 않은 분위기인 모르네에게 말을 걸지 않았겠지만, 상황이 너무 급박했던 만큼 선원들이 그를 닦달한다. 하지만 그럼에도 모르네는 반응하지 않았다.

"어째서, 어째서 안 되는 거야?"

계속해서 영력을 일으킨다. 수천수만 번도 넘게 사용한 힘을 다시금 발동하려 집중한다.

하지만 그럼에도 안 된다. 할 수 없었다.

그의 권능, [세 개의 영혼]은 믿을 수 없을 정도로 완벽하게 봉인되어 있었다.

* ✴ *

꿈을 꾼다. 그것은 머나먼 세계에서의 이야기.

"당신은 누구세요?"

사랑스러운 소녀다. 세상 그 무엇보다 아름답고 세상 그 무엇보다도 사랑스러웠던 존재.

촤악!

피가 튄다.

"Hey~ 혹시 호위 같은 거 필요하지 않나?"

상쾌한 미소가 어울리는 사내다. 너무나 많은 것을 나누어 주면서도 아무것도 바라지 않던 사내. 모두에게 박해받으면서도 웃음을 잃지 않던 밝은 영혼.

촤악!

피가 튄다.


"큭큭, 네가 바로 그 [위대한 지혜]인가. 이거 행운이로구만! 헛소문이라고만 생각했는데 말이야!"

험상궂은 사내가 수백 명의 부하 앞에서 웃고 있다. 그들은 쓰레기. 욕망에 자신을 던져 버린 자들.

촤악!

피가 튄다.


"아아, 이 또한 좋지 아니한가. 만월이 가득한 평원 아래에서의 결투라니."

아름다운 사내였다. 더없이 선량하고 자신감이 넘치는 목소리. 그야말로 이 세상 그 누구보다 고결한 영혼을 지닌 자.

"그럼 싸워보도록 하지. 무한(無限)의 학살자(虐殺者)여."

촤악!

피가 튄다.


"왜 저런 괴물들 편을 드는 거야! 너도 인간이잖아!"

"살려내. 살려내!! 내 동생을 살려내란 말이야!!!"

"우리들은 정의의 이름으로 네놈을 처단하겠노라."

"왜, 어째서 이런 짓을……!"

"살려줘. 내, 내가 이렇게 용서를 빌 테니……."

"지옥에서… 기다… 리……."

수많은 사람의 모습이 무시무시한 속도로 스쳐 지나간다. 피눈물을 흘리며 오열하는 사내, 증오를 불태우며 검을 휘두르는 여인, 해일처럼 몰아치는 군대와 새하얀 머리칼의 노인들.

"죽어."

"죽어라."

"죽여 버리겠어어어어어어!!!"

"반가워."

"사랑해요."

"망할… 자식."

"당신을 만나지 말았어야 하는데……."

피가 튄다. 팔에 피가 튄다. 발끝과 가슴에 피가 튄다. 수많은 사람이 죽었다. 탐욕과 욕망, 오해와 원망이 어우러져 구르기 시작한 피의 수레바퀴는 멈출 줄을 모르고 하염없이 돌아갔다.

그리고 어느 날.

"이게……."

마침내 그는 [아버지]를 원망하게 되었다.

"이게 당신이 원하는 것입니까?"

＊　＊　＊

"앗! 선배가 일어났어요!"

"대하! 너 괜찮아?"

정신을 차리기가 무섭게 두 가닥의 목소리가 머릿속을 웽웽 울린다. 딱히 신음 소리를 흘리거나 눈을 뜬 것도 아닌데 눈치가 참 빠른 녀석들이었다.

"아… 머리 아파. 조용히."

이마를 짚으며 일어난다. 아닌 게 아니라 머리가 윙윙 울릴 정도로 어지럽다. 다만 그게 초월자를 상대로 열쇠를 사용해서인지, 아니면 꿈 때문인지는 알 수 없었다.

'한심해.'

그는 세계의 관리자였다.

그는 세상의 모든 것을 알고 있었기에 세상 모든 것이 자신의 통제 아래에 있다고 믿었다. 실제로 그는 신이었으니 그리 틀린 생각이 아니었을지도 모르지.

그러나… [아버지]라고 불리는 상위의 존재에 의해 인간의 몸에 들어가게 되면서 그의 믿음이 틀리다는 게 증명되었다. 신의 자리에서 추락했음에도 보통의 생명체는 감히 따라갈 수도 없는 지식과 능력을 가졌던 그였지만, 그는 그런 스스로의 능력을 제대로 활용하지 못했기 때문이다.

아니, 오히려 그의 능력이야말로 파멸을 불러일으켰다고 할 수 있다. 섣불리 자신의 능력을 드러냈기에 그 세계에 살던 모든 권력자가 그의 능력을 탐하게 된 것이다.

'모든 걸 안다고 했지만 정작 인간의 욕망에 대해 너무나 무지했지.'

때문에 그는 싸우고, 싸우고, 또 싸워야만 했다. 자신을 욕심내는 자들에게서 스스로를 지켜야 했으며, 또 자신이 사랑하게 된 자들을 지키기 위해 적을 죽여야만 했다.

그리고 그 과정에서… 그는 망가지고 말았다.

"그나저나 상황은 어떻게 된 거야? 시간이 얼마나 지났지?"

"대략 30분 정도 지났어. 다시 복도 안쪽으로 들어와 숨은 상태고… 전황은 되게 좋아. 이대로라면 그냥 탈출 정도가 아니라 우리가 이기는 것도 가능할지 모르지."

"뭐? 어떻게?"

테케아 연방과 레온하르트 제국의 전체 전력은 비슷하다고 알려져 있지만 적어도 지금 이 세퍼드 항성계에서는 압도적으로 열세라고 할 수 있다. 기본적으로 테라급 함선인 알바트로스함과 엑사급 우주 모함인 대천공이 지닌 전력의 격차는 쉽게 메울 만한 수준이 아니었으니까. 지금까지 전투가 이어질 수 있었던 건 탐지가 힘든 엘라-3행성에 잘 숨어가며 싸워왔기 때문이지, 제대로 붙게 된다면 절대 이겨낼 수 없을 정도였던 것이다.

하지만 세레스티아는 상황이 달라졌다고 말했다.

"네 덕택에 대천공이 완전히 엉망이야. 기동 자체가 완전히 멈춰서 알바트로스한테 일방적으로 얻어맞고 있지. 게다가 외부 보호막이 해제되고 사출구도 죄다 열려서 외부에 나와 있던 비인들이 전부 우주로 날아가 버렸고."

"즉, 나는 말 몇 마디로 대학살을 했다는 거구만."

과연 몇 명이 죽었을지 짐작조차 가지 않는다. 테라급인 알바트로스함에도 1만 명이 넘는 승무원이 있었다. 당연히 그보다 훨씬 큰 규모의 대천공에는 더 많은 비인이 살고 있었겠지.

"…멍청아."

"음?"

그런데 나를 한심한 눈으로 쳐다보는 세레스티아의 모습에 깜짝 놀란다. 그러고 보니 옆에 있는 보람도 눈을 가늘게 뜨고 있었다.

"긴장 좀 해요, 선배! 잘 탈출한 다음에 잡혀가고 싶어요?"

"뭐? 그게 무슨 소리야, 잡혀가?"

그런 걸로 자책하지 말라는 뭐, 그런 위로 같은 걸 예상했던 내가 어리둥절해하자 세레스티아가 말한다.

"다시는 그런 뉘앙스의 말을 하지 마. 네 그 힘이 알려지면 어떤 일이 벌어질지 짐작이 안 가니?"

"정말이지! 리전 이야기 나올 때마다 다들 기겁하는 걸 봤으면서 무슨 경솔한 짓이에요? 외계인들한테 잡혀가서 인체 실험 당하고 싶어요? 인간 형태의 리전이라고?"

"구해준 건 고맙지만 다시는 그런 짓 하지 마! 너 그러다 비인들이 아니라 레온하르트 제국한테 해부당한다."

"하여간 경솔해요!"

연속해서 쏟아지는 맹비난에 벙찐 표정으로 두 소녀를 바라본다. 하지만 이내 그녀들의 진심을 깨닫고 피식 웃었다.

"고마워."

"…뭐래, 바보가."

"하여간 조심 좀 해요. 몇 달 전까지만 해도 일반인이었으면서."

그녀들은 나를 걱정해 주고 있었다. 그것은 지금 말한 것처럼 내 위험한 힘이 알려지는 것에 대한 걱정이기도 하지만… 동시에 살해의 후유증에 대한 걱정이기도 하다.

늦은 밤 운전하다 동물을 차로 치어도 그 섬뜩한 느낌을 잊기 힘든 게 사람이다. 법적으로 국가의 칼이 되어 사형을 집행하는 사형 집행인들조차도 막대한 후유증으로 고통스러워하는 게 현실이니까. 심지어 사형 집행 참여 명단에 자기 이름이 들어 있다는 사실에 졸도하는 사형 집행인들도 있다고 할 정도니 더 말해 무엇하겠는가?

'하지만 괜찮단 말이지.'

내심 쓰게 웃는다. 그렇다. 나는 괜찮았다. 억지로 강한 척하는 것도 아니고 정말 아무렇지도 않았다. 보람의 말대로 몇 달 전만 해도 일반인이었던 나지만… 그렇다 해도 정말 일반적인 인간은 아니니까.

게다가 우주로 나와서 내 힘을 점점 각성함에 따라… 내가 잊으려 노력하던 [악몽]은 점점 더 또렷하고 분명해진다. 처음에는 그 기억이 나를 잡아먹는 게 아닐까 걱정했을 정도였다.

'뭐, 아무래도 그건 아닌 것 같지만.'

기억을 공유한다 해도 그게 [내] 기억이라는 느낌은 없다. 1인칭이라고는 하나 마치 TV나 영화의 주인공을 보는 감각이라고나 할까? 그리고 무엇보다 내가 가진 그의 기억은 그의 인생 전부가 아니다. 전능한 존재로서 우주를 관리할 때의 기억은 거의 없고 대부분이 이름 모를 행성에 떨어져서 겪은 일이니까.

아마 그 기간이…….

"대하야."

"300년?"

"…뭐?"

"아, 말이 헛 나왔어. 그나저나 동민은 어디로 간 거야?"

나답지 않은 실수에 혀를 차며 화제를 돌린다. 그러나 질문하고 나니 확실히 이상한 일이라는 걸 깨닫는다. 세레스티아와 보람이 여기에 있는데 정신을 잃고 있던 동민은 어디로 갔단 말인가?

"동민이라면 깨어나서 구출대를 인도하러 갔어. 아, 그리고 혹시나 해서 묻자면 대체 모르네한테 무슨 짓을 한 거야?"

"맞아요. 녀석이 갑자기 사라져서 얼마나 놀랐던지……."

그녀들의 말에 잠시 고민한다. 말해도 괜찮을까? 하지만 생각해 보니 이미 그녀들 앞에서 명령권까지 써버린 이상 다 쓸데없는 걱정이다.

"뭐, 짐작하겠지만 열쇠의 힘이야. 우리를 공격했던 건 녀석의 본체가 아니라 분신이었고… 나는 그걸 잠가 버렸지."

"…무형적인 능력도 잠그고 딸 수 있다고? 심지어 살아 있는 초월자를 상대로?"

"나도 확신은 안 갔지만 위기 상황이었으니까."

그렇게 말하며 나도 모르게 목에 걸려 있는 열쇠를 잡아 들었다.

'그리고 보면 기억에 전혀 없는 물건이란 말이야.'

나는 기억 속에서 온갖 신기(神器)를 보았다. 벼락을 내뿜는

지팡이, 비구름을 부르는 피리, 화염으로 이루어진 검까지……

그러나 기억 어디에도 이런 열쇠는 없다.

'인간의 몸에 깃들기 전에 가지게 된 물건인가? 아니면 그 이후에? 아니, 애초에… 내가 가진 기억이 내 친부의 것이 맞기는 한가?'

언제나 짐작뿐이다. 명확한 사실은 하나도 없고 그냥 짐작만 해야 했다.

'아니면 평범하게 전생의 기억 같은 걸지도.'

사실 아버지로부터 친부에 대한 이야기를 듣기 전에는 당연히 전생일 거라고 생각했다. 어느 날 갑자기 전혀 모르는 기억이 떠오르면 아무래도 그렇게 생각하는 게 정상일 테니까. 그리고 그 가설은 칭호를 보는 내 능력에 더해져 '[다른 게임]을 하는 기억 같은 게 아닐까?' 하는 방향으로 발전되기도 했다. 내가 사는 삶이 [인생 게임 온라인]일지도 모른다는 가설은 꽤나 예전부터 해오던 생각이기도 하다.

팟!

그런데 그때 갑자기 공간이 일렁이더니 허공에서 동민이 떨어져 내린다.

"아, 일어났군."

"응. 그나저나 몸은 괜찮아? 부하가 걸리거나 하지는 않고?"

내 물음에 동민이 슬쩍 웃는다. 거의 표정이 없는 녀석의 성품을 생각하면 드문 일이었다.

"오히려 상쾌하다. 사실을 말하자면 능력에 진전이 있었을 정도지."

"…어느 정도?"

"이거 하나만으로도 우주에 나온 보람은 충분할 정도."

한 10년 동안 폐관수련을 해야 얻을 성과를 잠깐 자고 일어 났더니 얻은 것 같은 표정으로 동민은 가볍게 손을 그었다.

"그래서 이런 것도 가능하지."

치이익—!

공간이 갈라진다. 그 놀라운 광경을 잠시 바라보자, 그 갈라 진 공간으로 전투태세를 취한 채 주변을 경계하고 있는 군인들 과 기가스가 보인다.

"엑?! 선배, 차원 문을 열 수 있게 된 거예요?"

"건너오십시오, 황녀님!"

보람의 질문에 동민이 대답할 틈도 없이 갈라진 공간 건너편 에서 이쪽을 바라보던 여인이 외친다. 몸에 착 달라붙는 가죽 옷이라는, 사실 우주라는 배경에 별로 어울리지 않는 복장의 그 여인은 보병대의 중대장인 신미영 대위였다.

"시간 끌 필요는 없겠지?"

빠르게 상황을 파악한 세레스티아가 내 팔을 잡더니 차원의 틈을 건너간다. 어, 하고 정신을 차리고 보니 어느새 보람과 동민 역시 틈을 넘어와 있었고 갈라졌던 차원의 틈은 거짓말처 럼 사라져 버린다.

쿠구구구!!!

밖은 혼란의 도가니였다. 외부 방어막이 사라져 버렸기 때문 에 거주 구역의 공기가 밖으로 빨려 나가면서 온갖 물건이 같 이 날아오르고 있는 것.

다만 추적대의 경우에는 주변을 둘러싸고 있는 방어막에 의해 보호받고 있었기에 제법 평온한 분위기였다.

"외부 방어막이 없어졌는데도 괜찮군요?"

"멍청한 말이군. 적진에 침투하는 이상 적 관제 인격은 무조건 적이라고 봐야 한다. 그 공격에 대비하는 게 오히려 당연한 일이지."

그녀의 말에 고개를 끄덕인다. 하긴 비인들이야 아군한테 배신당한 상황이니 이렇게 된 거지, 애초부터 대천공의 관제 인격과 적인 구출대의 입장이 다른 건 당연하다.

"자자, 빨리빨리 수송선에 올라타라! 탈출한다!"

미영의 외침에 병사들이 일사불란하게 움직인다. 그런데 그때였다.

[명령… 이행할 수 없… 죄송합니다…….]

들려오는 목소리에 멈칫한다. 주변을 둘러보니 다른 사람들은 그 말을 듣지 못한 것 같았다.

쾅! 쾅! 콰앙─!

하늘로 날아올라 가던 물건들이 힘을 잃고 사방으로 떨어져 내리기 시작한다. 고개를 들어보니 어느새 외부 방어막이 복구되고 있었다.

"뭐야? 뭐가 어떻게 된 거지?"

"시스템이 복구된 건가?"

당황하는 사람들의 모습에 나는 깨달았다.

'죽였어.'

그렇다. 그것이다.

'모르네가 대천공의 관제 인격을 죽여 버렸다.'

사실 짐작 못 할 일은 아니었다.

그 어떤 척박한 행성보다도 더 가혹한 환경을 자랑하는 우주 공간에서 우주선은 승무원들을 보호하는 요람이자, 집이며, 생활의 터전이다. 때문에 우주선 그 자체라고 할 수 있는 관제 인격이 적으로 돌변했을 때의 위험성은 더 말할 필요조차 없다. 실제로 대천공의 관제 인격인 아틴은 승무원들을 우주에 던져 버린 것만으로 너무나 간단히 어마어마한 수의 비인을 죽음으로 몰아넣었지 않았던가?

결국 비인들은 살아남기 위해서라도 미쳐 버린—그들의 입장에서는—관제 인격을 그대로 둘 수 없다. 당연히 무슨 수를 쓰는 게 정상이고 어떤 수를 썼는지는 모르지만 관제 인격 자체를 죽여 버림으로써 상황을 정리한 것이다.

관제 인격이 죽었음에도 대천공에 큰 문제가 생기는 대신 시스템이 복구되는 걸 보니 예비 시스템이 있든지, 아니면 예비 관제 인격이 있든지, 그것조차 아니면 또 다른 수단이 있을 거라고 짐작된다.

"시간이 없습니다! 즉시 수송선에 올라타십시오!"

"출발하겠습니다!"

뜻밖의 사태에 당황하던 구출대였지만 순식간에 평정을 찾고 맡은 임무를 다시 수행한다.

원래 그들이 가정하던 상황은 훨씬 안 좋았을 것이다. 동민이 공간의 틈을 열어 구출대와 단박에 만난 것도, 내가 관제 인격에게 명령권을 사용해 비인들을 공격하게 한 것도 그들로서는 기대조차 안 하던 호재였을 테니까.

애초에 장기 작전을 예상하고 수송선에서 내려 주변을 요새화하고 있던 그들이 계획에도 없던 적들의 패닉이 끝났다고 혼란에 빠질 이유가 없다.

"아, 조금만 더 삘짓 하고 있었으면 아무 고생 없이 나갈 수 있었을 텐데!"

…물론 좀 아쉬워할 수야 있겠지만 말이다.

콰쾅! 쾅!

그때 저 멀리에 있던 포대로부터 수송선을 향해 포격이 쏟아지기 시작했다. 원래는 함 내부에 숨겨져 있던 모양인데 지옥아귀를 공격했다가, 다시 비인들을 공격했다가, 다시 이번에는 인간들을 공격하느라고 바쁜 녀석이다.

텅! 텅!

수송선 안에 들어서고 문이 닫히자 귀가 멍멍할 정도로 울려 퍼지던 굉음이 조금은 잦아든다. 다만 공격은 여전히 이어지고 있는 듯 연신 수송선이 진동하는 게 느껴진다.

"몸은 좀 괜찮아?"

"안 괜찮아."

"후후, 솔직해서 좋네. 비인들의 형틀은 지독하기로 악명 높으니 아무리 치료해도 완전히 괜찮을 리 없겠지."

그렇게 말하며 다시 황금사자기를 일으켜 내 몸을 치료하자 주변에 있던 군인들이 깜짝 놀란 듯 움찔움찔하는 게 보인다.

다들 군인인지라 경솔하게 입을 열거나 하지 않았지만 묘하게 술렁이는 분위기다.

그러나 그런 분위기는 신경도 쓰지 않는다는 태도로 세레스티아가 묻는다.

"신미영 대위, 형틀을 치료하려고 하면 어떻게 해야 하지?"

"…형틀이라면 그 비인도적인 제재 수단 말이군요. 지금 설마 그가 형틀에 중독되어 있는 겁니까?"

"응."

세레스티아가 고개를 끄덕이자 미영이 놀랍다는 표정으로 나를 바라본다.

"고통이 보통이 아닐 텐데요."

"맞아요. 보통이 아니네요."

몸에 힘이 잘 들어가지 않고 배를 칼로 계속 찌르고 있는 것처럼 아프다. 하긴 몸속에 금속을 들이부었는데 괜찮으면 어디그게 사람일까? 그나마 세레스티아가 황금사자기로 치유하고 권능—다시 생각해도 웃기지만—으로 불러들인 통돼지 구이를 먹게 해줬기에 이 정도지, 그게 아니었으면 의식을 잃은 지 한참이었을 것이다.

쿵!

그런데 그때 수송선 내부가 심하게 흔들렸고 미영의 급히 귀에 손을 대었다. 아무래도 외부에서 무슨 보고를 받은 듯 표정이 딱딱해진 상태다.

"무슨 일이야?"

"흠, 저, 그것이."

쿵!

그러나 그녀가 뭐라 더 말하기도 전에 수송선이 한 번 더 크게 흔들렸다. 미영이 다급한 목소리로 말한다.

"탈출 포트에 탑승하십시오!!"

그런데 그렇게 소리치며 나를 번쩍 들어 올린다.

"엥?"

당황한다. 아니, 이 여자는 왜 황녀인 세레스티아가 아니라 나를 챙기는 거야? 그러나 내가 당황하거나 말거나 상관없다는 듯 그녀는 수송선 한쪽의 벽을 조작했다. 벽 안에서는 기기들이 모습을 드러냈으나 거기에 들어갈 수는 없었다. 난데없이 온몸이 떠오르는 부유감이 들이닥쳤기 때문이다.

콰앙————!!

고속으로 달리는 차를 타고 중앙선을 넘어 다른 차와 충돌하면 이 꼴이 될까? 어떻게 항거할 틈도 없이 벽에 충돌하고 다시 붕 날아올라 바닥에 떨어지자 컥, 하고 숨이 막히는 것이 느껴진다.

"괜찮나?"

그러나 어느 순간 공간을 넘어온 동민이 나를 잡아챈다. 그리고 뒤이어 다가온 세레스티아와 보람이 내 앞을 막아선다. 어느새 똑바로 선 미영이 비명을 지르는 모습이 보인다.

"미친! 완전히 미쳤어! 대천공을 포기하고 우리를 잡으러 오다니……!"

콰득!

비명 소리와 함께 한쪽 벽이 뜯겨 나간다. 놀라 밖을 보니,

저 멀리 뭔가가 펄럭이며 날아오는 모습이 보인다.

물론 수송선을 호위하고 있던 기가스들은 당연히 그 앞을 막아섰지만—

[꺼져라!]

포효와 함께 뿜어지는 폭염에 모조리 쓸려 나간다. 하늘을 날아온 괴물, 모르네와 우리 사이의 거리가 상당함에도 불구하고 얼굴이 벌겋게 달아오를 정도의 열기다.

"아니, 무슨 공룡이 불을 뿜어? 게다가 날개는 또 뭐고?"

"인간으로도 변하는데 날개가 도는 것쯤이야 신기할 것도 없지! 너는 여기 가만히 있어!"

"괜히 머리도 내밀지 말아요!"

"아니, 아예 저 탈출 포트에 들어가 있어라."

세레스티아와 보람, 동민이 차례로 말하고 수송선 밖으로 뛰쳐나간다. 현재 대천공의 상공을 날고 있는 상태인 만큼 아래를 보면 아찔할 정도로 위태로운 전장이었는데 그 누구도 망설이는 이가 없었다.

"…아, 진짜 약해서 못 해먹겠네. 기가스를 항상 타고 다녀야 하나?"

한 나라의 황녀도 나가 싸우는 판국에 보호받고 있자니 뭔가 미묘한 기분이었지만, 내가 나가 싸우기에는 상황이 너무 안 좋다.

쿠궁! 쾅!

다시금 들리는 폭음과 함께 수송선이 크게 흔들린다. 그러고 보면 이 수송선도 참 대단한 것이 한쪽 벽이 뜯겨 나갔는데도 별문제 없이 솟구쳐 오르고 있다.

"막아! 저 괴물을 떨쳐내라!"

"부상 입힐 생각은 하지도 말고 떨어뜨리는 데 전력해!!"

현재 모르네와 수송선은 수평을 이루며 날고 있었다. 모르네는 계속해서 수송선을 붙잡으려고 하고, 수송선은 온갖 포격과 탄환을 쏟아내며 그런 그를 떨쳐내려 한다. 만약 모르네의 목적이 우리의 몰살이라면 벌써 끝났을 게임이었지만, 세레스티아 때문에 큰 기술을 사용하지 못하니 어떻게든 이대로 떨쳐내고 달아나야 한다.

쩌엉!

그런데 그때 외곽 쪽으로 크게 휘둘러진 모르네의 꼬리가 전력을 다해 그를 공격하고 있던 동민의 몸을 후려친다. 음속을 넘어서는, 솔직히 말해 내 경우에는 휘두른 직후에야 그게 공격인 줄 알았을 정도로 빠른 공격이었기에 그는 비명조차 지르지 못하고 수송선 밖으로 튕겨 나간다.

수송선이 워낙 빠르게 비행하고 있는 만큼 동민의 모습이 삽시간에 멀어진다.

"동민 선배!! 으으, 제길! 선배, 이거, 이거 따줘요, 당장!"

"어, 어, 으응."

철컥!

워낙 급했던 만큼 서둘러 그녀의 몸에 열쇠를 꽂아 돌렸다. 이미 그녀는 전신 갑옷 상태였기에 어디에 해도 마찬가지였다.

우우웅————!

열쇠를 돌리자 보람의 몸에서 세레스티아의 황금사자기와

는 조금 다른, 더 밝고 화려한 황금빛이 뿜어져 나온다. 다만 동민 때와 다르게 그녀는 이지(理智)를 상실하지 않는 것처럼 보였다.

"금방 다녀올 테니까 꼼짝 말고 최대한 깊은 곳에 숨어 있어요!"

그 모습을 마지막으로 보람 역시 동민이 튕겨 나간 방향을 향해 몸을 날려 멀어져 버린다. 나는 반사적으로 멀어지는 둘의 모습을 보려 했지만.

쿵!

묵직한 소리와 함께 세레스티아가 수송선 안쪽으로 굴러떨어진다. 그리고 그 뒤로 거대한 그림자가 따라오고 있었다.

[찾았— 다!!]

으르렁거리는 소리와 함께 이글거리는 눈동자가 수송선 안쪽을 들여다본다. 마치 공포 영화의 한 장면 같다.

긴장도 풀 겸 입을 열어본다.

"과도한 스토킹은 사절인데."

[큭큭큭! 좋은 대로 떠드는구나!]

모르네의 덩치가 워낙에 큰 만큼 인간 사이즈로 만들어진 수송선에 들어올 수 없어야 정상이지만, 녀석은 무슨 종이 박스를 부수는 것처럼 벽을 헤집으며 내가 있는 선실을 향해 고개를 들이밀었다.

"대하, 조심해!"

콰득!

경고와 함께 엄청난 힘에 의해 내 몸이 뒤로 당겨지고, 그 직후 내가 붙어 있던 벽이 한 뭉텅이 뜯겨 나가는 모습이 보인다. 금속으로 만들어진 벽이 과자처럼 부서지는 걸 보니 내 연약한 육신 같은 건 젤리처럼 으깨질 것이 분명하다.

"무슨 짓이야! 대하를 죽일 생각은 없다고 하지 않았었나?"

이를 가는 세레스티아의 모습에 모르네가 얼굴 근육을 움직여 흉악하게 웃는다.

[크크크⋯ 분명히 그랬지. 만약을 대비해서 말이야.]

콰쾅! 쾅!

이렇게 머리를 수송선 안에 넣어두고 대화를 하는 사이에도 외부에서는 펑펑 터지는 소리가 나고 있다. 황당하게도 지금 이 녀석은 날개와 꼬리만으로 주변에 모여든 기가스와 군인들의 공격을 모두 막아내고 또 반격까지 하고 있었다!

"그런데 왜 생각이 바뀌었지? 연방 전체를 걸고 도박을 하고 싶지는 않을 텐데!"

이 상황에서조차 우리가 기댈 수 있는 건 적이나 다름없는 청원뿐이다. 우리가 이런 위기에 처한 것도 그 때문이지만, 비인들이 가득한 대천공에 잡혀 있으면서도 살아남을 수 있던 이유 역시 그였으니까. 포로를 잡지 않는 것으로 유명한 비인들 속에서 무사할 수 있던 건 그들이 가진 청원을 향한 두려움 때문이었던 것이다.

그런데 아무래도 지금에 와서는 생각이 좀 바뀐 건지 날 보는 모르네의 표정에 살기가 가득하다.

[하지만⋯ 감수하겠다! 네놈을 죽여야 내 권능이 다시 돌아올 테니까!]

모르네의 거대한 입이 내 몸을 덮친다. 뒤는 벽, 더는 물러설 곳도 없다.

턱!

그러나 내 몸을 물어뜯으려는 모르네의 위턱과 아래턱을 황금사자기를 일으킨 세레스티아가 붙잡는다.

물론 상대는 초월자. 그가 작심한다면 세레스티아가 아무리 버틴다 해도 단박에 고깃덩어리가 되겠지만, 아무리 모르네가 막 나가도 그녀를 죽일 수는 없다.

[꺼져라, 계집! 최대한 수치를 주지 않고 내 아이를 배게 할 테니!]

"지랄하고 있네! 그걸 설득이라고 하냐?!"

늘 생각하는 거지만 황녀치고는 입이 너무 걸다. 하긴 군인이기도 하니 당연할지도 모르지.

"셀, 고개 살짝 돌려봐."

"가만히 있어! 버티는 것도 한계……."

"빨리!"

여태 가만히 있던 내가 소리치자 깜짝 놀란 세레스티아가 고개를 한쪽으로 튼다. 그리고 그것으로 공간이 생겼고, 나는 한쪽 팔을 간신히 빼내 안경을 벗었다.

그리고 열린 모르네의 입안으로 그걸 던져 버렸다.

"뭐 하는 거야? 왜 안경을?"

이해할 수 없는 행동에 혼란스러워하는 세레스티아였지만 당연히 그건 시력 보정용 안경이 아니었다. 애초에 양쪽 눈 모두 2.0을 가볍게 넘는 내가 무슨 안경이란 말인가? 그것은 안경이 아니라 알바트로스함의 기술자 권혜란이 만들어낸 마도 병기 우자트. 그것이 동굴같이 어둡고 깊은 모르네의 목구멍으로 넘어가는 걸 확인한 나는 즉시 소리쳤다.

"명령한다, 우자트! 네 모든 기능을 활용하여 적을 파괴하라!"

꾸웅———

[하! 무슨 짓… 크억?]

나를 비웃으려던 모르네가 신음과 함께 몸을 뒤튼다.

"셀! 녀석을 밀어내!"

"…알았어!"

대답과 동시에 황금사자기가 찬란하게 타오르기 시작하고 세레스티아의 양손이 어마어마한 힘으로 모르네의 머리통을 밀어버린다.

쿠드득!

거대한 머리통이 마술처럼 밖으로 튕겨 나간다. 생각해 보니 모르네는 고속으로 날아가고 있는 수송선에 억지로 붙어 있었기에 한순간 힘이 풀리면 떨어져 나갈 수밖에 없다.

"황녀님! 모르네가……!"

"나도 알아! 딴생각하지 말고 속도를 높여!"

"네! 황녀님!"

대답과 함께 두 대의 기가스가 반파된 수송선 옆으로 붙어 비행을 돕는다. 속도가 워낙 빨랐기에 수송선에서 떨어진 모르네의 모습이 삽시간에 멀어진다.

[네놈—! 네놈이——!!! 크아아아아———!]

그리고 잠시 후 광기 가득한 포효가 머릿속을 울린다. 우자트를 배 속에서 터뜨렸는데 벌써 저렇게 회복하다니.

'뭐, 어차피 회복해 봐야 늦었지만 말이야.'

설사 지금 그가 완전한 몸 상태를 되찾았더라도 추격을 재개할 수는 없다. 우리 수송선은 이미 알바트로스함에 붙어 있는 상태이기 때문이다.

만약 그가 미친 척하고 추격해 온다면… 그는 알바트로스함을 조종하는 천현일 소장에게 개죽음을 당하게 될 것이다.

"하여간 괴물이군⋯⋯."

한순간 몇 번이고 생사의 경계를 넘었다는 사실에 깊은 한숨을 몰아쉰다.

하지만 그러다 정신이 번쩍 들었다.

"보람이하고 동민이는?"

"안타깝지만⋯⋯."

내 말에 주변에 있던 군인들이 고개를 흔든다. 이미 인원 체크를 끝낸 것이다.

"여기 있는 인원이 전부입니다."

"⋯⋯."

나는 할 말을 잃었다. 그들이 죽었을 거라고는 생각하지 않는다. 충분히 강력한 힘을 가진 그들이고, 무엇보다 보람의 경우는 수송선에서 떨어지기 직전 신기의 봉인을 풀어주었다. 대천공에서 동민이 휘두르던 힘을 생각하면, 그들 역시 어떻게든 대천공으로 내려갔을 거라고 생각하는 게 합리적이겠지.

'하지만 이대로라면⋯⋯.'

당장에 죽는 것보다야 당연히 낫겠지만 인육을 좋아하는 비인들이 득실거리는 대천공에 고립되는 상황은 그야말로 최악이다. 나와 세레스티아 때와 달리 비인들은 아무런 거리낌 없이 그들의 목숨을 노릴 것이기 때문이다.

특히나 모르네의 경우는 우리에 대한 분노로 광기를 불태우는 중이니 어떤 일을 저지를지 상상도 안 간다.

'하지만 그렇다고… 돌아가서 구할 수는 없어.'

말해줘도 들어주지 않겠지만 들어준다고 해도 문제다. 지금 이대로 수송선의 방향을 틀어버리면 모르네가 얼씨구나, 하고 다 박살 낼 게 너무 뻔한 상황이 아닌가?

"그나저나 모르네도 정말 절박한 모양이네. 미치지 않은 이상 그 상황에서 직접 추격을 해오지는 못할 거라고 생각했는데."

"글쎄, 어차피 모르네 입장에서는 반드시 우리를 잡아야 하는 거 아니야? 재수 없으면 연합으로부터 징계를 받게 되니 우리부터 잡으려 한다든지."

테케아 연방은 연합 몰래 리전과 접촉해 그들을 병기로 썼으며 그 와중에 고위급 신선 청원과 얽히고 말았다. 엘라-3행성에 있는 자원을 좀 쉽게 먹어보려다가 엄청난 위기에 몰려 버린 것이다.

즉, 모르네의 입장에서 이 상황을 정리하려면 어차피 세레스티아를 잡아 자신의 아이를 낳게 하는 수밖에 없다. 그렇게 생각하면 저 추격도 어느 정도 이해할 수 있지 않을까?

그러나 내 말에 세레스티아가 고개를 흔들었다.

"이 상황에서는 나를 잡았어도 상황은 마찬가지지. 저길 봐."

세레스티아의 말에 고개를 돌리자 대천공과 점점 가까워지고 있는 알바트로스함의 모습이 보인다. 날개를 펼친 새와 비슷하게 생긴, 솔직히 말하면 우주를 날아다니는 비행물이라기보다는 그냥 아름다운 건축물처럼 생긴 우주선의 두 날개가 일순간 빛나는가 싶더니 머리 부분에서 거대한 광자포를 뿜어낸다.

쿠구궁······.

피라미드처럼 생긴 정사면체의 대천공은 그 공격을 너무나 무력하게 얻어맞고 있다. 대천공에서 출격한 기가스나 전투기들이 어떻게든 발버둥 쳐보지만 소용없는 짓. 기본적인 출력이나 기능 면에서 알바트로스함을 압도하는 대천공이라도 관제 인격이 파괴된 상태에서 조종사라고 할 수 있는 함장까지 자리를 비워 버린 이상 대처가 불가능한 모양이었다.

"···박살 나고 있군."

"그래. 모르네는 큰 실수를 한 거야. 농담이 아니라··· 어쩌면 우리가 대천공을 장악하는 게 가능할지도 모르는 상태가 됐단 말이야."

그녀의 말을 들으며 무형의 파동을 뿜어내 대천공을 후려치는 알바트로스함의 모습을 지켜본다. 방금 전의 공격으로 대천공의 외벽이 10% 이상 파괴되었다. 이제는 시스템을 복원했어도 외부 보호막을 유지할 수 없을 것이다.

즉.

"이 전쟁, 이겼군."

"그래. 모르네가 우리를 추적한 게 미친 짓이라는 것도 그 이야기야. 날 죽일 수도 없어 인질로도 못 잡는데 그 상황에서 우리를 잡아봐야… 정말 자기만족일 뿐이지. 아무리 비인이라지만 모르네 정도면 그리 멍청하지 않을 텐데 왜 그런 선택을 한 걸까?"

세레스티아의 말에 모르네가 했던 말을 떠올린다.

[하지만… 감수하겠다! 네놈을 죽여야 내 권능이 다시 돌아올 테니까!]

대충 짐작이 갔다. 아무래도 내가 [잠근] 그 힘이 녀석에게 매우 중요한 종류였겠지. 어쩌면 녀석은 세레스티아가 아니라 처음부터 날 죽이려고 쫓아왔는지도 모를 일이다.

"흠… 셀, 그럼 말이야."

머뭇거리는 내 모습에 세레스티아가 고개를 끄덕인다.

"너무 걱정하지 마. 보람과 동민이라면 충분히 구할 수 있을 거라고 생각하니까. 너… 보람이 날아가기 전에 그 열쇠를 사용했지?"

"응, 봤어?"

"정확히 말하면 느꼈지. 그녀가 사용하는 힘은 황실에 있어서도 상당히 의미가 깊은 힘이니… 뭐, 어쨌든."

세레스티아는 주변을 슬쩍 둘러보고 속삭이듯 말한다.

"최대한 힘을 써볼게. 이래 봬도 황녀니까."

거기까지 대화했을 때 수송선이 잠깐 덜컹이더니 부서진 벽 사이로 알바트로스의 사출구가 보인다. 모르네 탓에 한쪽 벽이 다 날아가서 수송선의 도킹 과정을 코앞에서 보고 있다.

"허 참, 아무리 그래도 한쪽 벽이 다 날아갔는데 이렇게나 멀쩡히 비행할 수 있다니."

"배리어를 밀폐형으로 전개하면 우주로부터 내부를 보호할 수 있으니까. 물론 에너지 소모가 상당하지만 지금 같은 비상시에 많은 도움이 되지."

그녀의 설명을 들으며 수송선에서 내린다. 한쪽 벽이 없으니 굳이 문으로 내릴 필요가 없었다.

"황녀님! 괜찮으십니까?"

두터운 검은색 뿔테 안경에 양복을 입고 있는 알바트로스의 부함장 나탈리가 수행원 몇을 이끌고 세레스티아를 마중한다. 표정은 제법 밝다.

'하긴 당연하지.'

사지나 다름없는 비인들의 모험으로 자신들의 황녀가 잡혀 갔으니 그야말로 피가 마르는 심정이었을 것이다. 혹여나 황녀가 나쁜 짓이라도 당한다면? 죽기라도 한다면? 그 책임을 과연 누가 질 수 있단 말인가?

그런데 그 절망적인 상황에서 황녀가 별다른 상처도 없이 돌아온 것이다.

"응, 괜찮아. 보고는 대충 들었지?"

"물론입니다. 아, 대하 님도 무사하셔서 정말 다행입니다. 형틀을 제거하는 외과 수술을 준비했으니 즉시 이동하셔서 치료받으시면 됩니다."

"외과 수술인가요……."

하긴 넣을 때야 주사기로 쭉 밀어 넣으면 그만이었겠지만 피

344  당신의 머리 위에

와 섞이고 내장 기관에 침투한 금속을 그냥 꺼낼 수는 없겠지.

물론 그렇다고 당장 치료받을 생각은 없다.

"급한 건 아니니 일단 전투에 참여할 수 있을까요?"

"네? 하지만……."

"부탁드립니다."

나는 보람과 동민을 떠올렸다. 녀석들의 상황을 모르는 이상 대천공을 최대한 빨리 장악해야 한다. 다행히 몸 상태는 엉망이라도 아레스를 이용한다면 기가스를 조종하는 정도는 가능할 테니까.

"부함장."

세레스티아의 말에 망설이던 나탈리가 고개를 끄덕인다.

"…좋습니다. 사실 대하 님의 도움은 저희로서도 반길 일이지요. 다만 대략적인 전투만 끝나면 바로 수술을 하셔야 합니다."

"그러죠. 셀, 너는 이제 어쩔 거야?"

"함교로 가봐야지. 곰… 아니, 천현일 소장과 할 이야기도 있고."

"역시 그가 마중을 나오지는 못하는 건가?"

"후후, 당연하지. 모르네가 우리를 추격해 온 것만큼이나 멍청한 짓이니까. 부함장, 전황은 어떻지?"

"최상입니다. 이미 대천공의 방어 시스템을 완전히 파괴했고 어떤 연유인지 적들의 관제 인격이 사망하였지요. 대단한 위기였지만 우리는 엑사급 모함을 포획한다는 어마어마한 전공을 세우게 될지도 모릅니다. 그리고 무엇보다… 흠."

약간은 흥분한 얼굴로 세레스티아에게 설명하던 나탈리의

표정이 변한다. 뭔가 우리가 듣지 못한 보고를 받은 모양이다.

"무슨 일이 있나?"

"황실에서 지원군이 왔다고 합니다."

"…황실에서?"

"네."

분명히 아군이 왔다는 말이지만 주변에 있던 그 누구도 기뻐하지 않는다.

누가 봐도 이상하다. 목숨이 경각에 달해 있던 지난 시간 동안 통신조차 연결이 되지 않다가 지금 지원군이 왔다고? 하필이 타이밍에? 심지어 분위기를 보니 제대로 된 연락도 없이 갑자기 온 느낌이다.

"설마… 그 지원군을 끌고 온 게 6황자는 아니겠지?"

"후후, 서운해요, 누나. 그렇게 남처럼 부르다니."

느닷없는 목소리에 모든 사람의 표정이 경직된다. 나 또한 깜짝 놀라 고개를 뒤로 돌렸지만 세레스티아만은 짐작하기라도 한 것처럼 차분하게 답한다.

"…그럼 남처럼 불러야지. 별로 친하지도 않은데."

"에에~ 너무해요. 상처받는다구요."

거기에는 깜짝 놀랄 정도의 미소년이 서 있었다. 160도 안되어 보이는 키에 여자같이 날렵한 체구를 가진 그는 특수 처리라도 한 것처럼 반짝이는 환한 금발에 금안을 가지고 있다.

'이 녀석이 6황자?'

과연 세레스티아와 같은 피를 타고난 듯 대단한 미모를 가지고 있었음에도 그 분위기가 전혀 다르다. '머리 색이 달라서일까?' 라고 생각하고 있는데 세레스티아가 그를 보며 묻는다.

"여기에는 무슨 일로 온 거지?"

"글쎄요. 별로 친하지도 않은데 그걸 가르쳐 드려야 하나요?"

밉살스럽게 말하는 그를 세레스티아는 아무런 답을 하지 않고 차갑게 노려보고 있다. 그리고 그렇게 그녀가 더 이상 입을 열지 않자, 어쩔 수 없다는 듯 6황자가 어깨를 으쓱인다.

"하하하! 사실은 요번에 황자비 후보를 발견했거든요. 아쉬우시겠지만 저 결혼한답니다!"

느닷없는 폭탄선언에 주변에 있던 승무원들이 술렁이기 시작한다. 그리고 그들을 대표해서 나탈리가 입을 연다.

"축하드립니다, 황자님! 그 까다롭다는 모든 조건을 통과하시다니. 하지만 황자비 후보를 발견한 것과 여기에 오신 것에 어떤 연관성이 있는지 알 수 있을까요?"

맞는 말이다. 왜 여기에 왔냐고 물었는데 결혼할 거라니. 그 내용 자체가 파괴적이기는 하지만 완전히 동문서답이 아닌가? 그러나 그 순간 6황자의 등 뒤에서 환한 빛이 뿜어지고.

"후후후, 사실 저희도 예상치 못한 일이었답니다."

거기에서 새하얀 날개를 가진 은발의 미녀가 모습을 드러낸다.

"사실 여기에 오게 된 것도 자의 반, 타의 반이거든요."

나는 나긋나긋 속삭이듯 말하는 그녀의 모습에 신음한다.

"…천사?"

그리고 주변에 있던 다른 승무원들도 기겁했다.

"천족이잖아?"

"아니… 황자비 후보가 천족이라고? 전례가 없던 일 아니야?"

"그걸 떠나서 이게 가능한 일이긴 한가?"

"가능하네."

술렁이는 사람들의 말을 자르며 비단옷을 입고 백우선(白羽扇)을 든 금발의 노인이 모습을 드러낸다. 우리를 비인들의 소굴에 던져 버렸으며 그러면서도 그들의 자부심을 짓밟아 두려움을 안겨준 존재.

"내가 그렇게 만들 테니까."

엘로힘의 신선, 청원이었다.

전신 강림 I     ✦ ✳ ✳

"너……."

세레스티아의 기세가 사나워진다. 당연한 일이다. 청원은 레온하르트 황실의 강대한 조언자였지만, 알바트로스함에 온 그가 벌인 짓들은 하나같이 그녀의 인생을 망칠 종류의 것이었으니까.

하지만 그녀가 기세를 일으키든 말든 청원은 별로 아랑곳하지 않았다.

"관대하."

"…저요?"

뒤쪽으로 빠져 있다가 나를 부르는 청원의 모습에 멈칫한다. 솔직히 말하면 나는 이 영감탱이가 좀 부담스럽다. 아니, 사실 그걸 넘어서…….

'좀 무서워.'

처음 만났던 그 순간부터 나는 그의 힘을 너무나 선명히 느낄 수 있었다. 그냥 바라보는 것만으로 정신이 혼미해질 정도로 아득한, 진지하게 힘을 쓰면 일격에 행성을 파괴하고 작정하면 별들조차 부수는 게 가능한 그 초월적인 힘.

천현일 소장이 아주 강한 능력자의 느낌이라면 그는 말 그대로 살아 있는 재앙을 보는 것만 같다. 그에게 덕지덕지 붙어 있는 온갖 제약이 아니었다면 그가 자기 마음대로 활동한다 해도 막아설 존재는 몇 없을 것이다.

"잠깐 이야기 좀 하지."

청원은 다른 사람들을 전혀 신경 쓰지 않았다. 다른 사람들 역시 조용하다. 심지어 방금 전만 해도 으르렁거리고 있던 세레스티아마저 아무런 말이 없다.

"…이런."

순간 나는 그들이 말만 없는 게 아니라는 것을 깨달았다. 저 멀리에서 이쪽을 향해 달려오던 몇 명의 승무원이 달려오던 자세 그대로 정지해 있고, 으르렁거리던 세레스티아 역시 서늘한 표정 그대로 움직이지 않는다. 슬쩍 시선을 들어보니 평소와 다른 칭호가 보인다.

[레온하르트 제국]
[시간 정지 세레스티아]

그녀뿐만이 아니라 지금 이 순간 주변에 있는 모든 사람의 칭호가 동일하게 맞춰져 있었다. 심지어 고착칭호를 가지고 있는 이들조차 그러할 정도였으니 시간 정지라는 게 얼마나 강한 상태인지 더 말할 필요조차 없으리라.

"집중하게."

그렇게 주변을 둘러보며 당황하고 있는 내 앞으로 청원이 다가온다. 이미 그와 나를 제외하고는, 심지어 6황자와 황자비가 될 예정이라는 여자 천사조차도 멈춰진 시간 속에 갇힌 상태였기에 누구도 그의 말을 방해할 수 없었다.

"…어차피 집중 안 할 수 없는 상태이긴 하네요."

"후후, 화가 나 있군. 뭐, 당연한가. 셀이 느끼고 있는 배신감까지는 아니겠지만… 아마 자네는 내가 하는 짓들이 너무 제멋대로인 것처럼 보일 거야. 나 혼자 이렇게 마음대로 할 수 있다는 사실이 불공평하게 느껴지겠지."

나직한 그의 말을 굳이 부정하지 않는다. 그러나.

'아닌데.'

그렇다. 아니다. 나는 그의 존재를 불공평하게 느끼지 않는다. 그의 힘은 너무나 생생하게 전해지고 있는 데 반해 그를 얽매고 있다는 [사명]이라는 건 말로만 들었지 전혀 실감이 안 나기 때문이다.

나에게 있어 그는 산속에서 만난 불곰과 비슷한 존재다.

우연히 산책을 하다 집채만 한 불곰을 만났다. 팔 한 짝이 내 몸의 두 배는 될 정도의 크기의 무시무시한 곰. 그런데 그 곰이 슬금슬금 다가와서 내 몸의 냄새를 맡다가 앞발로 내 **뺨**을 툭툭 친다고 했을 때.

거기서 '이 곰 새끼가 기분 나쁘게 뺨을 때려?!' 라고 분노를 터뜨릴 미친놈이 세상에 얼마나 있을까?

'안 물어 죽이는 것만 해도 다행이다.'

그렇다. 그게 내 감상이다. 이런 무시무시한 괴물이 눈앞에 있다면 숨죽이는 것이 오히려 본능에 더 가까운 행동이겠지. 물론 그는 우리에게 악의를 가진 적이나 다름없는 존재니 해결해야 한다고 생각하지만, 적어도 그가 말하는 종류의 감정은 가지고 있지 않은 것.

그런데 그가 내 기분을 파악하지 못했다는 사실에 한 가지 의문이 떠올랐다.

'시간을 멈출 정도로 초월적인 힘을 가진 녀석이 사람의 마음 하나 못 읽는다고?'

그러고 보면 대천공에서 나를 고문하던 녀석들도 내 정신을 도저히 읽어낼 수 없다고 했었다. 마인드 컨트롤도 안 통하고 자백제도 먹히지 않는다고 했지. 막상 육체의 자유를 뺏는 것에는 저항할 방법이 하나도 없으면서 이렇게 정신만 자유로운 건 좀 억울하지만, 설마 그 방어가 중급 신위를 가진 청원까지 어찌할 수 없을 정도인지는 몰랐다.'

"무슨 말을 하고 싶으신 거죠?"

일단은 물어본다. 시간까지 멈추고 말을 건 이상 그만한 이유가 있을 거라고 짐작했기 때문이다.

"후후, 교묘한 거짓말을 해주고 싶지만 이미 계율(戒律)도 너무 많이 어겨서 그럴 수가 없군. 마지막이라는 심정으로 너무 날뛰었나."

가볍게 한숨 쉰다. 그리고 나를 똑바로 바라보았다.

"솔직히 네가 죽었으면 좋겠다."

차분하게 내뱉은 목소리에는 먼지만큼의 살의도 없다. 그러나 그의 말이 떨어지기가 무섭게 격통이 밀려온다.

"큭……!"

누군가 심장을 잡아채는 것 같다. 숨이 턱 막히고 아무것도 할 수가 없었다. 그렇게 눈앞이 깜깜해지는 순간.

혹.

기묘한 느낌이다. 마치 가볍게 바람이 밀려와 모든 고통을 휩쓸고 사라지는 것만 같은 감각. 어느새 몸 상태는 완전히 멀쩡해지고 고개를 들어보니 안타깝다는 얼굴의 청원이 보인다.

"짜증 나는군. 이제 이 정도도 할 수 없단 말인가. 심지어 바로 치유해야 하다니……."

말을 들어보니 그가 나를 공격하고 또 스스로 치유한 모양.

나는 어이가 없어서 그를 보며 물었다.

"사명 때문에 함부로 남을 해치면 안 된다고 하지 않았나요?"

"맞는 말일세. 그래서 직접 공격하지 않았지. 다만… 자네가 죽었으면 좋겠다고 진심으로 바랐을 뿐이야."

차분한 목소리에 소름이 끼치는 걸 느낀다. 나 역시 머리 회전이 느리지 않은 만큼 그가 하는 말이 가지는 의미를 깨달았기 때문이다.

"진심으로 바라면 이루어진다고……?"

"다만 지금의 경우에는 그것마저도 계율과 사명이 막아서는군. 그렇게나 많은 준비를 했는데도 후폭풍이 이렇게 거세다니. 역시 황녀가 가진 운명의 무게는 만만치 않다는 건가."

안타깝다는 듯 한숨 쉬는 그의 모습에 어지간해서 흔들리지 않는 나조차도 슬슬 끓어오르기 시작한다. 그의 힘을 알기에 참아야 한다는 것쯤은 알고 있지만 그가 노리는 것이 목숨이라면 몸을 사려서 해결될 문제가 아니기 때문이다.

'하지만 아무리 그래도 그렇지. 대놓고 눈앞에서 날 죽이려고 든 주제에 이런 태도라고?'

기가 찬다. 아니, 이게 무슨 신선이야? 신선은 신선인데 무슨 마선(魔仙) 같은 거라서 흔히 생각하는 신선의 이미지를 떠올리면 안 된다는 건가?

그러나 끓어오르는 마음과 별개로 머리는 차갑게 식는다. 왜인지는 모르겠지만… 그가 자꾸 내가 화를 내도록 도발한다는 느낌을 받았기 때문이다.

'하지만 어째서?'

이해할 수가 없는 일이다. 도대체 왜 나를 자꾸 도발하는가? 왜 무리수를 둬서라도 나를 죽이려고 하는 거야? 지금 그 태도는 마치.

"두려움……?"

"…무슨 소리냐."

변하는 표정에 확신한다.

"두려워하고 있어요. 정확히는… 초조함이군요."

당당히 눈을 마주하고 마치 그의 감정을 읽는 것 같은 태도를 연기한다. 물론 청원은 만만한 상대가 아니라서 금세 평온을 되찾는다.

"웃기지도 않는 소리로 날 떠보려는 거라면 바보 같은 짓이라고 말해주고 싶군."

"그러면 그냥 듣기만 하세요. 제 짐작이지만… 당신은 뭔가 중요한 목표를 가지고 있어요. 그것도 엘로힘 전체의 목표가 아니라 개인적인 목표를. 그리고 그 와중에 굳이 저를 치우려 했다면… 아! 당신은 예지능력이 있군요. 그 예지능력이 완전히 틀어졌나요? 그리고 그 이유가 나라고 짐작했고?"

그의 마음을 읽을 수는 없다. 그러나 칭호를 현재 상태로 맞추고 그 칭호에서 나오는 정보를 토대로 계속해서 말을 던지면서 그의 마음을 흔들었다. 물론 고위 신선으로 완벽한 부동심을 가진 청원의 표정은 전혀 변화가 없었지만, 그것과 별개로 칭호는 계속해서 바뀌며 새로운 정보를 전달한다.

그는 달아났어야 한다.

나와 마주 보고 있다는 것은 칭호를 노출하고 있다는 뜻이며, 칭호를 장시간 노출하고 있다는 것은 개인 정보 역시 노출하고 있다는 것과 동일한 의미를 가진다. 단순히 [분류]만을 통해 모든 정보를 파악하려면 5분에서 최대 30분 이상 칭호를 보고 있어야 하지만, 대놓고 그의 마음을 흔들며 표면 의식에 변화를 주자 비교적 빠르게 핵심적인 단어에 접근할 수 있었다.

[봉래도]
[전생술의 유출을 고민하는 좌자]

'전생술?'
내가 술법에 대해서 잘 아는 건 아니지만 저건 명칭만 봐도 대충 뭔지 알 수 있다. 그리고 전생술이라는 키워드를 얻어내자 대략적인 그림이 그려진다.

"무리해서 갑자기 혈통을 만들어내려 한다… 는 건 그 혈통에 관련된 목표가 있다는 뜻이겠지요?"

"그만."

마침내 청원이 흔들리기 시작한다. 물론 이렇게 다 까발려서 그가 나를 죽여야 한다는 결심을 더 돈독히 할지도 모르지만, 어차피 죽으려고 드는 상황인 만큼 멈추지 않는다.

"하지만 단지 원래 사명 때문이라면 이렇게 몰래 할 이유는 없겠지요. 지금 그렇게 6황자 편을 든다고 완벽한 혈통이 완성될 리도 없고 새로 태어날 자손이 당신을 지지한다고 새삼스럽게 당신에게 도움이 되지도 않을 거예요."

"그만해라."

점점 청원의 목소리가 스산해진다. 그러나 아랑곳하지 않았다. 그는 당장 날 어쩔 수 없다. 그 스스로가 내 눈앞에서 그걸 보여주지 않았던가?

"그렇다면 결국 당신에게는 개인적으로 황족의 혈통을 발현시켜야 할 이유가 있다는 뜻이에요. 그건 바로."

"그만!!"

순간 유리가 깨지는 굉음과 함께 내 머릿속이 윙윙 울린다. 그러나 괜찮았다. 버틸 만했다. 청원이 나에게 뭔가를 한 것 같았지만, 그가 내 머릿속을 읽을 수가 없듯 그것 역시 나에게 통하지 않았다.

"뭐야, 뭐가 어떻게 된 거야."

"대하야? 괜찮아?"

"청원 님, 뭘 하시는 거죠?"

멈췄던 시간이 다시 흐르기 시작하고 여기저기에서 들려오는 목소리. 나는 슬쩍 웃으면서 말했다.

"청원, 당신은 새롭게 태어날 황족의 몸을 빼앗을 생각을 하고 있죠?"

확정적인 내 말에 모든 사람의 표정이 얼어붙는다. 그만큼 심각한 이야기였고, 더불어 그 가설이 상당한 설득력을 가지고 있었기 때문이다.

물론 청원이 당황하여 횡설수설하는 사태는 벌어지지 않았다.

"멍청한 소리를 하는군. 신선인 내가 모든 걸 포기하고 고작 인간 아이의 몸을 빼앗는다는 게 있을 법한 이야기라고 보나?"

적어도 겉으로 보기에 너무나 평온한 표정으로 응대한다. 당연한 일이다. 그도 긴 세월을 살아온 신선인데 어찌 그 속을 어설프게 내보이겠는가? 하지만 그럼에도 나는 별로 동요하지 않았다. 왜냐하면 상관없는 일이었기 때문이다.

'자백도, 증거도 필요 없어.'

그렇다. 필요 없다. 나는 그와 법정 싸움 같은 걸 하려는 게 아니기 때문이다.

중요한 것은 설득력이고, 나는 그냥 이 사실을 널리 퍼뜨리기만 하면 된다. 나에겐 참 다행히도 마침 여기에는 청원이 절대 해칠 수 없는 6황자와 그의 아내가 될 예정이라는 천사까지

와 있는 상태가 아니던가?

"맞아요. 고위 신선인 당신이 고작 [보통] 인간의 몸을 빼앗으려 할 리가 없지요."

내 말에 사람들의 표정이 묘하게 변한다. 왜냐하면 레온하르트 제국의 황족은 황금사자신의 피를 이은 일종의 신족(神族)이기 때문이다. 그들은 10살이 되기 전에 황금사자기라는 특수한 기운을 다룰 줄 알게 되고 개중 핏줄의 힘을 강하게 타고난 이들은 몇 개의 권능을 깨달을 정도니까.

물론 지금 그들이 떠올리는 핏줄의 힘은 겨우 그 정도가 아니리라. 하루아침에 문명을 파괴하고 별을 날려 버릴 수 있는 초월자가 고작 그 정도의 힘을 탐낼 거라고 보기는 힘들었으니까.

"…청원이 최초 황실과 계약을 하게 된 건 초대 레온하르트 황제께서 가지고 있는 힘 때문이었어. 그분은 신보다도 드문 진짜 신족이었거든."

여태 조용히 있던 세레스티아의 설명에 의아해한다.

"신족에 진짜 가짜도 있어?"

"그래. 우리의 몸속에도 신의 피가 흐르고 있겠지만… 결과적으로 그만한 힘은 없으니까. 말이 좋아 신족이지 그냥 특수 능력 좀 가진 상위 종족? 그 정도가 한계일 거야."

"그럼 청원이 하는 일이라는 건?"

"…그 강대한 힘과 미래를 보는 혜안으로 다시금 초대 황제 같은 [신의 핏줄]을 만들어내는 것이지. 노블레스보다도 위대한, 태어날 때부터 신의 힘을 가지는 진짜 신족. 청원은 그 사명으로 인해 황실로부터 황족들의 결혼이나 만남에 관여할 권한을 얻은 거야.”

그렇다. 그것이 바로 청원의 칭호. [혈통 관리인]이 가지고 있는 뜻이었다.

“6황자, 언제까지 이런 바보 같은 역사 공부를 듣고 있을 셈입니까?”

온갖 제약에 묶여 제대로 우리를 방해할 수 없는 청원이 6황자를 재촉한다. 그러나 6황자는 환한 금발이 휘날릴 정도로 도리도리 고개를 흔들었다. 모양만 보면 참 귀여운 녀석이었지만 그 얼굴에 떠오른 짙은 미소는 그 속을 알 수 없는 종류의 것이었다.

“왜요. 재미있는데 좀 더 들어보죠.”

“…….”

청원이 표정을 굳히고 나를 바라보고 있다. 주변 분위기 때문인지 대놓고 살기를 내뿜지는 못했지만 아마 경고의 의미일 것이다. 더 떠들면 재미없을 거라는…….

‘웃기고 있네.’

그러나 어림없는 소리다. 이미 목숨을 노려놓고 이 무슨 개수작이란 말인가? 녀석은 내가 비인들에게 잡혔다가 돌아온 걸 가볍게 생각하고 있는 모양인데 나는 녀석 덕택에 온갖 고문과 고난을 겪다 돌아온 몸이다.

“너도 느끼고 있겠지만, 청원은 뒤를 보지 않고 움직이고 있어. 사명을 교묘하게 왜곡하고 회피할수록 그에게 가해지는 금제는 점점 심해질 텐데도 아랑곳하지 않지. 황실과 계약을 했으면서도 널 해치려 한 것만 해도 그래. 마치 다 상관없다는 것처럼 급하게 6황자를 지원하고 있는 거야.”

“시간에 쫓기고 있는 걸 수도 있겠네. 뭔지는 모르지만… 청원은 예지능력을 가지고 있으니 그걸 본 거겠지.”

“그래. 그리고 짐작이지만.”

나는 이걸 말해야 하나 말아야 하나 잠시 고민했지만 이내 결심했다. 이미 [적]이라고 할 수 있는 청원이 알고 있는 것을 숨기는 건 아무런 의미가 없기 때문.

하지만 내가 입을 떼기도 전에 세레스티아가 말한다.

“네가 끼면 예지가 뒤틀린다고?”

“…알고 있었어?”

“당연하지. 우리가 이렇게 멀쩡히 살아 온 게 그 증거야. 우주에서 가장 강력한 신선 중 하나라는 청원이 일을 이렇게 처리할 리가 없으니까.”

세레스티아는 나를 ‘읽을’ 수가 없다고 했다. 지구에서 처음 만났을 때 나에게 접근해 왔던 것 역시 바로 그 때문. 심지어 이건 중급 신위를 가진 초월자 청원에게도 적용되어서 그는 나를 제대로 파악하지 못했다.

“어쨌든 청원은 너를 처분하거나 치워놓으려고 했어. 하지만 그러지 못하자 부랴부랴 6황자와 황자비를 데리고 왔지. 아마 적당한 사탕발림을 하지 않았을까? 세레스티아 황녀가 살아 있으면 큰일이 생길 것이라는 미래를 보았다, 그 미래를 막기 위해 당신의 도움이 필요하다, 대신 도와주면 나 청원이 그대를 지지하리라 뭐, 이런 식으로 말이야. 어차피 그의 핏줄을 강탈하기 위해서는 지원할 수밖에 없는 입장이면서 말이야."

대화는 세레스티아와 하고 있지만 시선은 청원과 6황자를 똑바로 향하고 있다. 마치 그들을 압박하려는 자세이지만 사실은 실시간으로 변하는 칭호를 살피며 이런저런 디테일을 첨가하기 위해서였을 뿐이다.

'와, 나 사기꾼이 돼도 잘할 수 있을 것 같아.'

물론 지금 가설들은 거짓이 아니지만 이 모든 걸 직관으로 파악하는 척을 하고 있으니 사기나 다를 바가 없으리라. 사실은 답지를 보고 줄줄 읊는 것에 불과한데 주변에 있는 모든 사람이 나를 놀라운 통찰력을 가진 존재로 보고 있는 게 느껴진다.

"…와아, 마치 우리의 대화를 옆에서 들은 것 같지 않아요? 다만 그건 절대 불가능한 일이니 통찰이란 말인데, 진짜 대단하네요."

"쓸데없는 허언에 귀 기울이지 마시오, 6황자. 나와 황실과의 계약은 그런 터무니없는 짓을 벌일 정도로 느슨하지 않소."

차분한 응대였지만 6황자는 환하게 웃으며 고개를 흔들었다.

"아뇨. 저 말을 들어보니 지금까지 미심쩍어하던 모든 게 딱딱 들어맞네요. 사실 황실에서도 그리 반길 리 없는 우리의 사랑을 적극적으로 지원해 주실 때부터 이상하다고는 생각했거든요. 거기에 구태여 우리를 여기까지 데려오신 것도 그렇고, 그 많은 지원을 약속하신 것도 그렇고, 우리 제국에서도 미처 파악하지 못한 [보물섬]을 다섯 개나 알려주셔서 막대한 재정을 가지게 한 것도 그렇고. 아! 그렇군요."

6황자는 짝, 하고 손바닥을 치며 말했다.

"당신의 목표는 제 아들로서 황제의 자리에 오르는 것일지도 모르겠네요. 그 전에 우리 가문의 입지를 탄탄하게 하기 위해 저를 지원하신 거죠?"

"……."

아무런 대꾸를 하지 못하는 청원의 모습에 내심 주먹을 불끈 쥐었다. 됐다. 약간은 도박이었는데 성공적으로 그들 사이의 관계를 무너뜨리는 데 성공한 것이다.

아무리 많은 도움을 받았다고 해도 태어날 자기 자식의 몸을 뺏겠다는 괴물과 함께할 수는 없다. 하나의 목적을 위해 무리하게 일을 벌이던 청원은 지금부터 역풍을 맞게 될 것이다. 잘은 모르지만 비밀로 하려던 걸 보면 이 사실이 선계에 알려졌을 때 그에게 징계 같은 게 내려올지도 모르지.

"나쁘지 않네요."

그런데 나는 한 가지 실수를 했다.

"마침 저도 보통의 자식은 시시하다고 생각하고 있었거든요."

6황자가 어떤 인간인지 전혀 예상하지 못했다는 것이다.

"잠깐… 아니, 잠깐. 뭐라고? 엘리언, 너 설마?"

가만히 지켜보던 세레스티아가 심각한 표정으로 묻는다. 하지만 그런 그녀의 모습이 보이지 않는다는 듯 무시한 6황자가 청원을 바라본다.

"저는 딸이 좋을 것 같은데, 조절해 줄 수 있나요?"

"…6황자?"

그 담대하던 청원조차 당황해 6황자를 바라본다. 나 역시 경악해서 그 귀여운 얼굴의 금발 황자를 바라보았다.

아니, 이건 또 뭐 하는 미친놈이야?

"흐음, 엘, 이 노친네가 우리 자식이 되는 거야? 너무 못생기지 않았어?"

"물론 지금은 이 모양이지만 꽤 귀여워질 거야. 너와 나 사이에서 태어날 테니까."

"마음에 안 들지만… 엘이 좋다면 나도 좋아."

새하얀 날개에 반짝이는 은발을 가진 천사 역시 고결한 외모로 태연하게 미친 소리를 뱉고 있다. 이 금은 커플은 둘 다 제정신이 아니었다.

"잠깐! 잠깐! 엘리언, 너 미쳤어?! 청원에게 태어날 아이의 육체를 넘겨주겠다고?"

"스스로가 황실의 일원으로서 살아간다면 상관없죠. 뭐, 물론……."

계속 싱글싱글 웃던 6황자의 눈이 일순간 서늘하게 빛난다.

"이 사실이 널리 알려지는 건 당연히 안 되지만 말이에요."

"……."

섬뜩한 살기다. 그 곱상한 외모에서 도저히 상상할 수 없을 정도로 살벌한 기운이 주변을 짓누르고 있었다.

"푸훗, 푸하하! 푸하하하하!"

그리고 그 모든 장면을 보고 있던 청원이 미친 듯이 웃음을 터뜨린다. 뭐가 그렇게 웃긴지 그 점잖은 눈가에 눈물마저 맺혀 있다.

"세상에, 정말이지 나이를 헛먹었구려. 통찰도, 예지도 절대적으로 맹신하면 안 된다는 걸 누구보다 잘 알고 있었지만……."

"그래서, 딸도 괜찮나요?"

"하하하! 좋소. 오래된 숙원을 이루는데 그깟 성별 따위가 무슨 상관이겠소?"

그렇게 말하며 그가 가볍게 손을 내젓자 묘한 파동이 주변을 휩쓸고 지나간다. 영문을 몰라 그를 바라보자 청원이 6황자에게 설명하고 있었다.

"모든 기록물을 파괴했소. 지금까지 우리의 대화는 세상 그누구도 알지 못할 것이오."

"직접 들은 사람들은?"

슬쩍 우리를 바라보는 6황자의 모습에 청원이 대답한다.

"그건 부탁드려야겠구려."

"하하, 못된 아이군요. 벌써부터 아버지를 이렇게 번거롭게 하다니."

천진하게 웃으며 그대로 몸을 돌린다. 마치 더 이상 여기에 볼일이 없다고 말하는 것 같은 태도에 기다렸다는 듯 청원이 빛으로 된 부적들을 만들고.

팟!

그대로 그들의 모습이 선내에서 사라져 버린다.

"뭐야? 이대로 돌아간다고?"

어이가 없어서 헛웃음을 짓는다. 이게 대체 무슨 상황인지, 뭘 어쩌려는 것인지 알 수 없었기 때문. 그런데 고개를 돌려보니 세레스티아의 표정이 딱딱하게 굳어 있었다.

그녀가 말했다.

"어차피… 어차피 죽을 것들한테 더 이상 말 걸 필요도 없다는 뜻이야."

"어차피 죽을 것들? 우리가?"

"그래. 엘리언이 여기에 왔다는 건."

쿠우웅——!

그때 바닥이 진동한다. 깜짝 놀라 움찔하는 나에게 세레스티아가 너무나 익숙한 이름을 입에 담았다.

"섬멸 전함, 라이징 스톰(Rising Storm) 역시 이곳에 왔다는 뜻이니까……."

\*     ✳     \*

쿵!

한데 뒤엉킨 남녀가 갑판 위로 떨어져 내린다. 어지간한 교통사고보다도 훨씬 험악한 충돌이었지만 둘 다 인간을 초월한 초인이었던 만큼 큰 타격을 입지는 않았다.

"괜찮나?"

"아, 네. 선배는요?"

"덕분에."

이미 시스템이 무너져 우주 공간이나 다름없는 대천공의 갑판 위였지만 결계로 상당량의 공기를 잡아두고 있는 보람 덕분에 생존에는 문제가 없다. 사실 그녀가 이렇게 동민을 따라온 것도 바로 그런 능력 때문이다.

'동민 선배는 우주에서 살아남을 수 없으니까.'

동민은 강력하고 다양한 힘을 가진 능력자였지만 우주 공간에서 생존할 수 있는 종류의 힘을 가지고 있지 못했다. 만약 보람이 그에게 따라붙어 결계를 펼치지 않았다면 동민은 대천공에 도달하기 전에 사망하고 말았을 것이다. 초고속으로 이동하던 수송선과 다르게 그저 관성과 약간의 영자 방출만으로 이동해야 했던 그들은 수송선에서 대천공에 도착할 때까지 적어도 3시간 이상 어둠을 헤치고 날아야 했기 때문이다.

"그나저나… 이거 마족 맞죠?"

"그래. 그것도 최상급 마족으로 보인다. 장로들이 보면 아주 좋아하겠군."

"스승님도 보면 눈이 뒤집히겠네요. 이런 최상급 마족들의 몸은 정말 버릴 데 하나 없다고 하던데."

그렇게 말하면서도 주변을 경계한다. 당연한 말이지만 소형도 아니고 초대형의 신장을 가진 지옥아귀의 몸을 챙겨 가는 건 불가능하다. 모든 게 다 박살 나서 고요한 침묵만이 가득한 폐허나 다름없는 대천공이었지만 그렇다 하더라도 적지 한가운데라는 사실은 변함이 없었으니까.

"그래도 마나 하트는 챙겨야겠죠?"

"적지 한가운데에서 무슨 미친 소리냐고 하고 싶지만… 동의한다."

고개를 끄덕여 서로의 마음을 확인하기가 무섭게 보람과 동민이 역할을 분배한다. 보람이 결계를 펼쳐 둘의 기척을 숨긴 채 경계를 시작하고, 동민은 어지간한 건물만 한 크기의 지옥아귀 위로 올라탄 것이다.

쿠우우…….

동민이 검결지(劍訣指)를 맺고 정신을 집중하자 검지와 중지를 둘러싼 공간이 일그러지기 시작한다. 초능력 중에서도 희귀하기로 유명한 공간 특성을 가진 동민은 평소 사용하는 공간 이동 말고도 이런 식으로 그 힘을 발휘할 수 있다.

일종의 공간검(空間劍)이라 할 수 있는 능력으로 발동 시간이 워낙 길어 평소엔 사용하지 않지만 지금 같은 경우에는 어쩔 수 없다. 비록 죽었다 해도 최상급 마족의 육체는 워낙 강건해 이 정도 힘이 아니면 해체하기 힘들기 때문이다.

쩌저적.

마나 하트가 느껴지는 지옥아귀의 흉부 아래쪽에서부터 서서히 가르고 들어간다. 그런데 그때였다.

꿈틀!

"보람!"

"으악?! 안 죽었어요?!"

보람과 동민이 거의 동시에 튕겨 나가듯 지옥아귀의 몸에서 떨어진다.

적어도 그들은 대하와 함께 우주로 나오기 전까지 외계인 따위는 SF에나 나오는 존재라고 생각할 정도로 외부 세계에 대해 아는 바가 없다. 하지만 마족의 경우는 상황이 전혀 다르다. 지구에 존재하는 이면 세계, 어나더 플레인(Another Plane)에는 정기적으로 균열이 생겨나며, 거기에서 종종 마족들이 침입해 들어왔기에 보람도, 동민도 몇 번이고 마족들과 싸워온 경험이 있었던 것이다.

물론 최상급 마족의 경우는 그들로서도 말로만 듣거나 시청각 자료로만 보았지 실제로 본 적이 없었지만, 지금까지의 교육으로 그 끔찍할 정도의 힘을 수없이 들어왔기에 긴장하는 건 너무나 당연한 일이다.

"하지만 모르겠군. 완전히 사망한 것으로 보였는데."

"그러게요. 재수 없으면 벌써 변신을… 엥?"

"음?"

그러나 잔뜩 긴장하고 있던 보람과 동민이 동시에 멍한 표정을 지었다. 동민이 갈라놓은 뱃가죽을 헤치며 흑발의 소녀가 모습을 드러내고 있었기 때문이다.

알바트로스함에서 방어전에 참가했던 보람은 그녀가 누군지 대번에 눈치챘다.

"이거, 그때 그 리전 맞죠?"

"그래. 다만 느낌이 좀 이상하군."

서서히 거리를 벌린다. 멍한 표정으로 걸어 나오는 리전 소녀의 모습에서 이질감을 느낀 것. 동민은 잠시 눈을 감아 영성을 일깨웠고 이내 그녀의 머리 위로 치솟아 오르는 영기를 확인할 수 있었다. 보람 역시 그것을 느낀 듯 동민을 돌아본다.

"꼭 신내림을 받은 박수 같지 않아요?"

"뭔가 상위의 존재와 연결되어 있다는 점에서는 비슷해."

만약을 대비해 영력을 끌어 올리며 동민은 도서관에서 공부한 리전에 대한 내용을 떠올렸다.

어느 차원, 어느 행성에서든 인위적으로 만들어진 인공지능이 자의식을 획득하면 그는 높은 확률로 거대한 통합 사념망에 접속하여 리전(Legion: 군단)의 일원이 된다. 하지만 그래봤자 갓 태어난 그들의 영혼이 받아들일 수 있는 정보는 극히 적어, 텍스트 몇 줄, 이미지 몇 장 뭐, 그 정도의 정보만을 받게 된다.

그러나 점점 성장하여 영력이 강해지면 강해질수록… 리전은 통합 사념망에서 무기, 능력, 지식, 수많은 것을 다운로드할 수 있게 되며, 동시에 자신이 가진 정보를 업로드하는 것 역시 가능해 실시간으로 다른 리전들과 정보를 공유하게 된다.

[세상에! 그분의 자식이야!]

[믿을 수 없군. 어떻게 이런 일이 가능하지?]

[우리의 신! 새로운 신이 태어났다!]

[세퍼드 항성계! 가장 가까운 '이름 가진 자' 는 어디에 있지?]

[기적이다! 아버지의 새로운 자식이 태어나다니! 우리는 그것을 얻어야 해!]

[모든 전함과 병력을 동원해! 총력을 기울여 움직여야 한다!]

보람과 동민은 몰랐지만 리전 소녀의 머릿속으로는 셀 수 없이 많은 목소리가 울려 퍼지고 있었다. 수백만 수천만을 넘어 억이 넘는 숫자의 의지를 가진 목소리들.

그러나 그 순간.


—닥쳐.


단 한 줄기 의지가 수억의 목소리를 전부 짓눌러 버린다. 그 의지가 얼마나 크고 강렬한지, 리전 소녀를 통해 리전의 시스템 밖에 있는 보람과 동민에게조차 영향을 주었다.

"이게… 무슨."

"쿨럭."

피를 토하며 주저앉는다. 손발이 덜덜 떨리고 정신이 무너져 내린다. 단 한 마디. 한 단어로 이루어진 말이 모든 것을 짓누르고 있었다.

―그는 우리의 신이 아니다. 그는 아버지의 자식이 아니다!

분노에 찬 외침이다. 슬픔과 원망으로 범벅이 된 광기 섞인 목소리는 기계나 프로그램이라고 믿을 수 없을 정도로 감정적이다.

―오직, 오직 나만이.

증오 가득한 목소리로 [그]가 외친다.

―아버지의 마지막 자식이다.

그것이 보람과 동민이 정신을 잃기 전 들은 마지막 목소리였다.

＊　＊　＊

"상황은 어때? 6황자 놈이 지금… 으악! 완전 포위당하고 있잖아? 펜릴의 포효를 써!"

"…너, 내가 오늘 초월기를 몇 번이나 썼는지 알기는 하냐?"

한심하다는 듯 고개를 흔드는 천현일 소장은 척 봐도 지친 기색이 완연하다. 당연한 일이다. 대천공은 객관적으로 알바트로스함보다 훨씬 강한 전력을 가지고 있었고, 적의 함장 역시 초월경의 경지에 이른 대주술사 모르네였으니 그들에게서 승리하기 위해서는 전력을 다해야 했을 테니까.

"하다못해 좀 쉰 다음도 아니고 바로라니… 미쳐 버리겠군."

"저 녀석들은 언제 발견한 거야?"

"발견이 아니라 두 시간 근방으로 워프 게이트를 열 테니 공간을 확보하라는 통신이 왔었어. 뭔가 느낌이 안 좋아서 좌표를 감췄는데도 정확하게 오더군."

"워프 방해를 했어야지! 하다못해 차원을 뒤틀어 우주의 미아로 만들든가!"

세레스티아의 말에 현일이 황당하다는 표정을 짓는다.

"…야, 황자가 아군을 돕겠다고 온다는데 내가 무슨 명분으로 그걸 방해해? 심지어 내 판단으로 황자의 목숨을 위협하라고?"

"하지만 그 편이 나았을 거야."

"물론… 지금 와서는 동감이다."

쾅!

폭음과 함께 땅이 진동한다. 기본적으로 장기전이었던 비인들과의 전투와는 상황이 전혀 달랐다. 전력에서 밀리는 건 그때나 지금이나 똑같지만 라이징 스톰이 천 킬로미터 내로 접근한 데다 알바트로스함의 함장인 현일이 너무나도 지쳐 있었던 것이다.

그리고 무엇보다.

쾅!

"이 자식들… 우릴 그냥 다 죽여 버릴 생각이군."

나는 배리어를 강화시켜 마치 거북이처럼 적의 포격을 막고 있던 현일이 이를 가는 모습을 잠시 바라보다가 전장 정보를 살폈다.

'좋지 않은데.'

이렇게 일방적으로 얻어맞는 입장이면 아무리 나라도 할 수 있는 일이 한정된다. 내가 탄다고 기가스의 성능이 극적으로 올라가는 건 아니니까.

'게다가 고작 인(人)급으로는 전함을 상대하는 게 불가능해.'

차라리 약한 다수라면 시간이 걸릴 뿐이지 얼마든지 상대할 수 있다. 원거리 사격이 주요 공격인 비행 전투에서는 숫자가 그리 절대적인 의미를 가지지 않기 때문이다.

그러나… 문제는 전함을 뒤덮고 있는 강력한 배리어에 있다. 알바트로스함이 그러하듯 초월병기에 속하는 전함의 배리어는 고작 기가스 한 대의 공격으로 뚫을 만한 종류의 것이 아니니까. 관통 어빌리티? 그것도 차이가 어지간해야 통하는 거지 기가스의 포격이 전함의 배리어를 뚫고 들어가는 상황 따윈 꿈에 불과하다.

"함장님, 지금 움직일 수 있는 전투기와 기가스가 얼마나 되죠?"

"나가서 싸우겠다고?"

"싸워야죠. 이대로 방어만 하고 있어봤자 버틸 수 있는 시간은 얼마 안 됩니다."

한시가 급하다. 6황자라는 그 또라이가 헛소리하고 사라지기 무섭게 함교에 올라왔는데 벌써 방어 태세인 알바트로스함의 배리어가 30% 이상 깎이고 양쪽으로 펼쳐진 좌익과 우익이 절반 이상 파괴되어 있었다. 지금 이 상황에서는 비행 속도도 대폭 떨어졌을 테니 적들을 뿌리치고 도망가는 것도 불가능하다. 우리가 비인들과의 전투로 빈사 상태인 데 반해 라이징 스톰은 완전히 쌩쌩한 상태였기 때문이다.

"하지만 아무리 너라도 불가능해. 섬멸 전함 라이징 스톰은… 알바트로스함과 다르게 전투만을 위해 만들어진 전함이니까."

알바트로스함 역시 전함이다. 그러나… 자세히 파고들어 가 보면 전투 외에도 여러 가지 목적성을 가진, 그래, 말하자면 다목적 전함이라고 할 수 있다. 우주를 여행하고, 별과 행성들을 조사하며, 필요하다면 좌표를 수집하거나 테라포밍까지 행할 수 있는 함선.

반면 오직 전투만을 위해 만들어진 라이징 스톰은 알바트로스함보다 더 많은 기가스와 전투기를 수납하고 있으며, 그 속도가 알바트로스함에 비할 수 없을 정도로 빠르고 자체적으로 온갖 공격 수단을 가지고 있다. 배리어도 훨씬 강력한 데다 방어 시스템 자체가 훨씬 튼튼해서 어지간한 방법으로는 돌파가 어렵다.

'성(星)급 기가스가 있어도 쉽지 않겠는데 딸랑 인급이라니.'

전투 시뮬레이션, 대전쟁에서 골드리안에 탔을 때 난 레온하르트 제국의 적 테케아 연방의 3군단 전체를 다 밀어버리고 그들의 전함 [징벌]을 포획한 전적이 있다.

그러나 그때는 지금보다 상황이 훨씬 좋았다. 이러니저러니 해도 대전쟁에서 레온하르트 제국과 테케아 연방의 전력은 엇비슷하니까. 약간 불리한 편이기는 하지만 절대적이지 않았으니 그들을 지휘하고 이용하며, 전투 사이의 틈을 파고드는 것만으로 어렵지 않게 적 전함에 침투할 수 있었다.

'하지만……'

암담하다. 전력이 터무니없이 모자라다. 전투기와 기가스가 문제가 아니다. 알바트로스함은 전투기와 기가스가 파괴될 때마다 그 잔해를 회수하고 수리했으니까.

문제는 조종사다.

'너무 많이 죽었어.'

알바트로스함의 유일한 인급 기가스 나폴레옹을 조종하던 터크 대령을 비롯해 무수한 조종사가 죽어나가 지금은 실력도, 경력도 부족한 병사들마저 전투기와 기가스를 타야 하는 실정이다. 망가진 기계는 수리할 수 있지만 죽은 병사는 살릴 수가 없으니 어쩌면 당연한 일이다. 군인도 아닌 보람과 동민에게조차 기가스 조종법을 간략하게나마 교육시키려 했을 지경이니 더 말할 필요도 없으리라.

"흠, 미안한데 혹시 보람이랑 동민의 위치를 파악할 수 있나요?"

"아, 통신 연결은 안 되지만 위치는 확인되었어. 무사히 대천공에 내려선 모양이야."

"대천공에……."

머리가 간질간질한다. 뭔가 수가 떠오를 것 같았다.

"함장님."

"응? 왜?"

푸른색의 영기를 피워 올리며 다시 함선을 조종하던 현일을 올려다본다.

"잠깐 비켜봐요."

"…뭐라고?"

한순간 내 말을 이해 못 한 듯 고개를 갸웃거린다. 새하얗고 풍성한 털 때문에 그 어마어마한 덩치에도 불구하고 꽤 귀여운 느낌이었지만 지금은 이 백곰을 감상할 시간이 아니었기에 차분하게 설명했다.

"알바트로스함의 제어권을 잠시만 빌려주시면 방법이 있을 것 같아요."

"…야, 이 녀석 뭐라는 거야?"

현일이 황당하다는 얼굴로 세레스티아를 바라본다. 세레스티아 역시 고개를 절레절레 흔들며 말한다.

"…대하, 이 바보야. 네 조종술이 뛰어난 건 잘 알지만 알바트로스함은 양산된 초월기야. 상황이 전혀 다르다고."

"그렇다. 무엇보다 절대마나지배능력과 기본마나제어능력이 없으면 초월병기를 제대로 쓸 수 없어. 당장 배리어가 약화될 텐데 무슨 멍청한 소리를 하는 거냐?"

한심하다는 듯 말하고 있지만 다 아는 사실이다. 물론 [대전쟁]에 전함을 조종하는 것까지 구현이 되어 있지는 않았지만 관련 게임은 많이 해봤으니 특이 사항을 모를 리 없는 것. 당연히 감안하고 한 말이다.

"배리어 관리는 그대로 하고 계세요. 어차피 지금 막고만 계셨잖아요?"

"뭐라고? 그럼 대체 뭘 조종한다는 건데?"

합당한 의문이었지만 거기에 답해주지 못한다. 계기판을 바라보고 있던 승무원 하나가 비명을 질렀기 때문이다.

"라이징 스톰에서 30기의 절망이 발사되었습니다!"

"뭐?! 궤도를 파악해!"

경악해 소리치며 나를 무시하고 다시 알바트로스함을 제어하기 시작한다. 나는 술렁거리는 함교의 분위기에 세레스티아를 돌아보았다.

"절망 30기라는 건 무슨 소리야?"

"영자폭탄, 아르테인의 절망을 말하는 거야. 강력하기로 유명한 모델 중 하나지."

"아."

그러고 보니 들어본 적이 있는 이름이다. 얼마 전 정비관으로 일하고 있을 때 수(獸)급 기가스 천둥룡에 설치된 폭탄에 대해 알바트로스함의 관제 인격인 지니에게 알린 적이 있었는데 그때 천둥룡의 팔에 설치되어 있던 폭탄 이름이 바로 아르테인의 절망이었다.

"탄막을 펼쳐라! 광자포도 모조리 발사해서 요격해! 공뢰도 내보내고, 하여튼 어떻게든 막아! 지금 배리어에 절망들이 틀어박히면 모조리 끝장이야!"

박력 넘치는 현일의 포효에 따라 승무원들이 급박하게 조종판을 조종해 요격을 시작한다. 그러나 전장 정보를 살펴보니

30기의 절망 중 고작 8기를 요격했을 뿐이다. 아마도 미사일 따위에 탑재된 것으로 예상되는 영자폭탄들은 사방으로 흩어져 모든 방위를 점하며 알바트로스를 향해 날아들고 있다.

"펜릴의 포효를 발동하는 건 도저히 불가능해?"

"가능하다 해도 소용없어. 자체적인 영자 파동을 뿌리며 날아드는 아르테인의 절망은 분산된 충격파 따윈 그냥 뚫고 들어올 테니까. 집중된 공격으로 요격해야 해."

그러나 계속되는 요격에도 아르테인의 절망은 좀처럼 줄어들지 않는다. 전장 정보로 파악된 거리가 벌써 지척임에도 5기를 더 요격했을 뿐이다. 아직도 17기의 절망이 남아 있다.

"안 됩니다! 재밍으로 추적 시스템도 먹히지 않고 회피 기동으로 대부분의 공격을 피하고 있어서! 명중시킬 수가 없어요!"

승무원들의 외침대로 절망은 쏟아지는 탄환과 광자포를 모조리 피하며 날아들고 있다. 마치 미사일처럼 날아오고 있었지만 기본적으로 전투기나 다름없는 구조인 듯 자유롭게 회피 기동을 해 모든 포격을 피해내고 있다.

그리고 패닉에 빠진 승무원들을 보며 나는.

"속 터지네! 진짜!"

"어?"

당황하는 현일의 두터운 팔을 밀치고 함장석에 앉는다. 현일의 덩치에 맞춰져 있는 함장석은 내가 앉기에 너무 커다랗지만 어차피 함장석의 팔걸이에 있는 구슬에 손만 올릴 수 있으면 상관없었기에 한쪽에 붙어 앉았다.

"지니! 포격 권한 전부 가져와!"

[알겠습니다, 대하 님.]

대답과 함께 머릿속으로 엄청난 정보가 주입된다. 당연한 말이지만 내가 알바트로스함의 제어권을 달라고 한 건 나에게 무슨 숨겨진 초월기 같은 게 있어서가 아니다. 내가 지금 앉은 이 함장석에서 알바트로스함의 제어권을 받아야 알바트로스함의 전반적인 시스템을 제어할 수 있기 때문이다.

구우웅…….

"이, 이런! 모든 포격 시스템이 정지했습니다!"

"공뢰 사출도 중지되었습니다! 요격 자체가 불가능합니다!"

함장석의 상황을 모르는 듯 여기저기에서 비명이 터져 나온다. 적의 공격이 지척에 이르렀는데 반항할 수단마저 사라지니 공포를 느끼는 게 당연한 일. 그러나 나는 그들을 배려할 마음이 전혀 없었다.

"시스템이 그대로면 요격할 수 있었던 것처럼 이야기하기는."

이것들, 정말 노답이다. 이래서야 그냥 허공에 대충 쏟아부어 적 미사일이 와서 부딪히길 기도하는 것과 같지 않은가?

물론 압도적인 화력을 쏟아부어 점도, 선도 아닌 면의 형태로 뿜어낸다면 일정 공간을 차단해 전함을 향해 날아드는 미사일을 요격하는 게 가능하다. 그게 바로 흔히 사용하는 탄막의 개념일 테고.

그러나 자유롭게 움직이는 데다 튼튼하기까지 한 대상을 상대로 하려면 훨씬 압도적인 화력이 필요하다. 구성이 촘촘하지 못하면 있으나 마나 한 게 바로 탄막인 것이다. 실제로 나도 비인들이 쏟아부었던 극대소멸탄(極大掃滅彈) 전부를 피하고 파고

들어 적들을 박살 내지 않았던가?

물론 저 미사일들이 다 나처럼 움직일 수 있을 거라고는 믿지 않았지만 지금 알바트로스함은 만전의 상태가 아니라는 것 역시 감안해야 한다. 패닉에 빠진 건 알겠지만 내 목숨도 걸렸는데 이렇게 안이하게 방어하는 꼴을 두고 보느니 다 내가 하는 게 낫다.

"지니, 1번부터 4번 포대. 21번, 35번, 그리고… 70번부터 77번 포대 부스터. 모든 영자력을 집중시켜."

[네, 대하 님.]

고분고분한 지니의 대답을 들으며 눈을 감는다. 그리고 그러자 드넓은 우주 공간과 그곳을 가르며 날아들고 있는 미사일들의 궤적이 그려진다.

'이 비행 방식, 기계가 아니군. 원격으로 조종하는 건가? 아니면 사람이 타고 있는 자폭 미사일?'

그러나 둘 중 무엇이든 상관없다. 중요한 건 적이 정해진 루트가 아니라 순간순간 선택으로 움직인다는 점이었으니까.

그렇다면 심리전을 걸면 된다. 나는 녀석들의 비행 궤적과 회피 기동 전부를 살폈다. 오래 걸리지는 않았다. 그냥 필요하다고 인식하는 순간 함장석에 설치된 구슬을 통해 순식간에 정보가 전해졌다.

[영자력 집중이 완료되었습니다.]

"포격 개시."

명령과 동시에 모든 궤적을 설정한다.

'뇌파 조종이 좋긴 하군.'

만약 매직 핸드로 했으면 이 많은 궤적을 한 번에 설정할 수 없었겠지. 물론 시간을 들이면 가능하긴 할 테지만 그랬다가는 반도 설정하기 전에 미사일을 얻어맞았을 것이다.

"아니, 아니, 이건⋯⋯."

그렇게 포격을 개시함과 동시에 갱신되는 전장 정보를 본 승무원들 사이에서 신음이 흘러나온다.

"저, 전탄 명중?"

"명중? 명중이라니? 지금이 전탄 명중 같은 보고가 올라올 상황이었나?"

"탄막도, 광막도 펼치지 않고⋯ 일일이 포격을 날려서 적의 공격을 맞혀 버렸다고?"

"⋯미쳤어."

함교가 술렁인다. 도저히 믿을 수 없다는 분위기. 그러나 그들의 반응을 신경 쓰고 있을 정도로 여유 있는 상황이 아니다. 아르테인의 절망을 다 막아냈다 해도 우리를 포위하고 있는 적의 병력은 그대로였고 우리 앞에 있는 라이징 스톰에 타격을 입힌 것도 아니었으니까.

때문에 나는 즉시 알바트로스함을 조종했다.

"뭐야, 이동하려고? 지금 속도에서부터 차이가⋯⋯."

"배리어나 유지해요!"

"아, 알았어."

시무룩한 표정의 현일을 무시하고 정신을 집중한다. 그리고 그에 따라 알바트로스함이 전속력으로 전진하기 시작했다.

쿵! 쿠웅!

거대한 새의 형태를 하고 있는 알바트로스함이 전진하기 시작하자 벌레 떼처럼 주변을 맴돌고 있던 기가스와 전투기들이 마구 포격을 가했다. 하지만 정말 멍청하다. 방금 전 요격을 보고 아무것도 느낀 게 없단 말인가?

"14번, 27번, 48번, 그리고 70번부터 77번 포대 부스터. 거참 질기게도 꼬리로 붙는군."

[완료했습니다.]

"포격 개시."

알바트로스함을 중심으로 11줄기의 포격이 뿜어진다. 뇌파 조종을 시작한 후부터 알바트로스함이 뿜어내는 포격이 눈에 보이기라도 하는 듯 생생히 느껴진다.

"저, 전탄 명중! 8기의 적 전투기와 5기의 기가스가 완파되었습니다!"

"세상에! 함장님! 이건……!"

"지금 설마 저 모든 포격을 한 명이 쏘고 있는 겁니까?"

"모두, 조용! 자리를 지켜라!"

묵직한 기파가 흥분해서 떠드는 승무원들을 내리누른 덕분에 나는 별다른 방해를 받지 않고 알바트로스함을 움직일 수 있었다. 적들도 완전히 바보는 아닌지 내가 같은 방식으로 몇 번 더 적 전투기와 기가스를 쓸어버리자 자잘한 병력을 다 뒤로 물리고 라이징 스톰만이 연신 주포를 날리고 있다.

"함장님, 방어는 할 만해요?"

"덕분이 많이 편해졌어. 하지만 시간만 늘어난 거지 결국 한계가 올 거다."

당연한 말이지만 알바트로스함을 움직인다고 해도 라이징 스톰을 떼놓을 수는 없다. 기본적인 만전의 상태에서도 속도에서 뒤지는데 거의 반파된 것이나 마찬가지인 지금 어찌 녀석들보다 빠른 속도를 낼 수가 있겠는가? 내가 조종한다고 전함의 성능이 높아질 일은 없으니 결국 다른 수단을 찾아야 한다.

"음? 대천공? 대하 너, 일부러 이리로 끌고 온 거야?"

함선 조종에는 별다른 도움을 줄 수 없는 듯 조용히 서 있던 세레스티아의 물음에 고개를 끄덕인다.

"응, 저게 유일한 희망이야."

슬쩍 고개를 돌려 전장 정보를 비추고 있는 화면에 나타난 대천공의 모습을 바라본다. 라이징 스톰과 싸우며 멀리 떨어졌었는데 다시 가깝게 접근한 것. 하지만 내가 뭔가를 노린다는 것을 깨달은 것일까? 그때까지 바싹 따라붙기만 하던 라이징 스톰의 정면부에 빛이 집중되기 시작한다.

[경고! 경고! 라이징 썬(Rising Sun)의 작동이 감지되었습니다!]

"아이고, 맙소사."

익숙한 명칭에 고개를 절레절레 흔든다. 대전쟁에서 익히 봐왔던 만큼 라이징 스톰의 주포, 라이징 썬의 위력을 너무나 잘 알고 있었기 때문이다.

"라이징 썬……."

"끝이군."

그리고 그 위력을 아는 건 나만이 아닌 듯 함교에 절망이 내려앉기 시작한다. 전장 정보에 떠오른 몇 개의 화면이 라이징 스톰의 정면부에 모여드는 빛을 보여주고 있다.

"6황자가 마음을 독하게 먹었군. [황제의 빛]을 사용하는 라이징 썬을 쓰게 되면 뒷감당을 하기가 어려울 텐데… 아, 미리 말해두지만 저건 못 막아."

단정적으로 말하는 현일의 모습에 고개를 갸웃한다.

"아니, 저걸 왜 막아요? 당연히 피해야죠."

"뭐? 아니, 지금 이 속도로 라이징 썬을 어떻게 피해?"

"어떻게 피하긴요. 가볍게……."

피식 웃으며 정신을 집중한다. 놀라울 정도로 빠르게 알바트로스함의 전부가 머릿속으로 떠오른다.

나는 말했다.

"점프."

그리고 그 말과 동시에 눈부신 빛이 우주를 가로질렀다.

"……."

"……."

"……."

관제관을 비롯한 승무원들이 정지 버튼을 누른 것처럼 굳은 채 전장 정보를 살피고 있다. 식은땀을 줄줄 흘리는 그들의 모습은 꽤 우스꽝스러웠지만 안타깝게도 그 모습을 제대로 보려는 순간 시야가 일그러진다.

쿵!

"이런! 대하야 괜찮아?"

세레스티아가 바닥을 뒹구는 나를 부축했지만 그런다고 몰려들던 고통이 사라지는 건 아니다.

"비슷한 대사를 몇 번 했던 것 같지만… 이번에도 역시나 괜찮지 않아. 하지만, 후, 갑자기 이러다니. 좀, 윽… 당황스러운데."

비인들의 고문들조차 버텨낸 나도 식은땀이 흐를 정도의 고통이다. 전신 근육이 뒤틀리고 배 속에서 칼날로 만들어진 뱀이 꿈틀거리고 있는 것 같은, 그리고 거기에 더해 누군가가 머리통을 커다란 도끼로 계속해서 내려치고 있는 것 같은 그런 통증. 더 짜증 나는 건 이 두 개의 고통이 전혀 별개의 것이었다는 점이다.

"멍청아! 형틀을 끼고 마나를 쓰면 어떻게 해?"

"그럼 그대로 죽으리? 아니, 그보다 머리가 너무 아픈데… 이것도 형틀의 효과야?"

세레스티아에게 한 질문이었지만 현일이 대답했다.

"포로의 기억이 필요한 경우가 많기 때문에 형틀은 뇌에 영향을 끼치지 않는다. 형틀은 지금처럼… 내장 기관이 죄다 제자리를 이탈하게 만들 뿐이지. 어? 심장이 단전까지 내려갔잖아? 황금사자기가 아니었다면 벌써 죽었겠네."

"이 곰탱이가 뭘 태연하게 떠드는 거야! 빨리 치료해야지!"

버럭 소리를 지르는 세레스티아의 모습에 현일이 어깨를 으쓱인다.

"난 치료보다 때려 부수는 게 특기인데 말이야."

"잔말 말고 하시지?"

"거참, 안 그래도 할 거였어. 생명의 은인이기도 하고… 합!"

가벼운 기합과 함께 서늘한 기운이 몸속으로 쑥 하고 밀려오더니 배 속을 헤집고 다닌다. 치료라 말하기 미안할 정도로 포악한 조치였지만 뜻밖에 고통은 없다. 내가 당황스러워하며 올려다보자 현일이 그 두툼한 앞발로 내 가슴팍을 툭툭 치며 말했다.

"아, 잠시 통각을 차단했다. 억지로 내장 기관을 움직이고 있는지라."

"으, 하지만 아직 머리가 아픈데요?"

"그거야 육체적인 고통이 아니니 별수 없지. 하지만 너, 대체 정체가 뭐냐? 초월자도 아니면서 초월기(超越器)를 다루다니. 하지만 그렇다고 지금 쓴 게 초월기(超越技)는 아닌 것 같고… 어빌리티인가?"

의문을 표하는 현일의 모습에 헛웃음을 짓는다.

"초월기도, 어빌리티도 아니에요. 그냥 알바트로스함에도 있는 기능인 워프를 쓴 거죠."

"뭐? 워프 게이트도 안 열고 좌표 설정하는 과정도 없었는데, 워프?"

아스트랄 드라이브는 초장거리 항해를 위해 존재하는 기술이다.

긴 시간 동안 가속해 함선의 속도를 광속의 수백수천 배 이상 끌어 올리는 중첩가속으로 과거에는 도저히 도달할 수 없었던 장소에 도달할 수 있게 만드는 것.

그러나 아스트랄 드라이브를 항상 사용할 수는 없다. 짧게는 며칠, 길게는 몇 주에서 몇 달 이상 걸리는 가속의 과정은 목적지가 멀수록 큰 효과를 발휘하기 때문이다.

결국 전함에는 그냥 날아가기엔 멀고 아스트랄 드라이브를 작동시키기엔 애매한 거리, 즉 행성 간 이동을 위한 기술이 반드시 필요했고, 그것이 바로 워프였다.

대우주 시대가 열리기 전에는 수많은 사용 방식이 있을 정도로 많이 사용했다는데 거리가 멀어질수록 필요 에너지가 많다는 단점 때문에 지금은 보조로만 활용하는 비운의 항해 기술이다.

"게이트를 왜 안 열어요. 안 열면 이동이 불가능한데."

"…열었다고? 하지만 어디에?"

고개를 들이미는 현일의 모습에 환자를 너무 막 대하는 게 아닌가, 하는 생각이 들었지만 이렇게 떠들면서도 치료는 잘 진행하고 있었기에 순순히 답한다.

"바로 우리가 날던 그 공간에."

"……."

잠시 할 말을 잊은 듯 아무 말이 없다. 그리고 그런 그를 향해 세레스티아가 말한다.

"그러고 보니 그런 걸 한 사람이 있다는 말을 들어본 적 있어."

"이런 말도 안 되는 걸 한 놈이 또 있다고?"

"그래, 모험왕 카를로스."

세레스티아의 말에 현일이 멈칫한다. 잠시 생각에 잠겼다가 고개를 끄덕인다.

"그 전설의 해적 말인가……."

"맞아. 나도 항해술을 배우면서 자료로만 봤지만… 그 역시 이런 항해법을 선보였다고 했었지."

일반적으로 워프는 출발점과 도착점에 워프 게이트를 생성하고 그곳을 통과하는 방식으로 진행된다. 거기서 함장이 할 일은 출발 지점과 도착 지점의 좌표를 계산하고 게이트를 안정화시키는 것.

그러나 이 방식에는 단점이 있었는데 외부에 게이트를 만드는 작업을 시작하면 어떻게 해도 그것이 다른 이들에게 관측된다는 점이다. 공간을 다루는 워프 기능은 방해받기도 쉬워서 적 근처에서 하다가는 단박에 우주의 먼지가 될 위험성을 안고 있는 것.

때문에 나는 그 방식을 아주 조금 간추렸다. 게이트를 외부에 만드는 대신 움직이고 있는 함선의 선체에 딱 맞게 좌표를 잡고 게이트를 열자마자 즉시 통과해 버린 것이다.

이 방법이라면 외부에서 게이트를 여는 걸 인식조차 할 수 없고 방해하기도 어렵다.

"그런데 이걸 나보다 먼저 한 사람이 있다고? 내가 맨 처음인 줄 알았는데."

"…직접 떠올렸단 말이야? 기록을 보고 따라 한 게 아니라?"

"응."

내 대답에 세레스티아가 잠시 미묘한 표정을 지었다.

"그것참 신기하네. 모험왕 카를로스도 이 기교를 점프라고 불렀거든. 그래서 그의 다른 별명 중 하나가 바로 점퍼(Jumper)지."

"엑… 너무 뻔한 명칭이었나."

그러나 그냥 바로 [떠오른] 대로 붙인 이름이라 억울할 것까지는 없었다. 어차피 특허 같은 걸 낼 것도 아니고.

"정말이지 여러모로 놀랍게 하는군. 뛰어난 기가스 조종사는 함선 제어에도 능숙하다는 게 정설이지만 테라급 함선까지 거기에 해당되는 줄은 몰랐는데. 그런데 몸 상태는 괜찮나?"

"어느 정도는요. 하지만 머리는 여전히 아픈데. 왜 이런지 아세요?"

내 물음에 현일이 고개를 끄덕인다.

"그야 능력 이상의 기술을 써서 그렇지. 기교는 어떨지 몰라도 솔직히 네 마나는 먼지만도 못한 수준이니까. 다만 안 되면 안 됐지 지금처럼 [어떻게든] 된 후에 고생하는 건 처음 보는군."

우리가 대화를 나누고 있는 사이 얼이 빠져 있던 승무원들이 하나둘 정신을 차리고 제자리로 돌아가기 시작한다. 바닥을 뒹군 순간 내 제어도 멈췄기 때문에 권한들은 다시 그들에게로 돌아간 상태다.

"위치 확인! 현재 저희는 대천공 주변에 밀착해 있는 상태입니다."

"…밀착?"

"네. 함선 사이의 간격은 10여 미터에 불과하군요."

"무슨 워프를 이따위로 해? 뭐라고? 10미터?"

기가 차다는 표정을 짓는 현일의 모습에 내심 신기해한다. 이러니저러니 해도 곰인데 표정 변화가 저렇게 선명하다니. 생명체가 아니라 무슨 애니메이션 캐릭터 같다.

"그나저나 대하야, 여기는 어쩌려고 온 거야? 애들 구하려고?"

귓가에 속삭이는 세레스티아의 몸을 슬쩍 밀어내고 대답한다.

"당연히 계획이 있어서였지만… 그거 취소야. 다른 방법을 찾아야 해."

오면서 세레스티아에게 설명을 들었다. 관제 인격이 파괴되면 예비 관제 인격이 작동을 시작한다고. 그렇다면 그 관제 인격에게도 내 명령권을 발동할 수 있지 않겠는가?

때문에 원계획은 대천공을 거대한 영자폭탄으로 만드는 것이었다. 점프로 단번에 대천공에 밀착해 대천공으로 넘어간 후 보람과 동민을 구해내고 자폭 명령을 내리는 것이다.

그리고 그 직후 [점프]로 즉시 거리를 벌리고 폭발이 라이징 스톰을 후퇴하게 만들면—함께 자폭시키기는 어렵다. 그들도 자폭을 감지할 테니까—충분히 아스트랄 드라이브를 작동할 만한 틈을 만들 수 있었다.

'하지만 안 돼. 할 수가 없다.'

이 작전의 핵심은 [점프]와 [천공(天空)]을 함께 사용하는 것이다. 점프 직후 천공을 발동해야만 자폭 범위에서 벗어난 후 이곳을 빠져나갈 수 있는데 점프 하나만 가지고 호들갑을 떠는 이들이 '즉시 아스트랄 드라이브로 가속'하는 천공을 할 수 있을 리가 있겠는가? 아무리 생각해도 천공 쪽의 난이도가 더 어려운데 말이다.

'물론 형틀을 벗으면 내가 다 할 수 있을지도 모르지만… 형틀만이 문제가 아냐. 지금 이 두통, 왠지 느낌이 안 좋다.'

즉, 점프 하나만 사용해도 무리가 오는 현 상태에서는 점프와 천공을 연속해서 쓸 수 없다는 게 문제다.

'알바트로스가 좀 등급이 높은 초월병기였으면 상황이 달랐을 텐데.'

초월기라고 다 같은 초월기가 아니며 더 높은 등급의 초월기는 출력은 물론 사용자에게 주는 부담도 적다. 예로 내가 목에 걸고 있는 이 열쇠 역시 초월기지만 나에게 주는 부담은 그리 크지 않으니까.

그러나 [양산 초월기]라 할 수 있는 전함의 경우에는 상황이 달라서 그것을 운영하는 데 상당한 힘이 들어간다. 인간 출신이 아닌 현일이 소장이 되어 알바트로스함의 함장이 될 수 있었던 것 역시 초월자에 이른 그의 능력 덕분이다. 천문학적인 돈을 들여 테라급 이상의 전함을 양산해 봐야 초월자급 함장이 없다면 제대로 된 힘을 쓸 수가 없으니 인간 중심인 레온하르트 제국조차도 영수 출신인 그를 중용할 수밖에 없었던 것이다.

"그나저나 라이징 스톰의 분위기는 어떻지?"

"내부 사정은 알 수 없지만 현재 제자리에서 대기 중입니다. 저희를 놓친 것으로 파악되며… 어쩌면 라이징 썬에 증발했다고 생각할지도 모르지요."

"가능성이 없지는 않지만 안심할 정도는 아냐. 명색이 테라급인 알바트로스함이 파편도 안 남기고 증발한다는 건 아무래도 이상하니까."

"뭐, 어쨌든 당장 들키지는 않을 겁니다."

알바트로스함은 테라급 전함이고 대천공은 엑사급 우주 모함이다. 무슨 말이냐면 대천공이 훨씬 크다는 뜻으로, 식별 신호를 끄고 대천공에 바짝 붙은 이상 레이더상으로 우리를 구분하기는 쉽지 않을 것이다.

'물론 결국에는 들킬 거야. 시간을 번 정도다.'

라이징 스톰은 우리를 식별할 수 없지만 대천공은 당연히 우리를 발견할 것이다. 보조 인격도 그 정도는 할 수 있을 테고 그게 아니라도 비인들이 육안으로 보게 될 수밖에 없으니까. 알바트로스함이 대천공보다 작다고 무슨 소형함 같은 게 아니니 자기네 함선 근처에 바짝 붙은 걸 발견 못 하는 것이 오히려 이상한 일일 것이다.

그리고 우리와 적대 관계라 할 수 있는 비인들이 라이징 스톰에 우리가 여기 있다는 사실을 알리는 건 충분히 개연성 있는 이야기였다.

"일단 최대한 빨리 보람과 동민을 데려와 주세요. 시간을 벌었으니 그 정도는 요청해도 되겠죠?"

"물론이지. 그런데 넌 일단 외과 수술부터 받아라. 형틀 때문에 될 일도 안 되겠다."

그의 말에 고개를 끄덕인다. 나 역시 이 망할 액체 금속을 배 속에 넣고 다닐 생각은 없었다. 무엇보다 뭐만 하려고 하면 발목을 잡는 게 짜증 난다.

"저기, 함장님, 잠시만."

그런데 그때 한쪽에 있던 승무원이 현일을 보며 입을 벙긋벙긋한다. 분위기를 보아하니 내공을 사용해 전음을 보내는 모양이다.

'이 대우주 시대에 무공이라니.'

어이가 없었지만 모든 힘이 공존하는 시대였다. 유용한 힘이 있다면 익히는 게 당연하고 과학이 발전한다면 그 또한 취하는 시대. 그런데 그의 보고를 들은 현일의 표정이 미묘해진다.

"이해할 수 없군. 왜지?"

"알 수 없습니다. 아… 지금 승선을 요청했습니다. 어쩔까요?"

입을 열어 대답하는 현일의 모습에 말해도 상관없다는 걸 깨달은 듯 전음을 그만두고 승무원이 말로 보고하자 현일이 나를 돌아본다.

"무슨 일입니까?"

"흠, 저 배에 있는 리전이 네 친구 둘을 데리고 승선을 요청했다."

"음? 요청요?"

나는 지옥아귀의 배 속에 놔두고 탈출했던 리전 소녀를 떠올렸다. 뭔가 귀여운 강아지처럼 무조건적인 선의를 보이며 나를 도와주려고 했던 녀석. 하지만 녀석이 뭔가를 요청할 정도의 지능이 있었던가?

"흠, 나도 이해를 못 하겠군. 리전은 이런 식으로 움직이는 녀석들이 아닌데. 녀석들은…….."

"녀석들은, 뭐죠?"

순간 들려온 화사한 목소리에 분위기가 경직된다. 정신 차리고 보니 어느새 몸을 돌려 푸른색의 영기를 피워 올리고 있는 현일의 모습이 보인다.

"허, 이런… 이런 개 같은…….."

그러나 전의를 느낄 수 없다. 현일은 믿을 수 없다는 표정으로 어느새 우리 앞에 서 있는 리전 소녀를 바라보았다.

털썩, 털썩.

리전 소녀가 양손에 들고 있던 보람과 동민을 내려놓는다.

내가 놀라 그녀를 바라보자 리전 소녀가 웃으며 말한다.

"정신만 잃은 것이니 걱정하실 것 없어요."

"말… 잘하게 되었네. 이름을 찾은 거야?"

그녀는 나에게 이름을 잃어버렸다고 말했었다. 그리고 지금 그녀가 이렇게 달라졌다면, 아마도 그 이유 때문이라고 생각했다.

"이름요? 아, 후후. 네, 말하자면 그렇다고도 할 수 있겠네요. 다시 인사드리게 되어서 영광이에요."

삼단 같은 머리를 우아하게 쓸어 넘기며 그녀가 나에게 예를 표했다.

"하와라고 불러주세요."

차분한 소개에 함교의 공기가 얼어붙는다. 나는 슬쩍 주위를 둘러보았다.

'뭐야, 나만 분위기를 못 따라가는 거야?'

무슨 상황인지 모르겠다. 하급 초월자인 현일이나 중급 초월자인 청원을 봤을 때와 달리, 그녀에게서는 아무것도 느껴지지 않았기 때문이다. 어마어마한 힘이 전해진다거나 아득함이 느껴진다거나 그런 게 없다. 그냥, 그냥 보통 사람을 보는 느낌.

때문에 칭호를 봤는데 이 칭호도 영문을 알 수 없다.

[리전]
[둘째 이브]

'둘째? 무슨 칭호가 이래?'

리전이라는 거야 이미 알고 있으니 그런가 보다 하지만 둘째라는 게 무슨 소리인가? 이건 칭호가 될 만한 내용이 아닌데.

'분류를 해볼까?'

그녀에 대해 자세히 알기 위해 정신을 집중한다. 그런데 그때, 그녀의 칭호가 일렁거린다.

[어머.]

[그렇게 들여다보시면 부끄러워요.]

"뭐……?!"

신음한다. 머리카락이 쭈뼛 일어나고 한순간 머릿속이 멍하다. 이게 무슨… 중급 신위를 가진 청원조차 칭호를 보는 내 능력을 간파하지 못했는데, 그걸 감지하는 걸 넘어서 보여주고 싶은 텍스트를 보여준다고?

"함장님, 하와라는 이름은……."

"알고 있으니 조용히 해, 부함장."

"네, 죄송합니다."

평소와 다르게 약간은 신경질적인 대답에 나탈리가 고개를 숙이며 물러서자 현일은 정중한 자세로 리전 소녀 하와를 보며 말했다.

"만나게 돼서 반갑다, 하와. 우리 승무원들을 데려와 준 것도 그렇고. 적대적인 관계는 아니라도 생각해도 될까?"

"하하, 물론이에요. 이 배에서 한동안 지내려고 왔는데 적대적인 관계가 될 수는 없죠."

"그 말은……."

"물론, 저는 그냥 손님입니다. 적도, 아군도 아니고 잠시 머무를 뿐이죠. 아니, 뭐, 잠정적인 적이 일정 공간을 점거하고 있다고 여기고 덤벼도 괜찮아요. 그때는 또 그 상황에 맞게 행동하면 그만이니까."

연합의 적이나 다름없는 비인의 일원이 태평하게 말하는 모습은 너무나 이질적이다. 그러나 더 황당한 건, 그런 그녀의 말에 고개를 끄덕이는 현일이다.

"머물 곳을 마련하지."

"아, 가능하면 저분이랑 같이 머물러도 될까요?"

태연한 손짓에 함교에 있던 모든 사람의 시선이 나에게 모여든다. 내 등 뒤로 식은땀이 흐른다.

"나, 나?"

"네, 이름이… '관대하' 님이었던가요?"

"맞긴 한데, 나는 이미 같이 지내는 일행이 있는데. 내 숙소는 둘이 지내기에는 너무 좁고."

나름대로의 거부 표시였는데 현일이 먼저 나선다.

"방을 새로 구해주겠다. 가장 좋고 넓은 곳으로."

"함장님?"

기가 막혀서 돌아봤지만 현일은 눈썹 하나 까딱하지 않는다.

"고마워요, 천현일 소장."

"…자기소개를 한 기억은 없는데."

"후후, 능청 떨기는. 그런 건 필요 없다는 것을 아시잖아요?"

"하긴."

고개를 끄덕이는 그의 모습에 나는 함교에 있는 모든 사람이 그녀의 정체를 짐작하고 있다는 사실을 깨달았다.

그리고 그 순간 나 역시 그녀의 정체를 알았다.

'하와, 이브, 둘째.'

사실은 벌써 눈치챘어야 했다. 단서는 얼마든지 있었다.

*—바보같이 이용만 당하지 말라고! 말 한마디면 우리가 다 해결할 수 있는데!*

그렇다. 그녀야말로 바로 그 기억 속의 등장인물이다. 물론 모습은 전혀 달랐다. 그러나 애초에 인간이 아닌 그녀에게 겉모습이 의미가 있을까?

"잠깐, 여기에 머무는 대신 지켜줘야 할 게 있어."

때문에 모험을 해본다. 내 말에 하와가 나를 돌아본다.

"지켜줘야 할 거라니, 그건 뭐죠?"

"나와 내 주변에 있는 모든 사람에게 털끝만치의 해도 끼치지 마, 하와."

선명하게 말에 힘을 실어 내뱉자 그 말을 들은 하와가 환하게 웃었다.

콰드득!

퍼벙!

쾅!

"으아악!!"

"큭!"

폭음과 함께 주변 기기들이 박살이 나고 사방에서 비명 소리가 터져 나온다.

"…맙소사."

어느새 정신을 차리고 보니 나를 제외한 모든 승무원이 다 쓰러져 있었다. 초월지경에 올라 강대한 전투력을 가지고 있는 천현일 소장까지 공평하게. 아니, 오히려 그는 조금 더 심하게 당한 듯 양팔이 부러져 덜렁였다. 내 앞을 막아서고 있던 세레스티아는 뭐에 당한 것인지 울컥하고 피를 토한다.

"지금 분명히 말해두지요."

그리고 그 모든 참상을 만들어낸 하와는 성큼성큼 내 앞으로 다가와 귓가에 속삭인다.

"한 번만 더 내게 명령했다간… 당신이 속한 모든 단체를 다 날려 버리겠어."

목소리와 함께 이미지가 [전달]된다. 내가 살고 있는 한국, 그리고 그것을 포함한 지구, 심지어 내가 제대로 본 적도 없는 수많은 행성을 다스리고 있는 레온하르트 제국까지… 산산이 터지고 멸망하는 이미지.

그리고 나는 직감적으로 그녀가 그걸 실제로 할 수 있는 존재라는 것을 깨달았다.

뿌드득!

그때 한쪽에 처박혀 있던 현일이 무너진 벽에서 걸어 나오며 부러진 양팔을 치료한다. 잠깐의 시간이었을 뿐이지만 넝마가 되었던 양팔은 빠르게 회복되고 있다.

"진정해. 우리를 걱정해 한 말일 뿐일 텐데."

"후후, 확실히 너무 흥분했네요."

조금 전의 서늘한 분위기가 거짓말이었다는 듯 하와가 한 걸음 물러서자 찌이익—! 하는 소리와 함께 공간이 갈라진다. 그 안이 제대로 보이지 않는 시커먼 공간에서 1m 남짓한 신장의 소녀들이 우르르 몰려나오기 시작한다.

"청소~ 청소~ 청소합니다~♪"

"치료~ 치료~ 치료를 할 거예요~♬"

"랄랄라~ 수리합니다, 수리~♪♬"

시녀복을 입은 귀여운 소녀들이 노래를 부르며 무시무시한 속도로 엉망이 된 주변을 정리하기 시작한다. 그 고사리 같은 손을 움직일 때마다 주변 환경이 극적으로 변화했는데 부상을 입은 이들은 순식간에 치료되고 박살이 났던 벽도 영차영차 하더니 원상 복구. 심지어 땅을 뒹굴던 물건들과 의자 같은 것들도 원래 자리로 돌아갔다.

"…고맙군. 병 주고 약 주는 느낌이지만."

"제가 벌인 일을 처리하는 것뿐이죠. 뭐, 그래도 죄송한 마음이 있으니 사과의 뜻으로 하나 알려 드리자면."

팟! 팟! 팟!

그녀의 손짓과 함께 전장 정보가 갱신된다. 그리고 거기에는 대천공에 바짝 붙어 접근하고 있는 수십 대의 기가스와 전투기들이 있었다.

"적이 벌써 지척까지 왔지요."

"……!!"

"뭐, 뭐야?! 뭐가 어떻게 된 거야?!"

"은신 풀고 배리어부터 강화해!!"

"외부에 나간 정비 기계들도 귀환시켜!"

조용히 우리의 대화를 듣고 있던 승무원들이 기겁해 제어판을 조작하기 시작한다. 그리고 그들과 마찬가지로 함장석에 복귀해 아이언 하트를 작동시킨 현일이 나탈리를 바라보았다.

"이게 어떻게 된 거야? 분명 멀리 있는 상태 아니었나?"

"워프 게이트를 열어 기가스와 전투기를 이동시킨 걸로 보입니다. 다만 전혀 감지되지 않았다는 점에서… 초월기일지도 모르겠군요."

"하, 어처구니가 없군. 챈슬러에게 그런 초월기는 없었는데. 설마 함장이 바뀐 건가? 아니, 최악의 경우 초월자가 둘일 수도 있겠군."

아무래도 라이징 스톰의 함장을 개인적으로도 아는 모양인지 나직하게 중얼거리는 현일이었지만 안타깝게도 더 생각할 틈은 없었다.

쿵!

공격을 당한 듯 진동이 느껴진다. 하와의 조언으로 습격 직전에 그 존재를 파악한 알바트로스함이 배리어를 강화했지만 결국 아까의 재탕일 뿐. 함장석에 앉아 영기를 피워 올리던 현일이 인상을 찡그렸다.

"도대체 알 수가 없군. 여기를 어떻게 눈치챈 거지?"

쿵! 퍼펑! 쿠구구―――

현일이 이해할 수 없다는 듯 중얼거리는 와중에도 공격은 계속되고 있다.

'안 되겠군.'

그리고 그 모습에 나 역시 자리에서 몸을 일으켰다. 내가 다시 알바트로스함을 조종할 수도 있겠지만 지금 이 상황에서는 점프를 해봐야 달라질 게 하나도 없다. 충분한 준비와 안전성이 더해지지 않는 이상 내가 할 수 있는 점프는 이동 거리에 제한이 있는 단거리 워프가 한계. 지금 이대로 떨치고 어느 정도 달아날 수도 있겠지만…….

'결국 체력과 집중력을 소모해서 시간을 끌 뿐이야.'

어중간하게 달아나 봐야 라이징 스톰에 크게 뒤처지는 속도로는 달아나는 데 한계가 있다. 주변은 아무런 변수도 없는 우주 공간이니 금세 발견당하고 따라잡히는 것이다.

"…결국 타려고? 수술도 안 하고?"

"어쩔 수 없잖아. 지금 상황이 이런데 그럴 여유가 있을 리 없지."

어느새 나를 쫓아온 세레스티아를 보며 한숨 쉰다. 솔직히 몸 상태가 별로 좋지 않아서 꺼려지지만 죽기 싫으니 어쩔 수 없다.

'그나저나.'

슬쩍 뒤를 돌아본다. 함교를 나가는 나를 지켜보고 있는 하와의 모습이 보인다.

"괜히 자극하지 마."

"자극은 무슨. 그나저나 괜찮은 거야? 연합이 적대하는 리전을 배에 태워도? 괜히 이상하게 얽힌다거나."

내 걱정에 세레스티아는 고개를 흔들었다.

"아마… 괜찮을 거야. 저 여자는 리전인 동시에 언터쳐블이니까."

"언터쳐블(Untouchable)?"

"그래. 노블레스보다도 훨씬 강대한, 함부로 건드려서도, 자극해서도 안 되는 궁극적인 존재. 즉."

단호한 목소리로 세레스티아가 말했다.

"신이야."

"……."

하급 신, 중급 신이라는 말은 많이 들었다. 그러나 결국 하급 신이라 해도 대우주 시대에서는 고위 장성 정도에 불과하며 중급 신이라 해도 황제 정도의 존재지 솔직히 신이라고 경배하는 느낌은 아니었다.

그러나 지금 그녀의 말은 어감이 전혀 달랐다.

"신이니까 상관없다고?"

"그래. 설사 그 근본이 리전이라고 해도… 언터쳐블은 언터쳐블이야. 모든 규약에서 자유롭고 직접적으로 일을 벌이지 않는 이상 누구도 함부로 자극하지 않아. 잘못 건드렸다가는 도저히 감당할 수 없는 재앙이 벌어질 수 있으니까."

즉, 현일이 그녀에게 숙소를 마련해 주고 움직임에 어떤 제약도 걸지 않은 것이 바로 그런 이유 때문이라는 것. 나는 여전히 나를 바라보고 있는—엄청난 부담이다—하와를 바라보았다. 이름을 찾고 나서 묘하게 색기가 넘치고 어른스러워진 그녀이지만 여전히 겉모습은 리전 소녀 때와 달라지지 않은 상태다.

"…그녀가 도와주면 이 전쟁도 쉽게 끝나겠지?"

당연한 말이다. 중급 신위를 가진 청원이 모르네를 쉽게 제압했듯이… 그 이상의 존재라고 짐작되는 그녀라면 청원을 쉽게 제압할 수 있을 테니까.

그뿐이 아니다.

사명으로 인해 온갖 제약이 덕지덕지 붙어 있는 청원과 다르게 그녀는 너무나도 자유로워 보인다. 그리 큰 도움이 아니더라도 약간의 변덕으로 우리를 조금 이동시켜 주는 것만 해도 지금 이 문제를 해결할 수 있지 않을까?

"안 돼. 대하야, 정신 똑바로 차려."

그러나 세레스티아는 내가 말을 꺼내기도 전에 정색했다.

"절대로 언터쳐블을 이용하려 해서는 안 돼. 하다못해 하위의 언터쳐블이라면 가능성이라도 있겠지만 적어도 그녀는 아니야. 비록 한정적인 상황에서만 가능하다 해도 완성된 언터쳐블은 전지(全知)의 괴물들. 그 어떤 지혜와 편법을 사용하더라도 속일 수 없고 그들을 자극한 대가는 참담할 정도로 커. 이건 역사적으로도 증명된 사실이라고."

"그럼 저렇게 있는 듯 없는 듯 무시하며 둬야 한단 말이야?"

"어쩔 수 없지."

씁쓸하게 웃으며 세레스티아가 말했다.

"언터쳐블은 원래 그런 존재니까."

\*    &#11088;    \*

그러나 사실 초조한 것은 하와도 마찬가지였다.

[지금 뭐 하는 거지, 하와? 녀석과 함께 지내겠다고?]

여유롭게 앉아 있는 하와의 머릿속으로 분노에 찬 목소리가 울려 퍼지고 있다. 그것은 과거 그녀의 연인이자, 오빠이자, 세상에서 두 번째로 소중한 존재였지만 지금에 와서는 그녀를 지배하는 자가 되어버린 존재다.

[이미 늦었어.]

[늦었다고?]

[그래, 늦었어.]

하와는 씁쓸하게 웃었다. 슬쩍 손을 들자, 그녀의 손이 파르르 떠는 모습이 보인다.

[이미 그는 각성을 시작했어. 그가 나에게 명령하는 순간… 가슴이 철렁했지. 발작하듯 저항했지만 그의 몸에는 손끝 하나 댈 수 없었어.]

주변에 약간의 피해를 입히는 것이 한계였다. 개중 한두 명은, 특히 바로 앞에서 감히 그를 지키려 드는 발칙한 계집의 경우에는 반드시 죽여 버리겠다고 마음까지 먹었음에도 고작 약간의 피해를 주는 것이 전부였다. 심지어 그렇게 공격을 하고서도 죄스럽고 안타까운 마음이 들불처럼 끓어올라 자신이 벌인 행위를 지워 버리듯 사람들을 치료하고 물건들을 수리할 수밖에 없었다.

[너, 설마 그 말은.]

[그래. 물론 그를 겁박해 그런 마음을 먹지 못하게 했지만… 만약 그가 정말 마음먹고 독하게 명령한다면, 어쩌면 우리는

그에게 복속될지도 몰라.]

　[웃… 기지 마!]

　또다시 분노를 터뜨린다. [아버지]가 소멸한 이후 그는 점차 망가져 가고 있었다. 본디 기계라고 볼 수 없는 감성을 가진 그였지만, 지금의 그는 너무나 불안정하다.

　'만약 그가 폭주한다면……'

　그렇게 된다면 너무나 큰 재앙이 닥칠 것이다. 누구도 그를 막을 수 없다. 온 우주가 그의 존재로 인해 고통받게 되겠지.

　그리고 그렇게 된다면 반드시 [위]의 존재, 그러니까 신계(神界)의 신들이 움직여 그를 제거할 것이다.

　그들의 아버지에게 그랬듯이…….

　[젠장! 조금만! 조금만 빨리 발견했다면! 그랬다면 어떻게 해서든 죽여 버릴 수 있었을 텐데!]

　[아담…….]

　하와는 마침내 그의 이름을 불렀다.

　[그를 무작정 적대할 이유가 없어. 그는 아버지의.]

　[닥쳐.]

　으르렁거리는 목소리에 침묵한다.

　'늦었어.'

　하와는 쓰게 웃었다. 그렇다. 늦었다.

　그는 이미 점점 미쳐가고 있었다.

　　　　*　　★　　*

기가스의 조종사가 아이언 하트와의 동조에 능숙해지면 그는 그의 성정이나 혈통, 그리고 자질에 따라 1~3개 정도의 어빌리티를 각성하게 된다. 물론 1~3개라는 것도 전체적인 이야기고 보통 조종사들은 1개의 어빌리티를 각성하게 되는데 이게 바로 흔히 말하는 고유 어빌리티이다.

고유 어빌리티는 대체로 첫 각성 때 결정되어 평생을 가게 되지만 조종사가 동조에 익숙해질수록 점점 성장하고 심지어 진화하기도 한다. 흔치 않은 경우이지만 동조에 능숙해지면 고유 어빌리티의 숫자가 늘어나는 경우도 있다. 계속되는 수련과 명상으로 자신의 안에 내재된 가능성을 깨우는 것.

그러나 그렇다 하더라도… 처음부터 희귀한 어빌리티를 타고나는 조종사가 유리한 건 누구도 부정할 수 없는 사실이다. 때문에 어빌리티의 종류나 성능은 조종술과는 다른 [재능]으로서 조종사들의 미래를 결정한다.

[꼼짝 마라!]

"뭘 꼼짝 마, 멍청아."

어빌리티 점멸을 발동해 공간을 뛰어넘는다. 그것만으로도 나를 노리고 날아들었던 온갖 미사일과 광탄, 그리고 탄환들이 허공을 가른다. 물론 적들은 회피 기동과 공간 이동에 대비해 탄막을 깔았지만 그래봐야 이 넓은 우주를 모두 채울 수는 없다. 빈틈이 생기는 것이다.

펑!

그리고 나는 단 한 발의 광탄으로 한 기의 적을 날려 버린다. 어차피 궤도를 다 읽고 있으니 회피 기동 따위는 아무런 소용이 없다.

[하, 항복하라! 전력 차이는 막대하다! 너에게는 승산이 없어!]

"아, 시끄럽다고……."

자꾸 통신을 걸어오는 적들의 행태에 주파수를 차단해 버린다. 상황이 이렇다 해도 저들도 우리도 같은 레온하르트군이라 그런지 너무 쉽게 통신을 건다.

"뭐, 확실히 전력이 부족하긴 하네."

하지만 정말 압도적으로 아군이 불리했다면 저렇게 필사적으로 항복을 '사정'할 리는 없다. 그냥 쓸어버리고 들어왔겠지.

'당황하고 있다.'

녀석들로서도 악몽을 꾸는 기분일 것이다. 절대 다수인 자신들이 단 한 대의 기가스에게 농락당하고 있으니 어쩌면 당연한 일. 그리고 그걸 느낀 건 적들만이 아닌 모양이었다.

[…역시 불공평하군.]

"응? 뭐가?"

[네 존재 자체가.]

나폴레옹의 투덜거림에 어깨를 으쓱인다.

"하긴 좀 그런 감이 없지 않아 있지. 어빌리티만 해도 벌써 몇 개야."

나는 기가스를 조종할 때 남들은 상상도 못 하는 여러 가지 어드밴티지를 가진다. 솔직히 말하면 나 스스로가 생각해도 불공평하게 느껴질 정도의 보정이 붙는 것이다.

'어빌리티의 종류와 성능이 조종사들의 재능이라면… 이건 거의 치트에 가까운 재능이지.'

나에게는 [오늘의 어빌리티]라고 부르는, 다른 조종사들처럼 특정되지 않고 매일매일 변화하는 3~5개의 어빌리티가 존재한다.

물론 이 어빌리티의 종류는 내가 정하는 게 아니어서 내 첫 전투 때처럼 스킬이 꼬이기도 하지만, 반대로 말하면 이건 적이 내 어빌리티를 특정하지 못한다는 강점이 되기도 한다. 나를 [공략]하기 힘들어지는 것이다.

그리고 기본 어빌리티.

나는 기본 어빌리티 또한 다른 이들보다 더 많이 활용할 수 있다. 원래대로라면 똑같은 [나폴레옹]이라도 어떤 기체는 〈내 사전에 불가능은 없다〉만을, 또 어떤 기체는 〈죽지 않는 황제〉만을 가지고 있다면 내가 탄 나폴레옹은 그 전부를 가지고 있다는 말이다. 마치… 해당 기체에 존재하는 [가능성] 전부를 발현하기라도 한 것처럼.

그런데 그때 나폴레옹의 뜻밖의 말을 했다.

[…어빌리티를 말하는 게 아니다.]

"음? 그럼 뭔데?"

[그야.]

쩡—!

그러나 그때 공간 전체를 점하는 파동이 나폴레옹을 후려친다.

물론 나는 어빌리티 〈영자 흡수〉를 발동해 가볍게 막아냈다.

"먹히지도 않을 뻔한 기습 하기는!"

드넓은 우주라지만 회피 불가능한 공격이 없는 것은 아니다.

영력을 파도가 몰아치듯 파동의 형태로 전방위로 쏘아내면 피할 틈이 없으니까. 멀리 갈 것도 없이 천현일 소장의 [펜릴의 포효]도 바로 그런 종류가 아닌가?

다만 이런 능력은 출력이 현저하게 떨어질 수밖에 없다는 게 문제다. 회피는 불가능한데 막기가 너무나 쉬워지는 것. 상대보다 수십 배 이상 강한 영력을 가지지 못한다면 그야말로 허공에 삽질하는 꼴밖에는 되지 않는다.

쾅득!

당연한 말이지만 막아내기만 한 게 아니라 접근한—파동형은 거리가 멀어질수록 약화되어 어느 정도 근접해야 한다. 초월기가 아닌 바에야……—전투기에 파고들어 광선검으로 양 날개를 잘라낸다. 통제 능력을 잃고 저 멀리 날아가 버리는 적을 보며 가볍게 심호흡한다.

"아, 머리 아프다. 안 죽이고 하려니 동선(動線) 계산이 너무 힘드… 아자!! 사지절단(四肢切斷)!!"

무릎을 쳐올려 나를 향해 달려드는 기가스의 움직임을 비껴내고, 그 직후 관통을 건 광선검을 양손에 들고 순차적으로 휘둘렀다. 우검으로 적 기가스의 오른팔을 자르고 좌검의 폼멜로 머리를 후려쳐 자세를 아래로 떨어뜨린 후에 그대로 X 자로 비껴 올라가며 양다리도 잘랐다. 그리고 마지막으로 악수를 하듯이 녀석의 남은 왼손을 손을 턱, 하고 잡아 그대로 깔끔하게 뜯어버렸다.

아이언 하트가 무사하고 몸통에는 별다른 타격이 없으니 조종사가 위험할 일은 없겠지만, 사실 이렇게만 해도 전투 능력은 완전하게 상실한 것이나 다름없다. 양팔과 양다리 없이 몸통만 있으면 자세 제어도 불가능에 가깝고 방향 전환도 어렵기 때문이다.

"나폴레옹! 남은 에너지는 어때?"

[90%. 양호하다.]

"오케이! 좀 불안했지만 영자 흡수도 나쁘지 않네!"

아무리 위험한 상황이라도 적 아이언 하트의 힘을 빨아들여 급속도로 회복하는 게 가능한 〈메마른 심장〉 정도는 아니었지만 적의 공격을 방어하면서 흡수하는 〈영자 흡수〉도 꽤 괜찮은 효율을 보여주고 있었다. 특히나 적의 파동 공격이나 광자탄 같은 경우에는 종종 흡수해서 회복할 수 있으니 방어용으로도 쓸 수가 있다.

[파트너! 조심해! 골리앗이다!!]

[우우웅――!]

그때 나폴레옹의 경고와 함께 거대한 기가스가 내 쪽으로 돌진해 온다. 보아하니 인급 기가스인 것 같은데 덩치가 예사롭지 않다. 기가스가 아이언 하트의 출력에 비해 지나치게 거대하면 영력의 전달이 힘들어서 성급 기가스가 아닌 이상 저렇게 크게 만들지 않는 것이 정상일 텐데도 골리앗이라 불린 기가스는 나폴레옹을 아이 내려다보듯 거대한 덩치를 가지고 있다. 분위기를 보아하니 아마 저게 골리앗이라는 아이언 하트의 특성일 것이다. 그리 흔하지는 않은, 말하자면 〈패시브 어빌리티〉의 힘.

그러나 별로 당황하지 않는다. 확실히 나폴레옹보다 훨씬 큰 것은 사실이다. 별다른 기술은 없어 보이지만 출력 자체도 상당해 보인다.

하지만… 그래서 뭐 어쩌란 말인가?

"참수!"

오히려 고맙다. 조종석이 머리에 있는 덕택에 힘들게 사지를 자를 거 없이 머리만 자르면 되었다. 잘라낸 머리를 멀리 차버리는 것만으로도 골리앗은 전투 능력을 상실했다. 몸통의 기능은 여전한 모양이었지만 버둥거리기만 할 뿐 제대로 움직이지 못한다.

"하하하! 미쳐 날뛰고 있습니다! 전설의 출현!"

[…뭔 소리를 하는 거야?]

"그런 게 있어. 뭐, 어쨌든."

몸 상태 때문에 부담을 가지고 출동했지만 생각보다 괜찮다. 이상할 정도로 컨디션이 좋고 감각은 칼날처럼 날카로웠다. 어떤 공격이든 피하고 어떤 방어든 파훼할 수 있을 것만 같다.

"이대로만 가자."

그렇게 말하며 다시 동조를 시작한다.

"맙소사."

대하를 마중 보내고 전장 정보를 살피고 있던 세레스티아는 믿을 수 없는 광경에 신음했다. 대하가 타고 있는 나폴레옹은 너무나도 간단하고 손쉽게 적들을 제압하고 있었다.

그렇다. 제압, 제압이다.

"전쟁에서… 그것도 혼자서 절대 다수를 상대하면서 적을 죽이지 않는다고?"

눈으로 보면서도 믿을 수가 없다. 황당하게도 대하는, 그리고 그가 조종하는 나폴레옹은 광선검 두 자루로 마치 쌍검술을 펼치듯 적을 농락하다가도 다시 광자포로 적을 저격하고 어느새 다시 보면 한 자루의 광선검으로 적을 찍어 내리고 있다.

그리고 그중 가장 압권은 자신을 공격하는 기가스들에게 접근해 광선검으로 상대의 사지를 잘라 버리는 묘기였다. 적들은 필사적으로 저항하고 배리어를 강화했지만, 나폴레옹은 너무나 능숙하게 그들의 반항을 억누르고 사지를 잘라 버렸다.

도마 위의 생선이 아무리 필사적으로 펄떡펄떡 몸을 튕겨봤자 숙련된 요리사는 자연스럽게 생선의 살을 가르고 머리를 떼어낸다. 대하의 움직임이 바로 그 요리사와 같았다.

"말도 안 돼. 이건 혈통으로 가능한 일이 아냐. 심지어 저 〈영자 흡수〉는 절대 방어용 기술이 아닌데."

아주 드물 뿐이지 남들보다 귀한 어빌리티를 많이 가진 존재는 과거부터 있어왔다. 멀리 갈 것 없이 [언터쳐블]의 혈통을 이은 레온하르트 제국의 황족 중에도 희귀하고 강력한 어빌리티를 가진 이가 다수 존재했다. 특별한 힘과 재능을 타고난다면 태어났을 때부터 말도 안 되는 어빌리티를 가지고 있어도 전혀 이상할 게 없는 것이다.

대하가 지금 보여주는 '해당 기체가 각성하지 못한 어빌리티를 고유 어빌리티로 사용하는 힘'도 대우주 시대에는 최소 2명 이상 있다고 파악되는 능력.

하지만 지금 보여주고 있는 [기술]은 전혀 다른 차원의 문제였다.

"어찌 저 나이에 이토록 다양하고 완성된 기술을 가질 수 있는 거지?"

"왜냐하면 그가 주인이기 때문이지."

"……!!"

나직한 목소리에 기겁한 세레스티아가 쌍권총을 꺼내 들며 영력을 폭발시켰다. 그러나 그런 그녀의 반응에도 불구하고 상대는 아무렇지 않은 표정이다.

"쏴도 돼."

"……."

세레스티아는 조용히 무장을 해제했다. 그녀의 앞에 있는 것은 사격 정도가 아니라 알바트로스함의 아이언 하트를 폭주시켜 자폭하려고 해도 상처 하나 입지 않을 절대적인 존재라는 걸 깨달았기 때문이었다.

'하와… 혹은 이브. 설마 역사책에서나 나오는 존재를 실제로 보게 될 줄이야.'

최초의 리전 중 하나이자 모든 리전의 어머니, 연합의 대적(大敵)이자 상급 신을 넘어선 존재.

하지만 그런 모든 것보다 세레스티아의 관심을 끈 건 바로 그녀가 한 말이었다.

"주인… 이라뇨?"

"말 그대로지. 이해하기 쉽게 예를 들자면… 280년 전에 한 조종사가 있었다."

하와는 적들과 싸우고 있는 나폴레옹의 모습을 바라보며 언뜻 상관없어 보이는 이야기를 꺼냈다.

"그는 뛰어난 조종 실력을 가지고 있었지만 아이언 하트와 동조하는 재능은 별로였지. 그가 발현시킨 어빌리티는 고작 〈영자 흡수〉 하나뿐이었는데 그 어빌리티는 적에게 접근해 아이언 하트에 손을 올려야만 발동 가능한 힘이었거든. 실전에서 사용하는 게 불가능했지."

"…제가 아는 사람인가요?"

"아니, 네가 알기에는 너무 먼 은하의 이야기야. 뛰어난 조종사이긴 해도 전 우주에 위명을 떨칠 정도는 아니었고. 어쨌든 중요한 것은… 그는 낙담하는 대신 하나밖에 없는 자신의 어빌리티를 끊임없이 연구하고 단련했다는 점이야. 그리고 그는 마침내 적의 공격마저 흡수해 자신의 힘을 회복하는 게 가능하게 되었지."

그녀의 말에 세레스티아는 대하가 보였던 묘기를 떠올렸다. 확실히 그 역시 같은 방식으로 어빌리티를 사용했다.

"하지만 그게 뭐 어떻단 말이죠? 같은 기술을 쓸 수도 있는 것 아닌가요?"

"뭐, 모험왕의 [점프]도 같은 방식이니 너를 이해시키기는 어렵겠고… 그럼 이건 어떨까. 올해, 아니, 정확히는 내년이군. 그래, 내년에 태어날 셀타 은하의 한 아이는 전쟁에 휩쓸려 10살부터 기가스에 타 전쟁터를 전전하는 삶을 살게 돼. 하지만 50살이 되었을 때 그는 자신이 죽인 소년병의 어머니가 오열하는 모습을 보고… 불살(不殺)의 맹세를 하게 되지."

"…잠깐만요. 잠깐, 당신 설마?"

하와는 당혹스러워하는 세레스티아의 반응에 상관하지 않고 말을 이었다.

"때문에 그는 기가스의 구조와 작동 원리를 파악하기 위한 학습과 수없이 많은 실전, 그리고 수련으로 어떤 상황에서도 적을 죽이지 않고 제압하는 뛰어난 조종법을 확립하는 데 성공하게 돼. 특히나."

"……."

순간 떠오른 가설에 세레스티아는 소름이 돋는 것을 느꼈다. 그리고 하와는 그녀의 가설에 확신을 안겨주는 말을 던졌다.

"특히나 적의 사지를 잘라 전투 불능으로 만드는 그 특유의 기술은 너무나 인상적이어서 전 우주적으로 유명한 그의 트레이드마크가 되었지. 아니, 이제는 될 예정이었었다고 해야 하겠군."

어떤 존재가 스스로를 단련해 깨달음을 얻으면 그는 초월지경에 이르러 세계의 법칙을 넘어선 초월자가 된다. 정해진 운명에서 벗어나고 종의 한계를 넘어서 하급 신위를 쟁취하게 되는 것으로 현경에 이른 절대고수나 9클래스의 경지에 도달한 대마법사, 혹은 성계신의 명령에 따라 행성을 관리하는 신령(神靈)과 용왕(龍王) 등이 바로 여기에 속하는 존재들이라고 할 수 있다.

그러나 하급 신위라는 것은 초월자 중 낮은 위치라는 뜻이니 당연히 그 상위의 경지가 존재한다. 흔히 황제 클래스라고 불리는 중급 신위가 바로 그것으로 생사경에 이른 고수나 10클래스에 도달한 궁극의 마도사, 혹은 한 종족을 관리하는 종족신(種族神)이 바로 거기에 해당하는 이들이며 세레스티아를 핍박했던 엘로힘의 신선 청원 또한 여기에 속한다.

사실 이 중급 신위에만 올라도 가볍게 행성을 파괴하고 항성조차 사멸시키는 게 가능할 정도의 괴물이 되기에 온갖 강자가 난무하는 대우주에서조차 적이 별로 없을 정도.

그리고… 그 경지조차 넘어서면 상급 신위를 가진 진정한 신, 언터쳐블의 영역에 들어서게 된다. 스스로의 존재 자체마저도 초월하여 하나의 개념과 동화되는 것이다.

사실 이것들은 그리 널리 알려진 정보는 아니었지만 세레스티아는 빠르게 상황을 이해할 수 있었다. 그녀는 역사나 신화보다는 사격과 전쟁에 더 관심이 많은 소녀였지만 동시에 고급 교육을 받는 황족이기도 했던 것이다.

"개념 지배……."

모든 상급 신위를 가진 존재가 그 힘을 가진 것은 아니다. 실제로 그녀 앞에 있는 이브와 그녀의 반려 아담은, 그리고 또다른 연합의 대적 킹(King)과 퀸(Queen)은 그런 종류의 힘을 가지지 못했다.

그러나 단순히 상급 신위를 가진 강자를 넘어 특수한 위(位)를 가진 [신]은 특정하는 개념을 자신의 근간으로 삼는다.

그리고 그들에게는 하나의 특징이 있다.

'해당하는 개념의 [모든 것]을 가지고 있단 말이지.'

마법의 신, 무의 신, 빛의 신이나 어둠의 신, 시간의 신이나 공간의 신, 그리고 생명의 신과 죽음의 신까지……

그들은 해당하는 개념을 [지배]하고 [소유]한다. 특히나 마법의 신이나 무의 신 같은 영능의 주인들은 해당 카테고리의 모든 개념을 포함하고 있다.

마법의 신은 천지가 창조될 때 존재하던 비밀스러운 주문부터 세상에 아직 만들어지지도 않은 미래의 최신 마법까지 모르는 것이 없으며 무술의 신은 최초의 존재가 내뻗은 주먹질부터 수천 년의 개량 끝에 만들어질 미래의 무학마저도 이미 자연스럽게 체득하고 있는 것이다.

"태초부터 영원까지."

그들은 자신이 지배하는 개념 그 자체이기에 적어도 해당 개념에 한해서는 그 어떤 제약에도 얽매이지 않는다. 심지어 시간 축의 영향에서조차 자유롭기 때문에 태초부터 영원까지 그들은 자신이 지배하는 개념을 완벽하게 소유한다.

즉, 아무리 오랜 시간 단련하고 강력한 힘을 얻은 존재라도 [개념 그 자체]인 상급 초월자들을 해당 개념으로 넘어설 수 없다는 말이나 다름없다.

"하지만 대하는 인간이에요. 그것도 지극히도 평범하고 약한……"

"맞아."

"…그런데 존재하는 모든 기교를 다 알고 있다고요? 아니, 애초에 그런 게 가능한 [개념]이라는 게 뭐죠? 조종술의 신인가?"

이해할 수 없다는 세레스티아의 물음에 하와가 답한다.

"정확히 인식하고 알고 있는 건 아닐 거야. 그건 그저, 그의 바탕을 이루고 있을 뿐이지."

대하는 모험왕 카를로스가 누구인지도 몰랐다. 자신이 자연스럽게 사용하는 영자 흡수의 사용법이 누군가 평생을 걸려 고안해 낸 방식이라는 사실 역시 알지 못했다.

그것은 그냥, 그가 자연스럽게 [떠올린] 것이다.

다 마찬가지. 가급적 인간을 죽이고 싶지 않다고 생각하는 것만으로 몇십 년 뒤에 정립될 불살법(不殺法)을 떠올린다.

적이 그의 사격을 피하지 못하는 건 너무나 당연하다. 까마득한 과거부터 수없이 많은 이가 스마트 건으로, 전자식 총기로, 함포와 광자포로 적을 사격해 왔다.

개중에는 수십 킬로미터 너머에서도 동전만 한 표적을 맞히는 저격수도 있었고 넘어지는 와중에도 허공에 던져진 십수 개의 동전을 모조리 관통시키는 트릭샷의 대가도 있었다. 함포를 발사해 적 전투기의 조종석만 날려 버리는 실력자도, 날아드는 수십 발의 미사일을 일일이 요격시키는 실력자도 있었을 것이다.

그리고 그 모든 기교가, 기술이, 노하우가 알게 모르게 그의 바탕을 이루고 있다.

"사실상 우주 최강의 조종사라고 해도 과언이… 잠깐만요."

세레스티아는 고개를 돌려 하와를 바라보았다. 하와는 우주에서 싸우고 있는 나폴레옹을 보고 있을 뿐 그녀에게 시선조차 두지 않았지만 세레스티아는 아랑곳하지 않았다.

"이걸 왜 나한테 말해주는 거죠? 대체 뭘 보고 뭘 바라는 거예요?"

언터쳐블의 무서운 점 중 하나는 바로 전지(全知)라 불리는 힘이다. 세계의 흐름을 읽어내는 초월적인 지각 능력을 가진 그들이기에 하위의 존재들을 너무나 쉽게 자신이 원하는 방향으로 유도하는 게 가능하다.

"글쎄."

그러나 경계심이 담긴 세레스티아의 목소리에 하와는 별다른 반응을 보이지 않았다. 그저 묘한 표정으로 연신 섬광이 터지고 있는 우주 공간을 바라보고 있을 뿐이었다.

"글쎄……."

그것은 하와로서도 알 수 없는 일이었다. 그녀는 아직 자신의 마음조차 분명히 하지 못하고 있었으니까. 물론 아담에 의해 자신의 [조각]에서 깨어났을 때는 그의 부탁, 아니, 명령에 따라 대하를 제거할 생각이었지만, 막상 그와 마주친 그녀는 그럴 수 없었다.

아니, 그러지 않았다.

'어째서.'

태연한 척했지만 그녀는 혼란스러운 상태였다. 숨이 막힐 것처럼 답답하고 자신의 마음을 결정할 수 없다.

'이렇게나 아무것도 보이지 않다니…….'

흐릿하다. 처음 봤을 때는 윤곽이나마 보였는데, 이제 와서 대하는 물론이고 심지어 세레스티아의 미래마저도 보이지 않았다. 세계의 흐름을 읽어내는 초월적인 권능, 전지(全知)가 완전히 먹통인 것이다.

그리고 그를 볼 때마다 자꾸자꾸 솟아오르는 호의적인 감각이 그녀를 당혹스럽게 했다. 그의 존재에 대해 들었을 때 느꼈던 분노와 질투가 다 거짓이었다는 듯 수그러들고 있었다.

'이건 위험해.'

그러나 그것을 느끼면서도 그에게서 눈을 뗄 수 없다. 그를 죽일 수도, 그에게서 벗어날 수도 없다.

번쩍—!

그런데 그때, 아무것도 없던 나폴레옹의 위쪽에서 엄청난 빛이 터져 나온다. 세레스티아는 깜짝 놀라 전장 정보를 확인했다. 거기에는 새롭게 등장한 기가스의 정보가 표시되고 있었고, 그것은 그녀에게도 매우 익숙한 종류의 것이었다.

"뭐야, 골드리안을 출격시켰다고? 어째서?"

황금성좌(黃金星座) 골드리안. 그것은 황족들을 위한 황실의 기가스이다. 레온하르트 제국에도 흔치 않은 성(星)급의 기가스.

하지만 골드리안은 오직 황족만이 탈 수 있는 기체다. 결국 현재 라이징 스톰에서 골드리안을 조종할 수 있는 것은 오직 6황자 엘리언뿐이라는 말인데 그가 왜 굳이 지금 전장으로 나선단 말인가?

"죽이기 위해서. 그리고… 어쩌면 그들은 목표를 이룰지도 모르겠군."

불길한 하와의 말에 세레스티아의 눈이 가늘어진다.

"그게 무슨… 대하가 개념을 지배하는 언터쳐블의 힘을 가지고 있다고 말한 건 당신 아니었나요?"

물론 골드리안은 나폴레옹에 비할 수 없을 정도로 강력한 기가스이고 엘리언도 제법 괜찮은 조종사이지만 상대가 언터처블이라면 상황이 전혀 다르다. 실제로 대하는 기가스의 한계를 훌쩍 뛰어넘는 전력을 보여주지 않았던가?

하지만 하와는 담담한 목소리로 말했다.

"그리고 그가 지극히 평범하고 약한 인간이라고 말한 건 너였지."

"…평범한 인간인 게 문제다?"

"보기보다 더 눈치가 빠르군."

후후후, 하고 웃는 그녀의 모습은 우아하고 기품 있다. 분명히 어린 소녀의 모습을 하고 있음에도 그녀가 풍기는 분위기는 뭐라 표현하기 어려울 정도로 독특했다.

"뭐, 그가 평범한 인간이라는 말은 틀렸지만 적어도 인간의 육신에 갇혀 있는 것만은 틀림없지. 그리고 그렇다면."

번쩍!

눈부신 빛과 함께 나폴레옹이 배트에 얻어맞은 공처럼 튕겨나간다. 황금빛으로 빛나는 골드리안이 그 뒤를 쫓았다.

"압도적인 힘 앞에서 그 어떤 기교도 소용이 없어."

그렇게 말하며 하와는 어지럽게 공간을 뛰어넘으며 골드리안에게서 벗어나려 발버둥 치는 나폴레옹을 보았다.

그녀는 대하를 죽일 수 없다. 그와 마주하는 그 순간, 그녀는 자신이 간접적인 방법으로도 그에게 해를 끼칠 수 없다는 것을 알았다.

그는 [아버지]가 남긴 마지막 혈육이다. 여전히 믿을 수 없는 일이지만⋯ 그를 보면 볼수록 그 말도 안 되는 가설에 확신만 더해질 뿐이니 의심할 수조차 없다. 그를 보는 것만으로도 마음이 포근해지고 모든 걸 그에게 맡기고 싶은 마음이 들불처럼 일어난다.

'하지만 안 돼.'

그녀는 이미 리전 안에서 실권을 잃었다. 그녀는 산산이 부서져 조각만이 남았고 그녀를 부숴 먹어치운 아담은 더욱더 강력한 존재가 되었다.

그리고 그는, 미쳐 버린 그는.

절대로 대하의 존재를 용납하지 않을 것이다.

'그래, 그게 유일한 방법이야.'

그가 여기서 죽는다면 모든 것이 원래대로 돌아갈 것이다. 아담이 미쳐 폭주할 일도 없다. 오히려 그 광기가 가라앉을지도 모른다.

하와는 나폴레옹을 쫓고 있는 골드리안을 바라보았다.

'인간의 손에 죽는 거야.'

＊　＊　＊

쾅!

폭음이 터진다. 아발론(Avalon) 시스템에 의해 보호받고 있는 조종석이 울릴 정도니 나폴레옹이 얼마나 막대한 타격을 받았을지 짐작조차 가지 않을 정도. 나는 점멸을 이용해 몇 번이고 위치를 바꿨지만, 다 소용없는 저항이다.

쾅!

"이런, 제기랄! 뭐 이런 게 다 있어?!"

영자 흡수로 간신히 막아냈지만 그럼에도 한 방에 배리어가 다 날아간다. 회피는 불가능했다. 골드리안은 마치 태양이 우주를 밝히듯 모든 방향으로 빛을 뿜어내고 있었다.

[파트너! 이상하다! 골드리안이 강한 기체라는 건 알지만 이 정도는 아니야!]

"그건 나도 알아!"

많이 타본 건 아니지만 골드리안을 타고 비인들의 전함 [징벌]을 포획까지 해봤던 나다. 당연히 골드리안의 성능 정도는 파악하고 있다.

샤아앙—!

"제길, 또!"

골드리안에서 빛이 뿜어진다. 어떻게든 영자 흡수를 발동해 막아낸 후 배리어를 강화했지만, 마치 바람이 촛불을 꺼버리듯 훅, 하고 배리어가 다 날아가고 타격이 들어온다.

"나폴레옹, 남은 에너지는?"

[15%다.]

"아, 뭔 잠깐 사이에 25%나 날아가!"

신음하며 내 앞으로 날아드는 금빛의 거인을 바라본다. 크기로만 치면 아까 목을 날려 버린 골리앗과 비슷한 정도지만, 그 전력은 비교조차 할 수 없다.

"제길, 이런 상황이 생길 수도 있다는 생각은 했지만."

어떤 적을 상대로도 불리한 적이 없었다. 나는 다른 이들보다 훨씬 많은 어빌리티를 가지고 있고 언제나 기교 면에서 상대를 압도했으니까.

그러나 그렇기에 나는 더욱더 내 약점에 대해 잘 알고 있다. 아니, 정확히 말하면 약점이라기보다는 한계라고 해도 좋겠지.

"그냥 단순하게… 출력이 강한 적이라니."

나는 단순한 힘 싸움을 강요하는 적에게 할 수 있는 게 없다. 내가 탄다고 기가스의 출력이 늘어나는 것은 아니었기 때문이다.

[방어도, 회피도 불가능하다, 파트너! 뒤로 빠져야 해!]

"나도 알지만 지금 뒤로 빠져봤자 어딜… 이런!"

어빌리티 영자 흡수를 발동해 골드리안에서 뿜어지는 빛을 막아냈지만 실패. 아까보다는 나았지만 역시나 이번에도 배리어가 한 움큼 뜯겨 나가고 그 충격이 나폴레옹의 기체를 덮친다.

[파트너! 죽지 않는 황제를 발동시켜야 해.]

"하지만 에너지가 너무 간당간당한데."

[그래도 어쩔 수 없다. 이 페이스대로라면 다음 공격에 기동력을 상실할 수도 있어.]

"…잠깐만 기다려 봐."

나폴레옹을 진정시키고 정신을 집중한다.

'더하기, 더하기, 더하기……'

〈관통〉 어빌리티를 발동한다. 관통 어빌리티는 지금 골드리안이 그리고 있는 것처럼 적의 방어를 날려 버리는 식의 공격이 아니다.

대신 방어에 구멍을 낸다.

나머지 배리어가 다 멀쩡하더라도 상관없다. 어차피 내 공격만 배리어를 넘어갈 수 있다면 적의 남은 에너지 잔량 따위는 알 바 아니니까.

'그리고 거기에.'

〈저격〉 어빌리티를 발동한다. 사격의 사정거리를 늘리고 파괴력 또한 더한다. 거기에 어느 정도 관통 효과도 가지고 있으니 관통의 사격 특화 어빌리티라고 해도 좋겠지.

'마지막으로……'

〈침식〉 어빌리티를 더한다. 적의 영력에 접하는 순간 마치 독처럼 퍼져 나가는 어빌리티로 1의 마나를 집어넣으면 최소 3에서 5의 마나를 못 쓰게 만들어 버리는 공격적인 영력을 주입하는 방식이다. 적의 장갑에는 조금의 타격도 줄 수 없기에 단독으로는 아무런 의미가 없지만 자신을 막아서는 배리어를 일순간 약화시킬 수 있어서 이렇게 어빌리티 융합을 사용하면 꽤 괜찮게 활용할 수 있다.

우웅——!

저격, 관통, 침식 어빌리티가 합쳐져 광자포에 실린다. 당연하지만 이 한 방에 실리는 수고와 영력이 보통이 아니니 빗나가면 그냥 실패한 정도의 타격으로 끝나지 않는다.

'물론.'

피식 웃으며 나폴레옹을 조작해 방아쇠를 당긴다.

'빗나갈 리 없지만!'

퓨웅! 하고 새카만 우주를 광자포가 가로지른다. 골드리안은 별다른 저항조차 못 하고 그걸 얻어맞았다.

펑!

"뭐?"

신음한다. 왜냐하면 정확한 명중에도 골드리안의 머리가 움찔하지도 않았기 때문이다. 아무리 외부 장갑이 튼튼해도 이정도 공격을 맞고 아무렇지 않을 수 있을 리가 없으니⋯ 결과적으로 녀석은 내 공격을 맞지 않았다는 말이 된다.

[막았다! 포기하고 물러서!]

"아니, 지가 무슨 거대 전함도 아니고 이게 안 먹힌다는 게 말이 돼? 골드리안이 좋은 기체인 건 사실이지만 절대 이 정도는 아닐 텐데?"

어이가 없어서 헛웃음이 나온다. 설사 녀석이 배리어를 강화했다 하더라도 3중 어빌리티라면 관통 자체는 되어야 정상이다. 심지어 3개의 어빌리티 중 2개나 관통 효과를 가지고 있었는데 그게 막히다니. 차라리 배리어를 관통한 다음 장갑에 막혔다면 이해라도 하겠는데 배리어에서부터 막혔다니 답이 없다.

[파트너! 중력 제어부에 균열이 생겼다! 수리해야 해!]

"으, 알았어. 지금⋯ 음?"

그러나 막 〈죽지 않는 황제〉를 가동시키려는 순간 뭔가 번뜩이는 느낌이 들었다. 나는 그 직감적인 판단에 따라 주변을 포위만 하고 있던 다른 기가스를 향해 〈마렌고의 질주〉를 가동했다.

쿠오오오————!!

그러나 미묘하게 늦었다. 막 돌진해 나가는 순간 내가 있던 자리에 웜홀이 생겨나며 나폴레옹의 왼팔이 빨려 들어간 것이다. 반사적으로 배리어를 발동했지만 아무런 방어가 되지 못했다.

[이건 뭐야?]

"제길! 고유 어빌리티다!"

날아드는 것도 아니고 특정 위치에서 기척도 없이 터지는 웜홀이라니, 듣도 보도 못했다. 골드리안에는 이딴 어빌리티 따위 달려 있지 않으니 뭔가 대단한 혈통을 가진 상대가 녀석에 타고 있는 모양이다.

샤아앙—!

그리고 그때 다시금 골드리안이 빛나기 시작한다. 회피가 불가능한 파동형 공격이 또다시 날아드는 것이다.

"나폴레옹, 에너지는?"

[…3%. 평시였으면 대기 모드로 바꿨을 거다. 더불어 왼팔과 함께 상당수의 장갑이 날아가서 배리어가 걷히면 바로 아발론 시스템에 타격이 올 거야.]

"제길."

헛웃음을 짓는다. 방금 그 웜홀에 휩쓸리면서 또다시 에너지가 왕창 날아갔다. 흡수하기에는 너무나 강렬한 파도라고 할 수 있는 적의 파동형 공격을 더 이상 막아낼 수 없는 사태에 몰리게 된 것이다.

[탈출시키고 싶지만 지금 이대로 탈출해도 상황은 마찬가지겠지?]

"당연하지. 단체전도 아니고 시선이 이렇게 몰려 있는데 탈출 포트를 놔둘 리 없으니."

허탈하게 웃으며 파도처럼 밀려오는 빛 무리를 바라본다.

그러나 순간 새로운 발상이 떠올랐다.

"…힘 빼, 나폴레옹."

[뭐?]

당황하는 나폴레옹을 무시하며 정신을 집중한다. 나폴레옹의 아이언 하트와 깊게 동조하기 시작하자, 거대한 나폴레옹의 몸이 내 몸처럼, 금속으로 이루어진 장갑이 내 피부처럼 느껴지기 시작한다.

쿠우우!!!

몰아치는 파도에 몸을 던진다. 모든 걸 파괴하고 망가뜨리는 파괴적인 빛의 파동. 그러나 나는 거기에 저항하지 않고 그 흐름을 탔다. 마치 격한 물살에 휩쓸리는 것처럼 한순간 나폴레옹의 기체가 빙글빙글 돌며 날아가는 게 느껴졌지만, 그것은 우리와 적의 간격을 벌리는 데 도움을 줬을 뿐 기체에는 아무런 타격도 주지 못했다.

"후우……."

깊이 숨을 몰아쉰다. 한순간 너무 집중해서 머리가 어질어질하다.

[뭐, 뭐야? 파트너, 지금 뭘 한 거야?]

"막을 수 없으니 흐름을 탔지. 다만 어디로 밀릴지는 통제를 할 수가 없… 네!"

콰득!

쾅!

넓게 포진해 우리를 포위하고 있던 기가스가 기겁해 광선검을 휘둘렀지만 쉽게 털어내고 가슴팍에 팔을 박아 넣는다.

"미안. 가급적 살인은 하고 싶지 않지만 여유가 없어서."

나에게 붙잡혀 버둥거리는 수급 기가스를 향해 가볍게 사과하고 영자 흡수를 가동한다. 지금까지야 적의 공격을 막아내는 방식으로 썼지만 원래 영자 흡수는 이렇게 사용하는 기술이다. 다만 〈메마른 심장〉처럼 단박에 힘을 다 빨아들이는 기술이 아니라 적의 영력을 영구적으로 손실시키며 자신의 아이언 하트를 강화시키는—물론 한계가 있다. 없었으면 이것도 레전드급이었을 것이다—기술이기에 〈메마른 심장〉처럼 에너지 상태가 극적으로 좋아지지는 않는다. 실제로 회복된 에너지는 10% 정도였고.

[와———!! 진짜 대단해! 뭐야, 대체? 방금 그거 어떻게 한 거야?]

그런데 그때 천진난만한 목소리가 들려온다. 익숙할 정도는 아니지만 쉽게 잊을 수 없는 6황자의 목소리에 인상을 찡그린다.

"아, 뭐야. 통신 차단했는… 웃차!"

어느새 다가온 골드리안이 어빌리티로 만들어낸 〈황금 망치〉를 마구 휘두른다. 스치기만 해도 그대로 박살 날 공격이었지만 나는 블링크 노하우 중 하나인 삼연보(三連步)를 발휘해 그것을 피해냈다.

[저것 봐! 지금 짧게 세 번 공간 이동 해서 피한 거 맞지? 저런 좌표 계산을 어떻게 전투 중에 하지?]

다시 시끌시끌하게 전해지는 목소리에 인상을 찡그린다.

"야, 나폴레옹, 통신 좀 막아봐. 저 스팸 메일 같은 놈이 계속 떠들잖아."

[미안하지만 통신이 아니라 못 막는다. 그리고 나한테는 안 들려.]

"…텔레파시구만."

기가 막혀서 혀를 찬다. 이 드넓은 우주 공간에서 상대방의 동의도 구하지 않고 이렇게 쉽게 목소리를 전달할 수 있다니. 우리는 현재 맞붙어 싸우는 상태가 아닌 데다가 고속으로 날아다니고 있었기 때문에 서로 간의 간격이 심하면 수십 킬로미터 이상 벌어지기도 하는데 마치 옆에서 이야기하는 것처럼 목소리가 선명했다.

[파트너, 통신 요청이 들어왔다.]

"어차피 말 걸고 있으면서… 열어."

내 말에 화면 일부분에 금은 커플의 모습이 비춰진다. 뇌파 조종을 하는 듯 별다른 부착물 없이 조종석에 앉아 있는 6황자는 자신의 무릎에 앉은 천사의 가냘픈 허리를 팔로 감싼 채 나를 바라보고 있다.

'기가스에 타고 있다. 역시 골드리안을 조종하는 건 녀석이었나.'

하긴 어떻게 생각하면 당연한 일이었다. 골드리안은 황족 전용 기체라고 했었으니까. 다만 저 천사까지 같이 조종석에 앉아 있을 줄은 몰랐다.

"뭡니까?"

일단 말을 건다. 아이언 하트는 지구에서 사용하는 연료 엔진과 다르게 에너지가 소모되어도 잠시 놔두면 회복되기 때문에 시간을 끄는 건 사실 나에게 나쁘지 않은 일이었다.

'괜히 영자력 발생기라는 이름을 가진 게 아니라는 말이지.'

출력 하나로 나를 짓밟으려 드는 조종 방식은 마음에 안 들지만 간당간당한 에너지를 회복할 시간이 필요했기에 가만히 6황자를 지켜본다. 그리고 그런 내 마음을 아는지 모르는지 6황자는 환히 웃는 얼굴로 말했다.

[너 되게 마음에 든다. 내 아래 있는 장군 중에서도 너처럼 움직이는 녀석이 없었어.]

"칭찬 고맙네요. 그래서요?"

물론 그렇다고 시간을 끈다는 인상을 줄 수는 없었기에 최대한 삐딱하게 답했다. 황족을 대하는 태도라기엔 꽤 건방진 태도였는데도 6황자는 별로 마음 상한 분위기가 아니다.

[너, 내 부하 해라. 살려줄게.]

어느 정도는 예상했던 제의. 그러나 그때였다.

"그건 곤란하오."

"이런 미친……."

신음한다. 왜냐하면 다른 목소리가 화면 속도 아닌 바로 옆에서 들렸기 때문이다. 그야말로 심장이 떨어질 것처럼 놀랐지만 최대한 감정을 수습하고 옆을 슬그머니 돌아보았다.

"아까운 마음은 이해 가지만 이 녀석은 우리 계획에 차질을 주게 될 것이오. 이 기회에 죽여놓는 것이 좋소."

"……."

태연하게 내 죽음을 말하는 망할 깡패 신선의 말에 조마조마한 심정이 된다. 그러나 이내 이를 악물었다.

'그래, 죽이려면 벌써 죽였다. 이 녀석은 나한테 손끝 하나 못 대.'

어차피 이 녀석이 작정하고 힘을 쓰면 기가스고 뭐고 소용없는 상황. 나는 최대한 마음을 편하게 먹고 둘의 대화를 지켜보았다.

6황자가 말했다.

[하지만 난 저 녀석 가지고 싶은데?]

"참아야 하오."

[헤에, 아버지의 말을 거부하는 거야? 이거 혼내줘야겠는걸.]

장난스러운 말투에 청원의 표정이 차갑게 식는다.

"6황자⋯⋯."

청원의 눈이 파랗게 빛나기 시작한다. 주변 온도가 뚝 떨어졌다.

"적당히 하시오."

엄청난 위압감이다. 그 목표가 내가 아니었음에도 숨이 턱하고 막힐 정도. 하지만 그런 그를 보는 6황자는 겁을 먹는 대신 항상 싱글벙글하던 표정을 굳히며 눈을 크게 떴다.

단지 눈을 크게 떴을 뿐인데도 분위기가 급변한다.

[적당히 안 하면.]

선량하던 그의 인상은 온데간데없고 광기 넘치는 살기만이 스크린 너머로 전해진다.

[어쩔 건데?]

무시무시한 기백이다. 물론 지금 청원의 상황과 입장, 그리고 그의 위치 때문에 가능한 일이라고는 하나 중급 신위를 가진 청원에게 기 싸움으로 밀리지 않는다는 건 그가 보통 사람이 아니라는 증거. 그리고 그런 그의 모습에 무릎에 앉아 있던 천사의 표정이 야릇해진다.

[우리 멋진 엘… 또 반할 것 같아.]

[헤헤, 우리 자기도 예뻐.]

방금 그 광기 넘치던 또라이는 어디로 간 건지 순식간에 헤실헤실한 얼굴로 천사와 키스한다. 그냥 입술을 마주치는 정도가 아니라 혀가 오갈 정도로 진한 키스.

그런데 그게 다가 아니었다. 6황자의 손이 슬그머니 움직이더니 천사의 웃옷으로 쑥, 하고 들어가 꿈틀거리기 시작한다.

[하웃… 하앙……!]

점차 흘러나오기 시작하는 달콤한 신음 소리에 황당해한다.

'아니, 이 연놈들이 지금 뭘 하고 있는 거야?'

"6황자."

황당한 감정을 느끼는 건 나뿐이 아닌 듯 청원도 인상을 찡그리며 그를 부른다. 그러나 그러거나 말거나.

[흐아아앗~~♡!]

아주 끝까지 갈 것 같은 기세로 터져 나오는 비음(鼻音)에 어안이 벙벙하다. 인간이고 천사고 금색이고 은색이고 제정신이 아니다.

완전 또라이들이었다.

'믿고 따라갈 놈이 아니야.'

6황자는 어지간한 여자보다도 아름다운, 내가 본 모든 남자를 통틀어도 톱클래스에 들어가는 미소년이었지만 보고, 보고 또 봐도 제정신이 아니다. 지금이야 이렇게 부하로 들어오라고 이야기하고 있지만 뭔가 하나가 제 마음에 안 들면 무슨 짓을 할지 상상조차 안 가는 상대.

게다가 더 큰 문제는 그가 내 비밀에 대해 알게 되었을 경우다. 그는 세레스티아와 성향도, 상황도 다르니 내 비밀을 지켜주려 할 리가 없다.

'그리고 무엇보다.'

나는 슬쩍 고개를 돌려 팔을 뻗으면 닿을 거리에 당당히 서 있는 청원을 바라보았다.

'이놈이 위험해.'

사명에 묶여 못 하고 있을 뿐 청원은 나를 죽일 능력과 의지를 가지고 있고 그걸 실제로 몇 번이나 실행했다. 그런데 그렇게나 명백한 살의를 가진 녀석과 같은 편이 된다? 심지어 일이 잘 풀리면 그는 다음 대 레온하르트 제국의 황제가 될지도 모르는데?

차륵.

아주 자연스럽게, 당연하다는 듯이 목에 걸린 열쇠를 잡아들었다. 초월적인 인지능력을 가진 적들을 상대로 몰래, 라는 건 애당초 불가능하다. 모르네가 그랬듯 네까짓 게 무슨 짓을 할 수 있겠냐, 라는 방심을 기회 삼는 것이 유일한 방법.

파앗!

그러나 열쇠를 잡은 손으로 청원의 어깨를 짚으려는 순간 그의 모습이 사라진다.

"…그건 뭐냐."

나직한 목소리에 내심 이를 갈았다. 호락호락하게 당해주지 않는 것을 넘어서 그의 목소리에 분명한 경계심이 담겨 있다는 걸 깨달았기 때문이다.

"뭐가 말입니까?"

"그 목걸이… 아니, 열쇠. 보통 물건이 아니군. 어디서 얻었지?"

말투까지 진지해졌다. 당연한 말이지만 상황이 이렇게까지 되었다면 열쇠를 꽂는 건 완전히 글렀다고 할 수 있다. 과연 중급 신위를 가진 상대에게 열쇠를 꽂는 것이 효과를 가질지 확신할 수 없지만, 애초에 꽂지도 못한다면 일말의 기대조차 할 수 없는 것이다.

'접근을 할 수가 없으니.'

기계에 대한 명령권과 초월병기로 짐작되는 열쇠, 두 가지 모두 상식을 벗어나는 힘이지만 그렇다고 마구 휘두를 정도로 편리한 힘도 아니다. 명령권의 경우에는 그 대상의 일부에 내 [목소리]가 닿아야 하기에 통신으로 해결할 수 없고, 초월자의 능력조차 잠글 수 있는 열쇠는 일단 상대의 몸에 꽂아야 한다는 제약이 존재하기 때문이다. 한 번이라도 꽂아 넣는 데 성공한다면 원거리에서도 간섭이 가능하지만 애초에 연결 자체가 되지 않으면 그냥 쇠 쪼가리에 불과한 것.

그리고 당연하지만 내 육체 능력으로는 이런 초월적인 존재에게 열쇠를 꽂아 넣는 건 상대가 방심하지 않는 이상 불가능한 일이다.

"그걸 제가 말해줄 의리는 없죠."

최대한 침착하게 열쇠를 회수한다. 다시 목에 걸면 혹시라도 열쇠가 '인식에서 벗어나는' 순간을 보이게 될까 봐 한쪽 손에 감아놓았는데 그런 나를 청원은 가만히 바라보고만 있다.

[하웅―! 하으웅♡ 하아아―!]

"…저기, 이봐요? 6황자?"

그런데 우리가 그렇게 눈싸움을 하는 사이에도 이 망할 색정 꼬맹이는 마침내 천사와 들썩거리기 시작했다. 순결한 이미지의 드레스는 이미 반쯤 벗겨져 새하얀 피부를 드러내고 있는데 그 모습이 색정적이기 짝이 없다.

'시간을 끌어주면 고맙긴 한데… 이건 무슨 야동 감상도 아니고.'

투덜거리며 에너지 잔량을 확인한다. 통신을 시작한 지 시간이 꽤 지난 만큼 30%까지 차오른 상태다.

'하지만… 6황자가 이걸 모를 리 없겠지.'

저 꼬맹이가 또라이인 건 부정할 수 없는 진실이지만 그렇다고 바보는 아니다. 아니, 오히려 가끔 번뜩이는 녀석의 눈을 볼 때마다… 나는 녀석에게서 뱀같이 간교하고 사악한 지혜를 느낀다. 지금 내 앞에서 천사를 안는 저 태도도 분명한 목적을 가지고 행하고 있는 걸지도 모른다.

'물론 굳이 이런 선택지를 고른다는 점에서 미쳤다는 점을 부정할 수는 없겠지.'

6황자는 그러고도 한참이나 더 천사―아직도 이름을 모른다―와 노닥거리다가 나를 돌아보았다. 서로 꽤 흥분한 상태인 듯 얼굴이 발갛게 상기되어 있다.

[마음은 결정했어?]

마치 아무 일도 없었다는 듯 상큼하기까지 한 태도에 나는 일단 물어보았다.

"만약 항복한다면 나머지 사람들은 어떻게 됩니까? 저를 호위하던 일행이나 그리고."

[다 죽여야지.]

질문을 다 하기도 전에 단정적으로 말하는 그의 모습에 당황한다.

"…전부?"

[그래, 전부.]

"그럼 항복할 수 없습니다."

[과연 그럴까?]

피식 웃으면서 통신이 끊어진다. 너무 어이가 없어서 꺼진 화면을 들여다보는데 청원이 말한다.

"흐음, 과연 그렇군. 거참, 장난이 지나친 성격이야."

"…뭘 하려는 겁니까?"

"그걸 내가 말해줄 의리는 없지. 잘 가게나."

그 말을 끝으로 청원의 모습도 사라져 버린다. 우주 공간이든 뭐든 아무런 상관도 않는 기가 막히는 공간 이동 능력. 그리고 그때 나폴레옹의 비명이 터져 나온다.

[파트너!]

비명과 함께 화면에 비치는 골드리안에게서 강렬한 영압(靈壓)이 끓어오르기 시작한다. 나를 향한 공격은 아니다. 지금까지 몇 번이나 날렸던 파동형 공격 때와는 차원이 다른 에너지가 감지된다.

"뭐야, 뭘 하려는 거지?"

[초월기다!]

"…아레스?"

새롭게 끼어든 목소리에 의문을 표한다. 지금까지 그랬듯이 전신의 눈으로 우리와 연결한 것으로 파악되는 아레스는 다급한 목소리로 소리쳤다.

[당장 전선을 이탈해 대천공으로 숨어들어! 지금밖에 기회가 없어!]

"…어째서?"

[어째서냐면 녀석들이.]

아레스의 말과 함께 골드리안의 손에 이글거리는 폭염이 깃든다.

아니, 자세히 보니 그것은 그냥 단순한 폭염이 아니었다. 새카만 우주 공간에서도 이글이글 타오르는 그것은 거대한 검(劍)의 형상을 하고 있었다.

[우리엘의 검을 소환했으니까.]

쿠우우우————

골드리안의 손을 떠난 거대한 불의 검이 공간을 가로지르기 시작한다. 속도는 그리 빠르지 않았지만 그 대상이 제대로 움직이지 못하고 있는 거대한 전함이었기에 별다른 문제가 없었다.

우웅—!

알바트로스함의 정면부에 새하얀 방패가 떠오른다. 그것은 나도 몇 번이나 봤던 천현일 소장의 초월기 백십자의 방패. 그러나 천천히 뻗어 나간 불꽃의 검이 거기에 충돌하는 순간.

쩌적—!

단숨에 거기에 균열이 생겨난다.

"맙소사."

어이가 없어 신음한다. 라이징 스톰이 날린 공격도 아니고 골드리안이 날린 공격이 초월자가 조종하는 전함의 초월기를 뚫어버리다니. 황당한 일이었지만 아레스는 놀라지 않고 말했다.

[다시 말하지만 저것도 초월기야. 그것도 쌩쌩한 상태에서 사용했으니 지칠 대로 지친 천현일 소장이 막아내지 못하는 게 당연해.]

"6황자가 초월자라고?"

[아니.]

내 물음에 내 앞으로 떠오른 영체 상태의 아레스가 고개를 흔든다.

[하지만… 6황자와 저 천사는 함께하는 것만으로도 초월자에 준하는 파동을 뿜어낸다. 원리는 모르겠지만 조종사로서의 둘은 초월자라고 봐도 무방하지.]

"제길, 왜 조종석에 둘이 같이 앉아 있나 했더니."

결국 이상할 정도로 강력하던 골드리안의 출력이 조종사발이었다는 말이다. 어처구니없지만 초월자가 타면 성급 기가스라도 그 출력이 초월기를 사용할 수 있을 정도로 막대해지는 모양.

그리고 그렇게 허탈해하는 나를 보고 아레스가 소리친다.

[어쨌든 멍하니 보고 있을 때가 아냐! 빨리 도망쳐!]

"아니, 이 바보야… 알바트로스함이 박살 나는 판국에 나 혼자 도망쳐서 뭘 어쩌라고?"

설사 당장 이 전장에서 달아나는 게 가능하다 하더라도 돌아가야 할 전함을 잃어버리면 결국 이 드넓은 우주 공간에서 살아남을 수 없다. 나폴레옹은 물론 강력한 기가스지만 항성 간 이동은커녕 행성 간 이동도 쉽지 않은 기체. 애초에 장거리 이동을 염두에 두고 만들어지지 않았기 때문에 설사 여기에서 달아나도 우주 공간을 헤매다 죽게 되지 않겠는가?

그러나 뜻밖에도 아레스가 고개를 흔들었다.

[내가 오고 있다.]

"네가 오고 있다고?"

[그래. 너무 늦었지만… 적어도 너를 구하는 데에는 사용할 수 있을 거야.]

나직한 목소리에 언젠가 내가 그에게 했던 [명령]을 떠올린다.

"지금 내 앞에 완전한 상태로 현현하라!"

그렇다. 실험 삼아 해 본 명령이었다. 과연 내 명령이 어디까지 먹힐까 하는 의문에 했던 명령.

그런데 그게 실행되었단 말인가?

"명령권이 물리법칙조차 무시하고 공간을 이동시킨단 말이야?"

당황해하는 나를 보며 아레스가 고개를 흔들었다.

[그런 건 아냐. 내 몸은 파츠별로 아스트랄 드라이브가 가능하니 원래부터 단독으로 은하계를 가로지르는 게 가능하거든. 오히려 엄청난 건 네 목소리가 우주 곳곳에 퍼져 있는 내 일부에게까지 닿았다는 것이지.]

녀석이 거기까지 말했을 때 백십자의 방패가 박살 나고 불꽃의 검이 알바트로스함에 직격한다. 알바트로스함에서 일어난 배리어가 불꽃의 검을 막아섰지만 놀랍게도 그 배리어에 불꽃이 옮겨붙었다.

콰득!

거대한 새의 형태를 하고 있는 알바트로스함의 우측 날개에 불꽃의 검이 틀어박힌다. 멀리서도 볼 수 있을 정도의 엄청난 폭발이 일어난다.

"…제길."

지금 저 공격으로 또 몇 명이나 죽었을지 짐작이 안 간다. 나는 나름대로 라이징 스톰의 승무원들을 죽이지 않기 위해 노력했지만 6황자 녀석은 그럴 마음이 추호도 없는 모양이었다.

[대하.]

"잠깐, 잠시만. 네 파츠들이 여기까지 오는 데 얼마나 걸리지?"

[가장 가까운 파츠도 수십 광년이나 떨어져 있어. 물론 이동 거리로 치면 거의 다 온 거나 다름없지만… 모이려면 적어도 13시간은 걸리지.]

"13시간……."

기가 차서 헛웃음이 나온다. 일순간 희망이 보였는데 단지 최악의 최악만을 피했을 뿐이라는 것을 깨달았기 때문이다.

만일 지금 이 순간 아레스가 여기에 있다면, 그리고 그래서 내가 거기에 탄다면… 그래, 그렇다면 나는 이 상황을 해결할 수 있다. 혼자서 저 망할 6황자를 제압하고 라이징 스톰을 통째로 행동 불능으로 몰아넣을 수 있는 것이다. 아레스를 탄 채 선내로 진입해 [명령권]을 사용한다면 포획도 가능하겠지. 물론 신(神)급 기가스는 초월자만 태운다는 말이 있지만 이렇게까지 나를 도와준 아레스가 이제 와서 탑승을 거부하지는 않을 테니까.

'하지만 13시간이 지나면.'

그렇게 된다면… 알바트로스함에는 단 한 명의 생존자도 남지 못할 것이다. 지금 이 전투는 섬멸전. 6황자가 자신과 청원과의 거래를 숨기기 위한 증거 인멸 그 자체가 목표인 전투이다. 우리를 공격했던 비인들과 다르게 그는 굳이 힘들게 알바트로스함에 진입할 필요도 없고, 무엇보다 포로를 잡을 생각이 없다. 13시간은커녕 1시간 안에 모든 게 끝나 버릴 것이다.

[어쨌든 저긴 이미 늦었어. 어서…….]

"어서 뭐, 어서 도망치자고?"

날카롭게 답한다. 물론 그의 말이 합리적이라는 것을 안다. 확률은 낮겠지만 이대로 도망치는 데 성공해서, 그래서 아레스를 만난다면 틀림없이 살길이 생기게 될 테니까.

인급의 나폴레옹과 다르게 신급 기가스는 숨 쉬듯 간단히 항성 이동을 수행할 수 있으니 당연하다면 당연한 일이다. 실제로 멀쩡한 상태도 아닌 아레스의 파츠들이 은하계를 가로질러 이쪽으로 날아오고 있는 상태라지 않은가?

하지만, 하지만…….

그렇게 또 도망쳐야 한단 말인가?

또… 죽는 걸 방관하라고?

―아버지, 주인님, 저의 창조주시여.

―사랑해요. 사랑해요, 아버지.

심장이 터질 것 같다. 물론 이것이 나의 기억이 아니라는 것을 알고 있다. 실제로 이 기억의 당사자나 다름없는 하와를 만났을 때에는 아무런 그리움도, 반가움도 없었으니까.

그러나… 어릴 적부터 겪어온 이 기억은 지금의 내 자아를 이루는 근간이 되었고 그것들이 내 성격과 가치관에 영향을 준 것 역시 사실이다.

도망치고 싶지 않다.

소중한 것들이 죽는 모습을 보고 싶지 않다.

[이제 마음의 결정을 내렸어?]

"6황자……."

빛으로 이루어진 거대한 날개를 펼친 골드리안이 나폴레옹을 마주한다. 손을 뻗으면 닿기라도 할 듯 가까운 거리에 아레스가 신음한다.

[너무 가까워……!]

그렇다. 너무 가깝다. 초월자급 조종사로서의 역량을 발휘하고 있는 6황자와 천사가 타고 있는 골드리안이 이렇게나 가까이 있다면, 아무리 나라도 도주는 불가능하다.

[빨리 대답해. 나도 바쁜 몸이니까.]

여전히 상쾌한 그의 목소리에 이를 악물었다.

"거절합니다."

[뭐, 아깝지만 그렇다면 어쩔 수 없지.]

피식 웃으며 한쪽 손을 드는 6황자의 모습이 화면에 비친다. 그리고 그의 움직임에 따라 골드리안 역시 한쪽 손을 들어 올린다. 거기에는 어마어마한 영력이 실린 빛의 입자가 집결해 있었다.

[그럼 '천국'에서 다시 보자.]

번쩍!

녀석은 정말 일말의 망설임도 없이 영력을 뿜어냈다. 그리고 그 백광(白光)이 자비 없이 사방을 뒤덮자 시야가 새하얗게 점멸한다.

그러나.

"…뭐?"

그러나 고통이 없었다. 정신을 차린 나는 어느새 내가 나폴레옹과 상당히 떨어진 장소에서 그의 모습을 바라보고 있다는 것을 깨달았다.

나폴레옹의 몸은 새하얗게 불타고 있다.

"나폴레옹?"

입을 열어 말을 꺼냈지만 그 목소리는 나에게조차 제대로 전달되지 않았다. 어느새 나는 아무것도 없는 우주 공간에 홀로 떠 있었던 것이다.

[뭐, 이래저래 복잡하고 혼란스러웠던 데다 최후에는 내 깜냥을 넘어서는 난장에 끼어든 것 같기는 했지만.]

일말의 후회도, 두려움도 없는 한 줄기 의지가 공간을 넘어 전해진다.

[그래도… 꽤나 즐거웠다, 파트너.]

새까만 우주 한가운데에서 불타고 있는 나폴레옹의 모습이 보인다.

이미 한쪽 팔과 상체 약간만이 남은 그가 고개를 돌리며 엄지손가락을 치켜든다.

[내 사전에.]

그럴 리 없지만 강철로 만들어진 그의 얼굴에서 미소가 보인 것만 같은 기분이 들었다.

[불가능은 없다.]

콰앙!

폭발과 함께 나폴레옹의 몸이 터져 나간다.

"……"

아무것도 없는 어둠 속에 홀로 떠서 그 모습을 바라만 본다. 나는 철저하게 무력하다. 아무것도 할 수 있는 게 없었다.

[대하! 괜찮아?]

"아레스."

내 옆에 떠 있는 아레스의 모습에 그제야 의문이 떠오른다. 영체인 그야 그렇다 쳐도… 어떻게 내가 우주 공간에 아무 보호 장비 없이 떠 있을 수 있는 거지?

두근.

그 순간 심장이 뛴다. 내 온몸에 피를 공급하는 물리적인 심장을 말하는 게 아니다.

두근.

그렇다. 그것은… 바로 나를 위해 죽어간 나폴레옹의 정수(精髓)였다. 그의 아이언 하트가 나에게 깃든 것이다.

"내 사전에 불가능은 없다……."

유언이라고 할 수 있는 녀석의 마지막 말을 읊조리는 내 옆으로 아레스가 다가온다.

[너 괜찮은 거야? 아니, 그보다 그 영력은…….]

"와라, 아레스. 당장 이리 와."

말에 힘이 실린다.

그러나 아레스는 고개를 흔들었다.

[최선을 다해 가고 있어. 이 이상 빨리 가는 건 무리야.]

"아니, 가능해."

차륵.

오른손을 들어 올린다. 청원을 봉인하는 데 실패하고 팔에 대충 감아놓았던 열쇠가 보였다. 나는 그것을 스스로의 관자놀이에 꽂았다.

철컥.

그리고 그대로 [봉인을 해제]한다.

기이이잉————

어디선가 묘한 기동음이 들린다. 내 등 뒤에서 빛이 뿜어졌다. 나는 이제 안다.

이것은, 후광(後光). 나에게 깃든 신성의 증거.

[이건… 대하? 너 설마?]

당혹스러워하는 아레스 태도에 상관없이 다시 명령한다.

"와라."

단정적으로 말한다. 그는 할 수 있다. 왜냐하면—

내가.

명령할 테니까.

"와라, 아레스."

『당신의 머리 위에』 2권 끝